Diogenes Taschenbuch 22469

Ring Lardner

Das Liebesnest

und andere Geschichten
Herausgegeben und
mit einem Nachwort von
Fritz Güttinger
Aus dem Amerikanischen von
Fritz Güttinger, Elisabeth Schnack
und Ingeborg Hucke

Diogenes

Dieser Band enthält eine Auswahl aus
›The Best Short Stories of Ring Lardner‹ und
›The Ring Lardner Reader‹
(beide Charles Scribner's Sons, New York 1957 und 1963
Die deutsche Erstausgabe
erschien 1963 unter dem Titel ›Champion‹
im Diogenes Verlag
Die vorliegende, erweiterte Sammlung
erschien erstmals 1974 unter dem Titel
›Geschichten aus dem Jazz-Zeitalter‹.
›Rhythmus‹ in der Übersetzung von Ingeborg Hucke
erscheint mit freundlicher Genehmigung
des Philipp Reclam Verlags, Leipzig.
›Das Liebesnest‹ wurde von Elisabeth Schnack übersetzt.
Alle weiteren Erzählungen übersetzte Fritz Güttinger
Umschlagillustration von George Bolin

Veröffentlicht als Diogenes Taschenbuch, 1992

40/92/8/1
ISBN 3 257 22469 9

Inhalt

Rhythmus

Diese Geschichte ist leicht unmoralisch, aber ich glaube, das sind alle Geschichten, die auf Wahrheit beruhen. Sie handelt hauptsächlich von Harry Hart, dessen Freimütigkeit und Natürlichkeit ihn bei den übrigen Mitgliedern des Friars-Klubs und bei all den heißblütigen Mädchen, die mit ihm innerhalb und außerhalb der Unterhaltungsbranche zusammenkamen, so gern gesehen machten. Komponisten sind noch nie wegen Selbstverachtung besonders erwähnt worden, und Harry war eine erfreuliche Ausnahme von dieser Regel. Das war, ehe *Upsy Daisy* das Casino ein Jahr lang für sich allein gepachtet hatte.

Sie können sich vielleicht vorstellen, was für ein Mensch er war, wenn Sie das Gespräch hören, das er eines Abends im Klub mit Sam Rose, dem Textdichter von *Nora's Nightie, Sheila's Shirt* und weiteren hundert populären Schlagern, führte. Sie saßen allein an dem Tisch ganz nahe bei dem altersschwachen Klavier.

»Sam«, sagte Harry, »ich wollte gern wissen, ob's vielleicht möglich ist, daß wir beide uns zusammentun.«

»Was ist denn mit Kane passiert?« fragte Sam.

»Es ist aus zwischen uns beiden«, erwiderte Harry. »Diese Dame hat ihn ruiniert. Ich glaube, sie hat ihn bloß geheiratet, um einen ehrlichen Menschen aus ihm zu machen. Jedenfalls ist er so ehrlich geworden, daß ich's nicht mehr aushalten konnte. Du weißt ja, wie ich bin, Sam – leben und leben lassen. Ich kümmre mich nicht um die ethischen Anschauungen oder wie man das nennt von andren Leuten, solange sie sich nicht um meine kümmern. Wir versuchen doch alle, irgendwie zurechtzukommen; so seh ich die Sache. Außerdem hab ich schon bessere Liedertexte gehört als die, die er für meine beiden Rhythmusnummern in *Lottie* geschrieben hat; im Vertrauen gesagt, ich denke tatsächlich, er hat mir diese beiden Nummern vollständig vermasselt. Sie verkauften sich wie Kirchenlieder, und ich hab wirklich nicht verzweifeln brauchen, als sich unsre Wege trennten.

Aber ich muß dir noch das tollste Ding erzählen, damit du sehen kannst, wie dumm so 'n Bursche werden kann. Du erinnerst dich doch an unser *Yes, yes, Eulalie.* Da sollte also gegen Ende des ersten Aktes ein schickes Liebesduett rein, und ich hatte 'ne Melodie dafür, die war einfach Klasse. Du weißt, ich prahle nicht, wenn ich das sage; ich hab sie nie als meine Melodie ausgegeben, aber 's ist und bleibt 'ne Wucht. Ich meine die ›Catch Me‹-Nummer.«

»Ich möchte sagen, das ist auch 'ne Wucht!« stimmte Sam zu.

»Abgesehen von dem Text«, sagte Harry.

»Das stimmt«, sagte Sam.

»Nun, als ich ihm das erstemal diese Melodie vorspielte, war er ganz hin davon, und ich hab ihm einen Probeabzug gegeben, und er hat ihn seiner Frau gezeigt. Wie's scheint, spielt sie ein bißchen Klavier, und sie hat die Melodie gespielt und ihm gesagt, ich hätte sie aus irgend 'ner Oper gestohlen; sie dächte, es sei aus *Gioconda,* aber sie war sich nicht sicher. Am nächsten Tag sprach Kane mit mir darüber, und ich hab ihm gesagt, es ist nicht *Gioconda,* es ist Donizettis *Linda di Chamounix.* Nun, und da sagt er, er hätte das Gefühl, es sei nicht richtig, 'ne Melodie zu bearbeiten, die von irgendwoher geklaut wär. Darauf sagte ich: ›Ist's nicht ein bißchen spät für dich, solche Skrupel zu haben?‹ Da sagte er: ›Vielleicht, aber besser spät als niemals.‹ Da sagte ich: ›Hör zu, Benny, jetzt spricht deine Frau aus dir, nicht du.‹ Und er sagte: ›Laß sie aus dem Spiel‹, und ich sagte: ›Gebe Gott, daß wir's könnten.‹

Ich sagte: ›Benny, du wirst doch zugeben, daß es 'ne hübsche Melodie ist‹, und er drauf, ja, das gäb er zu. Darauf sagte ich: ›Na, wie viele von den Hohlköpfen, die da in unsere Vorstellung gehen, haben denn schon mal *Linda di Chamounix* gehört oder werden's irgendwann mal hören? Wenn ich diese Melodie mit unsrer Truppe bringe, tu ich Tausenden von Menschen einen Gefallen; ich gebe ihnen die Gelegenheit, ein schönes Musikstück zu hören, das sie sonst niemals hören würden. Und nicht nur das, sondern sie hören's in seiner besten Fassung, weil ich es vervollkommnet habe.‹ Da sagte Benny: ›Die ersten vier Takte sind genau dieselben geblieben, und daran werden's die Leute erkennen.‹

Drauf also ich: ›Nun hör mal zu, Benny – bis jetzt hast du noch nie meine Musik kritisiert, und ich hab deine Verse nicht kritisiert. Aber jetzt sagst du, ich klaue Melodien. Das streit ich gar nicht ab, aber wenn ich das nicht gemacht hätte, wie hättest du

da bloß deinen Lebensunterhalt verdienen, geschweige denn heiraten können. Doch lassen wir das mal jetzt beiseite; ich war neulich abends bei meiner Schwester, und da war eine Sopransängerin, und die sang ein Lied, das ging etwa so: ›Ich liebe dich, ich liebe dich, das ist alles, was mein Herz sagen kann.‹ Es war ein sehr schönes Lied, es kam ungefähr vor zwanzig oder dreißig Jahren auf.‹
Drauf sagte Benny nun: ›Und was war damit?‹ Da sagte ich: ›Nichts weiter, nur: Ich kann dir vier oder fünf von deinen Liedertexten nennen, wo ›Ich liebe dich‹ vorkommt, und ich wette, du hast die Wörter ›Herz‹ und ›sagen‹ und ›alles‹ mindestens zweimal in deiner beachtlichen Laufbahn als Texter gebraucht. Na, und hast du denn diese Wörter erfunden oder hast du sie irgendwo gehört?‹ Das hab ich ihm gesagt, und natürlich war er da ruhig. Aber seine Moralbegriffe waren eben doch hin, und es war klar, daß wir uns gleich nach *Eulalie* trennten. Und, wie gesagt, sein Text war keine Hilfe für meine Donizetti-Nummer; der hätte sie vermasselt, wenn sie zu vermasseln gewesen wär.«
»Und?« sagte Sam.
»Nun«, sagte Harry, »Conrad Green hat mir gestern telegraphiert, ich soll ihn mal aufsuchen, und da war ich heute bei ihm. Er ist so dumm, daß er denkt, ich bin besser als Friml. Er hat ein Buch von Jack Prendergast, das Kane und ich bearbeiten sollten. Da hab ich ihm gesagt, ich werde mit Kane nicht zusammenarbeiten, und er sagte, ich kann nehmen, wen ich will. Drum hab ich dich angerufen.«
»Das klingt sehr schmeichelhaft für mich«, sagte Sam. »Wie ist das Buch?«
»Ich hab's bloß überflogen, aber ich glaube, es ist in Ordnung. Es ist nach *Aschenbrödel*, und diese Idee mit deinen Texten und meinen Melodien kombiniert – damit werden wir dem Publikum schließlich doch was ganz Neues bieten.«
»Hast du ein paar neue Melodien parat?«
»Neue?« Hart lachte. »Ich stecke voll davon.«
Er setzte sich ans Klavier. »Hör dir diese Rhythmusnummer an. Wenn das nicht 'n Knüller ist, bin ich Gatti-Casazza!«
Er spielte sie wunderbar, zuerst in Fis-Dur – ein leicht eingehender Refrain, der in der rechten Hand im Walzertakt, in der linken im Zweivierteltakt gehalten schien.

»So ist's auch ganz nett«, sagte er und spielte sie noch einmal, ebenso sicher, in H-Dur, eine Tonart, deren bloße Erwähnung für den Durchschnittspianisten schon ein Greuel ist.
»Das ist dufte«, begeisterte sich Sam Rose. »Was ist es denn?«
»Kennst du's nicht?«
»Das Wolgalied.«
»Nein«, sagte Hart. »Es ist ein Teil aus Aidas Arie, da wo sie entdeckt, daß der Bursche in den Krieg zieht. Und keiner, der in unsre Vorstellungen kommt, wird's merken, außer vielleicht Deems Taylor und Alma Gluck.«
»Es ist so hübsch«, sagte Sam. »Ein Wunder, daß es noch nicht populär ist.«
»Das kommt bloß davon, daß Verdi nichts von Rhythmus verstand!« sagte Hart.

Oder beobachten wir unseren Helden zu einem früheren Zeitpunkt bei den Bucks auf Long Island. Mehrere Jungen und Mädchen waren da und hörten mit Begeisterung, daß Harry Hart käme. Er hatte kaum Zeit, seinen ersten Cocktail zu kosten, da setzten sie ihm schon zu, doch etwas vorzuspielen.
»Was Eignes!« bat die entzückende Helen Morse.
»Wenn Sie etwas meinen, was ich selbst gemacht hab«, antwortete er mit gewinnender Offenheit, »dann ist das unmöglich; genaugenommen nicht unmöglich, aber es wäre die häßlichste Melodie, die Sie überhaupt gehört haben. Mein Name steht aber unter einigen sehr hübschen Sachen, und ich werde Ihnen eine oder zwei davon vorspielen.«
Und so spielte Harry ohne die allgemein übliche Ziererei die beiden ›Rhythmusnummern‹ und das Liebeslied, die Conrad Greens *Upsy Daisy* zum Erfolgsstück der Saison machten. Er begann noch ein andres Stück, eins, das sein zwangloses Publikum nicht erkannte, als er zufällig hörte, wie seine Gastgeberin jemanden Mr. Rudolph Friml vorstellte.
»Gute Nacht!« rief Hart. »Laßt jemand spielen, der spielen kann!« Und er überließ den Platz am Klavier dem Neuankömmling und ging in eine entfernte Ecke des Zimmers.
»Hoffentlich hat mich Friml nicht gehört«, vertraute er Miss Silloh an. »Ich hab grade ein Stück gespielt, das er selbst geschrieben hat, und euch alle glauben lassen, es wär eins von mir.«

Oder überraschen wir ihn in früheren Tagen mit Rita Marlowe von der Goldwyn bei einem Fußballspiel. Eine der College-Bands spielte gerade *»Yes, Sir! That's My Baby!«*
»Walter Donaldson. Das ist mal ein Junge, der zugkräftige Nummern schreiben kann!« sagte Hart.
»Du tust ja so, als ob du das nicht kannst!« sagte seine Freundin.
»Ich stelle mich nicht mit ihm gleich«, entgegnete ihr bescheidener Begleiter.
Später bemerkte Rita, daß ihn Leute in der Menge erkannt haben mußten. Viele hatten immerzu herübergesehen.
»Wollen wir uns doch nichts vormachen, Mädelchen«, sagte er. »Die sehen dich an, nicht mich.«
Noch später, auf dem Heimweg, erzählte er ihr, daß er mehr als fünfundzwanzigtausend Dollar gespart hätte und durchschnittlich mindestens vierzigtausend Dollar Jahreseinkommen erwarte, wenn seine Popularität anhalte.
»Mir geht's gut, solange mir nicht die hübschen Melodien ausgehen«, sagte er, »und ich sehe keinen Grund, warum das passieren soll, wo's doch so viele alte Meister gibt, von denen man was übernehmen kann. Ich erkläre dir meine Finanzlage, weil – na, du weißt ja, warum.«
Rita wußte, warum, und es war die allgemeine Meinung, auch die der beiden Hauptpersonen, daß sie und Harry verlobt seien.

Als *Upsy Daisy* zwei Monate lang gelaufen war und seine Spitzenschlager fast bis zur Übersättigung gespielt, gesungen und gepfiffen wurden, wurde Hart von Spencer Deal entdeckt. Daß er der Pionier eines neuen amerikanischen Jazz sei, daß seine Rhythmen unsere Musik revolutionieren würden – das und noch vieles andere wurde von Deal in einem viertausend Wörter umfassenden Artikel mit der Überschrift ›Harry Hart, ein Herold‹ gerühmt, den das wohlunterrichtete *Webster's Weekly* druckte. Und Harry verschlang es, obwohl er an einigem davon fast erstickte.
Interessante Leute pflegten an Sonntagnachmittagen Peggy Leechs Salon zu beehren. Max Reinhardt war dort gewesen. Reinhald Werrenrath war dort gewesen. Auch Heifetz und Jeritza und Michael Arlen und Noel Coward und Dudley Malo-

ne. Und Charlie Chaplin und Gene Tunney. Peggys Sonntagnachmittagsempfänge konnte man wahrhaftig als Künstlergesellschaften und ihre Wohnung als ein Treibhaus der Kultur betrachten.

Und in Peggys Salon begleitete Spencer Deal Hart ein paar Wochen nach Erscheinen des Artikels in *Webster's Weekly*. Bei der Einführung ließ Deal verlauten, daß Hart an einer Symphonie in Blue arbeite, die George Gershwins Ultrarhythmen und Dissonanzen wie einen geistlichen Lobgesang erscheinen lassen würde. »Oh!« rief die hübsche Myra Hampton. »Wird er uns daraus etwas vorspielen?«

»Spielen, spielen, spielen!« sagte Hart mürrisch. »Glauben Sie ja nicht, daß ich etwa mal Ruhe brauche! Gestern abend war eine Party bei Brown, und sie ließen nicht locker und wollten kein ›Nein‹ gelten lassen, und schließlich hab ich so miserabel gespielt, wie ich nur konnte, um ihnen 'ne Lehre zu geben. Aber sie haben noch nicht mal gemerkt, daß es miserabel war. Womit verdienen Sie denn Ihren Lebensunterhalt?«

»Ich bin Schauspielerin«, gestand die erschreckte junge Dame.

»Na, hätten Sie's denn gern, daß die Leute jedesmal, wenn Sie in Gesellschaft gehen, Sie bitten, was vorzuspielen?«

»Ja«, antwortete sie, aber er war schon weggegangen.

Er schien sich absondern zu wollen; er setzte sich so weit wie möglich von den anderen weg und sah beleidigt aus. Er nahm einen Whisky-Soda, den die Gastgeberin ihm anbot, gab sich aber nicht die Mühe, sich bei ihr zu bedanken. Keineswegs entmutigt, brachte sie Signor Parelli von der Metropolitan-Oper zu ihm.

»Mr. Hart«, sagte sie, »das ist Mr. Parelli, einer der Dirigenten von der Metropolitan-Oper.«

»Hä?« sagte Hart.

»Vielleicht wird Mr. Parelli später mal eine von Ihren Opern dirigieren.«

»Ich hoffe es«, sagte der höfliche Parelli.

»Wirklich?« sagte Hart. »Na, wenn ich jemals eine Oper schreibe, werde ich sie selber dirigieren, oder zumindest werde ich's nicht riskieren, daß sie mir von einem Ausländer ruiniert wird.«

Dieser neuerliche Ausfall steigerte die Fähigkeit der Leute zu bestrafen, und nach ungefähr zwanzig Minuten begannen Peggys Gäste, sich so zu benehmen, als ob sie trotz Harrys Weigerung zu spielen weiterleben würden. Und tatsächlich ging einer von ihnen, Roy Lattimer, mit sehr viel schottischem Mut und nicht ganz so viel musikalischen Fähigkeiten, selbst ans Klavier und begann zu spielen.

›Begann‹ ist auch alles, denn er hatte noch keine vier Takte gespielt, als Harry durch das Zimmer stürzte und ihn von der Bank stieß.

»Ich hoffe, Sie nennen sich nicht Pianist!« sagte er; er sprach es »Peonist« aus, als ob er einen Peonienzüchter oder Peonienhändler meinte. Und zwei Stunden lang, während allmählich alle Gäste außer Spencer Deal und der unglücklichen Gastgeberin hinausgingen, spielte und spielte und spielte Harry. Und er spielte die ganze Zeit auch nichts von Kern, Gershwin, Stephen Jones oder Isham Jones, Samuels, Youmans, Friml, Stamper, Tours, Berlin, Tierney, Hubbell, Hein oder Gitz-Rice.

Zu dieser Zeit war es auch, als Harry eines Tages zufällig auf der Fifth Avenue von der Forty-Fifth-Street zum Plaza ging. Ihm fiel auf, daß fast jeder, dem er auf seinem Wege begegnete, ihn eindringlich anstarrte. Er erinnerte sich, daß sein Bild am vergangenen Sonntag in Kupfertiefdruck in zwei Zeitungen erschienen war. Es mußte ihm also ähnlicher gesehen haben, als er geglaubt hatte.

In New York verheizte man in diesem Winter Braunkohle, und als Harry im Waschraum des Plaza ankam, entdeckte er einen schwarzen Fleck auf der linken Seite seiner Oberlippe. Dadurch sah er aus, als ob er einen Schnurrbart gehabt hätte, sich entschlossen hätte, ihn abzurasieren, und sich's dann anders überlegt hätte, als der Friseur schon halb fertig war.

Harry war im Plaza mit Rita Marlowe verabredet. Er hatte es aufgeschoben, solange er konnte. Wenn das Mädchen auch bloß ein bißchen Stolz oder Verstand gehabt hätte, hätte es den Wink verstanden. Warum sollte er seine Zeit mit einer zweitrangigen Filmschauspielerin verschwenden, wenn er bei Frauen wie Elinor Deal und Thelma Warren ein und aus ging und Mrs. Wallace Gerard vorgestellt werden sollte? Mädchen sollten wissen, daß, wenn ein Mann mit ihnen drei- oder viermal in der Woche ausgegangen ist und sie zuweilen jeden Tag morgens, abends und mittags angerufen hat, wenn dieser Mann also aufhört, sie anzurufen und mit ihnen auszugehen, und sogar nicht mal mehr mit ihnen sprechen will, wenn sie ihn anrufen, daß es dafür dann bloß eine einzig mögliche Erklärung gibt. Aber diese Dame besteht darauf, daß man sich mit ihr trifft und womöglich noch eine Szene hat. Nun, dann kriegt sie eben ihre Szene. Nein, doch nicht; es hat keinen Zweck, brutal zu sein. Mach ihr nur in einer netten Art und Weise klar, daß die Dinge nicht mehr so sind, wie sie bis jetzt waren, und bring die Sache so schnell wie möglich hinter dich.

»Wohin können wir gehen?« fragte Rita. »Ich meine, um uns auszusprechen.«

»Nirgendwohin, wo's lange dauert«, sagte Harry. »Ich hab 'ne Verabredung mit Paul Whiteman, der sich einen Teil von meiner Symphonie ansehen will.«

»Ich will deine Arbeit nicht unterbrechen«, sagte Rita. »Vielleicht wär's besser, wenn du heute abend zu mir nach Hause kommst.«

»Ich kann heute abend nicht«, sagte er zu ihr.

»Wann kannst du?«

»Ich werde dich anrufen. Es ist schwierig, loszukommen. Du mußt verstehen –«

»Ja, ja, ich versteh schon«, sagte Rita und verließ ihn.

»Es war auch Zeit«, sagte Harry zu sich selbst.

Die Uraufführung seiner Symphonie war leidlich ›großartig‹. Die Kritiker schienen weniger beeindruckt als von den neuen Kompositionen Gershwins und Deems Taylors. ›Nun ja‹, überlegte Harry, ›Gershwin war schon vor mir da, und Taylor hat natürlich Freunde bei der Zeitung.‹

Eine Party, die Spencer Deal arrangiert hatte, folgte dem Konzert, und Harry wurde Mrs. Wallace Gerard vorgestellt, die sich sehr für junge Komponisten interessierte und dafür bekannt war, daß sie ihnen beträchtliche Unterstützung gewährte. Hart nahm die Einladung an, ihr in ihrer Wohnung in der Park Avenue vorzuspielen. Er beging den Fehler, sich einzubilden, sie wolle gestreichelt werden, nicht das Spiel hören, und sein erster Besuch war auch sein letzter.

Er war von Conrad Green engagiert worden, die Musik für eine neue Show nach einem Buch von Guy Bolton zu schreiben. Er weigerte sich, wieder mit Sam Rose zu arbeiten, dessen Texte hoffnungslos proletarisch wären. Green sagte ihm, er solle sich seinen Texter selbst aussuchen, und Harry wählte Spencer Deal. Das Ergebnis der Zusammenarbeit war eine Partitur, die am Anfang jedes Taktes einen neuen Vorsatz brauchte, und eine Sammlung von sechssilbigen Reimen, die von den Chormädchen genausowenig enträtselt, geschweige denn gesungen werden konnten wie eine grundlegende wissenschaftliche Abhandlung über Klassifikationslehre von Ernest Boyd.

»Schrecklich!« war Greens Kommentar auf Anraten seines musikalischen Beraters, Frank Tours.

»Sie sind mir ja 'n feiner Kritiker!« sagte Hart. »Aber es ist ganz egal, was Sie denken. In unserm Vertrag mit Ihnen steht, wir sollen Musik und Text für diese Vorstellung schreiben, und das haben wir auch getan. Wenn's Ihnen nicht gefällt, können Sie sich mit meinem Rechtsanwalt unterhalten.«

»Ihr Anwalt ist wahrscheinlich auch einer von meinen«, antwortete Green. »Das muß er ja sein, wenn er in New York praktiziert. Aber das spielt gar keine Rolle. Wenn Sie denken, Sie können mich zwingen, ein Musikstück anzunehmen, von dem Tours mir sagt, wenn es instrumentiert wird, kann Stokowski selber nicht mal den Triangelpart lesen, ganz zu schweigen von einem Text, den man jeden Abend um sieben Uhr telefonisch durchsagen muß, damit die Worte im Eröffnungschor alle so rechtzeitig ausgesprochen werden, daß die Leute von der Bayside ihren Zug um ein Uhr zwanzig noch kriegen – na, Hart, dann gehn Sie jetzt nur nach Hause, denn wir beide werden uns in den nächsten vierzig Jahren jeden Tag vor Gericht sehen.«

Ungefähr ein Jahr später belief sich Harrys gesamtes Vermögen in bar und auf der Bank auf 214,60 Dollar einschließlich der 56 Dollar, die er aus dem Verkauf von Noten und Platten seiner Symphonie eingenommen hatte. In den Sonntagszeitungen las er, daß Otto Harbach ein Textbuch für Willis Merwin geschrieben hatte und letzterer sich nun nach einem Komponisten umsah. Merwin war einer der jüngeren Produzenten und war ein Freund von Harry im Friars-Klub gewesen. Harry suchte ihn dort auf. Er fand Merwin und kam auch gleich auf die Sache zu sprechen.

»Es ist zu spät«, sagte der junge Theaterunternehmer. »Ich hab zuerst an dich gedacht, aber – na, ich hab nicht geglaubt, daß du jetzt an irgendwas außer Oratorien interessiert bist. Das Zeug, was du früher geschrieben hast, wäre ja großartig gewesen, aber dieses Stück könnte den schwerfälligen Kitsch, den du neuerdings produzierst, nicht vertragen. Es braucht eine leichte Behandlung, und ich hab Donaldson und Gus Kahn verpflichtet.«

»Vielleicht könnte ich Einfügungen . . .« begann Harry.

»Das glaub ich nicht«, unterbrach ihn Merwin. »Mir fällt keine Stelle ein, wo wir entweder eine Fuge oder ein Requiem gebrauchen könnten.«

Als Hart hinausging, sah er Benny Kane, mit dem er in früheren Jahren zusammengearbeitet hatte. Benny machte Anstalten, sich zu erheben und ihn zu begrüßen, aber er überlegte sich's anders und sank in seinen einsam im Hintergrund stehenden Stuhl zurück.

›Er sieht nicht so hochnäsig wie sonst aus‹, dachte Harry und wünschte, Kane wäre herzlicher gewesen. ›Was ich tun muß, ist, 'nen richtigen zugkräftigen Schlager fabrizieren, bloß daß ich mich über Wasser halte. Natürlich kann ich auch den Text selber schreiben, aber Benny hatte ab und zu gute Ideen.‹

Hart ging bei seinen alten Verlegern vorbei, wo er früher in den Schönwettertagen so willkommen gewesen war wie eine neue Sendung Bier beim Pastetenbäckerball. Er hatte sie auf Anraten von Spencer Deal verlassen, um für eine kunstverständige Firma zu arbeiten.

»Nun, Harry«, sagte Max Wise, einer der Partner, »du bist fast ein Fremder geworden. Wir haben in der letzten Zeit nicht viel von dir gehört.«

»Vielleicht werdet ihr wieder was hören«, sagte Hart. »Was würdest du sagen, wenn ich wieder einen richtigen Spitzenschlager schreibe?«

»Ich würde sagen«, antwortete Wise, »daß es nicht etwa verfrüht wäre.«

»Würdet ihr mich gerne wieder hier haben?«

»Mit einem Schlager, ja. Mach einen, und die Türen stehen dir offen. Mit wem arbeitest du?«

»Ich hab niemanden.«

»Du könntest viel Schlimmeres machen, als wenn du dich mit Benny Kane zusammentust«, sagte Wise. »Dich und ihn trennen ist, wie wenn man Baltimore und Ohio oder Schweinefleisch und Bohnen trennt.«

»Er hat nichts Ordentliches geschrieben, seit er von mir weg ist«, sagte Hart.

»Nein«, antwortete Wise, »aber du kannst auch von dir nicht behaupten, daß du das Land mit Sensationen überschüttet hast.«

Hart ging in sein Hotel zurück und wünschte sich, daß es nicht so etwas wie Stolz gäbe. Er hätte Benny gern angerufen.

Er nahm den Hörer ab und erkannte Bennys Stimme.

»Ich hab dich heute im Friars-Klub gesehen«, sagte Benny, »und das hat mich auf einen Gedanken gebracht. Wo können wir uns treffen?«

»Im Klub«, antwortete Harry. »Ich bin in einer halben Stunde dort.«

»Ich hab mir grade überlegt«, sagte Benny, als sie am Tisch neben dem Klavier saßen, »daß in der letzten Zeit niemand eine Rhythmusnummer ›Ich liebe dich‹ geschrieben hat; das heißt nicht in den letzten zwei oder drei Monaten. Du hast mir einmal erzählt, daß du bei deiner Schwester warst und dort eine Sopranistin ein Lied sang, das so ging:

›Ich liebe dich, ich liebe dich, das ist alles, was mein Herz sagen kann!‹«

»Was ist damit?«

»Nun«, sagte Benny, »wir nehmen das Lied, und ich werde bloß den Text ein bißchen frisieren, und du kannst die Melodie auf deinen Rhythmus umspulen, und wir sind fein raus. Das heißt, wenn die Melodie gut ist. Wie ist sie denn?«

»Oh, wie *›Arcady‹* und *›Marcheta‹* und vielleicht das *›Buzz Around‹*-Lied von Dave Stamper. Aber was ist schon nicht wie die?«

»Na, dann fangen wir an!«

»Wo sind deine ethischen Skrupel geblieben?«

»Hör zu«, sagte Benny Kane, »ich und Rae, wir haben uns heute nachmittag unterhalten; wir haben die ethischen Begriffe nicht verworfen. Sie sagte bloß, daß alle Kinder Gottes Schuhe haben, nur sie nicht.«

»Also gut«, sagte Hart. »Ich kann mich noch ziemlich gut an die Melodie erinnern. Aber ich such das Lied morgen raus und geb's dir, du kannst dann den Text umschreiben.«

»Fein! Was meinst du, wollen wir jetzt erst mal tüchtig was essen?«

»Nein«, sagte Harry. »Ich hab versprochen, eine Dame anzurufen.«

Und dann löste er sein altes Versprechen ein.

»Du hast ja Nerven«, sagte Rita am anderen Ende der Leitung, »dir einzubilden, daß ein Mädchen so lange auf dich wartet! Ich würde ›Nein‹ sagen und es laut und deutlich sagen, nur ist grade mein Klavier gestimmt worden, und du hast mir noch nie deine Symphonie vorgespielt.«

»Das werde ich auch nicht«, sagte Harry. »Aber ich will eine neue Rhythmusnummer ausprobieren, die soll ein Spitzenschlager werden. Sie fängt an ›Ich liebe dich, ich liebe dich‹.«

»Das klingt herrlich!« sagte Rita.

Haarschneiden

Ich habe einen Frisörgehilfen, der am Samstag von Carterville herüberkommt, aber sonst schaff ich's allein ganz gut. Sie sehen ja selbst, unsere Ortschaft hier ist nicht New York City, und außerdem sind die meisten tagsüber beschäftigt und haben gar keine Zeit, hier hereinzukommen und sich schönmachen zu lassen. Sie sind hier neu, wie? Es war mir doch, ich hätte Sie noch nie gesehen. Hoffentlich gefällt es Ihnen so gut, daß Sie bleiben. Wir haben hier, wie gesagt, kein New York City oder Chicago, aber es passiert doch allerhand. Nicht mehr so viel allerdings, seit Jim Kendall ums Leben kam. Als er noch lebte, da war vielleicht etwas gefällig! Er und Hod Meyers sorgten für Betrieb; da wurde mehr gelacht als in irgendeinem amerikanischen Ort gleicher Größe.

Jim war ein Spaßvogel, und Hod kam fast an ihn heran. Seit Jim nicht mehr da ist, versucht er allein Betrieb zu machen, aber das ist eine mühsame Sache, wenn man keinen Partner nicht hat.

Am Samstag war hier immer etwas los. Da ist der Laden bumsvoll, von vier Uhr an. Jim und Hod kamen jeweils gleich nach dem Abendessen, ungefähr um sechs. Jim setzte sich auf den großen Stuhl dort beim blauen Spucknapf. Wenn schon einer dort saß, ja, dann stand er eben auf, wenn Jim hereinkam, und überließ ihm den Platz.

Man hätte meinen können, es sei ein reservierter Platz, wie es das manchmal im Theater gibt. Hod stand meistens herum oder ging auf und ab, oder von Zeit zu Zeit saß er natürlich auf diesem Stuhl hier, zum Haarschneiden.

Nun, Jim saß also eine Weile da, ohne den Mund aufzumachen, außer zum Ausspucken, und schließlich sagte er dann zu mir: »Whitey«, sagte er – mein Name, das heißt, mein Vorname ist eigentlich Dick, aber jeder hier in der Gegend nennt mich Whitey – »Whitey«, sagte er also jeweils, »deine Nase leuchtet wieder wie eine Rosenknospe. Du hast wohl von deinem Eau de Cologne-Wasser getrunken?«

Da sagte ich denn jeweils: »Nein, Jim, aber du siehst aus, als hättest du etwas Ähnliches getrunken.«

Das brachte ihn natürlich zum Lachen, aber dann gab er jeweils zurück: »Nein, ich habe noch nichts Trinkbares nicht gehabt, aber das heißt nicht, daß ich nicht gerne was hätte. Auch wenn's nur Holzsprit wäre, mir wär's gleich.«
»Deiner Frau auch«, bemerkte dann Hod Meyers. Das brachte natürlich jedermann zum Lachen, weil Jim und seine Frau nicht gut miteinander auskamen. Sie hätte sich scheiden lassen, aber da bestand keine Aussicht auf Alimente, und allein konnte sich die Frau mit den Kindern nicht durchs Leben schlagen. Sie hatte nie keinen Sinn für Verständnis nicht. Jim war zwar etwas grob, aber innerlich doch ein guter Kerl.
Wenn ich dran denke, wie er und Hod jeweils Milt Sheppard hochnahmen. Milt haben Sie wohl noch nicht gesehen. Der hat einen Adamsapfel, fast so groß wie eine Melone. Ich war also dran, Milt zu rasieren, und wenn ich mit dem Messer hier den Hals runterfuhr, dann rief Hod jeweils: »He, Whitey, wart mal! Bevor du hineinschneidest, wollen wir Geld zusammenlegen und sehen, wer am genauesten erraten kann, wieviele Kerne drin sind.«
Und Jim sagte jeweils: »Wenn Milt nicht alles allein haben wollte, hätte er eine halbe Melone bestellt statt einer ganzen, dann wäre sie ihm nicht im Hals steckengeblieben.«
Alle meine Kunden mußten natürlich laut lachen, und Milt selber nötigte sich ein Lächeln ab, obwohl es auf ihn gemünzt war. Jim war einfach unwiderstehlich.
Da steht noch seine Rasierschale, grad neben der von Charley Vail. ›Charles M. Vail.‹ Das ist der Apotheker, auch ein Stammkunde von mir. Kommt dreimal die Woche zum Rasieren. Und die Schale neben der von Charley gehörte Jim. ›James H. Kendall.‹ Jetzt braucht er ja keine Schale nicht mehr, aber ich lasse sie aus Pietät dort stehen. Jim war eine ulkige Kruke!
Früher reiste Jim für eine Konservenfabrik drüben in Carterville. Dort wurden Konserven fabriziert. Jim hatte die nördliche Hälfte des Staates und war jede Woche fünf Tage lang unterwegs. Am Samstag kam er jeweils bei mir vorbei und erzählte, was er die Woche hindurch alles erlebt hatte. Einfach köstlich.
Wahrscheinlich war er mehr darauf aus, Schabernack zu treiben als Bestellungen aufzunehmen. Zuletzt entließ ihn die Fabrik,

und er kam geradewegs hierher und erzählte jedermann, er sei entlassen worden, statt zu sagen, er habe die Stellung aufgegeben, wie die meisten getan hätten.
Es war an einem Samstag, der Laden war voll, und Jim stand auf von dem Stuhl dort und sagte: »Meine Herren, ich habe eine wichtige Mitteilung zu machen. Ich habe meine Stellung verloren.«
Nun, man fragte ihn, ob das sein Ernst sei, und er sagte ja, und niemand wußte etwas darauf zu erwidern, bis er schließlich selber das Eis brach. »Ich habe Konserven verkauft, eimerweise«, sagte er, »und nun bin ich selbst im Eimer.« Er war einfach unwiderstehlich!
Er hatte sich da etwas Lustiges ausgedacht, als er noch reiste. Wenn er mit der Bahn fuhr, und der Zug hielt in irgendeiner Ortschaft, sagen wir, nun, in Benton zum Beispiel, dann schaute er zum Wagenfenster hinaus und las die Ladenschilder. Wenn da zum Beispiel eine Tafel war, ›Henry Smith, Weißwaren‹, dann schrieb sich Jim den Namen und die Ortschaft auf, und wenn er dann ankam, wo immer er hinfuhr, dann schickte er eine Postkarte an Henry Smith in Benton, ohne Unterschrift; auf der Karte stand nur, nun, zum Beispiel: ›Frag Deine Frau nach dem Bücherreisenden, der letzte Woche einen Nachmittag bei ihr verbrachte‹, oder ›frag Deine Frau, wer ihr Gesellschaft leistete, als Du das letzte Mal in Carterville warst.‹ Unterschrieben war die Karte mit ›ein Freund‹.
Natürlich wußte er nie, was dabei herauskam, aber er konnte es sich lebhaft vorstellen, und das genügte.
Jim hatte keine regelmäßige Arbeit mehr, nachdem er seine Stellung verloren hatte, und was er mit Gelegenheitsarbeiten verdiente, das gab er fast alles in den Wirtschaften aus, und seine Familie hätte verhungern können, wenn man die Frau in den Läden nicht hätte anschreiben lassen. Sie versuchte, sich als Damenschneiderin durchzubringen, aber damit wird hierzulande niemand reich.
Wie gesagt, sie hätte sich scheiden lassen, nur daß sie eben sich und die Kinder allein nicht durchbringen konnte, und sie hoffte immer, Jim werde sich eines Tages bessern und ihr mehr als zwei oder drei Dollar die Woche geben.
Eine Zeitlang ging sie jeweils zu Jims Arbeitgeber, wenn er grade einen hatte, und verlangte dort seinen Lohn, aber nach-

dem sie das ein paarmal getan hatte, kam er ihr zuvor, indem er sich einen beträchtlichen Vorschuß auf seinen Lohn geben ließ. Er erzählte es im ganzen Ort herum, wie er seine Frau überlistet hatte. Eine ulkige Kruke!

Übrigens genügte es ihm nicht, sie überlistet zu haben. Es kränkte ihn, wie sie sich benommen hatte, um ihn um seinen Lohn zu prellen, und er beschloß, es ihr heimzuzahlen. Er wartete ruhig, bis wieder einmal der Zirkus eine Vorstellung ankündigte. Da versprach er seiner Frau und den beiden Kindern, er werde mit ihnen in den Zirkus gehen. An dem betreffenden Tag sagte er ihnen dann, er gehe die Karten besorgen und werde sie am Zelteingang treffen.

Natürlich hatte er nicht die geringste Absicht, dort zu sein oder gar Karten zu kaufen oder sonst was. Er trieb sich den ganzen Tag in den Kneipen herum und an den Billardtischen. Seine Frau und die Kinder warteten unterdessen und warteten, und natürlich ganz umsonst. Geld hatte die Frau keines mit, vermutlich hatte sie überhaupt keins. So mußte sie den Kindern schließlich sagen, es sei nichts damit, und die weinten natürlich und wollten mit Weinen nicht aufhören.

Nun kam da offenbar Dr. Stair dazu, als sie noch weinten, und der fragte, was los sei, aber die Frau war verstockt und wollte es ihm nicht sagen, die Kinder dagegen erzählten es ihm, und er bestand darauf, mit ihnen und der Mutter in den Zirkus zu gehen. Jim erfuhr nachher davon, und von da an hatte er einen Groll gegen Dr. Stair.

Dr. Stair ist erst seit etwa anderthalb Jahren hier. Er ist ein feiner junger Mann, und seine Anzüge sehen aus wie nach Maß gemacht. Zwei- oder dreimal im Jahr fährt er nach Detroit, und wahrscheinlich läßt er sich bei dieser Gelegenheit das Maß nehmen und bezieht dann seine Anzüge von dort. Sie kosten so fast doppelt soviel, aber sie passen besser als von der Stange.

Eine Zeitlang wunderte sich jedermann, was einen jungen Arzt wie Dr. Stair veranlaßt haben mochte, hierher zu kommen, wo wir doch bereits Dr. Gamble und Dr. Foote haben, die schon seit Jahren hier sind und den Ort unter sich aufgeteilt haben. Dann sprach es sich herum, Dr. Stairs Mädel habe ihm den Laufpaß gegeben, deshalb habe er sich hier vergraben, um zu vergessen. Er selber behauptete, es gehe nichts über eine Praxis an einem Ort wie dem unsern, um sich die nötige Erfahrung als Arzt zu verschaffen; deshalb sei er hergekommen.

Jedenfalls ging es nicht lange, bis er genug verdiente, um seinen Lebensunterhalt zu bestreiten, obwohl ich mir habe sagen lassen, er betreibe nie jemand von wegen Schulden, und die Leute hier sind weiß Gott keine pünktlichen Zahler, da kann ich selber ein Lied davon singen. Wenn ich alles hätte, was man mir allein fürs Rasieren schuldet, könnte ich nach Carterville fahren und eine Woche lang in einem erstklassigen Hotel absteigen und jeden Abend in ein anderes Kino gehen. Zum Beispiel, was den alten George Purdy anbetrifft – aber man soll ja nicht alles ausplaudern.

Nun, letztes Jahr starb unser Leichenbeschauer. An der Grippe ist er gestorben. Ken Beatty hieß er. Das war der Leichenbeschauer. So mußte man einen Nachfolger wählen, und die Wahl fiel auf Dr. Stair. Der lachte zuerst bloß und sagte, er wolle das Amt nicht, ließ sich aber doch überreden. Es ist ja nicht ein Amt, nach dem ein Andrang herrscht, und was einer dabei verdient, das reicht gerade fürs Suppengrün. Aber Dr. Stair gehört nun einmal zu denen, die nicht nein sagen können, wenn man ihnen lange genug zusetzt.

Aber ich wollte Ihnen von einem armen Jungen erzählen, den wir hier im Ort haben – Paul Dickson. Er fiel von einem Baum herunter, als er etwa zehn war. Fiel auf den Kopf, und das hat ihm geschadet, und seither ist er nicht mehr ganz richtig. Durchaus harmlos, nur etwas schwachsinnig. Jim Kendall sagte, er habe 'ne Meise, er sagte das überhaupt von jedem, der nicht ganz richtig war im Kopf. Nur sagte Jim jeweils nicht Kopf, er sagte Deez dazu. Das war auch so einer von seinen Einfällen, Deez zu sagen statt Kopf, und 'ne Meise statt schwachsinnig.

Sie können sich vorstellen, daß Jim mit Paul Dickson allerhand lustige Dinge trieb. So schickte er ihn einmal in eine Garage, um einen englischen Schlüssel für Linkshänder zu holen. Natürlich gibt es so etwas gar nicht.

Paul, der Ärmste, war immer etwas mißtrauisch, vielleicht gerade von wegen Jim. Er verkehrte mit fast niemand, nur mit seiner Mutter und mit Dr. Stair und einem Mädchen hier im Ort namens Julie Gregg. Das heißt, ein Mädchen ist sie nun auch nicht mehr, so an die dreißig oder darüber.

Als Dr. Stair hierherzog, glaubte Paul offenbar, er habe an ihm einen wirklichen Freund, und er hielt sich die meiste Zeit in seiner Praxis auf, außer wenn er nach Hause ging, um zu essen oder zu schlafen, oder wenn er Julie Gregg sah, wie sie einholen ging.

Wenn er beim Arzt zum Fenster hinaussah und sie erblickte, dann lief er hinunter und schloß sich ihr an und trottete neben ihr von einem Laden zum andern. Der arme Kerl war ganz in sie vernarrt, und sie war immer freundlich zu ihm und tat, als sei er willkommen, dabei hatte sie bloß Mitleid mit ihm.

Dr. Stair gab sich alle Mühe, Pauls Zustand zu verbessern, und einmal sagte er mir, er glaube, mit dem Jungen gehe es wirklich besser, manchmal sei er so vernünftig und gescheit wie sonst jemand.

Aber ich wollte Ihnen von Julie Gregg erzählen. Ihr Vater war Holzhändler, kam aber ins Trinken und verlor fast sein ganzes Vermögen, und als er starb, hinterließ er nichts als das Haus und gerade genug Versicherung, daß die Tochter sich dürftig durchschlagen konnte.

Ihre Mutter war kränklich und ging kaum mehr aus. Julie wollte nach dem Tod ihres Vaters das Haus verkaufen und woanders hinziehen, aber die Mutter sagte, sie sei hier geboren und wolle auch hier sterben. Das war hart für Julie, die jungen Leute hier in der Gegend nämlich – nun, sie ist zu schade für sie.

Sie ist auf einer guten Schule gewesen und in Chicago und New York und anderswo, und es gibt überhaupt nichts, worüber sie nicht mitreden kann, während die jungen Leute hier in der Gegend, wenn man denen von etwas anderem spricht als von Gloria Swanson und Tommy Meighan, dann glauben sie, man rede irre. Haben Sie übrigens Gloria in ›Der Tugend Lohn‹ gesehen? Da haben Sie etwas verpaßt!

Nun, Dr. Stair war noch keine Woche hier, als er eines Tages hier hereinkam, um sich rasieren zu lassen. Ich erkannte ihn, da man mich auf ihn aufmerksam gemacht hatte, und so erzählte ich ihm von meiner Mutter. Sie ist seit einigen Jahren kränklich, und weder Dr. Gamble noch Dr. Foote konnten ihr helfen, wie es schien. Er versprach, sie zu besuchen, aber wenn sie ausgehen könne, sei es besser, sie komme in seine Praxis, da könne er sie gründlicher untersuchen.

So brachte ich sie denn zu ihm, und während ich im Wartezimmer saß, kam Julie Gregg herein. Wenn jemand zu Dr. Stair kommt, bimmelt es bei ihm drinnen, damit er weiß, es ist jemand da.

So ließ er denn meine Mutter drinnen und kam heraus, und das war das erste Mal, daß Julie und er sich sahen, und ich glaube, es war, was man Liebe auf den ersten Blick nennt. Allerdings nicht gegenseitig. Dieser junge Arzt war der feinste Mann, den sie je in unserem Ort gesehen hatte; kein Wunder, daß sie hin war. Für ihn war sie bloß ein Fräulein, das zum Arzt wollte.

Sie war in einer ähnlichen Sache da wie ich. Ihre Mutter hatte sich seit Jahren von Dr. Gamble und Dr. Foote behandeln lassen, ohne Erfolg. Als sie von dem neuen Arzt hörte, entschloß sie sich deshalb, es einmal mit ihm zu versuchen. Er versprach, noch am selben Tag vorbeizukommen.

Ich sagte vorhin, es sei Liebe auf den ersten Blick gewesen. Dabei urteile ich nicht nur nach ihrem späteren Verhalten, sondern danach, wie sie ihn damals anschaute. Ich bin kein Gedankenleser, aber es war ganz unverkennbar, daß es sie erwischt hatte.

Nun war Jim Kendall nicht nur ein Spaßvogel und ein tüchtiger Trinker, er war außerdem noch ein Schürzenjäger. Er hat es wohl ziemlich arg getrieben, als er noch für die Konservenfabrik reiste, und auch hier im Ort hatte er ein paar Geschichten gehabt. Seine Frau hätte sich scheiden lassen können, wie gesagt, nur konnte sie eben nicht.

Aber Jim war wie die meisten von uns. Er wollte, was er nicht kriegen konnte. Er wollte Julie Gregg und zerbrach sich fast den Kopf, wie er ans Ziel kommen könnte. Nur hätte er Deez gesagt statt Kopf.

Leider kam er mit seinem Lebenswandel und seinen lustigen Streichen bei Julie nicht an, und dazu kam noch, daß er verheiratet war. So hatte er denn ebensowenig bei ihr zu bestellen wie, nun, wie ein Karnickel. Das ist auch so einer von seinen Sprüchen. Wenn jemand keine Aussicht hatte, gewählt zu werden oder irgend etwas, sagte Jim jeweils, er habe ebenso wenig zu bestellen wie ein Karnickel.

Er machte kein Hehl daraus, wie es um ihn stand. Mehr als einmal hat er hier drin vor allen Leuten erklärt, er sei in Julie verknallt, und wer sie ihm verschaffe, könne dafür sein Haus mitsamt Frau und Kindern haben. Aber sie wollte nichts von ihm wissen, ja sie sprach nicht einmal mit ihm. Als er sah, daß er auf seine gewöhnliche Art nirgends hinkam, beschloß er, es mit handgreiflicheren Mitteln zu versuchen. Eines Abends ging er einfach zu ihrem Haus hin, und als sie die Tür aufmachte, zwängte er sich hinein und packte sie. Es gelang ihr aber, sich loszureißen und in das Nebenzimmer zu fliehen, wo sie sich einriegelte und Joe Barnes telephonierte. Joe ist der Polizeivorsteher. Jim hörte, mit wem sie telephonierte, und verkrümelte sich, bevor Joe hinkam.

Joe war ein alter Freund von Julies Vater; er ging am nächsten Tag zu Jim und setzte ihm auseinander, was ihm bevorstehe, wenn er das je wieder tue.

Ich weiß nicht, wie es kam, daß die Geschichte bekanntwurde. Möglicherweise erzählte Joe Barnes seiner Frau davon, und sie sagte es irgendeiner andern Frau, die es ihrem Mann erzählte. Jedenfalls kam es heraus, und Hod Meyers hatte die Stirn, Jim damit aufzuziehen, hier drin bei mir. Jim stellte es nicht in Abrede, er tat es mit einem Lachen ab und sagte, es sei noch nicht aller Tage Abend; schon viele hätten versucht, ihn für dumm zu verkaufen, aber er habe es ihnen noch immer heimgezahlt.

Inzwischen hatte es sich in der Stadt herumgesprochen, daß Julie auf den jungen Arzt versessen war. Vermutlich hatte sie keine Ahnung, was für eine Veränderung mit ihrem Gesicht vorging, wenn sie mit ihm zusammen war; wenn sie es geahnt hätte, wäre sie ihm aus dem Weg gegangen. Auch ahnte sie nicht, daß es allen schon längst aufgefallen war, wie oft sie unter irgendeinem Vorwand beim Arzt vorsprach oder auf der andern Seite der Straße vorbeiging und zu seinem Fenster hinaufschaute. Mir tat sie leid und noch andern auch.

Hod Meyers hielt es Jim immer wieder vor, wie der Arzt ihn bei Julie ausgestochen habe. Jim kehrte sich nicht daran; es war unverkennbar, daß er wieder etwas im Schilde führte.

Bewundernswert war die Art, wie er seine Stimme verstellen konnte. Manchmal hätte man meinen können, es sei eine Mädchenstimme, und auch sonst konnte er jeden täuschend nachahmen. Um ihnen zu zeigen, wie gut er sich darauf verstand, will ich Ihnen erzählen, wie er es mir einmal gemacht hat.

In den meisten größeren Ortschaften, wissen Sie, wenn einer tot ist und rasiert werden muß, dann knöpft ihm der Frisör, der ihn rasiert, fünf Dollar dafür ab; das heißt, natürlich nicht ihm, sondern dem, von dem er den Auftrag hat. Ich verlange bloß drei Dollar, es macht mir nämlich nichts aus, einen Toten zu rasieren. Tote halten sich bedeutend ruhiger als lebende Kunden. Der einzige Nachteil ist, man hat keine Lust, mit ihnen zu plaudern, und fühlt sich etwas einsam.

Also, ungefähr am kältesten Tag, den wir hier je hatten, im vorletzten Winter, läutete bei mir zu Hause, während ich am Essen war, das Telephon, und als ich es abnahm, war da die Stimme einer Frau, und sie sagte, sie sei Frau Scott; ihr Mann sei gestorben, ich möchte doch kommen und ihn rasieren.

John Scott war einer meiner guten Kunden, wohnte aber sieben Meilen weit auf dem Land draußen. Trotzdem konnte ich nicht gut ablehnen.

Ich sagte deshalb zu, bemerkte aber, ich müsse einen Wagen nehmen, es könne deshalb noch drei oder vier Dollar mehr kosten als das Rasieren allein. Sie, oder die Stimme, sagte, das sei schon recht, und so ließ ich mich denn von Frank Abbott hinausfahren, und als ich dort anlangte, wer macht mir die Tür auf? Niemand anders als John Scott selber! Er war ebensowenig tot wie, na, wie ein Karnickel.

Es brauchte keinen Privatdetektiv, um herauszufinden, wer mir den kleinen Streich gespielt hatte. Dergleichen konnte nur Jim Kendall einfallen. Das war eine ulkige Kruke!

Ich erzähle Ihnen das nur, um Ihnen zu zeigen, wie er seine Stimme verstellen konnte, so daß man glaubte, er sei jemand anders. Ich hätte geschworen, es sei Scotts Frau, die mich anrief. Oder jedenfalls eine Frau.

Jim wartete also, bis ihm Dr. Stairs Stimme geläufig war; dann ging er auf Rache aus.

Eines Abends, als er wußte, daß der Arzt in Carterville drüben war, rief er Julie an. Ich bin sicher, sie hielt es für Dr. Stairs Stimme. Jim sagte, er müsse sie unbedingt noch am selben Abend sprechen, um ihr etwas mitzuteilen, was keinen Aufschub leide. Sie war natürlich sehr gespannt und bat ihn, zu ihr zu kommen. Aber er sagte, er erwarte noch ein wichtiges Ferngespräch, und ob sie nicht für dies eine Mal ihre gute Kinderstube vergessen und zu ihm in die Praxis kommen könne; es werde sie ja niemand sehen, und er müsse einfach mit ihr sprechen. Nun, Julie fiel darauf herein.

Dr. Stair läßt immer ein Nachtlicht bei sich brennen, so daß Julie den Eindruck hatte, es sei jemand zu Hause.

Unterdessen war Jim in seine Stammkneipe gegangen, wo es fröhlich zuging. Die meisten hatten ziemlich getrunken, und es war eine rauhe Bande, auch wenn sie nüchtern waren. Sie machten immer gern mit, wenn Jim etwas ausgeheckt hatte, und als er ihnen sagte, sie sollten mitkommen, es gebe was, da ließen sie die Karten und das Billard und zogen hinterher.

Dr. Stairs Praxis befindet sich im ersten Stock. Grad außerhalb der Haustür ist eine Treppe, die zum oberen Stock führt. Hinter dieser Treppe im Dunkeln versteckten sich Jim und seine Kumpanen.

Julie kam also vor die Haustür und läutete, ohne daß sich etwas regte. Sie läutete nochmals und hat wohl sieben- oder achtmal geläutet. Dann wollte sie die Tür aufklinken und fand sie verschlossen. Darauf ließ Jim etwas von sich hören, und sie wartete einen Augenblick und sagte dann: »Bist du's, Ralph?« Ralph ist der Vorname von Dr. Stair.

Es kam keine Antwort, und es muß ihr wohl plötzlich aufgegangen sein, daß man sie zum besten gehalten hatte. Fast wäre sie die Treppe hinuntergefallen, und die Bande hinter ihr her. Auf dem ganzen Heimweg waren sie hinter ihr her und grölten: »Bist du's, Ralph?« und »Ach, Ralphie, mein Lieber, bist du's?« Jim behauptete nachher, er habe es selber nicht rufen können, so habe er gelacht.

Die arme Julie! Es ging lange, lange, bis sie sich wieder hier auf der Hauptstraße blicken ließ.

Natürlich erzählten es Jim und seine Kumpane jedermann im Ort, jedermann außer Dr. Stair. Ihm wagten sie es nicht zu sagen, und er hätte es vielleicht gar nie erfahren, wenn nicht Paul Dickson gewesen wäre. Der arme Tropf, er war einmal hier im Laden, als Jim sich immer noch damit dicke tat, wie er Julie hereingelegt habe. Und Paul verstand gerade genug davon, um mit der Geschichte zu Dr. Stair zu laufen.

Man kann sich vorstellen, daß er hochging und sich schwor, Jim einen Denkzettel zu geben. Aber es war eine heikle Sache; wenn es nämlich herauskam, daß er Jim zusammengeschlagen habe, dann mußte Julie davon erfahren, und das hieß, daß sie

wußte, daß der Arzt von der Geschichte wußte, und das machte die Sache natürlich nur um so schlimmer. Er mußte also behutsam vorgehen.
Nun, ein paar Tage später war Jim wieder hier im Laden, und der Schwachsinnige auch. Jim wollte am nächsten Tag auf die Entenjagd und hatte hereingeschaut, weil er Hod Meyers suchte, der mit sollte. Ich wußte zufällig, daß Hod nach Carterville gefahren war und erst gegen Ende der Woche wieder zurück sein werde. Jim sagte, er gehe nicht gern allein, dann lasse er es lieber bleiben. Darauf tat Paul den Mund auf und sagte, wenn Jim ihn mitnehme, er komme gerne mit. Jim überlegte es sich einen Augenblick und meinte dann, ein Halbschlauer sei schließlich besser als gar nichts.
Wahrscheinlich hatte er vor, Paul einen Streich zu spielen, ihn vom Boot ins Wasser zu stoßen oder so. Jedenfalls sagte er, Paul könne mitkommen. Er fragte ihn, ob er je eine Ente geschossen habe, und Paul antwortete, er habe überhaupt noch nie eine Flinte in der Hand gehabt. So sagte denn Jim, er könne im Boot sitzen und ihm zuschauen, und wenn er brav sei, dürfe er auch ein paar Schüsse abgeben. Sie verabredeten sich auf frühmorgens, und das war das letzte Mal, daß ich Jim lebend sah.
Am nächsten Vormittag hatte ich den Laden noch keine zehn Minuten offen, als Dr. Stair hereinkam. Er schien etwas aufgeregt und fragte mich, ob ich Paul Dickson gesehen habe. Ich sagte nein, aber ich wisse, wo er sei, auf der Entenjagd mit Jim Kendall. Das habe er auch gehört, meinte der Arzt, und es komme ihm seltsam vor, weil Paul ihm gesagt habe, er wolle zeit seines Lebens nie nichts mehr mit Jim zu tun haben.
Er sagte auch, Paul habe ihm erzählt, wie Jim mit Julie umgesprungen sei, und habe ihn gefragt, was er davon halte; er habe geantwortet, wer so etwas tue, verdiene nicht zu leben.
Ich sagte, es sei ja freilich etwas roh gewesen, aber Jim könne nun einmal keinem lustigen Streich nicht widerstehen, wenn er auch noch so roh sei. Innerlich sei er ein guter Kerl, aber eben voller Übermut. Dr. Stair machte kehrt und ging hinaus.
Am Mittag erhielt er einen Anruf vom alten John Scott. Der See, wo Jim und Paul auf die Jagd gingen, gehört zu Johns Gut. Paul war vor ein paar Minuten gelaufen gekommen und hatte gesagt, es sei etwas passiert. Jim hatte ein paar Enten ge-

schossen und dann die Flinte an Paul gegeben und gesagt, er solle es auch mal versuchen. Paul hatte noch nie eine Flinte in der Hand gehabt; er war aufgeregt und zitterte so stark, daß er die Flinte nicht mehr in der Gewalt hatte. Ein Schuß löste sich, und Jim sackte im Boot zusammen, tot.

In seiner Eigenschaft als Leichenbeschauer sprang Dr. Stair in Frank Abbotts Auto und fuhr hinaus auf Scotts Gut, wo er Paul und den alten John am Ufer fand. Paul hatte das Boot ans Ufer gerudert, aber die Leiche hatten sie drin gelassen, bis der Arzt komme.

Dieser untersuchte den Fall und sagte, sie könnten die Leiche gleich in den Ort schaffen; es habe keinen Sinn, sie hier zu lassen oder eine Totenschau abzuhalten, es handle sich ganz offenbar um einen tödlichen Unfall.

Ich persönlich würde nie jemand im selben Boot mit mir schießen lassen, wenn ich nicht sicher wäre, daß der Betreffende mit Schußwaffen umgehen kann. Es war dumm von Jim, seine Flinte einem blutigen Anfänger zu überlassen, geschweige denn einem Schwachsinnigen. Wahrscheinlich ist ihm recht geschehen. Aber wir vermissen ihn hier immer noch. Er war doch eine ulkige Kruke!

Feucht bürsten oder trocken?

Gastfreundschaft

Mein Mann ist in Atlantic City, wo gegenwärtig ›Darling Dora‹, die Verarbeitung von ›David Copperfield‹ zu einem Musical, ausprobiert wird. Mein Mann hat die Musik dazu geschrieben. Früher nahm er mich jeweils mit, wenn ein Stück außerhalb New Yorks seine Uraufführung erlebte, aber jetzt nicht mehr.

Selbstverständlich hat er die ganze Zeit im Theater zu tun, und ich sitze dann allein im Hotel, und es geht jeweils nicht lange, bis die Leute draufkommen, wessen Frau ich bin, und sich vorstellen, und schon laden sie uns ein zu einem Wochenende in Dobbs Ferry oder Oyster Bay. Meine Aufgabe ist es dann, einen plausiblen Grund zu finden, warum wir nicht kommen können.

In vielen Fällen sagen sie: »Wenn es am zweiundzwanzigsten nicht geht, wie wär's mit dem neunundzwanzigsten?« und so weiter, bis man einfach zusagen muß. Und Ben hat eine Wut, und zwar tagelang.

Ben hat einen Abscheu dagegen, auf Besuch zu gehen, und findet, solche Einladungen, über Abendessen und Bridge hinaus, sollten gesetzlich verboten sein. Gegen Hotels hat er nichts, sofern für vernünftige Beleuchtung gesorgt ist, um im Bett zu lesen, und zum Rasieren, und weil man da jederzeit eine Mahlzeit bestellen kann, mit Kaffee, wann immer es einem paßt. Aber ich glaube wirklich, er würde lieber eine Woche in der Todeszelle eines Gefängnisses verbringen als in einem fremden Hause.

Vor zwei oder drei Jahren verkehrten wir ausgiebig mit einem Ehepaar, das ich hier die Buckleys nennen will. Wir mochten sie gern, und sie mochten uns. Mindestens zweimal die Woche trafen wir uns zum Abendessen, und nach dem Essen spielten wir Bridge oder gingen ins Theater oder saßen einfach beieinander und plauderten.

Wenn sie uns einluden, sagte Ben nie ab, ja, er rief sie sogar selber an, um etwas zu vereinbaren. Schließlich mußten sie dann nach Albany ziehen, berufshalber. Wir vermißten sie sehr, und als Buckleys Frau uns schrieb, wir sollten doch in den Ferien zu ihnen kommen, waren wir selig.

Nun, das Gastzimmer war ungeheizt; es ging Stunden, bis die Badewanne voll war; von einer Leselampe beim Bett war keine Rede; dreimal kamen welche von der Presse, um Ben auszufragen, und zwei davon waren flatterhafte junge Dinger; das Frühstück bestand nur aus Obst, Raschelzeugs und Toast; nach dem Mittagessen gab es keinen Kaffee; die Wasserhahnen beim Waschbecken waren von der Art, die man drücken muß, damit das Wasser läuft; vier wichtige Tasten am Klavier klemmten, und jeden Abend wurden Leute eingeladen, um Ben vorspielen zu hören, und die Familie hatte sich um einen mächtigen Wolfshund vermehrt, von dem es hieß, er sei ›nur ein junges Tier, das Bekannte niemals anknurrt oder nach ihnen schnappt‹, dem es aber nie in den Kopf wollte, daß Ben kein wildfremder Mensch war.

Am vierten furchtbaren Tag rückte Ben mit der Neuigkeit heraus – es war eine Neuigkeit sowohl für ihn wie für mich und die Gastgeber –, es sei ihm eine Plombe herausgefallen, die nur sein ständiger Zahnarzt in New York ersetzen könne. Wir fuhren nach Hause, und die Buckleys haben wir seither nicht mehr gesehen. Es muß schon ein Zufall sein, wenn wir sie je wiedersehen. Sie werden uns kaum einladen, es sei denn, wir laden sie zuerst ein, und das werden wir hübsch bleiben lassen, aus Angst, sie könnten uns dann wieder nach Albany einladen. Und dabei waren es die gemütlichsten Bekannten, die wir je hatten.

Es geschah nach unserem Besuch bei den Craigs in Stamford, daß Ben auf das verfiel, was er ›Notausgang‹ nennt. Wir hatten es bei den Craigs so schlecht getroffen und hatten uns so schlecht losmachen können, daß Ben sich schwor, er werde erst wieder auf Besuch gehen, wenn ihm etwas einfalle, wie er Besuche mit gutem Anstand abkürzen könne, sobald es nicht mehr zum Aushalten sei.

Das Verfahren, das er sich ausdachte, war folgendes: er setzte jeweils ein Telegramm an sich selber auf, unterschrieben mit Ziegfeld oder Dillingham oder George M. Cohen. In dem Telegramm stand, er müsse sofort nach New York zurückkehren, nebst Angabe eines Grundes. Am Tag unserer Abreise hinterließ er dann dieses Telegramm bei Irene, der Verlagssekretärin, mit der Anweisung, es vierundzwanzig Stunden später aufgeben zu lassen.

Wenn es dann ankam, veranlaßte er den Gastgeber oder dessen Frau, sich die Meldung telephonisch durchsagen zu lassen, oder er ließ sich das Telegramm schicken, damit er es herumzeigen konnte. Wir machten dann jeweils ein langes Gesicht und sagten, wie schade, aber der Beruf gehe natürlich vor, also auf Wiedersehen und so weiter. Nie kam der leiseste Verdacht auf, selbst wenn das Telegramm sinnlos war, wie dasjenige, das Ben sich nach Spring Lake schicken ließ, wo wir bei den Marshalls zu Besuch weilten, kurz nach der Uraufführung von ›Bettys Geburtstag‹. Die Marshalls hörten gerne Musicals, verstanden aber weniger als nichts von Musik, sonst hätten sie dieses Telegramm nicht geschluckt:

Shaw und die Miller an Laryngitis erkrankt Stop ganze Partitur ist einen halben Ton tiefer zu setzen Stop bitte sofort kommen Stop

C. B. DILLINGHAM

Falls Ben sich wider Erwarten irgendwo wohl gefühlt hätte, dann hätte er den Inhalt des Telegramms natürlich für sich behalten, oder er hätte es vorgelesen und kühndreist bemerkt, er sei noch nie ein Sklave seines Berufs gewesen.

Jetzt ist Ben also in Atlantic City, und ich habe schon alle Bücher im ganzen Haus gelesen und schreibe das hier auf, weil ich nichts anderes zu tun habe. Und außerdem auch, weil wir einen Freund, Joe Frazier, haben, der eine Zeitschrift herausgibt, und kürzlich sagte ich ihm, ich würde es gerne einmal mit einer Erzählung versuchen, aber mit der Handlung, da hapere es bei mir, und er versicherte mir, auf die Handlung komme es nicht an; man denke nur an Ernest Hemingway, in den meisten seiner Erzählungen gebe es fast keine Handlung; bei ihm mache es der Stil. Und er – ich meine Joe Frazier – forderte mich auf, über unseren Besuch bei den Thayers in Lansdowne bei Philadelphia etwas zu schreiben, über diesen Besuch, der das Ende aller Besuche bedeutete und der Hauptgrund ist, warum ich allein hier sitze.

Es begann im September vor einem Jahr, in einer schönen Nacht. Ben dirigierte die Aufführung – ›Tanzbeine‹ – und ich stand am Geländer der Promenade vor dem Theater und schaute auf das im Mondschein glitzernde Meer hinaus. Ein

Ehepaar, das mir schon im Eßsaal des Hotels aufgefallen war, blieb neben mir stehen, und dann sagte die Frau etwas zu mir, wie hübsch es doch sei, oder etwas dergleichen. Und dann kam die bekannte Frage, ob ich nicht die Frau von Ben Drake sei. Ich bejahte, und die Frau fuhr fort:

»Mein Name ist Thayer, Hilda Thayer. Und das ist mein Mann. Wir schwärmen beide für Ben Drakes Musik und möchten ihn gar zu gerne persönlich kennenlernen. Dürfen wir Sie beide vielleicht heute nach der Vorstellung zu einem kleinen Essen einladen?«

»Ach, das ist leider ausgeschlossen«, erwiderte ich. »Sehen Sie, wenn ein Stück hier ausprobiert wird, dann hat mein Mann mit den Librettisten und den Textern jeden Abend die ganze Nacht zu tun, damit alles sitzt für die Erstaufführung in New York. Sie haben dann höchstens Zeit für ein Sandwich, und auch das essen sie im Theater.«

»Nun, wie wär's mit einem gemeinsamen Mittagessen morgen?«

»Er hat den ganzen Tag Probe.«

»Oder morgen zum Abendessen?«

»Nein, es geht wirklich nicht. Mein Mann ist zur Zeit ganz unabkömmlich.«

»Und außerdem liegt ihm sowieso nichts dran, uns kennenzulernen«, warf Thayer ein. »Was macht sich ein Genie wie Ben Drake schon aus zwei unbedeutenden Verehrern wie meiner Frau und mir? Wenn wir auch jemand wären, dann wäre es etwas anderes!«

»Durchaus nicht«, beteuerte ich. »Mein Mann ist auch nur ein Mensch; er hört es gerne, wenn seine Musik bewundert wird, und ich bin sicher, er würde Sie gerne kennenlernen, wenn er nicht so furchtbar zu tun hätte.«

»Würden Sie selber mit uns mittagessen?«

»Morgen?«

»Wann immer es Ihnen paßt.«

Was auch Ben und andere Ehemänner davon halten mögen, eine solche Einladung läßt sich nicht gut ausschlagen. Außerdem fühlte ich mich sehr allein, und die Thayers machten einen guten Eindruck.

Ich war mit ihnen zum Mittagessen, und auch zum Abendessen, nicht nur am nächsten Tag, sondern die ganze Woche. Und am

Freitag veranlaßte ich Ben, mit ihnen am Mittagessen teilzunehmen; und sie gefielen ihm auch; sie waren nicht halb so ungenießbar wie die meisten seiner Verehrer.
Beim Abendessen am Samstag horchten sie mich über unsere Pläne für die nächste Zeit aus. Ich erklärte, sobald das Stück in New York ›angekommen‹ sei, würde ich versuchen, meinen Mann dazu zu bewegen, einen Monat lang zu Hause zu bleiben und auszuspannen.
»Mitten im Getriebe der Stadt«, meinte Hilda Thayer, »dürfte es aber schwierig sein für ihn, richtig auszuspannen; da wird er doch ständig angerufen vom Theater und vom Verlag und von den Schallplattenfirmen.«

Ich gab zu, daß er ewig gestört werde.

»Hören Sie zu«, sagte Hilda Thayer, »warum kommen Sie nicht lieber auf eine Woche zu uns nach Lansdowne hinaus? Ich verspreche Ihnen, daß er da völlig ungestört bleibt. Ich werde niemand etwas von Ihrer Anwesenheit sagen, und wenn jemand zu uns will, laß ich uns verleugnen. Ihr Mann darf das Klavier überhaupt nicht anrühren. Wenn er sich Bewegung verschaffen will, kann er im Garten herumgehen, ohne daß ihn jemand von der Straße sieht. Er kann nichts tun, oder tun, was ihm beliebt, zu jeder Tages- und Nachtzeit. Bei uns herrscht keinerlei Zwang. Er braucht niemand zu sagen, wo er sich aufhält, aber wenn es doch jemand herausfindet und sich mit ihm in Verbindung setzen will, dann verscheuche ich den Störenfried. Was sagen Sie dazu?«
»Es klingt wunderbar«, sagte ich, »nur –«
»Also abgemacht; wir erwarten Sie sonntags, den 11. Oktober.«
»Ja, aber vielleicht hat sich das Stück bis dahin noch nicht eingespielt.«
»Wie wär's mit dem achtzehnten?«
Nun, es lief darauf hinaus, daß ich für die Woche vom fünfundzwanzigsten zusagte, und Ben nahm es gelassen auf.
»Wenn sie ihr Versprechen halten, uns gegen außen abzuschirmen«, meinte er, »dann ist es vielleicht besser, als in New York zu bleiben. Ich weiß, die Shuberts und Ziegfeld wollen mich kapern, solange ich ›im Schwang‹ bin, und sie würden mir keine Ruhe lassen, wenn sie wissen, wo ich zu finden bin. Und wenn es nicht klappen sollte, dann haben wir ja immer noch Irenes Telegramm.«

Auf der Fahrt nach Philadelphia summte er eine höchst liebliche Melodie, die ihm schon die ganze Zeit durch den Kopf ging, seit wir abgereist waren. »Ich glaube, das schlägt ein«, meinte er. »Ich muß möglichst rasch ans Klavier und mir das zurechtlegen.«

»Das nennt man aber nicht ausspannen.«

»Aber du willst doch nicht, daß ich eine so brauchbare Melodie fahren lasse? Ich kann es mir nicht leisten, dergleichen zu verschwenden. Fünf Minuten am Klavier, und die Sache ist in Ordnung.«

Die Thayers holten uns in einem vornehmen Auto ab.

»Ralph«, sagte Hilda zu ihrem Mann, »du nimmst einen der Notsitze, und unsere Gäste sitzen hier hinten bei mir.«

»Ich hätte zwar lieber selbst einen der Notsitze«, erklärte Ben, und zwar im Ernst; er hat es nicht gern, wenn sein Anzug zerknittert wird, was unweigerlich geschehen mußte, wenn er zwischen zwei so umfangreichen Erscheinungen wie unsere Gastgeberin und mich eingezwängt saß.

»O nein«, entschied die Gastgeberin. »Sie sind hierher gekommen, um auszuspannen, und da sollen Sie es von Anfang an bequem haben.«

»Aber ich möchte wirklich lieber –«

Es half nichts. Ben wurde zwischen uns eingekeilt und sprach während der ganzen Fahrt kein Wort; er konnte an nichts anderes denken als an seinen Anzug.

Die Thayers bewohnten ein hübsches Haus, und das Zimmer, das uns zugewiesen wurde, war nahezu vollkommen. Ein behagliches Doppelbett mit einem Tischchen und einer bequemen Leselampe dazwischen; eine mächtige Kommode mit Spiegel; ein geräumiger Kleiderschrank mit genügend Bügeln; ein Badezimmer mit heißem Wasser, das wirklich heiß war, mit Handtüchern, die nicht zu neu waren, und Wasserhahnen, die, einmal aufgedreht, auch aufgedreht blieben, und überall ein Aschenbecher in Reichweite. Hätten wir nun die ganze Zeit in diesem Gästezimmer verbringen können, dann wäre alles nach Wunsch gewesen.

Bald wurden wir jedoch zum Mittagessen gerufen. Ich hatte die Gastgeberin im voraus gewarnt, so daß Ben seinen Kaffee bekam. Er trinkt ihn schwarz.

»Nehmen Sie keine Sahne, Mr. Drake?«
»Nein, nie.«
»Ach, das ist nur, weil Sie in New York keine gute Sahne kriegen.«
»Nein, es ist, weil ich Sahne im Kaffee nicht mag.«
»Unsere Sahne schon. Wir halten selber Kühe, und die Sahne ist so fett, daß sie fast wie Butter ist. Wollen Sie nicht ein ganz klein wenig versuchen?«
»Nein, danke.«
»Ach, ein klein bißchen, nur damit Sie sehen, wie fett sie ist.«
Sie goß ihm etwa einen Eßlöffel voll in die Tasse, und einen Augenblick lang befürchtete ich schon, er werde ihr den Kaffee ins Gesicht schütten. Er hielt aber an sich, zwang sich zu einem Lächeln und lehnte ein zweites Kotelett ab.
»Sie haben den Kaffee ja gar nicht probiert«, bemerkte die Gastgeberin.
»Doch, doch«, log Ben. »Die Sahne schmeckt wunderbar. Leider bekommt sie mir nicht.«
»Ich finde, Kaffee ist überhaupt unbekömmlich«, behauptete Hilda Thayer. »Warum versuchen Sie nicht, ihn sich abzugewöhnen, während Sie zum Ausspannen hier sind?«
»Ich würde so gereizt, daß Sie bald nichts mehr von mir wissen wollten. Übrigens ist es nicht der Kaffee, der mir nicht bekommt, es ist Kaffee mit Sahne.«
»Reine, fette Sahne wie die unsere schadet niemand.«
Ben gab sich geschlagen.
Er wollte sich eine Zigarette anzünden, eine Jaguar, die Marke, die er schon seit Jahren rauchte.
»Halt! Warten Sie«, rief Thayer. »Versuchen Sie eine von diesen da.«
»Was für welche sind das?«
»Trumps«, antwortete Thayer und hielt ihm sein Etui hin. »Ganz mild, schonen den Hals.«
»Ich versuche dann nachher eine, danke«, erklärte Ben.
»Sie müssen sie ganz einfach versuchen«, mischte sich Thayers Frau ein. »Am besten, Sie gewöhnen sich gleich daran, Sie werden nämlich nichts anderes rauchen, solange Sie hier sind. Das geht doch nicht, daß ein Gast selber für die Zigaretten sorgt.«
So mußte Ben seine Jaguar wegstecken und eine Trump rauchen, die noch schlimmer war, als er befürchtet hatte.

Nach dem Essen begaben wir uns ins Wohnzimmer hinüber, und Ben steuerte geradewegs aufs Klavier zu.
»Halt, halt! Das gibt's nicht!« rief Thayers Frau. »Ich habe mein Versprechen nicht vergessen.«
»Was für ein Versprechen?«
»Hat Ihre Frau Ihnen nichts gesagt? Ich habe ihr doch versprochen, daß Sie bei uns das Klavier überhaupt nicht anrühren dürfen.«
»Ich möchte aber gerne«, widersprach Ben. »Es geht mir da eine Melodie im Kopf herum, die ich ausprobieren möchte.«
»Ja, ja, das kennen wir! Sie glauben bloß, Sie müßten uns unterhalten. Nichts damit! Wir haben Sie um Ihrer selbst willen eingeladen, nicht als Komponist. Das wäre ja noch schöner, Ihnen geruhsame Ferien versprechen und Sie dann eine Vorstellung geben lassen!«
»Es ist gar keine Vorstellung«, versicherte Ben. »Ich möchte wirklich fünf oder zehn Minuten ans Klavier. Ich habe da eine Melodie, von der ich mir einiges verspreche, ich muß unbedingt sehen, was sich damit anfangen läßt.«
»Das glaube ich Ihnen nicht, Sie Böser!« sagte unsere Gastgeberin. »Ihre Frau hat Ihnen erzählt, wie versessen wir auf Ihre Musik sind, und nun wollen Sie sich uns unbedingt angenehm machen. Aber ich bin genauso halsstarrig wie Sie. Nicht eine Note werden Sie spielen, solange Sie unser Gast sind!«
Ben warf mir einen verzweifelten Blick zu, brabbelte etwas, er müsse noch auspacken – die Koffer waren bereits ausgepackt – und stieg in unser Zimmer hinauf, wo er fast eine Stunde lang blieb, die neue Melodie zu Papier brachte, eine Jaguar nach der andern rauchte und die Wasserhahnen verwünschte, aus denen kein schwarzer Kaffee fließen wollte.
Ungefähr um dreiviertel vier bestand Thayer darauf, ihn draußen umherzuführen und ihm das Dickicht zu zeigen, etwas, das für Ben etwa von derselben Bedeutung war wie die Dicke des Drahtes, der für Haarnadeln verwendet wird.
»Morgen muß ich wieder ins Geschäft«, erklärte Thayer, »und Sie müssen sich dann selber unterhalten. Ich dachte, Sie hätten mehr vom Garten, wenn ich Ihnen ein wenig Bescheid gebe. Natürlich ist er im Frühling viel hübscher.«
»Das kann ich mir denken.«
»Sie müssen nächsten Frühling einmal herkommen und sich den Garten besehen.«

»Im Frühling habe ich gewöhnlich zu tun.«
»Bevor wir hineingehen«, sagte Thayer, »möchte ich Ihnen eine einzige Frage stellen: fallen Ihnen die Motive ein und dann schreiben Sie sie auf, oder setzen Sie sich einfach ans Klavier, um zu improvisieren, bis Sie auf etwas Besonderes stoßen?«
»Manchmal so, manchmal so.«
»Sehr interessant. Ich habe mich oft gefragt, wie das geht. Und noch eine Frage: erfinden Sie die Melodien zuerst, die Sie dann den Textdichtern geben, oder wird zuerst der Text geschrieben, und Sie machen dann die Musik dazu?«
»Manchmal so, manchmal so.«
»Sehr interessant. Ich hätte das immer gerne gewußt. Und nun verfügen wir uns wohl lieber zu den Damen, sonst sagt meine Frau, ich belege Sie mit Beschlag.«
Sie verfügten sich zu uns, zu meiner großen Erleichterung. Wir waren an einem Punkt angelangt, wo ich ›Hilda‹ entweder sagen mußte, was mein Mann im Jahr verdient, oder daß es sie nichts angehe.
»Na«, sagte sie zu Ben, »ich dachte schon, mein Mann habe Sie entführt.«
»Er hat mir die Sträucher gezeigt.«
»Und was halten Sie davon?«
»Das sind noch Sträucher«, erwiderte Ben und suchte etwas Wärme in seinen Ton zu legen.
»Sie müssen sie einmal im Frühling besichtigen.«
»Im Frühling habe ich gewöhnlich zu tun.«
»Ralph und ich sind mächtig stolz auf die Sträucher.«
»Mit Recht.«
Ben nahm ein Buch aus dem Bücherschrank.
»Was haben Sie da?« fragte die Gastgeberin.
»›Der große Gatsby‹. Ich wollte das schon immer mal lesen, bin aber nie dazugekommen.«
»Du lieber Himmel«, rief sie und nahm es ihm weg. »Das ist ja alt! Sie finden die neuesten Romane dort auf dem Tisch. Wir sind ziemlich auf der Höhe, Ralph und ich; wir lesen eine Menge. Versuchen Sie es mit einem aus jenem Stoß dort, die sind alle gut.«
Ben suchte sich eins heraus und setzte sich hin, um darin zu blättern.
»Menschenskind!« rief Hilda Thayer. »Sie haben sich da den unbequemsten Stuhl im ganzen Haus ausgesucht!«

»Er sitzt am liebsten auf einem gewöhnlichen Stuhl«, sagte ich.
»Das stimmt«, bestätigte Ben.
»Da dürfen Sie aber nicht sitzen«, erklärte unsere Gastgeberin. »Mir wird unbehaglich, wenn ich Sie nur sehe. Nehmen Sie doch den Fauteuil dort. Das ist der weichste, bequemste Sitz, den Sie je hatten.«
»Ich habe gewöhnliche, harte Stühle am liebsten«, versicherte Ben, ließ sich jedoch in den weichen, bequemen Fauteuil sinken und schlug sein Buch auf.
»Ach, da sehen Sie ja nichts!« rief die Gastgeberin. »Sie richten ja Ihre Augen zugrunde! Stehen Sie doch einen Augenblick auf, damit Ralph Ihnen den Stuhl zur Lampe hinrücken kann.«
»Ich sehe genug.«
»Das weiß ich besser! Ralph, schieb ihm den Stuhl hin, damit er was sieht.«
»Ich glaube, ich möchte doch lieber nicht lesen«, bemerkte Ben und trat zum Grammophon hin. »Bess«, sagte er und legte eine Platte auf, »da ist dieses ›Oh, Miss Hanna!‹ von den Revellers.«
Hilda Thayer war fast mit einem Satz an seiner Seite und stellte Miss Hanna in den Ständer zurück.
»Wir haben viel neuere Platten«, sagte sie. »Darf ich Ihnen die neuesten Gershwins auflegen?«
Hier fand ich nun, daß unsere Gastgeberin es an Taktgefühl fehlen ließ. Schließlich ist Gershwin ein Konkurrent meines Mannes, und zwar, wie manche glauben, ein ehrenvoller Konkurrent. Ben hatte indessen ein lobendes Wort für jede Platte, wenn sie zu Ende war, und ließ auch nicht die geringste Andeutung fallen, einige der Motive könnten auf solche von ihm zurückgehen.
Schließlich erkundigte sich Thayer, ob Ben einen Gin-Cocktail möchte oder lieber einen Bacardi.
»Bacardi mag ich gar nicht«, erklärte Ben.
»Die Sorte, die ich hier habe, mögen Sie sicher. Ich habe sie von einem Freund, der kürzlich aus Kuba zurückkam. Das ist das wahre!«
»Ich mag Bacardi nicht.«
»Warten Sie, bis Sie meinen versucht haben.«
Wir hatten also Bacardi-Cocktails. Ich trank meinen aus und

fand ihn nicht besonders. Ben nippte an dem seinen und beteuerte, er sei vorzüglich. Er hatte aber die Wahrheit gesprochen, als er sagte, er möge Bacardi nicht.
Ich will mich nicht auf Einzelheiten einlassen, was das Abendessen betrifft; nur so viel sei bemerkt, daß drei verschiedene Dinge einen starken Käsegeschmack hatten, und Ben hat eine Abneigung gegen Käse.
»Sind Sie kein Freund von Käse?« fragte Thayer, als Ben dem Essen nicht gerade heißhungrig zusprach.
»Nein«, erwiderte der Ehrengast.
»Er will dich zum besten halten, Ralph«, sagte dessen Frau. »Jedermann hat Käse gern.«
Es gab Kaffe, und Ben brachte es fertig, eine Tasse hinunterzustürzen, bevor man ihm mit der reinen Sahne kam.
Wir setzten uns zum Bridge.
»Spielen Sie lieber familienweise oder übers Kreuz?«
»Ach, wir spielen gerne zusammen«, sagte ich.
»Sie meinen es sicher anders«, erwiderte unsere Gastgeberin. »Also, Sie spielen mit meinem Mann gegen Ihren Mann und mich. Ich finde es falsch, wenn Eheleute Partner sind. Das führt doch bloß zu Streitereien, und dann sagt man einander Dinge, die Narben hinterlassen.«
Thayer und ich spielten also gegen Ben und Thayers Frau, um ein Zehntel, und ich verlor sechzig Cents. Lange bevor der Abend vorbei war, wurde mir klar, warum Thayers Frau es falsch fand, mit ihrem Mann zu spielen; ich hätte ihm am liebsten einen vollständigen Satz von Narben hinterlassen.
Als wir schon am Einschlafen waren, klopfte es an die Tür.
»Ich fürchte, Sie haben nicht genug Decken«, rief unsere Gastgeberin. »Auf dem Gestell im Schrank sind noch welche.«
»Danke«, sagte ich. »Wir finden es mollig genug.«
»Sie finden es sicher nicht warm genug.«
»Schließ die Tür ab«, sagte Ben, »bevor sie hereinkommt und uns an die Füße faßt.«
Während des Frühstücks am nächsten Morgen warteten wir die ganze Zeit auf den Anruf, der Irenes Telegramm übermitteln sollte. Einmal läutete das Telephon, und Thayers Frau nahm es ab, aber wir vermochten nicht zu hören, was sie sagte. Um die Mittagszeit winkte mir Ben, und oben im Zimmer erklärte er finster, ich könne es halten, wie ich wolle, aber er sei entschlos-

sen, die gastfreundliche Stätte zu verlassen, ehe die Sonne nochmals untergehe.
»Du hast aber keinen Vorwand«, bedeutete ich ihm.
»Ich bin ein Genie, und Genies sind bekanntlich unberechenbar.«
»Auch ihre Frauen sind manchmal unberechenbar«, sagte ich und begann zu packen.
Thayer war nach Philadelphia gefahren, und wir waren beim Mittagessen mit unserer Gastgeberin allein.
Ben erkundigte sich, ob sie auch manchmal Vorahnungen habe.
»Nein«, sagte sie erschreckt, »haben Sie denn welche?«
»Es ist noch keine halbe Stunde her, da hatte ich eine. Eine innere Stimme sagte mir, ich müsse unbedingt noch heute abend in New York sein. Ich weiß nicht, ob es sich um etwas Geschäftliches oder um einen Krankheitsfall oder sonst was handelt, aber ich muß einfach hin.«
»Das ist das Seltsamste, was ich je gehört habe«, sagte Hilda Thayer. »Ich habe eine Todesangst.«
»Sie brauchen keine Angst zu haben«, meinte Ben. »Es betrifft ja nur mich.«
»Ja, aber hören Sie zu. Heute morgen kam ein Telegramm für Sie. Ich wollte Ihnen nichts davon sagen, weil ich doch versprochen hatte, Sie sollten ungestört bleiben. Und es schien auch nicht so furchtbar wichtig. Aber diese Ihre Vorahnung läßt die Sache in einem andern Licht erscheinen. Ich bedaure jetzt, Ihnen das Telegramm nicht ausgerichtet zu haben, als es kam, aber ich habe es auswendig gelernt und kann es noch Wort für Wort hersagen: ›Mr. Ben Drake, c/o Ralph Thayer, Lansdowne, Pennsylvania. Im Saharalied, zweiter Takt des Refrains, steht für große Trommel ein As, was Mißton ergibt. Sollte es A heißen? Wäre froh, wenn Sie heute abend ins Theater kämen, um nach dem Rechten zu sehen, da Harmonie im Orchester für Erfolg unbedingt erforderlich. Gruß, Gene Buck.‹«
»Klingt albern, nicht?« sagte Ben. »Und doch habe ich es schon erlebt, daß Musicals durchgefallen sind und Verluste verursacht haben, die in die Hunderttausende gehen, nur weil ein Komponist zu früh abgereist ist. Ich begreife, daß Ihnen das Telegramm unwichtig vorkam. Gleichzeitig kann ich von Glück

sagen, daß mein Ahnungsvermögen mich nicht im Stich gelassen hat.«
Gerade als der Zugführer rief: »Einsteigen, bitte«, sagte unsere Gastgeberin noch:
»Ich muß Ihnen noch etwas beichten. Ich habe das Telegramm beantwortet, ich habe zurücktelegraphiert: ›Ben Drake zur Ausspannung bei mir. Darf nicht gestört werden. Große Trommel am besten eine Woche lang stillegen.‹ Unterschrieben mit meinem Namen. Bitte verzeihen Sie, wenn ich etwas Furchtbares angerichtet habe. Ich wollte nur Ihr Bestes.«
Kein Wunder, daß es in der Theaterwelt hieß, es müsse da bei Ben ganz besonders feuchtfröhlich zugegangen sein.

Ruhestätte

»Nun«, sagte der Arzt beflissen, »wie fühlen Sie sich?«
»Ach, ich glaube, es geht«, erwiderte der Mann im Bett, »etwas dösig bin ich noch.«
»Sie waren anderthalb Stunden unter Narkose. Kein Wunder, daß Sie noch nicht hellwach sind. Aber das gibt sich, wenn Sie eine Nacht gut geschlafen haben, und ich habe der Schwester ein Schlafmittel für Sie dagelassen. Ich gehe jetzt. Bei Schwester Lea sind Sie gut aufgehoben.«
»Ich bin um sieben Uhr fertig«, bemerkte Schwester Lea. »Bin mit einer Freundin verabredet. Aber Schwester Helen ist auch tüchtig. Sie ist die Nachtschwester. Wenn Sie etwas brauchen, sie holt es Ihnen. Was kann er essen, Herr Doktor?«
»Gar nichts; erst morgen nach der Untersuchung. Vorläufig besser nichts. Aber sorgen Sie dafür, daß er seine Ruhe hat. Lassen Sie ihn nicht sprechen, und sprechen Sie selber nicht mit ihm; das heißt, wenn Sie es fertigbringen.«
»Fertigbringen!« sagte Schwester Lea. »Na, hören Sie mal, ich kann schweigen wie die Sphinx persönlich, wenn ich will. Manchmal sitze ich stundenlang da – und zwar nicht allein –, ohne ein Wort zu sagen. In Gedanken versunken und Träume. In Baltimore, wo ich ausgebildet wurde, hatte ich eine Freundin, die nannte mich immer Puttchen. Nicht weil ich eine dumme Pute bin wie gewisse Leute, sondern weil ich dasitzen konnte und schweigen wie eine Gipsfigur. ›Ich möchte bloß wissen, Puttchen, was du wieder denkst‹, sagte sie immer.«
»Also, ich geh jetzt. Auf Wiedersehen morgen früh.«
»Auf Wiedersehen, Herr Doktor«, sagte der Mann im Bett, als der Arzt hinausging.
»Wiedersehen, Herr Doktor«, rief die Schwester, als die Tür zuging.
»Ein furchtbar netter Mensch«, bemerkte sie dann. »Und ein tüchtiger Arzt. Das ist das erste Mal, daß ich bei ihm bin. Er traut einem wenigstens etwas Verstand zu. Die meisten dieser Ärzte behandeln uns, als ob sie uns für vollkommene Trottel hielten. Dr. Holland zum Beispiel. Letzte Woche hatte ich einen Fall bei ihm. Er behandelte mich, als sei ich ein vollkom-

mener Trottel. Schließlich sagte ich es ihm. ›Ich bin nicht so dumm, wie ich aussehe‹, sagte ich. Sie ist Freitag nachts gestorben.«

»Wer?« fragte der Kranke.

»Die Frau; der Fall, von dem ich sprach.«

»Und was hat der Arzt gesagt, als Sie sagten, Sie seien nicht so dumm, wie Sie aussehen?«

»Das weiß ich nicht mehr«, antwortete Schwester Lea. »Er sagte, ›hoffentlich nicht‹, oder etwas dergleichen. Was konnte er schon sagen? Ach, dreiviertel sechs! Ich ahnte gar nicht, daß es schon so spät ist. Da muß ich rasch sehen, daß Sie für die Nacht alles haben. Und Schwester Helen sage ich, daß sie gut für Sie sorgen soll. Wir werden uns ›Rivalen‹ ansehen. Ich geh mit meiner Freundin hin. Ihr Freund hat ihr die Karten gegeben und holt uns nach der Vorstellung ab, zu einem kleinen Essen.

Marian – das ist meine Freundin – hat den Narren an ihm gefressen. Und er an ihr, wenn man sie reden hört. Aber ich habe heute mittag zu ihr gesagt – sie rief mich an –, ›Marian‹, sagte ich, ›wenn er so scharf ist auf dich, warum macht er dir keinen Heiratsantrag? Reich genug ist er, und sein eigener Herr und Meister ist er auch, es besteht also gar kein Grund, warum er dich nicht heiraten sollte, wenn er so auf dich erpicht ist, wie du behauptest.‹ Sie sagte, vielleicht werde er sich heute abend mit ihr verloben. So was Dummes! Als ob er mich mitschleppen würde, wenn er im Sinn hätte, sich mit ihr zu verloben.

Was ich da sagte von wegen reich sein, das ist ein Witz. Er behauptet, er sei reich, und sie glaubt es. Ich habe ihn noch nicht kennengelernt, aber nach dem Photo sieht er aus, als verdiene er bestenfalls fünfundzwanzig Dollar die Woche. Sie glaubt, er müsse reich sein, weil er an der Wall Street ist. Ich habe ihr gesagt, ›das heißt noch gar nichts‹, habe ich ihr gesagt. ›Was ist er von Beruf, das ist die Frage. Auch an der Wall Street werden Hausdiener gebraucht, wie überall.‹ Aber sie vergöttert ihn einfach.

Sie fragt mich ständig, ob ich nicht auch finde, er sehe blendend aus. Ich sage jeweils, doch, sicher, aber im Vertrauen gesagt, ich glaube nicht, daß man ihn je mit Richard Barthelmess verwechseln könnte.

Ach ja! Den habe ich kürzlich gesehen, wie er aus dem Hotel

Algonquin herauskam! Sieht wirklich blendend aus. Noch besser als auf der Leinwand. Roy Stewart.«
»Was ist mit Roy Stewart?« fragte der Kranke.
»Ach, das ist der junge Mann, von dem ich Ihnen sagte. Der Freund meiner Freundin. Ich gehe jetzt und suche Schwester Helen und sage ihr, sie solle nett zu Ihnen sein. Oder vielleicht doch lieber nicht.«
»Warum nicht?«
»Ach, nichts. Es ist mir bloß etwas Komisches eingefallen, das bei meinem letzten Fall hier im Spital passierte. Das war an dem Tag, wo der Mann operiert worden war, und er sah einfach blendend aus. Als ich Feierabend machte, sagte ich deshalb zu Schwester Helen, sie solle nett sein zu ihm, wie ich es ihr eben sagen wollte wegen Ihnen. Und als ich am Morgen wiederkam, war er tot. Ist das nicht komisch?«
»Doch, sehr.«

»Na«, sagte Schwester Lea, »haben Sie eine gute Nacht gehabt? Sie sehen jedenfalls viel besser aus. Wie hat Ihnen Schwester Helen gefallen? Haben Sie auf ihre Fußknöchel geachtet? Sie hat so ziemlich die feinsten Knöchel, die ich je gesehen habe. Reizend. Ich weiß noch, wie Tyler – das ist einer der Assistenzärzte – einmal sagte, wenn er bloß unsere Fußknöchel sehen könnte, meine und die von Schwester Helen, dann wüßte er nicht, wer wer ist. Sonst sehn wir uns allerdings nicht ähnlich. Sie geht gegen die dreißig, und – na ja, niemand würde sie je mit Julia Hoyt verwechseln.
Sie war mit einem Studenten in Boston verlobt. Einem Medizinstudenten. Aber er ist gestorben. Sie trägt immer noch sein Bild mit sich herum. So was Dummes, einem Mann nachzutrauern, der schon seit vier Jahren tot ist. Außerdem ist es auch eine Dummheit, einen Arzt zu heiraten. Die haben zu viele Alibis.
Wenn ich einmal heirate, dann muß es jemand sein, der regelmäßige Bürostunden hat, wie einer an der Wall Street oder so. Wenn er dann nicht nach Hause kommt, muß er sich etwas Besseres ausdenken als nur einen ›Notfall‹. Das habe ich selber schon verwendet, als ich noch mit meiner Schwester zusammen wohnte. Wenn ich ausging, und es wurde ein bißchen spät, dann sagte ich ihr, ich hätte einen Notfall gehabt. Sie hat es nie

gemerkt. Die arme Schwester! Sie hat eine fertige Null geheiratet. Aber sie hatte eben nicht die Erscheinung, um etwas Besseres zu bekommen. Was ich hier mache, ist für sie. Eine Decke für den Bridgetisch, zum Geburtstag. Sie wird neunundzwanzig. Kommt einem das nicht alt vor?«

»Ihnen vielleicht; mir nicht«, sagte der Kranke.

»Sie sind ungefähr vierzig, nicht?«

»Ungefähr.«

»Und wie alt schätzen Sie mich?«

»Dreiundzwanzig.«

»Ich bin fünfundzwanzig«, erklärte Schwester Lea. »Fünfundzwanzig und vierzig. Das macht fünfzehn Jahre Unterschied. Ich kenne aber ein Ehepaar, wo der Mann fünfundvierzig ist, und sie nur vierundzwanzig, und sie kommen gut miteinander aus.«

»Ich bin auch verheiratet.«

»Das mußte ja sein!« rief Schwester Lea. »Die letzten vier Fälle, die ich hatte, alles verheiratete Männer. Aber trotzdem, lieber einen Mann, auch wenn er verheiratet ist, als eine Frau. Frauen kann ich nicht ausstehen. Ich meine kranke. Sie behandeln eine Krankenschwester wie einen Hund, besonders hübsche Schwestern. Was lesen Sie denn da?«

»›Jahrmarkt der Eitelkeit‹.«

»›Jahrmarkt der Eitelkeit‹. Ich dachte, das sei ein Film.«

»Es gibt den Film *und* das Buch.«

»Handelt es von einem Mädchen?«

»Gewiß.«

»Ich habe es noch nicht gelesen. Ich war mit diesem Ding da beschäftigt, für den Geburtstag meiner Schwester. Sie wird neunundzwanzig. Es ist eine Decke für den Bridgetisch. Wenn man einmal so alt ist, dann bleibt einem nichts mehr übrig als Bridge oder Kreuzworträtsel. Sind Sie ein Freund von Kreuzworträtseln? Ich habe sie eine Zeitlang immer gemacht, aber dann bekam ich genug davon. Da kommen so blödsinnige Wörter vor. Einmal war da ein Wort mit nur drei Buchstaben, und daneben hieß es ›gewaltiges Seesäugetier‹, und der erste Buchstabe mußte ein W sein. Und nur drei Buchstaben. Das konnte doch nicht stimmen. So sagte ich mir, wenn die solche Fehler machen, dann hat das keinen Sinn mehr. Dazu ist das Leben zu kurz. Schließlich lebt man nur einmal. Und wenn man einmal tot ist, bleibt man eine ganze Weile tot.

Das hat einmal ein Freund von mir gesagt. Eine ulkige Nummer! Aber er war nicht schlecht in mich verliebt. Hätte mich vielleicht geheiratet, wenn ihm nicht eine Freundin von mir Märchen erzählt hätte. Und so etwas nennt sich dann Freundin! Charley Pierce.«

»Wer ist Charley Pierce?«

»So hieß mein Freund, der sich von der andern anlügen ließ. Ich sagte ihm, ›wenn du alles glaubst‹, sagte ich zu ihm, ›was man dir über mich erzählt, dann ist es vielleicht besser, wir machen ein für allemal Schluß. Ich will nicht an jemand gebunden sein, der alles glaubt, was er Schmutziges über mich hört.‹ Er sagte dann, er glaube es eigentlich nicht, und wenn ich ihn wieder annähme, werde er nie mehr mit mir streiten. Aber ich sagte, es sei wohl am besten, wir trennten uns. Vor zwei Jahren habe ich dann ihre Anzeige bekommen, als ich noch in Baltimore war.«

»Hat er Ihre Freundin geheiratet, die ihn belogen hatte?«

»Ja, der Einfaltspinsel! Jetzt hat er, was er wollte. Die beiden passen zueinander. Dabei war er gar nicht übel, bis er sich in sie verliebte. Mit mir war er immer sehr rücksichtsvoll, als sei ich seine Schwester oder was weiß ich.

Man hat schließlich seinen Stolz. Die meisten wollen einen schon küssen, bevor sie noch wissen, wie man heißt.

Gott, bin ich heute übernächtig! Nicht ohne Grund. Wissen Sie, wann ich gestern nach Hause kam, oder vielmehr heute morgen? Um halb vier. Was würde Mutti sagen, wenn sie ihr Mädelchen jetzt sehen könnte! Aber es war ein vergnügter Abend. Zuerst gingen wir ins Kino – ›Rivalen‹ –, meine Freundin und ich, und nachher holte uns ihr Freund ab und nahm uns im Taxi mit zu Barney Gallant's, wo jetzt die Peewee Byers Band spielt. Byers gehörte früher zu Whitemans Orchester. Junge, Junge, der kann tanzen! Ich meine Roy.«

»Der Freund Ihrer Freundin?«

»Ja, aber ich glaube nicht, daß er so verliebt ist in sie, wie sie behauptet. Jedenfalls – aber sagen Sie's nicht weiter – er hat sich die Telephonnummer des Spitals aufgeschrieben, während Marian sich draußen die Nase puderte; er sagte, er werde mich am Mittag anrufen. Gott, bin ich schläfrig! Roy Stewart!«

»Na«, sagte Schwester Lea, »wie geht's dem Patienten? Ich bin zwanzig Minuten verspätet, aber es ist ein Wunder, daß ich überhaupt aufgestanden bin. Zwei Nächte nacheinander ist zuviel für meine Wenigkeit.«
»Schon wieder Barney Gallant's?«
»Nein, eine andere Tanzdiele, aber es wurde fast ebenso spät. Heute wird das anders. Ich gehe zu Bett, sobald ich nach Hause komme. Aber es war wieder mal fein. Und ich bin ganz verrückt auf einen gewissen Jemand.«
»Roy Stewart?«
»Wie haben Sie das erraten? Aber er ist wirklich toll. Und so ganz anders als die meisten, die ich kenne. Er sagt die tollsten Dinge, man kommt aus dem Lachen nicht heraus. Wir sprachen von Büchern, und er fragte mich, ob ich gerne Gedichte lese, und ich sagte, nichts lieber als das, und am liebsten Friederike Kempner, und dann fragte ich ihn, ob er Ibsen kenne, und er sagte, ›nein, wie macht man das?‹
Zum Piepen! Bis um halb zwölf saßen wir bei mir zu Hause, und die Zeit ging vorbei wie im Kino, obwohl wir bloß dasaßen und plauderten. Mit ihm unterhält man sich besser als im Kino. Schließlich fiel mir auf, wie spät es war, und ich fragte ihn, ob er nicht auch finde, es sei Zeit zu gehen, und er sagte, ja, wenn ich mitkomme, und als ich ihn fragte, wo man denn um diese Zeit noch hin könne, sagte er, er kenne da ein Lokal, gar nicht weit weg. Zuerst wollte ich nicht, aber er sagte, es sei ja nicht nur für *einen* Tanz, so ging ich denn mit. Jericho Inn heißt das Lokal.
Ich weiß nicht, was die Frau, bei der ich wohne, von mir denkt, daß ich so spät noch ausging. Aber er tanzt einfach süß und ist überhaupt ein feiner Mann. Es war zwei Uhr durch, bevor ich an die Zeit dachte. Wir haben auch etwas getrunken, aber er hat mich nur einmal geküßt, und das war, als wir uns verabschiedeten.«
»Wie ist das mit Ihrer Freundin, Marian? Weiß sie etwas davon?«
»Von Roy und mir? Nein. Ich sage immer, was man nicht weiß, macht einen nicht heiß. Außerdem gibt es gar nichts zu wissen – bis jetzt. Aber sagen Sie selber, wenn sie die geringste Aussicht hätte, wenn er sich etwas aus ihr machte, dann wäre ich die letzte, die auf ihn hören würde. So bin ich dann doch

wieder nicht! Aber wenn jemals etwas Ernsthaftes zwischen den beiden bestanden hat, das ist vorbei. Das weiß ich zufällig. Sie ist nicht die Richtige für ihn.
Sie ist zwar in ihrer Art ganz hübsch, aber sie hat einen schlechten Teint und schütteres Haar, und ihre Figur, na ja, dergleichen sieht man in den Witzblättern oft. Und dann ist sie bei weitem nicht rassig genug für Roy. Sie bleibt lieber zu Hause, als Betrieb zu machen. Zu Hause! Dazu ist es noch früh genug, wenn sich niemand mehr findet, der mit einem ausgeht. Als Frau für ihn kommt sie sowieso nicht in Frage. Noch ein Jahr, und er ist ein reicher Mann, das heißt, wenn an der Wall Street alles so geht, wie er sich das denkt. Und ein reicher Mann, wie er es sein wird, braucht eine Frau, die im selben Stil wie er leben und Gesellschaften geben und gelegentlich einmal ausgehen kann. Ein Mühlstein um den Hals, das ist nichts für ihn. Außerdem sieht er viel zu gut aus für Marian. Wenn einer so blendend aussieht, muß er auch eine hübsche Frau haben, sonst geht es nicht lange, bis irgendein hübsches Ding ihr den Mann ausspannt. Aber von Heiraten ist zwischen den beiden ja ohnehin nicht die Rede. Da müßte er sich erst mal mit ihr verloben, und dazu wird es nicht kommen, das weiß ich. Ich habe deshalb gar nicht das Gefühl, etwas Unrechtes zu tun.
Überhaupt, Sie kennen ja das Sprichwort, Liebe kennt kein Gebot. Und ich – aber ich halte Sie vom Lesen ab. Ach ja, das hätte ich beinah vergessen: Schwester Helen hat etwas Hübsches von Ihnen gesagt.«
»So, was denn?«
»Sagen Sie mir etwas Hübsches, das jemand über mich gesagt hat, und ich sage Ihnen das andere.«
»Aber ich habe doch mit niemand gesprochen, außer mit dem Arzt. Er fragte mich, wie Sie mir gefallen, und ich sagte, recht gut.«
»Na ja, das ist besser als nichts. Also, Schwester Helen hat gesagt, wenn Sie rasiert und zurechtgemacht wären, dann wären Sie nicht übel. Und jetzt gehe ich, um zu sehen, ob Post für mich da ist. Meistens kommt die Post ja dorthin, wo ich wohne, aber manchmal kommt sie auch hierher. Ich erwarte einen amtlichen Brief, ob ich mein Examen bestanden habe. Die fragen einen ja die tollsten Dinge, zum Beispiel ›wirkt Eis des-

infizierend?‹ Wen kümmert das? Niemand wird Eis vergeuden, um Keime zu töten, wo doch soviel gebraucht wird für Whisky-Sodas. Trinken Sie gern Whisky-Soda? Roy sagt, es sei schade um den Whisky, wenn man Wasser hineingießt. Er trinkt ihn ohne. Das ist noch einer! Aber vielleicht wollen Sie lieber lesen.«

»Guten Tag«, sagte Schwester Lea. »Haben Sie gut geschlafen?«
»Nicht besonders«, erwiderte der Kranke. »Ich –«
»Sicher haben Sie mehr geschlafen als ich«, sagte Schwester Lea. »Das ist der hartnäckigste Verehrer, den ich je hatte. Gestern abend fragte ich ihn, ob er denn nie genug habe vom Tanzen, und er sagte, mit gewissen Leuten schon, aber mit andern, da kriege er nie genug davon. Da sagte ich, ›Sie Schäker‹, sagte ich zu ihm, ›ich bin auch nicht von gestern, mir können Sie nichts vormachen; ich wette, Sie haben das schon hundertmal gesagt.‹ Ich glaube aber doch, es war ihm Ernst damit. Natürlich tanzt jeder lieber mit einer Schlanken als mit einer Dicken. Ich weiß noch, ein Freund, den ich in Washington hatte, der sagte einmal, mit mir tanzen sei, als tanze man mit nichts. Das klingt wie eine Beleidigung, war aber ein Kompliment. Er meinte, mit mir zu tanzen, mache keine Mühe. Nicht wie mit gewissen Leuten. Marian zum Beispiel, ich mag sie ja gut, aber deshalb tanzt sie nicht besser; mit ihr zu tanzen ist sicher, als müsse man ein Klavier oder etwas verschieben.
Ich möchte um alles in der Welt nicht dick sein! Über Dicke macht sich alles lustig. Und für Mädchen ist es besonders schlimm. Abgesehen davon, daß man sich über sie lustig macht und nicht mit ihnen tanzen will und so weiter, müssen sie immer an die schlanke Linie denken und können nicht essen, was sie wollen. Ich glaube zwar, wenn ich dick wäre, würde ich alles in Reichweite aufessen. Oder vielleicht doch nicht. Ich esse ja ohnehin fast nichts. Aber alles macht sich über die Dicken lustig.
Wenn ich da an den letzten Winter denke, da hatte ich eine Pflege in Great Neck, und die Frau des Betreffenden, na, die war vielleicht dick! Eines Tages sah sie in der Zeitung, Bugs Baer werde am Radio sprechen, der Humorist, wissen Sie. Lesen Sie seine Artikel auch? Die Frau war aber furchtbar

empfindlich von wegen Korpulenz, und ich starb fast, als ich dasaß und mit ihr Bugs Baer hörte, weil sich nämlich alles um eine dicke Frau drehte, und er sagte die ulkigsten Dinge, aber ich durfte nicht lachen, weil sie daneben saß. Einmal sagte er von dieser Frau, die Frau, sagte er, sei so dick, daß sie ihre Armbanduhr am Daumen trage. Henry J. Belden.«

»Wer ist Henry J. Belden? Ist das die dicke Frau, von der Bugs Baer sprach?«

»Ach wo! Henry J. Belden hieß der Mann in Great Neck, den ich pflegte. Er ist dann gestorben.«

»Mir scheint, viele Ihrer Patienten sterben.«

»Zum Piepen, nicht?« sagte Schwester Lea. »Aber es stimmt, das heißt, in letzter Zeit. Die letzten fünf Fälle, die ich gepflegt habe, sind alle gestorben. Das ist natürlich Zufall, aber man zieht mich damit auf; es heißt, ich bringe Unglück, und als Schwester Helen mich sah, damals, als Sie operiert wurden, sagte sie, ›Gott sei ihm gnädig!‹ Das ist die Nachtschwester, die so heißt. Aber Sie sind wohl so schäbig und kommen davon und verderben mir den Rekord, wie? Ich mache nur Spaß. Ich will natürlich, daß Sie wieder gesund werden.

Aber es ist wirklich seltsam, wie die Fälle sich in letzter Zeit häufen, direkt unheimlich. Und ich bin nicht wie gewisse Schwestern, die sich daraus nichts machen. Manchmal mag ich die Patienten wirklich und sehe sie ungern sterben, besonders die Männer, wenn sie nicht sehr krank sind und einen halbwegs anständig behandeln und nicht nach einem rufen, kaum ist man aus dem Zimmer. Nur einmal, bei einer Frau, da war ich froh, als sie starb. Sie hatte Nierenentzündung. Judson war ihr Name.

Wollen Sie etwas Kaugummi? Ich kaue nur, wenn ich nervös bin. Und ich bin immer nervös, wenn ich zu wenig geschlafen habe. Heute geh ich aber zu Bett, da können Sie sich drauf verlassen, Freund hin oder her. Er hat ohnehin etwas anderes vor, eine geschäftliche Sitzung oder etwas. Überhaupt hat er schaurig viel zu tun. Erst gestern sagte ich zu ihm, ›du mußt doch einen klaren Kopf haben in deinem Beruf, sonst hauen dich diese Burschen von der Hochfinanz übers Ohr und plündern dich aus. Du kannst es dir nicht leisten, schläfrig zu sein‹, habe ich ihm gesagt.

Da sagte er doch zu mir, ›nein, aber bei dir schadet es nichts,

wenn du bei der Arbeit schläfst, höchstens daß du einem Patienten ein Quecksilberpräparat gibst, statt ihm Alkohol einzureiben, oder dergleichen‹. Es ist schrecklich mit ihm. Aber man muß doch lachen.
Gestern waren wir unser vier. Er brachte noch einen Freund mit und ein Mädchen. Sie war fad, aber der Freund war nicht übel, nur wollte er unbedingt, daß ich ihm helfe eine halbe Flasche Whisky austrinken, und das nach dem Gin, den wir hatten. Ich machte wohl am meisten Betrieb von allen; das heißt, am Anfang. Nachher wurde mir schlecht, das war nicht mehr so lustig.
Aber zuerst war ich mächtig aufgekratzt. Ich glaube auch, ich habe Eindruck gemacht auf Roys Freund. Er kennt Marian, aber er wird nichts ausplaudern, und falls er es doch tut, wenn schon! Sie muß eben ihre Verehrer nicht mit allen ihren Freundinnen bekannt machen, wenn sie sie nicht verlieren will. Ich behaupte ja nicht, daß ich eine Norma Talmadge bin, aber wenigstens – na ja – Herrgott, war mir schlecht, als mir schlecht wurde!
Ich muß Marian heute mittag anrufen. Ich habe sie nicht mehr gesprochen, seit sie mich ihm vorstellte. Hatte einfach nicht den Mumm. Aber ich muß herausfinden, was sie weiß. Oder ob sie mir böse ist. Ich sehe zwar nicht ein, warum sie mir böse sein sollte, was meinen Sie? Aber vielleicht möchten Sie lieber lesen.«

»Ich habe Marian angerufen, habe sie aber nicht erreicht. Sie ist verreist, wird aber heute abend zurücksein. Hat einen auswärtigen Fall gehabt. Hudson, New York. Da mußte sie hin. Sie wurde vor ein paar Tagen spät nachts noch abgerufen, als sie nach Hause kam, damals als sie mich Roy vorgestellt hatte.«

»Guten Tag«, sagte Schwester Lea.
»Guten Tag«, wünschte der Kranke. »Haben Sie ausgeschlafen?«
»Ja; das heißt nein, nicht genug.«
»Ihre Augen gefallen mir nicht. Wie verweint sehen sie aus.«
»Wer? Ich? Da gehört mehr dazu als – ich meine, ich bin doch kein Kind mehr! Aber seien Sie hübsch ruhig und lesen Sie Ihr Buch.«

»Na, guten Tag«, sagte Schwester Lea. »Und wie geht es dem Patienten? Heute ist der letzte Morgen, wo ich Sie so nennen kann, nicht? Ich finde es schäbig von Ihnen, so rasch wieder gesund zu werden und mich arbeitslos zu machen. Ich sage das nur zum Spaß. Natürlich freut es mich, daß es Ihnen wieder gut geht, und ich kann selber etwas Ruhe brauchen.«

»Schon wieder ein Prachtfest gehabt?«

»Mittelprächtig«, erklärte Schwester Lea. »Und ein weiteres Fest steht bevor. Aber morgen steh ich überhaupt nicht auf. Ich habe gestern nacht so viel getanzt, daß ich glaubte, die Füße fallen mir ab. Er ist ganz versessen aufs Tanzen. Und überhaupt der netteste Mensch, den ich kennengelernt habe, seit ich hierherkam. Kein feiner Pinkel und nicht immer darauf aus, geistreich zu sein, wie gewisse Leute; einfach ein netter Mensch. Voller Verständnis. Weiß immer genau, was man gerade denkt. George Morse.«

»George Morse!« rief der Kranke aus.

»Gewiß; kennen Sie ihn denn?«

»Nein, aber ich dachte, Sie sprechen von diesem Stewart, diesem Roy.«

»Ach, der! Was hab ich mit dem zu schaffen! Der ist in festen Händen, und nicht in meinen. Er ist mit meiner Freundin Marian verlobt. Vorgestern ist das passiert, als sie von Hudson zurückkam. Sie mußte dort jemand pflegen. Natürlich hat sie es mir sofort mitgeteilt, und ich – herzlichen Glückwunsch! Nicht um alles in der Welt möchte ich sie kränken. Aber, du lieber Himmel, was wird das für eine Ehe, mit diesem Schafskopf. Na ja, manche können eben nicht wählerisch sein. Und ob es jemals zur Heirat kommt, ist zweifelhaft, wenn ihm nicht ein Freund das Geld für den Trauschein leiht.

Er hat ihr aufgeschwatzt, er sei an der Wall Street, aber ich bin sicher, wenn er je dorthin kommt, dann höchstens als Straßenkehrer. Er gehört zu denen, die eine Zeitlang ganz unterhaltsam sind, aber man kann doch nicht mit einem Hanswurst leben. Ich möchte jedenfalls keinen Mann, der an nichts anderes denkt als jeden Abend auszugehen und zu tanzen und zu trinken.

Beinah hätte ich ihr gesagt, was ich von ihm halte. Aber das hätte sie nur gegen mich aufgebracht, und sie hätte womöglich geglaubt, ich sei eifersüchtig oder was weiß ich. Als ob ich ihn nicht hätte haben können! Aber auch wenn er mir gefallen hätte, ich hätte ihn Marian niemals abspenstig gemacht, schließlich ist sie doch meine Freundin. Und erst noch, während sie verreist war.

Er gehört zu denen, die imstande sind, eine Krankenschwester zu heiraten, für den Fall, daß sie einmal krank werden. Man kennt das ja.

Aber sagen Sie mal – haben Sie je von J. P. Morgan und Co. gehört? Da ist mein Freund angestellt, und er behauptet keineswegs, daß der Laden ihm gehört. George Morse.

Sind Sie noch nicht fertig mit Ihrem Buch?«

Allen Frisbie

Ich bin Allen Frisbies Chauffeur. Natürlich ist Allen Frisbie ein erfundener Name; ich habe mir nämlich sagen lassen, wenn ich den richtigen Namen meines Arbeitgebers verwende, könnte er es übel vermerken und ungemütlich werden. Ich bin zwar sicher, er wird das, was ich schreibe, nie zu Gesicht bekommen, da er überhaupt nichts liest außer der Fachzeitschrift für Golfspieler, aber vielleicht könnten Freunde ihn darauf aufmerksam machen. Wenn ich den richtigen Namen verwenden könnte, würde es sich viel interessanter lesen; er gehört nämlich zu den zehn reichsten Männern in den Vereinigten Staaten, und jedermann interessiert sich für ihn, weil er so berühmt ist; und die Zeitungen schreiben immer über ihn und schicken gutbezahlte Berichterstatter aus, um ihn auszuhorchen; aber es ist schwierig, an ihn heranzukommen, und wenn er doch einmal einem eine Unterredung gewährt, dann sagt er so gut wie gar nichts.

Das ist es übrigens, wie ich dazukomme, diesen Artikel zu schreiben. Vor etwa zwei Wochen hatte ein Berichterstatter namens Kirk eine Unterredung mit Frisbie, und ich fuhr ihn nachher zur Bahn, und er sagte zu mir: »Dein Brötchengeber ist entschieden ein schwieriger Kunde, bis man aus dem ein Wort herauskriegt, das ist, als müßte man Runkelrüben ausziehen.«

»Man weiß in der Öffentlichkeit gar nichts über ihn«, klagte Kirk. »Man weiß, daß er schwerreich ist und eine Frau hat und einen Sohn und eine Tochter, und wie sie heißen, aber von seinem Privatleben, von seinen Neigungen und Abneigungen, davon ist gar nichts bekannt.«

»Man weiß, daß er gerne Golf spielt«, sagte ich.

»Aber nicht, ob gut oder schlecht.«

»Er spielt ziemlich gut«, versicherte ich.

»Wie gut?« fragte Kirk.

»Etwa 88 oder 90.«

»Deine Großmutter auch«, meinte Kirk.

Er meinte natürlich das Alter, aber wenn meine Großmütter noch lebten, wären sie über neunzig. Kirk glaubte nicht, daß

Frisbie wirklich so gut spiele, und es stimmte ja auch nicht, obwohl ich das nie zugeben würde, wenn ich den richtigen Namen verwendete, da es Frisbie sehr nahegeht, was man über sein Golfspiel sagt.
Kirk wollte mich noch weiter ausholen, aber das bin ich längst gewohnt, und so gab es Kirk nach einiger Zeit auf, als er feststellen mußte, daß ich ein ebenso schwieriger Kunde bin wie Frisbie selber, doch machte er die Bemerkung, er wollte, er wäre an meiner Stelle, nur ein paar Tage lang, dann könnte er den ersten lesenswerten Artikel schreiben, der über den Alten je geschrieben worden sei. Er nannte Frisbie einfach den Alten. Er sagte, es sei schade, daß ich nicht für Zeitungen schreibe, sonst könnte ich etwas schreiben über Frisbie als Mann und Mensch, da ich doch beim Golf sein Caddy sei und dergleichen Artikel gut bezahlt würden. Er sagte, wenn ich ihm ein paar Angaben machte, dann würde er das ausarbeiten und mit mir Kippe machen, aber ich sagte, nein, es falle mir da gar nichts ein, was sich eigne. Erst nachdem Kirk weg war und ich mir die Sache hin und her überlegte, dachte ich, ich könnte es ja mal als Schriftsteller versuchen, was schadet schon ein Versuch; so setzte ich mich denn die nächsten acht Tage in meiner Freizeit hin und schrieb allerhand über Frisbie auf, verwendete aber noch seinen wirklichen Namen; erst als ich das Geschriebene jemand zeigte, sagte man mir, ich solle einen andern Namen nehmen, man werde den richtigen ohnehin erraten.
So habe ich denn das Geschriebene noch einmal durchgelesen und überall Allen Frisbie eingesetzt und sonst noch einiges geändert, und hier folgt nun der Artikel.
Wenn ich sagte, ich sei Frisbies Chauffeur, meine ich, sein persönlicher Chauffeur. Es sind noch zwei andere Chauffeure da für die übrige Familie und für Besorgungen. Hätte ich nichts anderes zu tun als zu fahren, dann könnte man wohl von einem Druckposten sprechen, da Frisbie kaum je mehr als zweimal die Woche in die Stadt fährt, und Besuche macht er sowieso fast nie.
Der Golfplatz ist auf seinem eigenen Grund und Boden, nicht weit vom Haus, und da verbringt er nun täglich einen guten Teil des Tages, indem er allein Golf spielt, und ich diene ihm dabei als Caddy. Man könnte mich daher ebensogut Frisbies Caddy nennen wie seinen Chauffeur, aber ich bin als

Chauffeur angestellt worden und darf ruhig behaupten, daß die meisten meiner Berufsgenossen herzlich gern mit mir tauschen würden, was Lohn und Stellung anbetrifft.

Allen Frisbie kann gerade noch ein Endfünfziger genannt werden. Vor nicht ganz zehn Jahren zog er sich aus dem Geschäftsleben zurück, mit genügend Vermögen, um zu den reichsten Männern der Vereinigten Staaten zu gehören, und seither haben seine Kapitalanlagen dermaßen an Wert zugenommen, daß er jetzt zu den zehn reichsten Männern der Vereinigten Staaten gehört.

Nicht lange, nachdem er sich ins Privatleben zurückgezogen hatte, kaufte er das Peter-Vischer-Gut bei Westbury, Long Island. Auf diesem Gut befand sich ein Golfplatz in gutem Zustand, der als einer der besten privaten Golfplätze mit neun Loch galt, aber Frisbie hätte ihn umpflügen und das Land für etwas anderes verwenden lassen, wenn damals nicht zufällig der Bruder seiner Frau aus England zu Besuch gekommen wäre.

Damals, als dieser Schwager bei Frisbies zu Besuch weilte, geschah es, daß ich in Frisbies Dienst trat, so daß ich Zeuge war, als Frisbies Schwager ihn überredete, es mit dem Golfspiel zu versuchen. Der Zufall wollte es, daß Frisbies erster Treibschlag so gut war, daß sein Schwager es ihm nicht glaubte, als er sagte, er sei Anfänger, bis er dann seinen zweiten Schlag sah, aber dieser erste untadelige Schlag machte Frisbie zu einem Sklaven des Golfspiels, und ohne dieses wäre es nie zu der Geschichte gekommen, die ich erzählen will.

Vielleicht ist es besser, wenn ich vorausschicke, daß ich selber nicht Golf spiele, aber meinem Arbeitgeber eine ganze Menge abgeguckt habe, weil ich ihm doch die Schläger nachtrage und auch manchmal in seiner Gesellschaft Leuten wie Bobby Jones und Hagen und Sarazen beim Spiel zuschauen konnte. Nur ganz vereinzelt habe ich es selber probiert, wenn ich sicher war, daß mich Frisbie nicht sehen konnte, und ich muß gestehen, ich bin überzeugt, mit ein wenig Übung wäre es mir wohl ein leichtes, Frisbie zu schlagen, was ich aber wohlweislich bleibenlasse.

Eines Tages, kurz nachdem sein Schwager wieder abgereist war, diente ich Frisbie als Caddy, wobei ich wie üblich für ihn zählte, als sich die Frage erhob, ob er für das letzte Loch sieben oder acht Schläge gebraucht habe. Mit sieben wäre er insgesamt auf 63 gekommen für die neun Loch, mit acht dagegen auf 64. Frisbie suchte sich den Hergang ins Gedächtnis zurückzurufen, war aber nicht sicher und bat mich, ihm zu helfen.

Soviel ich mich erinnerte, war er mit dem vierten Schlag in einer Sandgrube gelandet, war aber gut heraus und auf das Grün gekommen und hatte den Ball mit drei Schlägen eingelocht, was zusammen acht ergab, aber ich versprach mich und sagte statt dessen sieben, und bevor ich es richtigstellen konnte, sagte Frisbie: »Ach ja, richtig, es waren sieben.«

»Also jedesmal sieben«, meinte er.

»Jawohl«, bestätigte ich.

Auf dem Weg zum Haus zurück fragte er mich nach meinem Lohn, und als ich ihm diesen nannte, meinte er, ich sei wohl mehr wert, und gewährte mir auf der Stelle eine Aufbesserung von 25 $ die Woche.

Ein anderes Mal, nachdem weitere neun Loch zu dem Golfplatz hinzugekommen waren und Frisbie täglich die 18 Löcher spielte, brauchte er beim letzten Loch eine fünf, um unter 112 zu kommen, was sein bisher bestes Ergebnis war.

Das 18. Loch ist nur etwa 120 Meter, mit einem großen Grün, aber davor liegt ein Bach, und hintendran sind Sandgruben. Frisbie kam mit dem zweiten Schlag über den Bach, aber der Ball flog in eine der Sandgruben hinüber, und die Sache sah schlimm aus, weil Frisbie mit dem Niblick noch weniger gut umgehen kann als mit irgendeinem Schläger, außer vielleicht den Eisen Nr. 3 und 4 und dem Holzschläger.

Zufällig war ich nun als erster beim Ball und fand diesen im tiefen Sand vergraben, nur einen Fußbreit weg von einem senkrechten, zweieinhalb Meter hohen Bord, so daß kein Mensch ihn hätte mit einem Schlag hinausbefördern können. Der Zufall wollte es indessen, daß ich stolperte und den Ball anstieß, so daß er seitlich im Grasbord steckenblieb, und Frisbie kriegte ihn mit einem Schlag auf das Grün und mit zwei weiteren Schlägen ins Loch.

»Das ist meine Bestleistung«, bemerkte er. »111, oder drei mehr als je sechs.«

Nun hatte mein Bruder zwei Karten für den Polomatch in Meadowbrook am nächsten Nachmittag, und da ich ein großer

Pferdefreund bin, fragte ich Frisbie, ob ich am nächsten Tag zum Polo gehen könne, und er sagte, selbstverständlich, wann immer ich einen freien Nachmittag wolle, solle ich ihn unbedenklich fragen; aber etwas später war ich zur Hochzeit eines Freundes in Atlantic City geladen, und Frisbie hatte eben 128 erzielt und außerdem noch den Golflöffel zerbrochen, und als ich etwas von der Hochzeit meines Freundes in Atlantic City sagte, fuhr er mich an, was mir eigentlich einfalle, ob ich glaube, es sei Weihnachtszeit.

Ich bin im Grunde ein einfacher, bedürfnisloser Mensch und nehme die Dinge meistens, wie sie kommen, ohne Ansprüche zu stellen; aber jeder hat im Leben gelegentlich mal einen besonderen Wunsch, ein paar freie Tage vielleicht, oder eine finanzielle Erleichterung, und in solchen Fällen habe ich Frisbie immer sehr großzügig gefunden, vorausgesetzt, man kam ihm damit im richtigen Augenblick, denn wenn man ihm nicht im richtigen Augenblick damit kam, dann war er ein wahrer Wüterich.

Man kann darauf zählen, daß er einem eine vernünftige Bitte nicht abschlägt, wenn er gerade gut war beim Golf, wer ihn aber um einen Gefallen bittet, wenn er gerade Pech hatte, der könnte geradesogut Präsident Coolidge bitten, ihm etwas vorzutanzen.

Mit der Zeit lernt sich dergleichen. Ich möchte aber festhalten, daß ich das nicht nur zu meinen eigenen Gunsten ausnützte, sondern auch andern, namentlich Frisbies Familienangehörigen, damit Vorteile verschaffte. Frisbies Frau und Sohn und Tochter hatten es bald heraus, daß ich mit Frisbie besser umgehen konnte als sonst jemand, und ohne daß ich ihnen je verriet, wie ich dabei vorging, verließen sie sich mit der Zeit einfach darauf, daß ich erreichen konnte, was ihnen unerreichbar war, und so machten sie es sich zur Gewohnheit, wenn sie von ihrem Mann, beziehungsweise Vater, etwas wollten, mich als Berater und Fürsprecher beizuziehen.

Als Beispiel zuerst ein Vorkommnis, das Frisbies Frau betraf. Es ereignete sich vor vielen Jahren und war das Ereignis, das sie restlos davon überzeugte, daß ich es verstand, mit ihrem Mann umzugehen wie kein zweiter.

Frisbies Frau ist eine große Freundin der Musik, spielt jedoch selber kein Instrument. Sie gab sich aber der Hoffnung hin,

eines ihrer Kinder werde Pianist, und eine Menge Geld ging drauf für Klavierstunden sowohl für Robert, den Sohn, wie auch für Florence, die Tochter, aber alles umsonst, da keines von beiden irgendwelche Begabung zeigte und ihre Lehrer sie einer nach dem andern als hoffnungslos aufgaben.
Schließlich hegte sie nur noch den Wunsch, ein Pianola zu kaufen, natürlich nur das beste, aber als sie ihrem Mann damit kam, wollte er nichts davon hören und sagte, ein Klavier sei dazu da, von Hand gespielt zu werden, und wer das nicht fertigbringe, verdiene keine Musik im Haus.
Ich weiß nicht, wie oft Frisbie und seine Frau die Frage nach allen Seiten hin erörterten.
Unzählige Male war in meiner Gegenwart davon die Rede, und da ich selber ein großer Musikfreund bin und nicht einsah, warum ein Mann von Frisbies Mitteln seiner Frau ein harmloses Vergnügen wie ein Pianola abschlagen sollte, sagte ich schließlich der Frau, wenn sie die ganze Sache mir überlasse, sei vielleicht doch noch etwas zu machen. »Ich kann mir höchstens eine Abfuhr holen«, sagte ich, »aber ich glaube nicht, daß ich mir eine Abfuhr hole«, und so beauftragte sie mich denn, mein Glück zu versuchen, im schlimmsten Fall seien wir so weit wie zuvor, da sie selber große Erfahrung im Abfuhrwesen hatte.
Ich will mich so kurz als möglich fassen. Zwischen der Villa und dem Golfplatz stand ein Gartenhaus, in welchem Frisbies Frau zu lesen pflegte, während ihr Mann Golf spielte. In diesem Gartenhaus konnte sie sich aufhalten, ohne vom Golfplatz aus gesehen zu werden. Das solle sie nun tun, sagte ich, bis sie ein bestimmtes Lied pfeifen höre – ›Von ferne sei herzlich gegrüßet‹ – worauf sie auf dem Schauplatz erscheinen solle, als käme sie direkt aus der Villa, und dann werde es sich ja zeigen.
Zwei Tage lang mußte Frisbies Frau sich mit ihrem Buch trösten, da Frisbies Golf entsetzlich war und es meiner Meinung nach verhängnisvoll gewesen wäre, sie herbeizupfeifen, aber am dritten Nachmittag wurde es plötzlich besser mit seinem Spiel. Er hatte die ersten neun Loch mit 53 hinter sich gebracht und machte sich an das zehnte, mit einem ganz hübschen Schlag, als ich merkte, daß der Augenblick gekommen war.
Auf mein Pfeifen war Frisbies Frau sofort zur Stelle und trat rasch zu ihrem Mann hin, als sei sie eiligst aus der Villa ge-

kommen, und sagte, es sei ein Vertreter der Pianola-Gesellschaft da und er sei bereit, 50 $ Ermäßigung zu gewähren, wenn sie die Bestellung noch heute aufgebe, ob sie nicht eins bestellen dürfe, sie wünsche es sich doch so sehnlich.

»Aber selbstverständlich, Liebste, geh nur und bestell dir eins, Liebste«, sagte Frisbie, und so kam seine Frau zu ihrem Pianola. Hätte ich nicht in dem bewußten Augenblick gepfiffen, sondern noch etwas zugewartet, dann wäre nichts daraus geworden, da Frisbie für das elfte Loch zwölf Schläge brauchte und seiner Frau den Eisenschläger Nr. 1 um den Kopf geschlagen hätte, wenn sie ihn auch nur um eine Spielzeugtrommel gebeten hätte.

Dem jungen Robert Frisbie, dem Sohn, war ich verschiedentlich von Nutzen, will aber nur einen Fall erwähnen, der damit zu tun hatte, daß Robert gerne Auto gefahren wäre. Schon bevor Robert sechzehn war, lag er seinem Vater immer in den Ohren, er möge ihn doch eines der Autos fahren lassen, was Frisbie immer ablehnte mit der Begründung, Auto fahren sei für Personen unter sechzehn Jahren gesetzlich verboten.

Als Robert dann sechzehn wurde, galt dieser Grund nicht mehr, und doch verbot Frisbie seinem Sohn auch weiterhin das Autofahren. »Es stehen dir genügend Chauffeure zur Verfügung«, meinte Frisbie jeweils, »die fahren dich wann immer und wohin immer du willst«; aber wie alle jungen Leute wollte Robert natürlich lieber selbst fahren, und ich persönlich konnte es ihm nicht verdenken, da ich ihn selber nicht fahren durfte und sich von den beiden andern Chauffeuren, die damals bei Frisbie in Stellung waren, geradesogut denken ließ, daß sie einen Wagen zuschanden fahren würden, wie von Robert; und so versprach ich Robert, mein möglichstes zu tun, ihm zu der Erlaubnis zu verhelfen.

Ich sagte, er solle es ruhig mir überlassen, und es klappte dann auch vorzüglich, obwohl Robert nicht die Geduld hatte, im Gartenhaus den günstigen Augenblick abzuwarten, so daß ich die ganze Sache selber schmeißen mußte.

Das 16. Loch ist vielleicht das schwierigste auf unserem Platz, jedenfalls für Frisbie hat es sich stets als tückisch erwiesen.

Die Bahn ist etwa 350 Meter lang und so angelegt, daß man das Grün vom Abschlagplatz aus nicht sehen kann, da es vom

Abschlag aus über einen Hügel geht, mit nichts als einer Flagge, um sich darnach zu richten, und unten am Hügel verläuft ein Bach, etwas mehr als 225 Meter vom Abschlag entfernt, was derselbe Bach ist, an den man beim letzten Loch wieder gerät, und solange Frisbie schon auf diesem Golfplatz spielt, hat er für dieses 16. Loch noch fast nie weniger als sieben Schläge gebraucht, meistens mehr, da sein Abschlag meistens oben den Hügel streift, so daß der Ball auf den jenseitigen Hang zu liegen kommt, was Frisbie so ärgert, daß er den zweiten Schlag jeweils vollkommen verpatzt oder den Ball in den Bach treibt.

Ich stehe nun meistens immer oben auf dem Hügel, um zu sehen, wo sein Abschlag hingeht, und in dem betreffenden Fall geriet ihm der Abschlag recht gut, der Ball schlug auf der Hügelkuppe auf und rollte auf der andern Seite halbwegs hinunter, und ich eilte zum Ball, bevor Frisbie mich sehen konnte, und warf ihn über den Bach, und als Frisbie auf dem Hügel ankam, zeigte ich ihm, wo der Ball lag, auf der andern Seite des Baches, und rief bravo. Er war überglücklich und strahlte vor Freude und schöpfte keinerlei Verdacht, obwohl er in Wirklichkeit einen Ball nicht mehr als 160 Meter weit schlagen konnte.

Das Schicksal war mir günstig, denn Frisbie gelangte mit einem tadellosen Mashie-Schlag auf das Grün, und mit zwei weiteren Schlägen gelang es ihm, den Ball einzulochen, was das einzige Mal in seinem Leben war, wo er dieses Loch mit vier Schlägen machte. Er war außer sich vor Freude, und ich ließ mir die Gelegenheit natürlich nicht entgehen, und bevor wir noch richtig vom Grün herunter waren, sagte ich zu ihm, wenn er mich am nächsten Vormittag nicht brauche, wäre das doch eine gute Gelegenheit, nicht wahr, seinem Sohn Robert Fahrunterricht zu geben.

»Aber selbstverständlich, er ist jetzt alt genug, um selber zu fahren, es ist Zeit, daß er es lernt.«

Ich komme jetzt zur Hauptsache, nämlich zur Sache mit Florence Frisbie, die jetzt Frau Craig heißt, nur ist Craig natürlich nicht der richtige Name, aber es wird sich gleich zeigen, daß das, was ich für sie tun konnte, nicht nur eine solche Lappalie war wie die Fahrstunden für Robert oder das Pianola für die Frau; es war eine lebenswichtige Angelegenheit, und ich hoffe, man wird mich nicht für einen Prahlhans halten, wenn ich behaupte, ich habe das recht geschickt gemacht.

Florence ist ein hübsches Mädchen, das immer viele Bewerber hatte, die sich um sie bemühten, und zwar ebensosehr ihrer hübschen Erscheinung als ihres Reichtums wegen, und ich glaube, es hat Zeiten gegeben, wo nicht weniger als ein halbes Dutzend oder mehr junge Männer ihr gleichzeitig den Hof machten. Vor etwa zwei Jahren nun verlor sie ihr Herz an den jungen Henry Craig, und gleichzeitig erklärte Frisbie mit aller Entschiedenheit, sie müsse Henry Craig über Bord werfen und einen jungen Mann seiner eigenen Wahl heiraten, einen gewissen Junior Holt, sonst werde er sie enterben.

Holt und Craig sind nicht die wirklichen Namen der Betreffenden, dagegen die Vornamen stimmen, sie heißen wirklich Junior und Henry. Der junge Holt ist ein Sohn von Frisbies früherem Geschäftsteilhaber und ein junger Mann, der weder trinkt noch raucht und ein großes eigenes Vermögen besitzt, also ein junger Mann, dem jeder Vater gerne seine Tochter als Lebensgefährtin anvertrauen würde. Der junge Craig hatte damals kein Vermögen und keine Stellung, und seine Eltern waren tot und hatten ihm nichts als Schulden hinterlassen.

»Craig ist ein Taugenichts und wird es nie zu etwas bringen«, erklärte Frisbie. »Ich habe Erkundigungen einziehen lassen und habe erfahren, daß er trinkt, wann immer jemand einen für ihn ausgibt. Gearbeitet hat er noch nie und wird auch nie arbeiten. Junior Holt dagegen ist nach allem, was ich gehört habe, ein musterhafter junger Mann aus guter Familie und überhaupt der einzige junge Mensch meiner Bekanntschaft, dessen Lebenswandel ihn als geeignet erscheinen läßt, meine Tochter zu heiraten.«

Florence sagte, Craig sei kein Taugenichts und sie liebe ihn und werde nie einen andern heiraten, und Holt sei unausstehlich, und selbst wenn er ausstehlich wäre, würde sie es nie über sich bringen, in den Ehestand zu treten mit einem, der mit Vornamen Junior heiße.

»Ich laufe mit Henry davon, wenn du nicht einwilligst«, erklärte sie.

Frisbie ließ sich aber nicht ins Bockshorn jagen, da Florence viel zu vernünftig ist, um mit einem jungen Mann davonzulaufen, der kaum eine Hochzeitsreise mit der U-Bahn finanzieren

könnte. Anderseits weigerte sie sich aber nach wie vor, sich seinem Wunsch hinsichtlich des jungen Holt zu fügen, und es sah allmählich ganz nach einer ausweglosen Sackgasse aus, in die Tochter und Vater sich in ihrem Starrsinn verrannt hatten.
Florence wurde bleich und magerte ab und verbrachte die meiste Zeit in ihrem Zimmer, statt sich wie sonst mit ihren Freunden die Zeit zu vertreiben. Und Frisbie war bekannt für seinen eisernen Willen, so daß es allmählich ganz nach einer ausweglosen Sackgasse aussah, in die sich die beiden verrannt hatten. Schon zeigten sich bei Florence leise Anzeichen einer ernsthaften Erkrankung, als ihre Mutter zu mir kam und sagte, man sei sich allgemein im klaren darüber, daß ich mehr Einfluß auf ihren Mann habe als sonst jemand, und ob ich nicht eine Möglichkeit sähe, in seiner Einstellung gegenüber Florence und den beiden jungen Männern einen Wandel herbeizuführen; wenn nämlich nicht bald etwas geschehe, dann müsse man das Schlimmste befürchten. Florence finde mich sympathisch und habe volles Zutrauen zu mir, ich müsse unbedingt mit ihr reden, vielleicht falle uns beiden doch etwas ein, bevor es zu spät sei.
So suchte ich denn Florence in ihrem Schlafzimmer auf, und sie bot einen bedenklichen Anblick mit ihren rot verweinten Augen, bleich und abgehärmt, wie sie war, und doch heiterte sich ihre Miene auf, und sie lächelte, als ich eintrat, und gab mir die Hand wie einem lange verschollenen Freund.
»Ich habe meine Mutter gebeten, Sie zu rufen«, sagte Florence. »Der Fall sieht hoffnungslos aus, aber ich weiß, daß Sie schon oft Wunder bewirkt haben bei meinem Vater, jedenfalls sind Sie der einzige, der jetzt noch helfen kann. Ich habe da nämlich einen Einfall gehabt, und wenn Sie ihn gut finden, dann ist es an Ihnen, ihn zu verwirklichen.«
»Worum handelt es sich?«
»Nun«, sagte Florence, »ich liebe Henry, und wenn er meinem Vater einen Gefallen tun könnte, dann wäre mein Vater wohl nicht mehr so gegen ihn.«
»Was für einen Gefallen?«
»Henry spielt sehr gut Golf und könnte doch meinem Vater ein paar Winke geben, wie er sein Spiel verbessern kann.«
»Ihr Vater spielt nie mit andern und mit einem guten Spieler schon gar nicht, und außerdem gehört Ihr Vater nicht zu de-

nen, die sich Winke geben lassen. Ich möchte das jedenfalls nicht versuchen.«
»Dann taugt mein Einfall wohl nichts.«
»Nein«, sagte ich, und dann hatte ich plötzlich selber einen Einfall. »Sagen Sie mal, Fräulein Florence, spielt der andere auch Golf?«
»Wer?«
»Der junge Junior Holt.«
»Noch besser als Henry.«
»Weiß das Ihr Vater?«
»Vater weiß überhaupt nichts von ihm, sonst wäre er ihm nicht so gewogen.«
»Nun«, sagte ich, »ich habe da einen Plan. Vielleicht klappt's, vielleicht auch nicht, jedenfalls schadet es nichts, wenn wir's probieren. Und das erste, was zu tun ist, Sie müssen eine muntere Miene aufsetzen und so tun, als sei Ihnen der junge Holt gar nicht mehr so zuwider. Dann müssen Sie Ihrem Vater sagen, Holt habe noch nie Golf gespielt, er habe überhaupt noch nie gesehen, wie man Golf spielt, würde aber Ihrem Vater gerne einmal dabei zuschauen, um zu sehen, wie das geht.
Wenn das geschehen ist, müssen Sie dafür sorgen, daß der junge Holt Ihren Vater bittet, ihn auf den Golfplatz begleiten zu dürfen, und insgeheim müssen Sie ihm einen Wink geben, Ihr Vater hätte gerne seinen Rat. Sagen Sie ihm, wenn Ihr Vater etwas falsch mache, solle er ihn unbedingt korrigieren. Sagen Sie, Ihr Vater sei erpicht darauf, etwas zu lernen, getraue sich aber nicht, um Rat zu fragen.
Natürlich kann dabei alles mögliche schiefgehen, aber wenn es klappt, dann garantiere ich Ihnen, daß Sie über den Berg sind.«
Wie gesagt, alles mögliche hätte schiefgehen können, aber das war nicht der Fall; und schon am nächsten Nachmittag teilte mir Frisbie mit, Florence gehe es auf einmal viel besser, sie scheine ihre Meinung, was den jungen Holt anbetreffe, geändert zu haben, und dieser habe den Wunsch geäußert, ihn auf den Golfplatz begleiten zu dürfen, um sich in das Spiel einweihen zu lassen.
Junior Holt war ein aufgedunsener junger Mensch mit einem hochmütigen Lächeln, und sobald ich ihn erblickte, wünschte ich ihm alles Mißgeschick.

Noch bevor Frisbie zu spielen anfing, dachte ich einen Augenblick lang, es sei alles aus. Frisbie bemerkte nämlich: »Was haben Sie denn die ganze Zeit getrieben, Junior, daß Sie noch nie auf einem Golfplatz waren?« Aber zum Glück faßte Holt das als einen Witz auf und gab keine Antwort. Gleich darauf begann das Gewitter am Himmel aufzuziehen. Frisbie verpatzte den Abschlag.

»Herr Frisbie«, sagte der junge Holt, »da stimmte verschiedenes nicht, aber der Hauptfehler war, daß Sie zu nahe am Ball standen und ihn zu weit vorn trafen, und außerdem holten Sie viel zu rasch aus, so daß Sie das Gleichgewicht verloren; auch waren Sie zu verkrampft, man muß den Ball mit einem schönen, gleichmäßigen Schwung treffen.«

Frisbie sah ihn scheel an und dachte sich dann, Junior erlaube sich einen Spaß, und um ihm das abzugewöhnen, schaute er ihn strafend an; als wir dann aber den Ball im Gebüsch fanden und Frisbie von mir den Löffel verlangte, sagte Holt, er solle doch den Mashie nehmen, man brauche in einem solchen Fall nie einen Holzschläger, und Frisbies Stirn umwölkte sich noch mehr, er brabbelte etwas vor sich hin und verfehlte den Ball mit dem Löffel und verfehlte ihn ein zweites Mal und nahm schließlich ein Eisen und dribbelte den Ball auf die Bahn und brauchte sieben Schläge, um auf das Grün zu kommen, und dann noch drei zum Einlochen.

Man kann wohl sagen, es sei eines der kürzesten Spiele gewesen, es fand nämlich schon beim zweiten Abschlag ein jähes Ende. Frisbie holte aus und verschlug den Ball wiederum seitwärts. Da nahm der junge Holt einen Ball aus meiner Tasche und einen Schläger aus dem Köcher und sagte: »Sehen Sie, so muß man das machen«, und schlug den Ball 250 Meter weit, schön mitten auf der Bahn.

Ich schaute nach Frisbies Gesicht, und es war aufgequollen und puterrot bis schwärzlich. Dann platzte er, und ich will nicht alles wiederholen, was er sagte, nur ein paar von seinen freundlicheren Bemerkungen.

»Zum Teufel mit Ihnen und Ihrer Besserwisserei! Lassen Sie sich in meinem Hause nie mehr blicken! Wenn Sie noch ein einziges Mal hier auftauchen, dann jage ich Ihnen einen Schrotschuß in das, was Sie an Stelle eines Gehirns haben. Meine Tochter haben Sie belogen, und mich wollen Sie für dumm verkaufen. Machen Sie, daß Sie verschwinden, bevor ich die Hunde auf Sie hetze und Sie in Stücke reiße!«

Junior wollte wahrscheinlich eine Erklärung abgeben oder eine solche verlangen, sah aber auf den ersten Blick, daß es keinen Zweck hatte. Später erfuhr ich, daß er mit Florence gesprochen habe, aber sie lachte ihn bloß aus.

»Ich habe mich in dem jungen Holt getäuscht«, erklärte Frisbie damals am Abend. »Er taugt nichts und darf mir nie mehr ins Haus kommen.«

»Ach, Vater, und gerade jetzt, wo er mir allmählich sympathisch wurde«, sagte Florence.

Wie dem auch immer war, jedenfalls verheiratete sie sich bald danach mit dem andern jungen Mann, mit Henry Craig, was Frisbie wahrscheinlich nur deshalb gestattete, weil er hoffte, Junior Holt damit zu ärgern.

Er gab zu, sich in dem letzteren getäuscht zu haben, aber er hatte sich entschieden nicht getäuscht, als er behauptete, der junge Craig sei ein Taugenichts und werde es nie zu etwas bringen.

Aber ich glaube, ich habe nun genug zusammengeschrieben über Allen Frisbie.

Champion

Midge Kelly erzielte seinen ersten Knockout, als er siebzehn war. Gegen Connie, seinen drei Jahre jüngeren Bruder, einen Krüppel. Die Einnahme des Siegers bestand aus einem Dollarstück, das der jüngere Kelly von einer Dame erhalten hatte, die ihm mit ihrem Wagen beinah die Knochen in seinem schmächtigen Körperchen zerschmettert hätte.
Connie wußte nicht, daß Midge zu Hause war, sonst hätte er es nie gewagt, das Geldstück auf die Armlehne des unbequemsten Stuhls im Zimmer zu legen, um sich an seinem Glanz zu weiden. Als Midge aus der Küche hereinkam, deckte der Krüppel die Münze mit der Hand zu, aber nicht rasch genug.
»Was hast du da?« fragte Midge.
»Nichts.«
»Du lügst!«
Midge trat zu seinem Bruder hin und packte die Hand, die das Geldstück verbarg.
»Laß los!« befahl er.
Connie begann zu weinen.
»Laß los und hör auf mit dem Geplärr!« sagte der Ältere und riß dem Bruder mit einem Ruck die Hand von der Armlehne. Das Geldstück fiel auf den Boden. Midge trat mit einem Fuß darauf. Seine dünnen Lippen verzogen sich zu einem frohlockenden Lächeln.
»Nichts, he?« höhnte er. »Na also, wenn das nichts ist, dann brauchst du es ja nicht.«
»Gib her«, schluchzte der Jüngere.
»Ich geb dir Saures, du kleiner Schleicher! Wo hast du es gestohlen?«
»Ich hab's nicht gestohlen. Es gehört mir. Eine Frau hat es mir gegeben, nachdem sie mich beinah überfahren hatte.«
»Schade, daß sie es nur beinah tat.«
Midge wandte sich zum Gehen. Der Krüppel langte nach seiner Krücke, stand mühsam vom Stuhl auf und kam, immer noch schluchzend, auf Midge zu. Dieser hörte ihn und blieb stehen.
»Komm mir bloß nicht zu nah«, drohte er.
»Ich will meinen Dollar«, rief der Kleine.

»Ich weiß, was du willst«, sagte Midge.
Er schloß die Hand über dem Geldstück zur Faust und schlug sie seinem Bruder mit aller Kraft ins Gesicht. Connie fiel mit einem dumpfen Aufprall hin; die Krücke kam auf ihn zu liegen. Midge stellte sich neben das am Boden ausgestreckte Häufchen Elend.
»Genügt das?« fragte er. »Oder willst du noch was?«
Und er trat mit dem Fuß nach dem lahmen Bein.
»So, das wäre wohl erledigt«, sagte er dann.
Der Junge am Boden ließ nichts mehr verlauten. Midge schaute ihn einen Augenblick an, dann das Geldstück in seiner Hand, und begab sich dann, vor sich hinpfeifend, auf die Straße hinaus.
Eine Stunde später, als die Mutter von ihrer Arbeit in der Waschanstalt nach Hause kam, lag Connie immer noch am Boden und stöhnte. Sie ließ sich neben ihm auf die Knie nieder und rief ihn wohl ein dutzendmal mit seinem Namen. Dann stand sie auf und stürzte schreckensbleich aus dem Haus. Dr. Ryan verließ die Wohnung der Kellys, als es schon dunkelte, und schritt der Halsted Street zu. Eine Nachbarin erspähte ihn, als er an ihrem Gartentor vorbeikam.
»Herr Doktor«, rief sie, »wer ist denn krank?«
»Der arme Connie«, erwiderte er. »Hat sich beim Hinfallen was getan.«
»Wie ist das passiert?«
»Das steht noch nicht fest, aber ich bin ziemlich sicher, er wurde zu Boden geschlagen.«
»Zu Boden geschlagen!« rief die Nachbarin. »Wer könnte das denn –?«
»Haben Sie den andern kürzlich gesehen?«
»Michael? Nein, seit heute vormittag nicht mehr. Sie denken doch nicht –«
»Es wäre ihm zuzutrauen«, sagte der Arzt bedächtig. »Connie hat geschwollene und aufgesprungene Lippen und eine Quetschung an seinem lahmen Bein. Das kann er sich nicht selber beigebracht haben, und ich glaube, die Mutter hat den andern im Verdacht.«
»Du lieber Himmel! Ich laufe rasch rüber, vielleicht kann ich was tun.«
»Recht so«, sagte Dr. Ryan und ging seines Weges.

Gegen Mitternacht, als Midge nach Hause kam, saß seine Mutter an Connies Bett. Sie schaute nicht einmal auf.
»Nun«, sagte Midge, »was fehlt ihm denn?«
Sie schwieg. Midge wiederholte seine Frage.
»Michael, du weißt genau, was ihm fehlt«, sagte sie schließlich.
»Ich weiß gar nichts.«
»Lüg mich nicht an, Michael. Was hast du ihm getan?«
»Nichts.«
»Du hast ihn geschlagen.«
»Also gut, ich habe ihn geschlagen. Und wenn schon, es ist ja nicht das erste Mal.«
Mit verkniffenen Lippen, kreidebleich im Gesicht, stand Ellen Kelly auf und ging auf ihn los. Midge wich gegen die Tür zurück.
»Laß mich, Ma. Mit Frauen will ich nicht raufen.«
Dennoch kam sie keuchend auf ihn zu.
»Komm mir bloß nicht zu nah«, drohte er.
Ein kurzes Handgemenge, und Michaels Mutter lag auf dem Boden vor ihm.
»Es hat dir nichts getan, Ma. Nur gut, daß ich nicht richtig zugeschlagen habe. Ich hab ja gesagt, du sollst mich in Ruhe lassen.«
»Gott verzeih's dir, Michael!«
Midge fand Hap Collins beim Kartenspiel im Royal.
»Komm mal einen Augenblick raus«, sagte er.
Hap folgte ihm auf den Gehsteig hinaus.
»Ich verreise für einige Zeit«, erklärte Midge.
»Warum?«
»Ach, Scherereien zu Hause. Der Kleine hatte mir einen Dollar gestohlen, und wie ich den wieder wollte, schlug er mir die Krücke übern Schädel. Ich hab's ihm dann besorgt. Und die Alte kam mit einem Stuhl auf mich los, und als ich ihr den wegnahm, fiel sie hin.«
»Wie steht's mit Connie?«
»Nicht schlimm.«
»Wieso läufst du dann weg?«
»Wer, zum Teufel, sagt denn, ich laufe weg? Ich hab die Nase voll, das ist es. Alle hacken sie auf mir herum. Ich will einfach für einige Zeit weg und brauche Geld.«
»Ich hab bloß anderthalb Dollar«, erklärte Happy.

»Knapp dran, wie? Also, heraus damit.«
Happy kam heraus damit.
»Du solltest den Kleinen nicht schlagen«, sagte er.
»Ich hab dich nicht um Rat gefragt«, sagte Midge verbissen. »Und wenn du mir dreckig kommst, kannst du auch eine Abreibung haben. Ich geh jetzt.«
»Geh nur, je weiter weg, desto besser«, sagte Happy, aber erst, als er sicher war, daß Kelly ihn nicht mehr hörte.
Am nächsten Morgen in der Frühe bestieg Midge einen Zug nach Milwaukee. Eine Fahrkarte hatte er nicht, aber niemand merkte es. Der Schaffner kam nicht vorbei.
Sechs Monate später verließ Midge eines Nachts den Star-Boxklub durch den Bühneneingang und steuerte eilig auf Duanes Lokal zu, zwei Straßenecken weiter weg. In seiner Tasche befanden sich zwölf Dollar, als Lohn dafür, daß er einen gewissen Demon Dempsey durch die sechs Runden des ersten Einleitungskampfes hindurch vermöbelt hatte.
Es war dies das erste Mal, daß Midge als Berufsboxer aufgetreten war. Auch war es das erste Mal seit Wochen, daß er zwölf Dollar verdient hatte.
Auf dem Weg zu Duanes Lokal mußte er an dem von Niemann vorbei. Er zog die Mütze in die Stirn und beschleunigte den Schritt, bis er daran vorbei war. Drinnen bei Niemann stand ein gutmütiger Kellner, der Midge zehn Tage lang hatte anschreiben lassen, auf sein Versprechen hin, die Rechnung begleichen zu wollen, sobald er für sein Auftreten bezahlt werde.
Erhobenen Hauptes betrat Midge Duanes Kneipe und weckte den übernächtigen Kellner, indem er einen Dollar auf die Theke knallte.
Er bestellte einen Whisky, und dann noch mehrere, bis nach Beendigung der Vorstellung im Boxklub ein Teil der Zuschauer sich ebenfalls in der Kneipe einfand. Ein junger Mensch, der neben Kelly an der Bar stand, faßte sich schließlich ein Herz und sprach ihn an.
»Waren Sie nicht auch dabei?« fragte er.
»Doch«, sagte Midge.
»Mein Name ist Hersch«, stellte der andere sich vor.
Midge nahm die Mitteilung schweigend entgegen.
»Ich möchte mich nicht aufdrängen«, fuhr Hersch fort, »aber ich würde gern einen für Sie ausgeben.«

»Meinetwegen«, meinte Midge, »aber treiben Sie's nicht zu bunt.«
Hersch lachte schallend und winkte dem Kellner.
»Dem andern haben Sie's aber tüchtig besorgt heute abend«, sagte er dann, als sie bedient worden waren. »Ich dachte schon, Sie machten ihn kaputt.«
»Das hätte ich auch, wenn ich mich nicht zurückgehalten hätte. Ich mache sie noch alle kaputt.«
»Sie haben das Zeug dazu«, meinte der andere voller Bewunderung.
»Und ob«, sagte Midge. »Ich schlage aus wie ein Maulesel. Ist Ihnen aufgefallen, die Muskeln an meinen Schultern?«
»Aufgefallen? Die waren nicht zu übersehen. Ich sagte zu dem, der neben mir saß, ›diese Schultern!‹ sagte ich, ›kein Wunder, daß er immer ankommt.‹«
»Wenn ich einen lande, dann gute Nacht, mein Junge«, bekräftigte Midge. »Ich mach sie noch alle kaputt.«
Das mündliche Massaker dauerte an, bis die Kneipe zumachte. Beim Abschied schüttelten sich Midge und sein neuer Freund die Hand und trafen eine Verabredung für den nächsten Abend.
Fast eine Woche lang waren die beiden ständig beisammen. Herschs angenehme Rolle bestand darin, sich anzuhören, was Midge über seine Wenigkeit zu sagen hatte, und dafür zu sorgen, daß sein Glas immer voll war. Aber dann kam ein Abend, wo Hersch mit Bedauern mitteilte, er müsse zum Essen nach Hause.
»Ich habe eine Verabredung auf acht Uhr«, gestand er. »Und vorher muß ich mich noch feinmachen, sie ist nämlich das hübscheste kleine Ding in Milwaukee.«
»Hat sie nicht vielleicht eine Freundin?« fragte Midge.
»Nicht daß ich wüßte«, erwiderte Hersch. »Doch, halt! Ich kann meine Schwester fragen, ob sie Zeit hat. Geht in Ordnung. Übrigens auch nicht unflott, meine Schwester.«
So geschah es, daß Midge und Emma Hersch und deren Bruder und das hübscheste kleine Ding in Milwaukee in einer Tanzdiele die halbe Nacht durchtanzten, und Midge immer mit Emma, denn jeder kleine Foxtrott machte zwar von neuem Durst, aber Lou Hersch blieb doch nüchtern genug, um nicht mit seiner Schwester zu tanzen.

Trotz seiner beträchtlichen Begabung, auf Kosten anderer zu leben, war Midge am nächsten Tag abgebrannt und suchte deshalb Doc Hammond auf, den Veranstalter der Kämpfe im Star-Boxklub, und ersuchte diesen, ihn für den nächsten Schaukampf aufs Programm zu setzen.
»Ich könnte Sie gegen Tracy antreten lassen«, meinte Doc.
»Wieviel schaut dabei heraus?«
»Zwanzig, wenn Sie siegen.«
»Ist das alles?« muckte Midge auf. »Ich war doch gut voriges Mal.«
»Schon recht, aber an einen Freddie Welsh kommen Sie noch lange nicht ran.«
»Der macht mir keine Bange, und auch sonst niemand.«
»Leider bezahlen wir unsere Boxer nicht nach dem Brustumfang«, erklärte Doc Hammond. »Ich biete Ihnen diesen Kampf gegen Tracy an. Sonst lassen wir's eben.«
»Also gut, wird gemacht«, sagte Midge, und er verbrachte einen angenehmen Nachmittag in Duanes Lokal, unter Berufung auf die kommende Einnahme.
Am Abend vor dem Treffen kam Tracys Manager zu Midge.
»Wie stellen Sie sich zu dieser Sache?« fragte er.
»Ich?« erwiderte Midge. »Ich bin bereit. Was soll denn das heißen, wie stelle ich mich dazu?«
»Das heißt«, sagte Tracys Manager, »daß uns sehr an einem Sieg gelegen ist. Der Junge hat eine Chance in Philadelphia, wenn er diesmal siegt.«
»Wie denken Sie sich das?«
»Fünfzig Dollar«, sagte Tracys Manager.
»Wofür halten Sie mich eigentlich? Ich soll für fünfzig Dollar zu Boden gehen? Ich nicht!«
»Also dann, fünfundsiebzig.«
Sie einigten sich auf achtzig, und auch alles übrige war rasch abgekartet. Und so ging Midge am nächsten Abend in der zweiten Runde nach einem mächtigen Schlag auf den Vorderarm zu Boden.
Diesmal ging Midge sowohl an Niemanns wie auch an Duanes Lokal vorüber, da er an beiden Orten beträchtliche Schulden hatte, und beehrte ein Lokal weiter unten an der Straße.
Als der Gewinn aus dem Handel mit Tracys Manager aufgebraucht war, erfuhr Midge bei Unterredungen mit Doc Ham-

mond und mit den Veranstaltern in andern Klubs, daß sie für ihn keinerlei Verwendung mehr hatten. Allerdings bestand keine Gefahr, daß er verhungern oder verdursten mußte, solange Emma und Lou Hersch am Leben waren. Dennoch kam er, vier Monate, nachdem er sich von Tracy hatte schlagen lassen, zu der Überzeugung, Milwaukee sei für ihn nicht die richtige Gegend.

»Ich nehme es mit jedem auf«, sagte er sich, »aber hier ist für mich nichts mehr zu holen. Vielleicht wenn ich nach Osten fahre, da ist wohl noch etwas zu machen. Und außerdem –«

Doch kaum hatte Midge eine Fahrkarte nach Chicago erstanden, mit dem Geld, das er sich von Emma Hersch geliehen hatte, ›um Schuhe zu kaufen‹, als sich eine schwere Hand auf seine Schulter legte. Er drehte sich um und sah sich zwei Unbekannten gegenüber.

»Wo soll's denn hin, Kelly?« fragte der mit der schweren Hand.

»Nirgends hin«, erwiderte Midge. »Was geht Sie denn das an?«

»Kelly«, sagte der andere Unbekannte, »ich handle im Auftrag von Emma Herschs Mutter und habe dafür zu sorgen, daß Sie das Mädchen nicht sitzenlassen. Sie bleiben hier, bis Sie die Sache in Ordnung gebracht haben.«

»Das dürfte Ihnen noch leid tun, wenn Sie mir Schwulitäten machen«, maulte Midge.

Immerhin reiste er an dem Abend nicht nach Chicago. Emma Hersch wurde zwei Tage später Frau Kelly, und das Geschenk des jungen Ehemanns an seine Frau, als sie endlich allein waren, bestand darin, daß er sie mit der Faust ins Gesicht schlug. Am nächsten Morgen verließ Midge die Stadt Milwaukee, wie er dorthin gekommen war – mit dem Güterzug.

»Es hat keinen Sinn, daß wir uns noch lange etwas vormachen«, sagte Tommy Haley. »Er könnte zur Not auf siebenunddreißig herunterkommen, aber wenn er noch mehr abnimmt, dann kann ihn eine Maus umlegen. Er ist Weltergewichtler, das ist seine Klasse, und er weiß das so gut wie ich. Die letzten sechs Monate ist er wie ein Unkraut aufgeschossen. Ich hab's ihm gesagt. ›Wenn du nicht aufhörst zu wachsen‹, sagte ich, ›dann ist bald niemand mehr da, mit dem du boxen kannst, höchstens Willard und seinesgleichen.‹ Darauf sagte er zu mir: ›Wenn ich zwanzig Pfund schwerer wäre, würde ich es auch mit Willard aufnehmen‹.«

»Der hat was gegen sich«, bemerkte Tommys Bruder.

»Das ist bei allen so, die was taugen«, sagte Tommy. »Und Midge taugt etwas, verlaß dich drauf. Ich wollte, wir hätten Welsh kriegen können, bevor Midge so groß wurde. Jetzt ist es zu spät. Ich will aber nicht klagen, falls der Match mit dem Deutschen zustande kommt.«

»Von wem sprichst du?«

»Vom jungen Goetz, Meister im Weltergewicht. Für den Kampf selber würden wir vielleicht nicht sehr viel kriegen, aber nachher könnten wir scheffeln. Dann hätten wir eine Zugnummer. Die Leute zahlen doch ihr Eintrittsgeld, um den Kerl mit dem harten Schlag zu sehen, und das ist Midge. Und der Titel würde uns bleiben, solange als Midge das Gewicht hält.«

»Kannst du denn mit Goetz nicht abschließen?«

»Doch, der braucht Geld. Aber ich habe Midge bisher nicht verheizt, und es hat sich gelohnt, nicht? Warum also ein Risiko eingehen? Der Junge ist im Kommen, noch und noch, und Goetz fällt immer mehr ab, noch schneller als der große Johnson seinerzeit. Ich glaube, wir könnten ihn jetzt schon schlagen, ich bin sogar fest überzeugt davon. Aber in einem halben Jahr besteht überhaupt keine Gefahr mehr. Bis dann hat er sich selber geschlagen. Dann brauchen wir nur mit ihm abzuschließen und zu warten, bis der Ringrichter den Kampf abbricht. Aber Midge brennt darauf, gegen ihn anzutreten, ich kann ihn kaum noch halten.«

Die Brüder Haley saßen beim Mittagessen in einem Hotel in Boston. Dan war hergekommen, um Tommy zu sehen und dessen Schützling, der zwölf Runden, oder weniger, gegen Bud Cross auszufechten hatte. Der Kampf versprach zwar nicht sehr aufregend zu werden, hatte Midge doch den jungen Mann aus Baltimore schon zweimal besiegt. Es war einzig Buds Ausdauer, die ihm diesen Kampf eingetragen hatte. Die Sportfreunde legten gerne das Eintrittsgeld hin, um Midge und seine gefürchtete Linke zu sehen, aber nur gegen einen Gegner, der etwas einstecken konnte. Bud Cross war ein solcher Gegner, und seine Bereitschaft, Boxhandschuhe mit Augen, Ohren, Nase und Hals aufzuhalten, hatte es ihm seit langem ermöglicht, den

Unannehmlichkeiten ehrlicher Arbeit zu entgehen. Er war groß im Einstecken, das zeigte sich an seinem zerschundenen, aufgequollenen, verfärbten Gesicht.
»Man sollte meinen«, sagte Dan Haley, »daß Midge auf dich hört, nach all dem, was du für ihn getan hast.«
»Bis jetzt hat er das auch, aber er ist nachgerade so selbstsicher, daß er nicht einsieht, warum er noch zuwarten sollte. Aber er wird schon auf mich hören, er wäre ja dumm, wenn er es nicht täte.«
»Hast du einen Vertrag mit ihm?«
»Nein, ich brauche keinen Vertrag nicht. Er weiß, ich war es, der ihn aus der Gosse holte, da wird er mir doch nicht den Laufpaß geben, jetzt, wo er klotzig verdient, mit Aussicht auf noch mehr. Was wäre er, wenn ich ihn nicht angehört hätte damals, als er zum erstenmal zu mir kam? Das ist jetzt fast zwei Jahre her, aber es kommt mir vor wie letzte Woche. Ich saß in dem Lokal gegenüber dem Boxklub in Philadelphia und wartete auf McCann, der noch die Einnahmen zählte, als dieser kleine Plattenschieber hereinschneite und etwas zu trinken wollte, auf Pump natürlich. Man sagte ihm, er solle sich wegscheren, und dann sah er mich und kam an meinen Tisch herüber und fragte mich, ob ich nicht im Boxsport tätig sei, und ich nannte ihm meinen Namen. Er wollte mich anpumpen, und ich sagte ihm, er solle sich zu mir setzen, dann könne er mithalten.
Dann kamen wir ins Gespräch, und er sagte mir, wie er heiße und daß er in Milwaukee ein paar Einleitungskämpfe ausgefochten habe. Da sagte ich zu ihm: ›Na, mein Junge, ich weiß nicht, ob du etwas taugst, aber wenn du mit diesem Zeug da trainierst, wirst du es nie zu etwas bringen.‹ Er sagte, er würde es sich schon abgewöhnen, wenn er wieder ein Engagement bekäme, und ich versprach, ihm eine Chance zu geben, wenn er es ehrlich meine und keinen Alkohol mehr anrühre. Das wurde mit Handschlag bekräftigt, und ich nahm ihn mit ins Hotel und stellte ihm das Bad zur Verfügung, und am nächsten Tag kaufte ich ihm einen Anzug. Mehr als sechs Wochen lang lebte er auf meine Kosten. Es fiel ihm nicht leicht, sich das Trinken abzugewöhnen, aber schließlich schien er mir wieder in Form zu sein, und ich gab ihm seine Chance. Er trat gegen Smiley Sayer auf und machte ihn so rasch fertig, daß Smiley nicht wußte, wie ihm geschah.

Was er seither geleistet hat, weißt du ja. Er ist überhaupt nur einmal geschlagen worden, von Tracy in Milwaukee, aber das war vor meiner Zeit, und Tracy hat er letztes Jahr dreimal besiegt.
Ich habe ihn gut verdienen lassen, und jetzt hat er siebentausend Dollar auf der hohen Kante. Nicht übel für einen Jungen, der vor zwei Jahren noch auf dem Pflaster war. Und er hätte noch mehr ersparen können, wenn er nicht so ein Fatzke wäre und immer in den besten Hotels übernachten müßte und all das.«
»Wo kommt er eigentlich her?«
»Ach, ein richtiges Zuhause hat er keins. Er kam von Chicago, und seine Mutter hat ihn wohl rausgeschmissen, weil er ein Nichtsnutz war. Vermutlich hat sie ihn schlecht behandelt, jedenfalls sagt er, er wolle mit ihr nichts zu tun haben, es sei an ihr, sich zu melden. Sie hat Vermögen, behauptet er; er mache sich ihretwegen keine Sorgen.«
Der in Frage stehende Herr betrat das Lokal und stolzierte an Tommys Tisch, während alles sich nach ihm umdrehte.
Midge sah kerngesund aus, trotz einem etwas verfärbten Auge und einer Ohrmuschel, die zugewachsen schien. Aber vielleicht war es nicht sein gesundes Aussehen, das allgemein auffiel. Seine mit Brillanten besetzte, hufeisenförmige Krawattennadel, das quergestreifte lila Hemd, die hellgelben Schuhe und der hellblaue Anzug waren laut genug, um Aufmerksamkeit zu erregen.
»Wo haben Sie denn gesteckt?« fragte er Tommy. »Ich habe überall nach Ihnen gesucht.«
»Setz dich hin«, sagte sein Manager.
»Keine Zeit«, erwiderte Midge, »ich gehe an den Hafen runter, den Fischern beim Ausladen zusehen.«
»Das ist mein Bruder Dan«, sagte Tommy.
Midge schüttelte ihm die Hand. »Wenn Sie Tommys Bruder sind, dann sind Sie bei mir gut angeschrieben«, erklärte er, und die Brüder strahlten. Dan fuhr sich mit der Zunge verlegen über die Lippen und wollte etwas sagen, aber der junge Faustkämpfer achtete nicht darauf.
»Ich nehme dann noch zwanzig mit«, sagte er. »Wahrscheinlich brauche ich sie nicht, aber für alle Fälle.«
Tommy trennte sich von einer Zwanzigdollarnote und trug die

Transaktion in ein schwarzes Büchlein ein, das ihm die Versicherungsgesellschaft zu Weihnachten geschenkt hatte.
»Um den Fischern zuzuschauen, brauchst du aber keine zwanzig Dollar«, bemerkte er. »Soll ich mitkommen?«
»Nein«, sagte Midge rasch. »Sie haben mit Ihrem Bruder sicher eine Menge zu besprechen.«
»Also«, sagte Tommy, »laß dir kein Falschgeld andrehen und komm mir nicht abhanden. Komm lieber um vier zurück und leg dich noch etwas hin.«
»Nicht nötig, um diesen Knülch zu schlagen«, erklärte Midge. »Der wird sich genug hinlegen für zwei.«
Er lachte etwas mehr als der dürftige Witz erforderte, und schritt unter den bewundernden Blicken der Gäste hinaus.
Die Straßenecke, auf die Midge zusteuerte, war keineswegs am Hafen, aber die Dame, die ihn dort erwartete, bildete zweifellos einen lieblicheren Anblick als der glücklichste Fischzug. Auch konnte sie reden, wahrscheinlich sogar besser als die Fische.
»Du Held!« sagte sie, und etwas Silber blitzte auf unter dem Gold. »Du Herkules!«
Midge lächelte sie an.
»Komm«, sagte er, »wir wollen einen genehmigen. Einer wird nichts schaden.«

In New Orleans, fünf Monate nachdem er zum drittenmal das Gesicht von Bud Cross umgestaltet hatte, beendete Midge sein Training für das Meisterschaftstreffen mit dem Deutschen.
Zurück im Hotel nach dem letzten Übungskampf blieb Midge noch in der Halle, um mit ein paar Burschen zu sprechen, die aus den Nordstaaten hergereist waren, um mit anzusehen, wie ein Meister entthront wurde; der Ausgang des Kampfes stand nämlich so gut wie fest, so daß selbst die Fachleute dahintergekommen waren.
Tommy Haley ließ sich unterdessen den Schlüssel und die Post geben und stieg zu Kellys Zimmerflucht hinauf. Er saß gerade im Bade, als Midge eine halbe Stunde später heraufkam.
»Ist Post da?« fragte Midge.
»Dort auf dem Tisch«, rief Tommy aus der Badewanne.
Midge nahm den Stoß Briefe und Postkarten und sah ihn flüchtig durch. Drei Briefe legte er auf den Tisch zurück, alles

andere warf er in den Papierkorb. Dann nahm er die drei wieder zur Hand und saß eine Weile da, den Blick in die Ferne gerichtet. Schließlich schaute er wieder auf die drei ungeöffneten Briefe in der Hand, steckte dann einen in die Tasche und warf die andern weg. Sie verfehlten aber den Papierkorb und fielen zu Boden.

»Verdamm mich«, sagte Midge, bückte sich und hob sie wieder auf.

Dann machte er einen auf, der dem Stempel nach aus Milwaukee kam, und las.

Mein lieber Mann,

ich habe Dir schon so oft geschrieben und keine Antwort bekommen und weiß auch nicht, ob Du sie bekommen hast; so schreibe ich denn wieder in der Hoffnung, Du bekommst den Brief und schreibst auch. Nur ungern belästige ich Dich mit meinen Sorgen und würde es überhaupt nicht tun, nur um des Kindes willen, und Du brauchst mir auch gar nicht schreiben, nur etwas Geld schicken, nicht für mich selber, aber das Kind ist seit dem August kränklich, und der Doktor sagt, es wird nicht mehr lange leben, wenn ich es nicht besser ernähre, und das ist umständehalber nicht möglich. Lou ist seit einem Jahr arbeitslos, und was ich verdiene, reicht knapp für die Miete. Ich will ja kein Geschenk, nur die Rückzahlung dessen, was ich Dir einmal geliehen habe, alles zusammen macht es wohl $ 36.–. Bitte, schicke mir den Betrag, oder wenn es nicht geht, wenigstens etwas.

Deine Frau
Emma

Midge zerriß den Brief in hundert Fetzen und streute sie auf den Boden.

»Geld, Geld, Geld!« sagte er. »Die glauben wohl, ich schwimme im Geld. Ich bin sicher, die Alte ist auch darauf aus.«

Er schlitzte den Brief seiner Mutter auf.

lieber Michael Connie wollte daß ich schreibe und dir sage du mußt den Deutschen schlagen und er ist sicher du schaffst es und er möchte daß du uns schreibst und davon erzählst, aber du hast wohl keine Zeit sonst hättest du längst geschrieben aber ich wollte du würdest ein paar Zeilen schreiben, das wäre besser für Connie als alle Medizin. es wäre mir eine Große hilfe wenn du von zeit zu zeit etwas Geld schicken wolltest, aber wenn du es nicht erübrigen kannst nimm dir wenigstens die Zeit und schreibe einen Brief nur ein paar Zeilen es wird Connie freuen, denk bloß der arme Junge er ist seit drei jahren nicht mehr zum Bett herausgekommen. Connie wünscht dir alles gute.

Deine Mutter
ELLEN F. KELLY

»Hab ich's mir doch gedacht«, sagte Midge. »Es sind doch alle gleich.«
Der dritte Brief kam aus New York; er lautete:

SCHATZ – dies ist der letzte Brief, den Du von mir bekommst, bevor Du den Meisterschaftstitel hast, aber ich schick Dir am Samstag noch ein Telegramm, aber in einem Telegramm kann ich nicht so viel sagen wie in einem Brief, und schreibe ich Dir deshalb, damit Du weißt, ich denke an Dich und halte Dir den Daumen.
Mach ihn fertig, Schatz, und warte nicht länger als nötig und vergiß nicht, mir zu telegraphieren, wenn alles vorbei ist. Gib ihm mit Deiner berühmten Linken auf die Nase, Schatz, ohne Rücksicht auf sein Aussehen, er sieht sowieso nicht aus. Aber sieh zu, Schatz, daß er Dein hübsches Gesicht nicht verunstaltet, das darf er nicht, Schatz, nicht wahr.
Was gäbe ich nicht drum, Schatz, dabei sein zu können, aber Du hast wohl Haley lieber als mich, sonst würdest Du es nicht zulassen, daß er mich von Dir fernhält. Aber wenn Du den Titel hast, Schatz, dann können wir machen, was wir wollen, und Haley kann dann der Teufel holen.
Also ich schick Dir dann ein Telegramm, Schatz, am Samstag, und fast hätte ich's vergessen, ich brauche wieder Geld, sagen wir zweihundert, Du schickst es mir doch telegraphisch, sobald Du diesen Brief hast, nicht wahr. Das tust Du doch, Schatz, nicht?
Ich schick Dir dann am Samstag ein Telegramm und denk dran, Schatz, ich halte Dir den Daumen.
Auf Wiedersehen, Liebling, und viel Glück!

GRACE

»Es sind doch alle gleich«, sagte Midge. »Geld, Geld, Geld.«
Tommy Haley, frisch gebadet, trat aus dem Nebenzimmer herein.
»Ich dachte, du legst dich noch etwas hin«, bemerkte er.
»Mach ich ja«, sagte Midge und begann sich die hellgelben Schuhe aufzunesteln.
»Ich weck dich um sechs, und essen kannst hier oben, ganz ungestört. Ich muß jetzt runter, Karten verteilen.«
»Hat Goldberg von sich hören lassen?« fragte Midge.
»Hab ich dir das nicht gesagt? Gewiß; fünfzehn Wochen zu fünfhundert, wenn wir siegen. Außerdem zwölftausend fest, mit Spesen, entweder in New York oder in Milwaukee.«
»Gegen wen?«
»Wer immer es mit dir aufnimmt. Dir kommt es ja nicht drauf an, wer es ist, nicht?«
»Nein, mir nicht. Ich mach sie alle noch zur Sau.«
»Also, leg dich noch etwas hin.«
»Ach ja, an Grace sind telegraphisch zweihundert zu schicken. Sofort, an die New Yorker Adresse.«
»Zweihundert! Du hast ihr doch erst letzten Sonntag dreihundert geschickt.«
»Wenn schon, wen geht das was an?«
»Schön, schön, reg dich nicht auf. Sonst noch was?«
»Das ist alles«, sagte Midge und ließ sich aufs Bett fallen.

»Und ich will, daß du's tust, bevor ich zurück bin«, sagte Grace und stand vom Tisch auf. »Du wirst mir doch nicht krebsen, Schatz, nicht?«
»Laß mich nur machen«, sagte Midge. »Und gib nicht mehr aus als nötig.«
Grace lächelte Lebwohl und verließ das Lokal. Midge trank weiter seinen Kaffee und las seine Zeitung.
Es war mitten in der ersten der fünfzehn Wochen, während welcher Midge im Varieté aufzutreten hatte, und zwar in Chicago. Er war geradewegs hierhergekommen, um die Früchte seines Sieges über den abgewrackten Deutschen einzuheimsen. Vierzehn Tage hatte er gebraucht, um seine Nummer auswendig zu lernen, die darin bestand, daß er etwas vorturnte und sich zehn Minuten lang über seine eigenen Vorzüge ausließ. Und jetzt trat er also zweimal täglich im Madison-Theater

auf, und viele fanden keinen Einlaß, so groß war der Andrang.
Nachdem er gefrühstückt und die Zeitung gelesen hatte, schlenderte Midge in die Halle und verlangte seinen Schlüssel. Dann winkte er einen Pagen herbei, der heimlich auf diese Ehre gehofft hatte.
»Such Haley, Tommy Haley«, wies er ihn an. »Sag ihm, er solle auf mein Zimmer kommen.«
»Jawohl, Herr Kelly«, sagte der Junge und flitzte hinweg.
Midge schaute gerade zum Fenster hinaus, im siebenten Stock, als Tommy sich einfand.
»Was gibt's denn?« fragte der Manager.
Es ging eine Weile, bis Midge antwortete. »Haley«, sagte er schließlich, »fünfundzwanzig Prozent ist eine hübsche Stange Geld.«
»Ich denke, es steht mir zu, nicht?« sagte Tommy.
»Ich seh nicht ein, wie Sie auf so viel kommen. Ich weiß nicht, ob Sie für mich so viel wert sind.«
»Also«, sagte Tommy, »das hab ich nicht erwartet, so etwas nicht. Ich dachte, du bist mit unserer Abmachung zufrieden. Ich will niemand übervorteilen, aber wo hättest du einen gefunden, der so viel für dich getan hätte, wie ich getan habe?«
»Schon recht«, meinte der Meister. »Sie haben eine Menge für mich getan, in Philadelphia, das stimmt. Und Sie sind dabei ganz nett auf Ihre Rechnung gekommen, nicht?«
»Ich kann nicht klagen. Aber trotz alledem, das ganz große Geld, das kommt erst noch. Und wenn ich nicht gewesen wäre, hättest du dir die Finger danach lecken können.«
»Ach, ich hätt's wohl auch so geschafft«, meinte Midge. »Wer hat denn dem Deutschen in die Fresse gelangt, Sie oder ich?«
»Ja, aber du wärst nie mit dem Deutschen zwischen die Seile gekommen, wenn du nicht in meinen Händen gewesen wärst.«
»So kommen wir nicht weiter. Es steht nun einmal fest, daß Sie für mich keine fünfundzwanzig Prozent mehr wert sind, und was vor einem Jahr oder zwei war, das spielt keine Rolle.«
»Ach, nein?« sagte Tommy. »Ich hätte gedacht, das spielt eine große Rolle.«
»Für mich nicht, und damit ist die Sache wohl erledigt.«
»Hör mal her, Midge«, sagte Tommy. »Ich glaube, ich war im-

mer recht zu dir, aber wenn du anderer Meinung bist, ich laß mit mir reden. Mich soll niemand einen Shylock nennen. Kommen wir also zur Sache, setzen wir einen Vertrag auf. Was schlägst du vor?«
»Ich schlage überhaupt nichts vor. Ich sage, fünfundzwanzig ist zuviel.«
»Sagen wir, zwanzig?«
»Zwanzig ist zuviel.«
»Was ist nicht zuviel?« fragte Tommy.
»Also, Haley, ich kann es Ihnen ja rundheraus sagen. Es gibt nichts, was nicht zuviel wäre.«
»Heißt das, daß du mich überhaupt nicht mehr willst?«
»Ja, das ist es.«
Es entstand eine längere Pause. Dann wandte sich Haley zum Gehen.
»Midge«, sagte er mit erstickter Stimme, »du machst einen großen Fehler, mein Junge. Du kannst dich nicht ungestraft mit deinen besten Freunden überwerfen. Dieses verdammte Weibsstück wird dich noch zugrunde richten.«
Midge sprang auf.
»Halt bloß die Klappe«, rief er. »Machen Sie, daß Sie wegkommen, bevor man Sie hinaustragen muß. Sie haben mich lange genug ausgebeutet. Noch ein Wort über meine Freundin oder sonst jemand, und ich mach Sie fertig wie alle andern. Raus!«
Und Tommy Haley, dem lebhaft vor Augen stand, wie Midge die andern zugerichtet hatte, machte, daß er hinauskam.
Eine Weile danach kam Grace herein, ließ ihre zahlreichen Pakete auf die Couch fallen und setzte sich zu Midge auf die Armlehne.
»Nun?« sagte sie.
»Den wären wir los.«
»Brav!« lobte Grace. »Und jetzt könntest du die fünfundzwanzig Prozent mir geben.«
»Zu den fünfundsiebzig Prozent hinzu, die du bereits bekommst?«
»Sei kein Miesepeter, Schatz. Du siehst nicht hübsch aus, wenn du schlechter Laune bist.«
»Auf das Aussehen kommt's bei mir nicht an.«
»Wart, bis du siehst, wie ich aussehe mit den Sachen, die ich heute vormittag gekauft habe.«

Midge warf einen Blick auf die Pakete.
»Da haben wir ja Haleys fünfundzwanzig Prozent«, sagte er, »und noch einiges dazu.«

Der Meister blieb nicht lange ohne Manager. Haleys Nachfolger war niemand anders als Jerome Harris, der sich von Midge mehr versprach als von der volkstümlichen Operettenbühne, die er geleitet hatte.
Der Vertrag, der Harris fünfundzwanzig Prozent der Einnahmen sicherte, wurde eine Woche, nachdem Tommy Haley abgeschafft worden war, in Detroit unterzeichnet. Midge hatte genau sechs Tage gebraucht, um einzusehen, daß es nicht ohne einen ging, der sich um das Geschäftliche kümmerte. Zuerst war Grace dagegen gewesen, als dann aber Harris vom Agenten der Varietébühnen eine Erhöhung der Wochengage um hundert Dollar verlangt und zugestanden bekommen hatte, war sie überzeugt, daß der Meister wohl daran getan hatte.
»Sie gehen rosigen Zeiten entgegen«, sagte Harris zu Grace, »und meine Frau auch. Ich hätte sie herbestellt, aber nächste Woche geht's ja nach Milwaukee, und dort ist sie ohnehin schon.«
Als sie ihr dann im Hotel in Milwaukee vorgestellt wurde, mußte sich Grace allerdings gestehen, daß ihre Gefühle für Harris' Frau kaum Liebe auf den ersten Blick genannt werden konnten.
Midge dagegen ließ den Blick liebevoll auf ihr verweilen und schien sich gar nicht losreißen zu können.
»Eine kesse Puppe«, sagte er zu Grace, als sie wieder allein waren.
»Puppe ist richtig«, meinte Grace, »mit Sägemehl, wo das Gehirn sein sollte.«
»Die kauf ich mir«, erklärte Midge und lächelte, als er sah, wie das auf sein Gegenüber wirkte.
Am Dienstag der Woche in Milwaukee verteidigte er seinen Meisterschaftstitel erfolgreich in einem Kampf, über den in den Zeitungen nichts zu lesen stand. Midge war an dem Vormittag allein im Zimmer, als ein Besucher ohne anzuklopfen hereinkam. Der Besucher war Lou Hersch.
Midge verfärbte sich, als er ihn erkannte.
»Was willst du?« fragte er.

»Das weißt du genau«, erwiderte Lou Hersch. »Deine Frau ist am Verhungern, und dein Kind ist am Verhungern, und ich bin am Verhungern. Und du schwimmst im Geld.«
»Hör zu«, sagte Midge. »Ohne dich hätte ich deine Schwester überhaupt nicht kennengelernt. Und wenn du nicht Manns genug bist, um eine Stelle zu finden, was geht mich das an? Das Beste, was du tun kannst, ist, mir aus dem Wege zu gehen.«
»Gib mir etwas Geld, und ich gehe.«
Midges Antwort auf diese Zumutung war ein Stoß mit seiner Rechten gegen den schmalen Brustkasten seines Schwagers.
»Hier, bring das deiner Schwester nach Hause.«
Nachdem Hersch sich vom Boden erhoben hatte und hinausgeschlichen war, dachte Midge bei sich: ›Nur gut, daß es nicht meine Linke war, sonst wäre er jetzt futsch. Und wenn ich ihn in den Magen getroffen hätte, dann hätt ich ihm womöglich das Rückgrat gebrochen.‹

Während er in Milwaukee auftrat, wurde jeden Abend nach der Vorstellung noch gefeiert. Der Wein floß in Strömen, und Midge sprach ihm mehr zu, als Haley jemals gestattet hätte. Harris erhob keine Einwände, was vielleicht für sein Wohlergehen am besten war.
Dazwischen wurde getanzt, und Midge tanzte ebensooft mit der Frau seines neuen Managers wie mit Grace. Die Miene, die diese machte, während sie sich von dem behäbigen Harris übers Parkett schieben ließ, wollte nicht recht zu ihrer häufigen Beteuerung passen, sie unterhalte sich wie noch nie.
Mehrmals im Laufe der Woche dachte Midge, Grace sei nahe daran, den Streit vom Zaune zu brechen, auf den er hoffte. Aber erst am Freitagabend tat sie ihm den Gefallen. Er war nach der Nachmittagsvorstellung mit Harris' Frau verschwunden, und als Grace ihn nach der Abendvorstellung wieder sah, kam sie sofort zur Sache.
»Was führst du eigentlich im Schilde?« fragte sie.
»Das geht dich einen Schmarren an.«
»Doch geht es mich etwas an, mich und Harris. Mach keine Dummheiten, sonst kannst du was erleben.«
»Hör mal«, sagte Midge, »hast du einen Eigentumsvorbehalt auf mich angemeldet oder etwas Ähnliches? Du redest ja, als seien wir verheiratet.«

»Das werden wir auch, heiraten, und morgen vormittag ist so günstig wie irgendwann.«
»Ja, ungefähr«, sagte Midge. »Du hast genausoviel Aussicht, mich morgen zu heiraten wie übermorgen oder nächstes Jahr. Das heißt, es besteht überhaupt keine Aussicht.«
»Das wird sich ja zeigen.«
»Dir wird sich noch allerhand zeigen.«
»Was willst du damit sagen?«
»Ich will damit sagen, daß ich bereits verheiratet bin.«
»Das ist nicht wahr!«
»Läßt sich ja feststellen. Du könntest zum Beispiel diese Adresse hier aufsuchen, wenn du meine Frau kennenlernen willst.«
Midge kritzelte etwas auf ein Stück Papier, das er ihr hinreichte. Sie betrachtete es mit starrem Blick.
»Ja, ja«, sagte Midge, »so ist es. Geh nur hin und frag nach Frau Michael Kelly, und wenn es die nicht gibt, dann heirate ich dich morgen vor dem Frühstück.«
Immer noch starrte Grace auf den Fetzen Papier. Midge kam es eine Ewigkeit vor, bis sie etwas sagte.
»Die ganze Zeit hast du mich belogen.«
»Du hast mich nie gefragt, ob ich verheiratet sei. Außerdem, was, zum Teufel, hätte sich für dich geändert? Du bist doch auf deine Rechnung gekommen dabei. Mehr als halb und halb.«
Er wandte sich zum Gehen.
»Wo gehst du hin?«
»Ich treffe mich mit Harris und seiner Frau.«
»Ich komme mit. Du kannst mich jetzt nicht mehr abschaffen.«
»Doch, kann ich«, sagte Midge ruhig. »Wenn ich morgen weiterreise, bleibst du hier. Und falls du mir Krach schlägst, bringe ich dich in ein Spital, wo für Ruhe gesorgt wird. Du kannst deinen Krempel morgen vormittag abholen, und ich steck dir noch hundert Dollar zu. Und dann will ich nichts mehr von dir sehen. Jetzt laß mich gehen, und zwar allein, sonst kommt zu meinen bisherigen Knockouts noch ein neuer hinzu.«
Als Grace am Abend ins Hotel zurückkehrte, mußte sie feststellen, daß Midge und die beiden Harris ausgezogen waren. Und als Midge am nächsten Abend weiterreiste, war er wiederum ohne Manager, und Harris war ohne Frau.

Drei Tage, bevor Midge Kelly in New York seinen Titel gegen den jungen Milton zu verteidigen hatte, beauftragte der Redakteur der Sportbeilage einer großen Tageszeitung den Berichterstatter Joe Morgan, einige Spalten über den Meister im Weltergewicht zu schreiben, als Text zu einer Bildseite in der Sonntagsausgabe.

Joe Morgan suchte am Freitagnachmittag das Lager auf, wo Midge trainierte. Der Meister, hieß es dort, trainiere gerade im Gelände, aber sein Manager, Wallie Adams, war durchaus bereit, dem Berichterstatter haufenweise Material über den größten Boxer der Gegenwart zu liefern.

»Also, lassen Sie mal hören«, sagte Joe, »vielleicht läßt sich etwas draus machen.«

So trat denn Wallie auf den Gashebel seiner Phantasie und legte los.

»Ein richtiger Junge ist er, nichts anderes. Verstehn Sie? Hat keine Ahnung nicht, was Lebenswandel heißt. Hat zeit seines Lebens noch keinen Alkohol getrunken; wahrscheinlich würde ihm übel, wenn er bloß welchen riecht. Gesunde Lebensführung hat ihn zu dem gemacht, was er ist. Verstehn Sie? Und so brav und anspruchslos wie ein Schulmädel. Fällt überhaupt nicht auf, so bescheiden ist er. Nichts ist ihm mehr zuwider, als über sich selber zu sprechen.

Ihn in Form zu bringen, macht gar keine Mühe, er ist nämlich immer in Form. Das einzige, was uns Mühe macht, ist, daß er die armen Teufel schont, die gegen ihn antreten. Immer hat er Angst, er könnte ihnen was tun. Verstehn Sie? Dieser Kampf mit Milton macht ihm Spaß; es heißt ja, Milton könne was einstecken. Vielleicht kann sich Midge diesmal etwas gehenlassen. Aber die letzten zwei Kämpfe, die er hatte, die Betreffenden gehörten gar nicht zwischen die Seile mit ihm, und er hat sich mächtig zurückgehalten, aus Angst, er könnte sie tödlich verletzen. Verstehn Sie?«

»Ist er verheiratet?« fragte Joe.

»Und wie! Man muß nur hören, wie er von seinen Kinderchen schwärmt. Die Familie ist gegenwärtig in Kanada in ihrem Sommerhaus, und Midge brennt darauf, auch hinzukommen. Seine Frau und die Kinder sind ihm mehr als alles Geld auf der Welt. Verstehn Sie?«

»Wie viele Kinder hat er?«

»Ich weiß nicht, vier oder fünf, glaube ich. Alles Jungen, und alle das gestochene Ebenbild ihres Vaters.«
»Lebt sein Vater noch?«
»Nein, der starb schon früh. Aber eine feine alte Mutter hat er noch und einen jüngeren Bruder in Chicago. An die denkt er nach einem Match zuerst, nebst der eigenen Familie. Und nie vergißt er nach einem Kampf, der alten Mutter tausend Dollar zu schicken. Er will ihr diesmal ein neues Haus kaufen, sobald er ausgezahlt wird.«
»Und sein Bruder? Wird der auch Boxer?«
»Freilich, und Midge behauptet, er werde den Meisterschaftstitel kriegen, noch bevor er zwanzig ist. Eine kämpferische Familie, und alle goldecht. Verstehn Sie? In Milwaukee kam einmal einer zu Midge und wollte ihn bestechen, und Midge hat ihn auf der Straße so vermasselt, daß er an dem Abend nicht auftreten konnte. So einer ist er. Verstehn Sie?«
Joe hielt sich im Lager auf, bis Midge mit seinen Trainern zurückkam.
»Ein Berichterstatter von der So-und-so-Zeitung«, sagte Wallie. »Ich hab ihm deine Familiengeschichte erzählt.«
»Hat er Ihnen etwas Brauchbares geliefert?« fragte Midge.
»Der reinste Historiker!« bemerkte Joe.
»Nur keine Beleidigungen!« wehrte Wallie lächelnd ab. »Rufen Sie uns an, wenn Sie noch mehr brauchen. Und behalten Sie uns am Montagabend im Auge! Verstehn Sie?«
Die Geschichte in der Sonntagsausgabe wurde von Tausenden von Boxsportfreunden gelesen. Sie war gut geschrieben und betonte die menschliche Seite. Die kleinen Ungenauigkeiten darin blieben unwidersprochen, obwohl sie drei Lesern, außer Wallie Adams und Midge Kelly, sofort auffielen. Die drei waren Grace, Tommy Haley und Jerome Harris, und was sie dazu sagten, eignete sich nicht zur Veröffentlichung.
Weder die Frau Kelly in Chicago noch die Frau Kelly in Milwaukee hatten eine Ahnung vom Vorhandensein der betreffenden New Yorker Zeitung. Und selbst wenn dies der Fall gewesen wäre und sie auch gewußt hätten, daß darin zwei Spalten über Midge zu lesen waren, hätte weder seine Mutter noch seine Frau sich die Zeitung kaufen können. Die Sonntagsausgabe kostete fünf Cents die Nummer.
Zweifellos hätte Joe Morgan genauere Auskunft bekommen,

wenn er statt mit Wallie Adams mit Ellen Kelly und Connie Kelly und Emma Kelly gesprochen hätte, oder mit Lou Hersch und Grace und Jerome Harris und Tommy Haley und Hap Collins und zwei oder drei Kellnern in Milwaukee.
Aber ein Bericht, der sich auf ihre Aussagen gestützt hätte, wäre bei der Redaktion nie durchgegangen.
»Auch wenn es sich beweisen ließe«, hätte der Redakteur gesagt, »wir können es nicht drucken, es würde uns nichts als Ärger eintragen. Die Leute wollen nichts gegen ihn hören. Er ist Champion.«

Ein Tag bei Conrad Green

Conrad Green wachte mißlaunig auf und wußte zuerst nicht, warum. Dann fiel es ihm ein. Hermann Plant war tot; Hermann Plant, der sein Privatsekretär gewesen war, seit er als Theaterdirektor angefangen hatte; der viel mehr als sein Sekretär gewesen war – sein streitbarer Verehrer, Schutzgeist, Werkzeug und gelegentlicher Diener, und dazu noch das Ziel seines Spottes und seiner schlechten Laune. Für fünfundvierzig Dollar die Woche.

Hermann Plant war tot, und dieser Lewis, der ihm von einem Kollegen, Ezra Peebles, empfohlen worden war, hatte gestern keinen guten Eindruck gemacht. Lewis war offenbar nicht empfänglich für Andeutungen. Man mußte ihm alles rundheraus sagen, und wenn er einen dann verstand, schaute er einen an, als sei man nicht ganz bei Trost. Auch bestand er auf einem Anfangsgehalt von sechzig Dollar. Vielleicht hatte ihm Peebles, der ihn, wie er wußte, ebensowenig ausstehen konnte wie er ihn, wieder einmal einen sehr fragwürdigen Gefallen getan.

Zehn Uhr durch, und doch hatte Green nicht genug geschlafen. Es war fast drei Uhr gewesen, als seine junge Frau und er sich von den Bryant-Walkers verabschiedet hatten. Seine Frau, die als Revuetänzerin früher Marjorie Manning geheißen hatte, war dann nach Hause gefahren, nach Long Island, während er im Ambassador geblieben war, wo er ständig Zimmer belegt hatte.

Marjorie wäre gerne schon früher weggegangen; obwohl sie sich reichlich Mühe gab, war sie von den vornehmen Gastgebern und von den meisten Gästen fast gar nicht beachtet worden. Ihrem Gatten hatte sie mehr als einmal gestanden, sie habe die Nase voll von diesen stinknoblen Leuten, ihretwegen könnten sie alle zum Teufel gehen. Aber Green war von der hübschen und theaterbesessenen Joyce Brainard, der Frau des berühmten Polospielers, mit Beschlag belegt worden und hatte dem Drängen seiner Frau erfolgreich widerstanden, bis die Brainards selber gegangen waren.

Er hätte also noch etwas Schlaf brauchen können, aber die Erinnerung an den geselligen Abend heiterte ihn auf. Joyce

Brainard, von seinem Theaternimbus und einigen Glas Whisky angeregt, war recht zutraulich gewesen. Sie hatte versprochen, gelegentlich einmal bei ihm im Büro vorbeizukommen, um über eine Theaterlaufbahn zu sprechen, von der sie beide wußten, daß sie ausgeschlossen war, solange Brainard lebte. Aber das beste war, daß Conrad und Marjorie Green in den Zeitungen unter den Gästen der Bryant-Walkers aufgeführt sein würden, zusammen mit den Vanderbecks, den Suttons und den Schuylers, und darüber würden die Peebles und andere gesellschaftlich ehrgeizige Kollegen sich krank ärgern.

›Ich lasse mir gleich die Zeitungen kommen‹, dachte er, ›um zu sehen, ob wir drin stehen. Doch nein, es ist schon spät, ich muß ins Büro. Da wird wohl alles drunter und drüber gehen ohne Hermann Plant. Ach ja, Plants Beerdigung heute nachmittag, das darf ich nicht vergessen.‹

Er nahm ein Bad, ließ sich das Frühstück kommen und seinen Lieblingsfrisör, zog sich an, schön lila und grau, und machte sich auf den Weg nach dem Broadway, wobei er so tat, als habe er das ehrfurchtsvolle Geflüster – »der Green, der Green!« – nicht gehört, als er an zwei Backfischen und einem Grundstückmakler aus Westchester vorbeikam.

Green schloß sein Privatbüro auf, einen luxuriös und fremdländisch ausgestatteten Raum mit teuren Landschaften an der Wand und einem Porträt seiner Frau von Zuloaga, hängte seinen kostbaren Hut an den Haken, begutachtete sich im Spiegel, setzte sich an den Schreibtisch und klingelte nach Fräulein Jackson.

»Alle Morgenblätter«, verlangte er, »und schicken Sie Lewis herein.«

»Die Zeitungen muß ich von draußen holen lassen«, sagte das ältliche, abgearbeitet aussehende Tippfräulein.

»Von draußen, wieso das? Ich dachte, wir hätten eine Vereinbarung mit diesem Zeitungsjungen, daß er sie jeden Morgen bringt.«

»Ja, früher. Aber der Junge sagt, er kann sie nicht mehr bringen, bis wir die Rückstände bezahlt haben.«

»Wieviel sind wir schuldig?«

»Fünfundsechzig Dollar.«

»Fünfundsechzig Dollar! Der spinnt ja. Haben Sie ihn denn nicht wöchentlich bezahlt?«

»Nein. Sie wollten es nicht haben.«
»Natürlich wollte ich es haben. Fünfundsechzig Dollar! Der will uns ausplündern.«
»Ich glaube nicht, Herr Direktor«, sagte das Tippfräulein. »Er hat mir die Abrechnung gezeigt. Es ist jetzt mehr als dreißig Wochen, seit er zu uns kommt, und Sie wissen ja, wir haben ihn nie bezahlt.«
»Aber zum Henker, für fünfundsechzig Dollar Zeitungen, soviel gibt's ja gar nicht! Sagen Sie ihm, er soll uns betreiben! Und jetzt holen Sie sie eben von draußen, und etwas rasch! Von morgen an kaufen wir dann an der Ecke und bezahlen sie gleich. Sagen Sie Lewis, er soll die Post hereinbringen.«
Fräulein Jackson entfernte sich, und gleich darauf trat der neue Sekretär herein. Er war etwas unter dreißig und sah eher wie ein Schulmeister aus als wie der Adjutant eines Theaterbefehlshabers.
»Guten Tag, Herr Direktor«, sagte er.
Der Gruß blieb unerwidert.
»Was war mit der Post?« fragte Green.
»Nichts Wichtiges. Das meiste habe ich schon beantwortet. Hier sind ein paar Ausschnitte vom Argus der Presse und eine Mahnung von einem Juwelier in Philadelphia.«
»Wieso haben Sie die aufgemacht?« herrschte ihn Green an. »Stand denn nicht ›Persönlich‹ darauf?«
»Um das gleich von Anfang an festzustellen«, sagte Lewis ruhig, »man hat mir zwar gesagt, Sie seien ein ungemütlicher Chef, aber ich möchte Sie darauf aufmerksam machen, daß ich diese Art von Behandlung nicht gewohnt bin und auch nicht im Sinn habe, mich daran zu gewöhnen. Wenn Sie mich anständig behandeln, arbeite ich für Sie. Sonst gebe ich die Stelle auf.«
»Ich weiß nicht, worüber Sie sich beklagen, Lewis. Ich wollte Ihnen nicht grob kommen. Das ist so meine Art, wissen Sie. Also, Schwamm drüber, und Sie sollen sich nicht mehr zu beklagen haben.«
»Gut, Herr Direktor. Sie haben mir gesagt, ich soll Ihre Post immer aufmachen, außer die Briefe mit dem bewußten kleinen Zeichen darauf –«
»Ja, ja, richtig. Jetzt zu den Ausschnitten.«

Lewis legte sie auf den Schreibtisch.
»Etwa zehn habe ich weggeworfen. Sie lauten alle gleich – die Mitteilung, daß Sie Bonnie Blue für die nächste Spielzeit engagiert haben. In einer der Notizen heißt es, Sie würden sich möglicherweise mit Sam Stein zusammentun –«
»So eine Unverfrorenheit, der Presse eine solche Mitteilung zu machen! Grad mit einem Gauner wie Stein werd ich zusammenspannen! Peebles behauptet, er sei verwandt mit den Brüdern James. Das ist Peebles übrigens auch. Was steht in dem langen Riemen da?«
»Handelt von diesem jungen Komponisten, Caspar Ettelson. Verfasser ist Deems Taylor von der ›Worlds‹. Ihr Name ist da am Schluß noch erwähnt.«
»Lesen Sie mir das vor. Ich habe in letzter Zeit die Augen überanstrengt.«
Von dieser Überanstrengung der Augen hatte der tote Hermann Plant schon vor zwanzig Jahren gehört. Sie kam völliger Blindheit gleich, was Wörter von drei oder mehr Silben anbetraf.
»›Bis jetzt‹«, las Lewis, »›hat Ettelson noch nie einen Text bekommen, der seiner einfallsreichen Musik gemäß ist. Was für eine Lust wäre seine Musik mit einem Libretto von Barrie, in Szene gesetzt von Conrad Green.‹«
»Wer ist dieser Barrie?« fragte Green.
»Vermutlich James M. Barrie«, erwiderte Lewis, »der Verfasser des ›Peter Pan‹.«
»Ich dachte, ›Peter Pan‹ stamme von einem Menschen drüben in England.«
»Vermutlich lebt er in England. Von Geburt ist er Schotte. Wo er sich jetzt aufhält, weiß ich nicht.«
»Also, stellen Sie fest, ob er in New York ist, und falls Sie ihn finden, schaffen Sie ihn her. Vielleicht schreibt er uns ein paar Szenen für unsere nächste Revue. Herein! Ach so, die Zeitungen!«
Das Tippfräulein übergab sie ihm und ging wieder hinaus. Green schlug zuerst die ›Herald Tribune‹ auf, die Nachrichten ›Aus der Gesellschaft‹. Seine Sehstörung war nicht so schlimm, daß er diese Seite nicht hätte finden können. Auch konnte er seinen Namen lesen, sofern er dastand.
Drei Abschnitte befaßten sich mit dem Fest bei den Bryant-Wal-

kers, zwei davon bestanden aus einem Verzeichnis von Namen. Und Conrad und Marjorie Green standen nicht da.
Mit einem unterdrückten Fluch langte Green nach den andern Zeitungen. Die ›World‹ und die ›Times‹ wurden durchstöbert, mit demselben Ergebnis. Und in den andern stand überhaupt nichts über das Fest.
Green wiederholte sein Kraftwort und setzte hinzu: »Die sollen mir das büßen!« Dann zu Lewis: »Los, nehmen Sie ein Telegramm auf. Schicken Sie's an die Chefredaktion sämtlicher Morgenblätter; die Namen finden Sie auf Plants Schreibtisch. Also: ›Fragen Sie Ihren Lokalredakteur, warum mein Name unter den Anwesenden bei der Gesellschaft der Bryant-Walkers vom letzten Mittwoch nicht aufgeführt war. Mir gleichgültig, da ich Reklame weder suche noch brauche. Sieht aber nach einer abgekarteten Sache aus. Dachte, ich setze Sie in Kenntnis, war schließlich immer ein Freund Ihrer Zeitung sowie ständiger Inserent.‹ Das genügt wohl.«
»Wenn ich mir eine Bemerkung erlauben darf«, sagte Lewis, »ich fürchte, ein solches Telegramm würde höchstens Heiterkeit erregen.«
»Schicken Sie's ruhig ab; ich werde mich doch nicht von einer Bande von mickrigen Zeilenschindern verkoksen lassen.«
»Ich glaube nicht, daß es an den Berichterstattern lag. Wahrscheinlich waren gar keine dort. Das Verzeichnis der Gäste wird gewöhnlich von den Gastgebern geliefert.«
»Ja, aber –« Green hielt inne und dachte nach. »Also gut, schicken Sie's nicht ab. Aber wenn die Bryant-Walkers sich meiner schämen, warum zum Henker haben sie mich dann eingeladen? Ich wollte überhaupt nicht hin, und sie waren mir in keiner Weise verpflichtet. Ich –«
Als hätte es auf ein Stichwort gewartet, klingelte in diesem Augenblick das Telephon, und die Telephonistin teilte Green mit, die Sekretärin der Bryant-Walkers sei am Draht.
»Ich spreche im Auftrag von Frau Bryant-Walker«, sagte eine Stimme. »Sie führt den Vorsitz im Komitee für Unterhaltung am Basar des Frauenvereins. Der Basar soll am dritten des nächsten Monats aufgehen und am fünften abends mit einer Art Varietévorstellung schließen. Ich soll Sie deshalb fragen –«
Green hängte mit einer Verwünschung auf.

»Das ist meine Antwort!« sagte er. »Die verdammten Schleicher.«
Das Tippfräulein kam wieder herein.
»Robert Blair wünscht Sie zu sprechen.«
»Wer ist denn das?«
»Sie wissen doch, er wollte letztes Jahr für eine der Revuen etwas schreiben.«
»Ach ja. Sagen Sie, haben Sie Blumen geschickt für Plant?«
»Jawohl«, erwiderte Fräulein Jackson. »Schöne Rosen.«
»Wieviel?«
»Fünfundvierzig Dollar.«
»Fünfundvierzig Dollar für Rosen! Und dabei haßte er Blumen, als er noch lebte. Also, schicken Sie diesen Blair herein.«
Robert Blair war ein betriebsamer junger Schriftsteller, der schon lange gern für die Bühne geschrieben hätte, ohne großen Erfolg.
»Nehmen Sie Platz«, sagte Green. »Was führt Sie her?«
»Also, Herr Direktor, letztes Jahr konnte ich es Ihnen ja nicht recht machen, aber diesmal habe ich eine Szene, die bestimmt einschlägt.«
»Schön, lassen Sie sie hier, ich seh mir's dann an.«
»Ich hab's noch nicht auf dem Papier. Ich wollte Ihnen zuerst einmal sagen, worum es sich handelt.«
»Also gut, aber fassen Sie sich kurz, ich habe noch eine Menge zu tun. Muß an Plants Beerdigung, unter anderem.«
»Den vermissen Sie wohl sehr?« sagte Blair voller Mitgefühl.
»Und wie! Ein liebenswerter Mensch und« – mit einem Blick auf Lewis – »der beste Sekretär, den ich je haben werde. Doch wie war das mit Ihrer Szene?«
»Also«, begann Blair, »es scheint vielleicht nicht viel dran, so wie ich es erzähle, aber es läßt sich sicher etwas draus machen. Bei der Polizei geht also eine Meldung ein, eine Frau sei zu Hause ermordet worden, und wie die Polizisten hinfahren, finden sie da den Ehemann, der sich sehr auffällig beträgt. Sie nehmen ihn scharf ins Verhör, und schließlich klappt er zusammen und gesteht, seine Frau umgebracht zu haben. Man fragt ihn, warum, und er sagt, er esse gerne Bohnen, und am Abend vorher sei er nach Hause gekommen und habe gefragt, was es zu essen gebe, und sie habe gesagt, es gebe Hammelkeule, Kar-

toffelbrei, Spinat und Apfelkuchen. Da habe er gesagt, ›was, keine Bohnen?‹ und sie habe geantwortet, ›nein, keine Bohnen‹. Darauf schießt er sie also tot. Der Auftritt zwischen dem Mann und der Frau wird natürlich auch gespielt. Und dann –«
»Unbrauchbar!« erklärte Conrad Green. »Schon die vielen Personen, die da benötigt werden, die Polizisten und alle andern.«
»Ach, was Sie brauchen, sind doch bloß zwei Polizisten und dann den Mann und die Frau. Und warten Sie, bis ich Ihnen den Schluß erzählt habe.«
»Nein, es gefällt mir nicht, ich kann es nicht brauchen. Kommen Sie wieder, wenn Sie was Besseres haben.«
Als Blair gegangen war, wandte sich Green wieder an Lewis. »Das ist alles für den Moment«, sagte er, »aber sagen Sie Fräulein Jackson im Hinausgehen, sie möchte Martin benachrichtigen, ich muß ihn sofort sprechen.«
»Was für ein Martin?«
»Sie weiß Bescheid – Joe Martin, der die meisten Textbücher für uns schreibt.«
Allein im Büro, trat Conrad Green zum Panzerschrank hinüber, schloß ihn auf und holte ein Kästchen heraus, auf welchem der Name eines Juweliers in Philadelphia stand. Dem Kästchen entnahm er eine wunderbare Perlenschnur, die er voller Bewunderung betrachtete, als das Tippfräulein hereinkam. Eiligst legte er die Perlen wieder ins Etui und schloß sie weg.
»Dieser Mensch ist wieder da«, sagte das Tippfräulein, »dieser Hawley vom ›New Yorker Leben‹.«
»Sagen Sie ihm, ich bin nicht da.«
»Das hab ich ihm gesagt, aber er behauptet, er habe Sie kommen sehen und werde warten, bis Sie ihn empfangen. Ich glaube, es wäre auf die Länge wirklich besser, Sie empfangen ihn. Er ist furchtbar hartnäckig.«
»Also gut, schicken Sie ihn rein«, sagte Green ungehalten. »Ich weiß zwar wirklich nicht, was er von mir will.«
Hawley, geschniegelt und ständig lächelnd, bestand darauf, seinem widerwilligen Opfer die Hand zu schütteln.
»Ich glaube, wir haben uns auch schon getroffen«, sagte er.
»Nicht daß ich wüßte«, erwiderte Green, der wieder am Schreibtisch Platz genommen hatte.

»Es ist auch nicht wichtig, aber unser Magazin, das ›New Yorker Leben‹, das kennen Sie doch.«
»Nein«, erwiderte Green, »ich lese höchstens Manuskripte.«
»Da entgeht Ihnen aber allerhand«, behauptete Hawley. »Es ist wirklich eine aufstrebende Zeitschrift, mit einer großen Auflage in New York, was für Sie nicht unwichtig sein dürfte.«
»Werben Sie Abonnenten?«
»Nein. Inserate.«
»Ach, wissen Sie, ich glaube nicht, daß ich das nötig habe. Ich glaube, selbst die Inserate, die ich in den üblichen Tageszeitungen erscheinen lasse, sind fortgeworfenes Geld.«
»Trotzdem«, sagte Hawley, »es wäre ein Fehler, wenn Sie nicht eine Seite im ›New Yorker Leben‹ kauften. Es handelt sich ja nur um fünfzehnhundert Dollar.«
»Fünfzehnhundert Dollar! Zum Lachen! Mich rupfen Sie nicht.«
»Das will ich auch gar nicht. Aber vielleicht darf ich bemerken, daß einer unserer Berichterstatter uns da kürzlich einen Artikel brachte – nun, es handelte sich um eine kleine Spielaffäre, bei der ein paar der Verlierer es gewissermaßen unterließen, ihre Schulden zu begleichen, und – nun, mein Partner wollte das unbedingt abdrucken, aber ich sagte, Sie seien mir immer sympathisch gewesen, warum sollte man Ihnen nicht Gelegenheit geben, sich dazu zu äußern?«
»Ich habe keine Ahnung, wovon Sie reden. Ihr Berichterstatter muß einer Namensverwechslung zum Opfer gefallen sein.«
»O nein, er ist ein sehr gewissenhafter Mann. Wir legen besonderen Wert auf gewissenhafte Berichterstattung und bringen nichts, was nicht verbürgt wäre.«
Conrad Green schwieg längere Zeit. Schließlich sagte er:
»Wie schon bemerkt, ich habe keine Ahnung, was Sie mit dieser Spielaffäre meinen und außerdem, fünfzehnhundert Dollar ist etwas dick für eine Seite in einer Zeitschrift wie der Ihrigen. Immerhin, Sie mögen recht haben, Sie haben die Leserschaft, auf die es mir ankommt. Wenn Sie mit dem Preis etwas heruntergehen –«
»Tut mir leid, das ist bei uns nicht üblich.«
»Ja, dann müssen Sie mir eben ein paar Tage Zeit lassen, um die Anzeige aufzusetzen. Vielleicht kommen Sie Montag nachmittag nochmals vorbei?«

»Geht in Ordnung, Herr Direktor«, sagte Hawley, »und ich kann Sie versichern, daß Ihr Entschluß richtig ist. Aber ich will Sie nicht länger aufhalten.«
Er streckte die Hand aus, ohne daß sie beachtet wurde, und entfernte sich mit einem Lächeln, das etwas breiter war als vorher. Green blieb am Schreibtisch sitzen und starrte vor sich hin; manchmal ließ er gedämpft etwas von gewissen Hundearten verlauten. Er wurde darin unterbrochen, als Lewis hereintrat.
»Herr Direktor«, sagte der neue Sekretär, »ich habe da einen Scheck über fünfundvierzig Dollar gefunden, auf den Namen von Hermann Plant. Es handelt sich wohl um sein letztes Wochengehalt. Wünschen Sie, daß ich ihn abändere und auf den Namen seiner Witwe ausstelle?«
»Ja«, sagte Green. »Nein, warten Sie noch. Vernichten Sie den Scheck, ich stelle selber einen neuen aus und runde ihn dann auf.«
»Danke«, sagte Lewis und entfernte sich.
›Fünfundvierzig Dollar für Blumen‹, dachte Green bei sich und lächelte zum erstenmal an diesem Vormittag.
Er schaute nach der Uhr, erhob sich und setzte sich den kostbaren Hut auf.
»Ich gehe essen«, teilte er dem Tippfräulein auf dem Weg durchs Vorzimmer mit. »Wenn Peebles oder sonst jemand anruft, sagen Sie, ich bin den ganzen Nachmittag hier.«
»Sie vergessen doch nicht die Beerdigung?«
»Ach ja, richtig. Also von halb zwei bis drei bin ich hier.«
Ein Oberkellner im Astor verbeugte sich diensteifrig und geleitete ihn an einen Fensterplatz, während an verschiedenen Nebentischen ein Raunen entstand – »der Green, der Green!«
Er bestellte Muscheln, Milchfleisch mit Spinat, Erdbeereis und ein Täßchen Kaffee, was ihm zu genügen schien. Dann unterschrieb er die Rechnung und gab sowohl seinem eigenen Kellner wie auch dem Oberkellner je einen Dollar Trinkgeld, was zusammen fast soviel wie das Mittagessen ausmachte.
Joe Martin, sein Textdichter, wartete auf ihn, als er ins Büro zurückkam.
»Hallo, Joe«, begrüßte er ihn herzlich. »Komm nur rein. Ich glaube, ich hab da was für dich.«

Martin ging hinter ihm drein und setzte sich, ohne auf eine Aufforderung zu warten. Green nahm am Schreibtisch Platz und kramte sein Zigarettenetui hervor.

»Rauchst du, Joe?«

»Die Marke nicht!« sagte Joe und steckte sich eine seiner eigenen an. »Du hast einen lausigen Geschmack, die Mädchen ausgenommen.«

»Und die Textdichter«, meinte Green. »Aber was ich sagen wollte: Ich konnte gestern nacht nicht schlafen, und da hatte ich einen Einfall für eine komische Szene. Ich erzähl's dir nur in den Hauptzügen, du kannst es dann ausarbeiten. Es braucht ein Mädchen dazu und einen der Komiker, vielleicht Fraser, und zwei andere, die spielen können.

Es handelt sich darum, daß der Komiker mit dem Mädchen verheiratet ist. Das heißt, zuerst muß ich noch erwähnen, der Komiker hat eine Vorliebe für Bohnen. Nun kommt er eines Abends – nein, wart mal. Der Polizei wird gemeldet, daß die Frau des Komikers ermordet worden ist, und zwei Polizisten kommen in die Wohnung, um den Fall zu untersuchen. Sie stellen fest, daß die Frau eine Kugel durch den Kopf bekam. Sie fragen den Komiker, ob er wisse, wer der Täter sei, und der sagt nein, aber sie lassen nicht locker, und schließlich klappt er zusammen und gesteht, daß er selber der Täter ist.

Er sagt aber:

›Meine Herren, wenn ich Ihnen die näheren Umstände erklären darf, dann lassen Sie mich bestimmt laufen.‹

Und dann erklärt er ihnen, er sei von der Arbeit nach Hause gekommen und habe Hunger gehabt, und auf seine Frage habe die Frau ihm gesagt, es gebe Muscheln und Kalbsmilchfleisch mit Spinat und Erdbeereis und Kaffee. Da habe er sie gefragt, ob es denn keine Bohnen gebe, und sie habe gesagt, nein, Bohnen nicht, und da habe er sie erschossen. Glaubst du nicht, daß sich da etwas draus machen läßt?«

»Hör mal, Connie«, sagte Martin. »Das ist nur die Hälfte der Szene, was du mir da erzählt hast, und die hast du erst noch falsch verstanden. Zweitens wurde sie den ganzen Winter hindurch in der ›Music-Box‹ gespielt, und die Verfasser waren Bert Kalmar und Harry Ruby. Aber sonst läßt sich eine ganze Menge draus machen.«

»Irrst du dich auch nicht?«
»Sicher nicht.«
»Also, dieser verfluchte kleine Stehler! Er sagte, die Idee sei von ihm.«
»Wer?« fragte Martin.
»Na, dieser Blair, der sich letztes Jahr hier vordrängeln wollte. Dem werd ich's besorgen.«
»Hast du nicht gesagt, es sei dir selber eingefallen?«
»Ach wo! Glaubst du, ich stehle mir das Zeug zusammen, noch dazu so altes Zeug?«
»Nun«, meinte Martin, »wenn du wieder einmal einen solchen Einfall hast, ruf mich an, und ich komme vorbei. Jetzt muß ich zum Sportplatz hinaus und sehen, was unser Babe heute leistet.«
»Tut mir leid, Joe. Ich dachte, es sei was.«
»Schon gut, groß war der Zeitverlust ja nicht. Aber vielleicht überläßt du die Einfälle in Zukunft doch besser mir. Wiedersehen!«
»Wiedersehen, Joe. Und danke, daß du gekommen bist.«
Martin ging, und Green klingelte nach dem Tippfräulein.
»Fräulein Jackson, der junge Blair wird nicht mehr hereingelassen! Das ist ein Hochstapler.«
»Jawohl, Herr Direktor. Aber glauben Sie nicht, es sei Zeit, zur Beerdigung zu gehen? Es ist zwanzig vor drei.«
»Ja. Augenblick mal, wo ist eigentlich das Trauerhaus?«
»An der 160. Straße, nicht weit vom Broadway.«
»Du mein Gott, und da wohnt so einer dann. Warten Sie mal, schicken Sie mir Lewis.«
»Lewis«, sagte er, als der Sekretär erschien, »ich habe heute mittag etwas gegessen, was mir nicht bekam. Ich wollte zu Plants Beerdigung, aber das kann ich jetzt nicht riskieren. Gehn Sie doch bitte hin, sagen Sie dort, wer Sie sind und daß Sie mich vertreten. Fräulein Jackson gibt Ihnen die Adresse.«
»Jawohl«, sagte Lewis und ging hinaus.
Fast unmittelbar darauf öffnete sich die Tür wieder, und die schöne Marjorie Green, geborene Manning, trat unangemeldet herein. Greens Miene verriet, daß er nicht unbedingt angenehm überrascht war.
»Hallo, Liebste«, sagte er. »Ich wußte gar nicht, daß du heute in die Stadt kommst.«

»Ich habe nie behauptet, ich käme nicht.«
Sie wickelten die übliche eheliche Begrüßung ab.
»Du hast wohl bemerkt«, sagte Marjorie, »daß unsere Namen im Verzeichnis der Gäste nicht aufgeführt waren.«
»Nein, ich hatte noch keine Zeit, die Zeitungen durchzusehen. Aber wenn schon!«
»Natürlich ist es gleichgültig. Aber weißt du, was ich glaube? Ich glaube, wir wurden bloß eingeladen, weil die etwas von dir wollen, irgendeine Wohltätigkeitsvorstellung oder etwas.«
»Da kommen sie an den Rechten. Die sollen's mal versuchen.«
»Das ist es übrigens nicht, warum ich hergekommen bin.«
»Warum denn, Liebste?«
»Ich dachte, vielleicht erinnerst du dich an etwas.«
»Woran denn, mein Schatz?«
»Ach, weißt du, wenn du's vergessen hast, dann hat es sowieso keinen Zweck.«
Green runzelte angestrengt die Stirn; plötzlich heiterte sich seine Miene auf.
»Natürlich hab ich's nicht vergessen. Dein Geburtstag!«
»Das ist dir erst jetzt eingefallen.«
»Keineswegs. Ich denke schon wochenlang daran.«
»Das glaube ich dir nicht. Du hättest doch sicher etwas gesagt und mir« – sie war den Tränen nahe – »eine Kleinigkeit geschenkt, irgendeine Kleinigkeit.«
Wiederum umwölkte sich seine Stirn und entwölkte sich gleich darauf.
»Ich will es dir beweisen«, sagte er und trat zum Panzerschrank hin.
Und schon hatte er ihr das Schmuckkästchen aus Philadelphia in die Hand gedrückt. Und schon hatte sie es aufgemacht, hatte den kostbaren Inhalt bestaunt und war ihm um den Hals gefallen.
»Ach, Liebster«, rief sie. »Kannst du mir je verzeihen, daß ich an deinen Worten zweifelte?«
Sie führte die Perlen an die Lippen, als wolle sie sie aufessen.
»Aber war das nicht furchtbar verschwenderisch von dir?«
»Nichts ist zu verschwenderisch für dich.«
»Du bist der beste Ehemann, den es je gegeben hat.«
»Es freut mich, daß es dir gefällt.«
»Gefällt! Ich bin überwältigt. Und ich dachte schon, du hättest

meinen Geburtstag vergessen. Aber ich will dich nicht noch länger stören. Ich weiß, du willst an die Beerdigung des armen Plant. Ich verabschiede mich also. Vielleicht führst du mich dann abends zum Essen aus.«
»Doch, sicher. Sieh zu, daß du um halb sieben im Ambassador bist, damit wir deinen Geburtstag feiern können. Aber willst du nicht die Perlen bis dahin im Schrank lassen?«
»Wo denkst du hin! Die bleiben auf immer und ewig bei mir. An die kommt niemand ran, höchstens über meine Leiche!«
»Also dann, auf Wiedersehen, Liebste.«
»Bis halb sieben.«
Green, wieder allein, stieß die Tür des Panzerschranks mit dem Fuß zu und setzte sich dann an den Schreibtisch, wobei er Dinge laut heraussagte, wie sie gewöhnlich nicht auf Glückwunschkärtchen stehen. Das Donnerwetter war bis ins Vorzimmer hinaus zu hören, aber das Tippfräulein war dergleichen wohl gewohnt. Green verstummte erst, als wieder jemand unangemeldet bei ihm eintrat, nämlich eine junge Frau, noch schöner als diejenige, die eben weggegangen war. Als sie Green erblickte, lachte sie.
»Gott, siehst du aber vergnügt aus!«
»Rosa!«
»Ja, ich bin's. Aber was ist denn mit dir los?«
»Ich habe Ärger gehabt.«
»Und jetzt, ist er nicht verflogen?«
»Ich habe dich erst morgen erwartet.«
»Freust du dich denn nicht, daß ich schon heute komme?«
»Natürlich freue ich mich«, sagte Green. »Und wenn du ein bißchen näher kommst und mir einen Kuß gibst, freue ich mich noch mehr.«
»Nein, zuerst das Geschäftliche.«
»Was denn?«
»Das weißt du genau. Als wir uns das letztemal sahen, hast du darauf bestanden, daß ich außer dir keine Freunde mehr haben dürfe. Und ich habe dir versprochen, daß es zwischen Harry und mir aus ist, falls – du weißt es ja. Es handelte sich um Perlen.«
»Es war mir Ernst damit.«
»Also, wo sind sie?«
»Sie sind gekauft und liegen für dich bereit. Aber ich habe sie

in Philadelphia gekauft, und aus irgendeinem Grund sind sie noch nicht eingetroffen.«

»Eingetroffen! Waren sie denn so schwer, daß du sie nicht mitnehmen konntest?«

»Du kriegst sie bestimmt, spätestens übermorgen.«

»Und das soll ich dir glauben! Denkst du denn, ich sei von gestern? Oder kannst du dir das Lügen einfach nicht abgewöhnen?«

»Laß dir doch sagen –«

»Nichts laß ich mir sagen! Wir haben einen Handel abgeschlossen, und du hast deine Verpflichtung nicht eingehalten. Und jetzt –«

»So hör doch –«

»Nichts will ich hören. Du weißt, wo ich zu erreichen bin, und wenn du dein Versprechen erfüllt hast, kannst du mich anrufen. Bis dahin – nun, Harry ist auch ganz unterhaltsam.«

»Wart einen Augenblick, Rosa!«

»Ich habe weiter nichts zu sagen. Adieu.«

Und sie war weg, bevor er sie aufhalten konnte.

Wie betäubt saß Conrad Green da, eine Viertelstunde lang. So still und reglos, daß man hätte glauben können, er sei tot. Dann überlief ihn ein Schütteln, und er sagte laut:

»Ich will überhaupt nichts mehr mit ihnen zu tun haben. Der Teufel soll sie holen, alle miteinander.«

Er zog das Telephon zu sich heran und hob den Hörer ab.

»Verbinden Sie mich mit Frau Bryant-Walker.«

Und nach einer Pause:

»Spreche ich mit Frau Bryant-Walker? Nein, ich möchte sie selber sprechen. Hier ist Conrad Green. Ach, hallo, Frau Walker. Ihre Sekretärin hat mich heute vormittag angerufen, aber wir wurden unterbrochen. Sie sagte etwas von einer Wohltätigkeitsvorstellung. Aber selbstverständlich, gerne. Soviel Sie wollen. Lassen Sie mich nur machen, ich garantiere Ihnen eine vorzügliche Schau. Nein, keine Zumutung, es ist mir ein Vergnügen. Bitte, bitte. Auf Wiedersehen.«

Lewis kam herein.

»Nun, haben Sie's geschafft zur Beerdigung?«

»Jawohl, Herr Direktor, und ich habe mit der Witwe gesprochen und ihr die Umstände auseinandergesetzt. Sie sagte, Sie seien immer sehr gut gewesen zu ihrem Mann. Während er

krank lag, habe er immer von Ihnen gesprochen und gesagt, Sie würden bestimmt zur Beerdigung kommen. Schade, daß Sie nicht dort waren.«
»Ja, weiß Gott, das ist schade«, sagte Conrad Green.

Der Eltern Weihnachtsfest

Tom und Grace Carter saßen am Vorabend des Weihnachtstages in ihrer Stube. Manchmal unterhielten sie sich, manchmal taten sie, als läsen sie etwas, und die ganze Zeit dachten sie an Dinge, an die sie eigentlich nicht denken wollten. Ihre beiden Kinder, Junior, neunzehn Jahre alt, und Grace, zwei Jahre jünger, waren im Laufe des Tages eingetroffen, um die Weihnachtsferien zu Hause zu verbringen. Junior war an der Universität, im ersten Semester, und Grace besuchte eine höhere Internatsschule.

Junior und Grace waren zwar ihre Taufnamen, aber sie hatten sich umgetauft; Junior hieß jetzt Ted, und Grace hieß Caroline, und sie bestanden darauf, so genannt zu werden, auch von ihren Eltern. Das gehörte zu den Dingen, an die Tom und Grace die Ältere dachten, als sie am Heiligen Abend in der Stube saßen.

Andere junge Semester aus der Gegend waren am einundzwanzigsten nach Hause gekommen, an dem Tag, wo die Ferien eigentlich begannen. Ted hatte telegraphiert, er komme drei Tage später, es sei da noch eine Sonderprüfung, und wenn er die bestehe, habe er es nächstes Semester bedeutend leichter. Er war dann so bleich, übernächtig und fahrig, als er nach Hause kam, daß seine Mutter sich fragte, ob es von gutem sei, sich geistig so anzustrengen, während der Vater insgeheim hoffte, das Zeug sei nicht gesundheitsschädlich gewesen. Caroline war ebenfalls verspätet eingetroffen mit der Erklärung, ihre Wäsche sei ihr abhanden gekommen und sie habe die Nachforschung danach unmöglich andern übertragen können.

Tom und Grace hatten sich Mühe gegeben, ihre Enttäuschung über die verspätete Heimkehr zu verbergen, und hatten weiterhin ihre Vorkehrungen für ein Weihnachtsfest getroffen, das den Kindern und damit auch ihnen selbst zum Erlebnis werden sollte. Sie hatten eine Menge Geschenke gekauft, die zwei- oder dreimal so viel gekostet hatten, wie das Jahreseinkommen von Toms Vater seinerzeit betragen hatte, oder wie sein eigenes Einkommen noch vor einem Jahr, bevor General Motors seine wetterfeste Farbe erworben hatte, was ihm zu diesem

Haus in der Vorstadt und anderen Annehmlichkeiten verhalf, wie seine eigenen Eltern und die seiner Frau sich nie hätten träumen lassen. Auch hatte er damit Ted und Caroline Erleichterungen verschaffen können, auf die er und seine Frau hatten verzichten müssen.

Hinter der verschlossenen Tür des Musikzimmers stand der kunstvoll geschmückte Baum. Das Klavier, die Klavierbank und der Boden um den Baum herum waren mit hübsch verschnürten Paketen von jeder Größe und Form bedeckt, eines davon angeschrieben mit Tom, ein anderes mit Grace, ein paar für die Hausangestellten, und alle andern für Ted und Caroline. Eine mächtige Schachtel enthielt einen Mantel aus Seehundfell für Caroline, einen Mantel, der so viel gekostet hatte, wie die Carters früher im Jahr Miete gezahlt hatten. Noch kostbarer war eine ›Garnitur‹ von Schmuckstücken, die aus einer Opalbrosche, einer Spange mit Opalen und Goldfiligran und einem mit Brillanten besetzten Opalring bestand.

Grace hatte immer eine Vorliebe für Opale gehabt, doch jetzt, wo sie sich welche hätte leisten können, hinderte sie etwas daran, sie für sich selber zu kaufen; es bereitete ihr mehr Freude, sie an ihrer hübschen Tochter zu sehen. Dann waren da Schachteln mit Seidenstrümpfen, Wäsche, Handschuhen und Taschentüchern. Und für Ted eine Uhr zu dreihundert Dollar, eine Luxusausgabe der Werke von Balzac, ein kostbarer Köcher mit funkelnagelneuen Golfschlägern, und das letzte, was es an Plattenspielern gab.

Aber die große Überraschung für den Jungen stand in der Garage eingeschlossen, eine schwarze Limousine, ein neueres Modell und viel gefälliger als Toms Wagen vom vorigen Jahr, der daneben stand. Ted konnte den Wagen in den Ferien einfahren, wenn der Winter weiterhin mild blieb, und freute sich sicher, in den Frühjahrs- und Sommerferien damit herumzufahren, an der Universität bestand nämlich ein Verbot für Studenten, ein eigenes Auto zu besitzen oder zu fahren.

Seit sechzehn Jahren, das heißt, seit Ted dreijährig und Caroline einjährig war, hatten die Carters an dem alten Brauch festgehalten, am Heiligen Abend die Strümpfe der Kinder aufzuhängen, gefüllt mit wohlfeilem Krimskrams. Tom und Grace hatten sich gesagt, es wäre lustig, diesen Brauch auch weiterhin zu pflegen; der Inhalt der Strümpfe – ein Neger-Tanzpüppchen zum Aufziehen, Musikdosen, ein Kätzchen, das miaute, wenn man an einer bestimmten Stelle drückte, und so weiter – das würde den ›Kindern‹ sicher Spaß machen. So ermahnte denn Grace die beiden gleich nach ihrer Ankunft, sie sollten früh zu Bett gehen, um den Weihnachtsmann nicht zu verscheuchen.

Aber es stellte sich heraus, daß sie nicht versprechen konnten, so furchtbar früh zu Bett zu gehen. Beide hatten sie Verabredungen außer Hause, die schon vor längerer Zeit getroffen worden waren. Bei Caroline war es ein Abendessen und Theaterbesuch mit Beatrice Murdock und deren neunzehnjährigem Bruder Paul, der sie um halb sieben mit seinem Wagen abholen werde. Ted war eingeladen, mit zwei Kameraden, Herb Castle und Bernard King, den Hockeymatch zu besuchen. Er wollte dazu den Wagen seines Vaters haben, aber Tom schützte vor, die Bremsen seien nicht in Ordnung; Ted durfte doch bis morgen nicht in die Garage.

Am Nachmittag hatten Ted und Caroline sich etwas hingelegt und waren dann miteinander in Paul Murdocks schnittigem Sportwagen weggefahren, nachdem sie versprochen hatten, bis Mitternacht oder etwas später zurück zu sein und den Weihnachtsabend dann zu Hause zu verbringen.

Und jetzt saßen Vater und Mutter also da und warteten auf sie, weil die Strümpfe nicht gefüllt und aufgehängt werden konnten, bis die Kinder richtig im Bett waren, und dann auch, weil man unmöglich einschlafen kann, wenn man aufgeregt ist.

»Wie spät ist es denn?« fragte Grace und schaute auf von der Seite drei eines Buches, das sie nach dem Essen angefangen hatte.

»Halb drei«, erwiderte ihr Gatte. (Er hatte dieselbe Frage seit Mitternacht alle fünfzehn oder zwanzig Minuten beantwortet.)

»Es wird doch nichts passiert sein«, bemerkte Grace.

»Wenn etwas passiert wäre, hätten wir es erfahren«, beschwichtigte sie Tom.

»Es ist ja nicht wahrscheinlich«, meinte Grace, »aber sie könnten doch irgendwo einen Unfall gehabt haben, wo niemand in der Nähe war, um zu telephonieren oder so. Wir wissen ja nicht, wie dieser junge Murdock fährt.«

»Er ist gleich alt wie Ted. Junge Leute in diesem Alter fahren vielleicht etwas schnell, aber meistens nicht schlecht.«

»Woher weißt du das?«
»Ach, ich hab schon welchen zugesehen.«
»Ja, aber nicht allen.«
»Ich glaube nicht, daß es jemand gibt, der schon jeden neunzehnjährigen Autofahrer gesehen hat.«
»Die Jungen haben heutzutage gar keinen Sinn für Verantwortung mehr.«
»Ach, mach dir keine Sorgen! Wahrscheinlich haben sie ein paar Freunde getroffen und sind noch etwas essen gegangen oder so.« Tom erhob sich und trat mit gespielter Gleichgültigkeit ans Fenster. »Es ist schön draußen«, bemerkte er. »Man sieht jeden Stern am Himmel.«
Aber er sah nicht nach den Sternen. Er suchte die Straße nach dem Licht von Scheinwerfern ab. Es waren aber keine zu sehen, und nach einer Weile kehrte er wieder zu seinem Sessel zurück.
»Wie spät ist es jetzt?« fragte Grace.
»Zweiundzwanzig vor«, sagte er.
»Vor was?«
»Vor drei.«
»Deine Uhr ist wohl stehengeblieben. Vor fast einer Stunde hast du gesagt, es sei halb drei.«
»Meine Uhr geht richtig. Du wirst eingenickt sein.«
»Ich habe kein Auge zugetan.«
»Es wäre aber an der Zeit. Warum gehst du nicht schlafen?«
»Warum gehst *du* nicht?«
»Ich bin nicht schläfrig.«
»Ich auch nicht. Aber wirklich, Tom, es hat keinen Sinn, daß du aufbleibst. Ich bleibe ja bloß auf, damit ich die Strümpfe richten kann und weil ich so wach bin. Aber du brauchst deswegen nicht um deinen Schlaf zu kommen.«
»Ich könnte auf keinen Fall einschlafen, bevor sie da sind.«
»Das ist doch Unsinn. Es besteht kein Grund, sich aufzuregen. Sie machen sich eben einen vergnügten Abend. Du warst auch einmal jung.«
»Das ist es ja gerade. Als ich jung war, da war ich jung.« Er nahm die Zeitung zur Hand und suchte den Schiffsnachrichten etwas abzugewinnen.
»Wie spät ist es?« fragte Grace.
»Fünf Minuten vor drei.«

»Vielleicht übernachten sie bei den Murdocks.«
»Dann hätten sie uns benachrichtigt.«
»Sie wollten uns nicht stören mit dem Telefon.«
Um zwanzig nach drei fuhr ein Wagen vor dem Haus vor.
»Das sind sie!«
»Ich hab dir ja gesagt, wir brauchen uns keine Sorgen zu machen.«
Tom trat ans Fenster. Er konnte Murdocks Sportwagen knapp erkennen, aber das Licht schien nicht zu funktionieren.
»Er hat keine Beleuchtung«, sagte Tom. »Vielleicht geh ich mal raus, um zu sehen, ob ich es reparieren kann.«
»Du bleibst da«, bedeutete ihm Grace. »Er kann sie selber reparieren. Wahrscheinlich will er nur die Batterie schonen.«
»Warum kommen sie denn nicht herein?«
»Wahrscheinlich machen sie noch Pläne.«
»Das können sie auch hier drin. Ich geh hinaus und sag ihnen, daß wir noch auf sind.«
»Du bleibst da«, sagte Grace nochmals scharf, und Tom blieb folgsam am Fenster stehen.
Es war beinahe vier, als die Scheinwerfer aufleuchteten und der Wagen wegfuhr. Caroline kam herein; vom Licht geblendet, blinzelte sie die Eltern an. »Du meine Güte, seid ihr noch auf?«
Tom wollte etwas sagen, aber Grace kam ihm zuvor.
»Wir sprachen davon, wie es früher an Weihnachten war«, erklärte sie. »Ist es schon sehr spät?«
»Keine Ahnung«, sagte Caroline.
»Wo ist Ted?«
»Ist er denn nicht da? Ich habe ihn nicht mehr gesehen, seit wir ihn am Sportplatz absetzten.«
»Also, dann leg dich schlafen«, sagte die Mutter. »Du bist sicher todmüde.«
»Ja, schon. Wir haben nach der Vorstellung noch getanzt. Wann wird gefrühstückt?«
»Um acht.«
»Ach, Mutter, geht es nicht auch um neun?«
»Meinetwegen. Früher konntest du an Weihnachten nicht früh genug aufstehen.«
»Ich weiß, aber –«
»Wer hat dich nach Hause gebracht?« fragte Tom.

»Ach, Paul Murdock – und Beatrice.«
»Du siehst zerknittert aus.«
»Ich mußte im Notsitz fahren. Im Knittersitz.«
Sie lachte über ihr Wortspiel, wünschte gute Nacht und ging nach oben. Nicht einmal auf Handreichweite hatte sie sich ihren Eltern genähert.
»Feine junge Leute, die Murdocks«, bemerkte Tom, »daß sie einen Gast im Notsitz fahren lassen.«
Grace schwieg.
»Geh doch auch zu Bett«, sagte Tom. »Ich warte auf Ted.«
»Du kommst mit den Strümpfen nicht zurecht.«
»Ich versuch's gar nicht erst. Dazu ist am Morgen immer noch Zeit. Ich meine, später heute morgen.«
»Ich geh erst schlafen, wenn du auch gehst.«
»Also, dann gehen wir eben beide. Es kann ja nicht mehr lange dauern, bis Ted kommt. Vermutlich bringen ihn seine Freunde nach Hause. Wir hören es dann schon, wenn er kommt.«
Es war gar nicht anders möglich, als ihn zu hören, als er zehn Minuten vor sechs nach Hause kam. Offenbar hatte er seine Weihnachtseinkäufe spät getätigt und hatte schief geladen.
Grace war um halb acht wieder unten, um den Hausangestellten mitzuteilen, das Frühstück sei auf neun Uhr verschoben. Sie nagelte die Strümpfe neben dem Kamin an, ging ins Musikzimmer, um zu sehen, ob noch alles in Ordnung sei, und hob im Flur Teds Hut und Mantel vom Boden auf, wo er sie sorgfältig hingehängt hatte.
Tom erschien kurz vor neun Uhr und meinte, die Kinder sollten geweckt werden.
»Ich geh sie wecken«, sagte Grace und begab sich nach oben. Sie machte bei Ted die Tür auf, schaute hinein und machte sie leise wieder zu. Dann trat sie ins Zimmer ihrer Tochter und fand diese im Dämmerzustand.
»Muß ich schon aufstehen? Ich möchte wirklich noch nichts essen. Sag doch Molla, sie möchte mir etwas Kaffee bringen. Ted und ich sind bei den Murdocks zum Frühstück eingeladen, auf halb eins, da könnte ich doch noch eine Stunde oder zwei schlafen.«
»Aber Liebling, weißt du denn nicht, wir haben doch um eins unser Weihnachtsmahl.«
»Schade, Mutter, aber ich dachte, das findet am Abend statt.«
»Willst du denn nicht deine Geschenke sehen?«

»Doch, sicher, aber das hat doch Zeit.«
Grace wollte schon in die Küche gehen, um der Köchin zu sagen, das Weihnachtsmahl finde um sieben Uhr statt, nicht um eins, aber dann fiel ihr ein, daß sie Signe den Nachmittag und den Abend freigegeben hatte, da ein einfaches, kaltes Essen nach dem schweren Weihnachtsmahl vollkommen genügte.
So frühstückten denn Tom und Grace allein und saßen dann wiederum in der Stube, mit einem Buch in der Hand, das sie nicht lasen.
»Du solltest mit Caroline sprechen«, meinte Tom.
»Ja, aber nicht heute. Nicht am Weihnachtstag.«
»Und ich habe im Sinn, Ted ins Gebet zu nehmen.«
»Ja, das mußt du. Aber nicht heute.«
»Heute abend sind sie wahrscheinlich wieder fort.«
»Nein, sie haben versprochen, zu Hause zu bleiben. Es wird ein netter, gemütlicher Abend werden.«
»Damit würde ich lieber nicht rechnen«, meinte Tom.
Um die Mittagszeit traten die ›Kinder‹ in Erscheinung und erwiderten den Gruß ihrer Eltern fast mit der gebührenden Wärme. Ted lehnte eine Tasse Kaffee ab, und beide, Ted und Caroline, entschuldigten sich, daß sie mit den Murdocks eine Verabredung zum ›Frühstück‹ getroffen hatten.
»Wir dachten beide«, erklärte Ted, »das Essen sei um sieben, wie üblich.«
»An Weihnachten war es noch immer um eins«, sagte Tom.
»Ich hatte vergessen, daß Weihnachten ist.«
»Die Strümpfe da dürften deinem Gedächtnis nachhelfen.«
Ted und Caroline warfen einen Blick auf die vollgestopften Strümpfe.
»Haben wir denn keinen Baum?« fragte Caroline.
»Doch, natürlich«, sagte die Mutter. »Aber zuerst kommen die Strümpfe.«
»Wir haben nicht viel Zeit«, drängte Caroline. »Wir kommen sowieso schon viel zu spät. Können wir den Baum nicht jetzt sehen?«
»Meinetwegen«, sagte Grace und ging voran ins Musikzimmer. Die Hausangestellten wurden herbeigerufen, der Baum wurde betrachtet und angestaunt.
»Du mußt deine Geschenke aufmachen«, forderte Grace ihre Tochter auf.

»Alle kann ich jetzt nicht aufmachen«, erklärte Caroline. »Sag mir, wo was Besonderes drin ist.«
Das Papier wurde von der mächtigen Schachtel entfernt, und Grace hielt den Mantel in die Höhe.
»Ach, Mutter!« sagte Caroline. »Seehundsfell!«
»Zieh ihn mal an«, meinte der Vater.
»Nicht jetzt. Wir haben keine Zeit.«
»Dann schau dir noch das an«, sagte Grace und klappte das Schmuckkästchen auf.
»Ach, Mutter! Opal!« sagte Caroline.
»Mein Lieblingsstein«, bemerkte die Mutter bedächtig.
»Wenn niemand was dagegen hat«, erklärte Ted, »dann verschiebe ich meine Bescherung, bis wir zurück sind. Ich bin sicher, mir gefällt alles, was ihr mir geschenkt habt. Aber wenn wir keinen Wagen haben, der in Ordnung ist, muß ich ein Taxi bestellen, um zur Bahn zu kommen.«
»Du kannst den Wagen nehmen«, sagte der Vater.
»Funktionieren die Bremsen wieder?«
»Ich glaube. Komm in die Garage, da werden wir's sehen.«
Ted nahm Hut und Mantel und gab der Mutter einen Abschiedskuß.
»Mutter«, sagte er, »du verzeihst mir doch, daß ich für dich und Vater keine Geschenke habe. Ich hatte ja die letzten drei Tage so'n Betrieb! Und ich dachte, ich könnte nach der Ankunft gestern noch was kaufen, aber da wollte ich möglichst schnell nach Hause. Gestern abend war schon alles zu.«
»Schadet nichts«, meinte Grace. »Weihnachten ist für die Jugend. Dein Vater und ich, wir haben alles, was wir brauchen.«
Die Hausangestellten hatten ihre Geschenke gefunden und entfernten sich, überströmend von Dankbarkeit.
Caroline und ihre Mutter blieben allein übrig.
»Mutter, wo hast du den Mantel her?«
»Lloyd und Henry.«
»Die haben doch alle möglichen Pelzwaren, nicht?«
»Gewiß.«
»Wäre es dir schrecklich, wenn ich das hier umtauschen würde?«
»Ach, wo. Such dir irgend etwas aus, und wenn es etwas mehr kostet, das spielt keine Rolle. Wir können ja morgen oder übermorgen in die Stadt gehen. Aber willst du denn die Opale nicht tragen, zum Besuch bei den Murdocks?«

»Nein, lieber nicht. Ich könnte sie verlieren oder so. Und dann – weißt du, Opale sind nicht –«

»Sie können sicher auch umgetauscht werden«, sagte Grace. »Geh jetzt nur und mach dich bereit.«

Caroline ließ sich das nicht zweimal sagen, und Grace blieb eine Weile allein, was ihr nicht unlieb war.

Tom schob die Garagentür auf.

»Ach, du hast ja zwei Wagen!« rief Ted überrascht.

»Der neue gehört nicht mir.«

»Wem denn?«

»Dir. Es ist das neue Modell.«

»Das ist ja wunderbar, Vater. Aber er sieht ganz wie der alte aus.«

»Nun, dem alten fehlt eigentlich nichts. Aber deiner ist doch besser. Du wirst das beim Fahren schon merken. Setz dich rein und fahr los. Den Tank habe ich füllen lassen.«

»Ich glaube, ich möchte lieber mit dem alten fahren.«

»Warum?«

»Ja, weißt du, was ich eigentlich wollte, das ist ein Sportwagen, so ein Roadster, wie der von Paul Murdock, nur anders in den Farben. Und wenn die Limousine da noch ungefahren ist, wird sie vielleicht zurückgenommen oder an Tausch.«

Tom schwieg, bis er seiner Stimme sicher war. Dann sagte er: »Gut, mein Sohn. Nimm meinen Wagen, und ich werde sehen, was sich mit dem andern machen läßt.«

Während Caroline auf Ted wartete, kam ihr etwas in den Sinn. »Mutter«, rief sie, »hier ist, was ich für dich und Vater besorgt habe. Es sind zwei Karten für ›Die lustige Lola‹, das Stück, das ich gestern sah. Es gefällt dir bestimmt!«

»Für wann sind die Karten?« erkundigte sich Grace.

»Heute abend.«

»Aber, Liebling«, bemerkte die Mutter, »heute gehen wir doch nicht aus, wo du versprochen hast, zu Hause zu sein.«

»Das Versprechen wird gehalten«, erklärte Caroline, »nur – vielleicht kommen die Murdocks und bringen noch ein paar Freunde mit, und dann tanzen wir und spielen Platten. Ted und ich, wir dachten beide, ihr möchtet vielleicht lieber nicht dabei sein, damit euch der Lärm nicht stört.«

»Das war sehr nett von euch«, versicherte Grace, »aber dein Vater und ich, wir haben beide nichts gegen Lärm, solange es euch Spaß macht.«

»Es ist sowieso an der Zeit, daß ihr auch einmal etwas Schönes seht.«
»Das schönste wäre ein gemütlicher Abend mit euch beiden.«
»Die Murdocks haben sich gewissermaßen selber eingeladen, und ich konnte sie nicht abwimmeln, nachdem sie so nett zu uns gewesen waren. Und ich bin sicher, Mutter, das Stück wird dir gefallen!«
»Seid ihr wenigstens zum Abendessen da?«
»Ziemlich sicher, aber wenn wir uns verspäten sollten, wartet lieber nicht auf uns. Nehmt den Sieben-Uhr-zwanzig, damit ihr nichts verpaßt. Der erste Akt ist eigentlich der beste. Hungrig werden wir wahrscheinlich nicht sein, aber sag der Köchin, sie soll uns etwas bereitstellen, falls wir doch Hunger haben.«
Tom und Grace setzten sich an die reichhaltige Weihnachtstafel, taten ihr aber keinen großen Abbruch. Selbst wenn sie Eßlust verspürt hätten, wäre dem sechzehnpfündigen Truthahn nicht viel anzumerken gewesen, nachdem sie sich daran sattgegessen hatten. Die Unterhaltung war sporadisch und bezog sich hauptsächlich auf die Tüchtigkeit der Köchin und die Milde des Winters. Von den Kindern und von Weihnachten war kaum je die Rede.
Tom machte den Vorschlag, da es ein Feiertag sei und sie Theaterkarten hätten, sollten sie den Sechs-Uhr-zehn nehmen und im Metropol essen. Seine Frau sagte nein, Ted und Caroline könnten nach Hause kommen und enttäuscht sein, die Eltern nicht vorzufinden. Tom schien etwas bemerken zu wollen, besann sich aber eines andern.
Dieser Nachmittag war der längste, den Grace je erlebt hatte. Um sieben waren die Kinder noch immer nicht da, und die Eltern fuhren mit dem Taxi zur Bahn. Während der Fahrt wurde nicht viel gesprochen. Was das Stück betraf, von dem Caroline gesagt hatte, es werde ihrer Mutter bestimmt gefallen, das stellte sich als ein Mischmasch aus zwei früheren Reißern heraus, von denen es das Schlechteste übernommen hatte.
Als es aus war, sagte Tom: »Und jetzt lade ich dich ein in den Cove-Klub. Du hast kein Frühstück gehabt und auch kein Mittagessen und kein Abendessen, und ich kann dich doch an einem Festtag nicht verhungern lassen. Zudem habe ich außer Hunger auch einen Durst.«

Sie bestellten das Feiertagsessen und gaben sich alle Mühe, damit zu Rande zu kommen. Tom genehmigte sechs Glas Whisky-Soda, aber die übliche Wirkung wollte sich nicht einstellen. Grace nahm einen Whisky und einen Likör zu sich, die sie eine Weile mit einer behaglichen Wärme erfüllten. Leider verflüchtigten sich Behagen und Wärme, noch bevor der Zug halbwegs angelangt war.

In der Stube sah es aus, als wären die Russen dagewesen. Ted und Caroline hatten ihr Versprechen bis zu einem gewissen Punkt eingehalten. Sie hatten einen Teil des Abends zu Hause verbracht, und die Murdocks hatten offenbar alle ihre eigenen Freunde und dann noch die aller andern mitgebracht, nach dem Ergebnis zu urteilen. Auf den Tischen und auf dem Boden lagen leere Gläser, Asche und Zigarettenstummel umher. Die Strümpfe waren von den Nägeln heruntergerissen und ihr Inhalt, mehr oder weniger beschädigt, überall verstreut. In den Teppich, für den Grace eine Vorliebe hatte, waren zwei beträchtliche Löcher gebrannt worden.

Tom nahm seine Frau am Arm und geleitete sie ins Musikzimmer.

»Du bist ja nicht einmal dazugekommen, dein eigenes Geschenk aufzumachen«, sagte er.

»Und für dich ist auch eins da«, bemerkte Grace. »Sie waren gar nicht hier drin«, setzte sie hinzu. »Offenbar ist nicht viel getanzt oder Musik gemacht worden.«

Tom fand, was ihm Grace zugedacht hatte – ein Paar Manschettenknöpfe, mit Brillanten besetzt, für festliche Gelegenheiten. Er seinerseits hatte Grace einen Opalring gekauft.

»Ach Tom!« sagte sie.

»Wir müssen morgen ausgehen, damit ich diese da einweihen kann«, erklärte ihr Gatte.

»Dann wollen wir aber gleich zu Bett, damit wir morgen ausgeschlafen sind.«

»Mal sehen, wer zuerst oben ist«, sagte Tom.

Heimatstil

Wenn ein Mann seiner Frau durchgeht, dann gibt es dafür überhaupt keine Entschuldigung. Sie mag mit allen zehn Geboten Schindluder getrieben haben, wenn er dann aber in seiner Mißbilligung so weit geht, daß er ihr davonläuft, dann kennen ihn nachher seine sämtlichen Freunde nicht mehr, außer den zwei oder drei Freischluckern, die mit ihm durch die Nachtlokale bummeln.
Wenn eine Frau ihrem Mann durchgeht, dann hat sie sicher triftige Gründe dafür gehabt. Entweder trinkt er oder läuft andern Frauen nach oder gibt ihr kein Geld oder verwendet sie als Sandsack für sein Boxtraining. Jedenfalls wird er von seinen früheren Spielgefährten nicht mehr eingeladen. Er ist verfemt, genau wie wenn er der flüchtige Teil wäre. Wie man's macht, ist's falsch. Er kann den Fall von seinem Standpunkt aus darstellen, aber es ist niemand da, der ihm dabei zuhört.
Nun fehlt es mir nicht an Ritterlichkeit, ebensowenig wie an Stolz. Ungeachtet der Tatsache, daß Florence sich bei jedermann über mich beschwert hat, gedenke ich deshalb meinen Kummer für mich zu behalten, bis daß der Tod mich scheidet. Aber wenn ich einmal nicht mehr da bin, dann sollen ein paar meiner Freunde wissen, daß die Sache sich nicht ganz so verhielt, wie meine Frau sie darzustellen beliebte. Ich will deshalb den wahren Sachverhalt aufschreiben und mit meinem Testament in einen Umschlag stecken und Ed Osborne als Nachlaßordner einsetzen. Er war früher mein bester Freund und wäre es jetzt noch, wenn seine Frau es zuließe. Er wird alle meine Nachlaßpapiere durchsehen müssen, auch dieses, und wird jedermann davon erzählen, und vielleicht tut es den Leuten dann leid, daß sie mich wie eine offene Jauchegrube behandelt haben.
(Bitte das nicht als schriftstellerischen Versuch aufzufassen, Eddie. Du weißt, daß ich seit unserer Mitarbeit an der Studentenzeitschrift nichts mehr für den Druck geschrieben habe, und ich war schon damals nichts Besonderes. Betrachte es lediglich als die Darstellung eines Sachverhalts. Wenn ich noch am Leben wäre, würde ich dir feierlich beschwören, daß an meiner Schil-

derung nichts übertrieben ist. Und welches immer meine Unzulänglichkeiten gewesen sein mögen, gelogen habe ich noch nie, es sei denn, um meine Frau zu schützen oder mich selber.)

Im Mai vor einem Jahr mußte ich also nach New York. Ich rief Joe Paxton an, und er lud mich zum Abendessen ein. Ich ging hin und lernte Florence kennen. Sie war eine Schulkameradin von Marjorie Paxton und bei ihr auf Besuch. Wir verliebten und verlobten uns. Auf der Heimreise legte ich einen Aufenthalt in Chicago ein, um ihre Eltern zu besuchen. Sie hatten nichts gegen mich einzuwenden, außer daß ich so weit weg wohnte. Da sie ihre Tochter noch möglichst lange bei sich behalten wollten, schob sich unsere Trauung bis in den April dieses Jahres hinaus.

Ich bewohnte ein Zimmer im Hotel Belden, und Florence und ich kamen überein, daß wir nach der Hochzeit noch eine Zeitlang dort bleiben und uns mit der Wohnungssuche Zeit lassen wollten. Aber am letzten Tag im März, zwei Wochen vor dem Tag, auf den die Trauung angesetzt war, stieß ich zufällig auf Jeff Cooper, der mir seine große Neuigkeit erzählte, daß er nämlich von der Standard Oil nach China geschickt werde, wahrscheinlich für immer.

»Ich bin durchaus dafür«, erklärte er. »Und Bess auch. Ich werde einiges mehr verdienen, und wahrscheinlich ist es auch sonst interessant. Aber da stehe ich nun mit einem funkelnagelneuen Haus, das mich $ 45 000 gekostet hat, die Möbel inbegriffen, und kann es in der Eile nicht verkaufen, oder höchstens mit Verlust. Abgesehen davon hält uns hier nichts. Bess ist hier eigentlich mit niemand befreundet, und du bist der einzige Freund, den ich hier habe.«

»Wieviel verlangst du denn für dein möbliertes Haus?« fragte ich.

»Einen Verlust von $ 5000 würde ich in Kauf nehmen«, erwiderte er. »Also $ 40 000, wobei der Käufer meine Hypothek von $ 15 000 zu übernehmen hat.«

Ich fragte ihn, ob ich das Haus sehen könne. Er wohnte erst seit einem Monat dort, und ich war noch nicht dazugekommen, ihn zu besuchen. Er wollte wissen, wozu ich es denn sehen wolle, und ich erklärte, ich würde es kaufen, wenn es in Frage komme. Dann gestand ich ihm, daß ich im Begriff war zu heiraten; ich hatte das vorläufig noch geheimgehalten.

Er nahm mich also mit, und er und Bess zeigten mir das Haus, alles vollkommen neu und spiegelblank, ein Gelegenheitskauf, wie es noch keinen gab. Zuerst einmal die Lage in einem vornehmen Viertel und günstig, was meinen Arbeitsort anbetraf, und doch mit etwa dreißig Aren Land und einem Beet prächtiger Canna-Stauden vor dem Haus, die Bess angepflanzt hatte, als sie die Liegenschaft vorigen Herbst kauften. Was das Haus anging, ich hatte schon immer eine Vorliebe für Stukkatur, und die Bauart war solid. Dafür hatte Jeff gesorgt.

Was den Ausschlag gab, das waren die Möbel. Jeff hatte klug gehandelt und die ganze Innenausstattung aus dem Möbelhaus der Gebrüder Wolf bezogen, wobei er sich von ihnen durchweg beraten ließ, da weder er noch Bess viel davon verstanden. Alles in allem war ihn die Sache mitsamt Teppichen und Türvorlegern auf $ 8500 gekommen, das Mahagoni-Pianola inbegriffen, das sie aus Seattle bestellt hatten. Ich hatte von meiner Mutter her noch ein altes Mahagoni-Klavier eingelagert und hoffte, Jeff werde mir den Kauf des Pianolas erlassen, aber da hieß es, alles oder nichts, und bei einem solchen Gelegenheitskauf wollte ich nicht kleinlich sein, vor allem nicht, als ich die übrigen Möbel besichtigte und sah, was ich da kriegte.

Im Wohnzimmer standen, und stehen jetzt noch, drei große Polstersessel, ganz zu schweigen von dem Perserteppich, der allein seine $ 500 gekostet hatte. Neben der Couch befand sich ein langer Mahagonitisch, mit Lampen an beiden Enden, falls man sich hinlegen und lesen wollte. Auch im Eßzimmer waren die Möbel massiv Mahagoni – ein Tisch und acht Stühle, für die Jeff $ 1000 herausrücken mußte.

Im unteren Stock hatte er überall Parkettböden aus Eiche legen lassen. Auch ein Kaminsims aus Eiche und Getäfel aus Eiche hatte er sich geleistet, unter erheblichen Mehrkosten. Er nannte mir den Betrag, aber dieser ist mir entfallen.

Die Coopers hatten eine Vorliebe für Mahagoni und wollten auch das Schlafzimmer aus diesem Holz, aber Jake Wolf meinte, es würde eintönig wirken, falls allzu reichlich vorhanden. So verkaufte er ihnen statt dessen ein fünfteiliges Schlafzimmer – ein Bett, zwei Stühle, Spiegelschrank und Toilettentisch – aus einem grün gefärbten Holz mit aufgemalten Blumen. Es kostete zwar $ 1000 mehr, aber es lohnte sich. Etwas Hübscheres als dieses Bett mit der Spitzendecke darauf gibt es überhaupt nicht.

Wir wurden uns bald handelseinig, und zuerst gedachte ich Florence nichts davon zu sagen: ich wollte sie im Glauben lassen, wir würden im Hotel wohnen, um ihr dann eine Überraschung zu bereiten, indem ich sie von der Bahn geradewegs in unser Heim brachte.

Als ich dann nach Chicago kam, konnte ich den Mund doch nicht halten. Ich verriet es ihr, und die Überraschung war auf meiner Seite.

Statt hocherfreut benahm sie sich eher komisch und sagte, hoffentlich hätte ich bei Häusern einen ebenso guten Geschmack wie bei Kleidern. Sie drang in mich, ihr das Haus und die Möbel zu beschreiben, aber ich weigerte mich. Um eine solche Sache zu würdigen, muß man sie gesehen haben.

Wir heirateten und verbrachten auf dem Wege hierher eine Woche im Yellowstone Park. Es war die einzige wirklich glückliche Woche, die wir zusammen verlebten. Von dem Augenblick an, wo wir zu Hause ankamen, war sie wie ausgewechselt. Sie lächelte überhaupt nicht mehr, und verschiedentlich ertappte ich sie dabei, daß sie weinte. Sie wollte mir aber nicht sagen, was ihr fehlte, und als ich sie fragte, ob sie Heimweh habe, sagte sie nein und schluchzte und brach erneut in Tränen aus.

Man kann sich denken, daß verschiedenes nicht so war, wie ich es mir vorgestellt hatte.

In New York und Chicago und Yellowstone war sie voller Leben gewesen, mehr als irgend jemand sonst. Jetzt stellte sie sich die ganze Zeit, als habe sie bei einem Begräbnis die Titelrolle zu spielen.

Eines Abends spät im Mai klingelte das Telefon. Es war Mildred Dwan, und sie wollte Florence sprechen. Hätte ich gewußt, was mir da blühte, ich hätte den Hörer gleich wieder an den Haken gehauen.

Dwan hatte ich ein paarmal getroffen, und ich wußte, daß er draußen auf dem Lande wohnte, aber ich hatte bisher weder mit dem Haus noch mit seiner Frau Bekanntschaft gemacht.

Nun, es stellte sich heraus, daß Mildred Dwan mit Florence und Marjorie Paxton zur Schule gegangen war, und sie hatte soeben erfahren, daß Florence mit mir verheiratet sei und jetzt hier wohne. Sie sagte, sie werde nächsten Sonntag mit ihrem Gatten in der Stadt sein und uns dann aufsuchen.

Florence schien davon nicht begeistert und suchte abzuwehren. Sie meinte, wir wollten lieber hinausfahren und die Dwans besuchen, aber Mildred Dwan sagte, das gehe nicht, Florence sei hier neu zugezogen, so daß es an ihr (Mildred Dwan) sei, den ersten Besuch zu machen. So gab Florence denn nach.
Sie kamen und waren noch keine Minute im Haus, als Florence zu weinen begann. Mildred Dwan weinte auch, und Dwan und ich standen da, traten von einem Fuß auf den andern und versuchten zu tun, als merkten wir nicht, daß die beiden Frauen weinten. Um die Lage zu entschärfen, bat ich ihn schließlich, mit mir zu kommen und die andern Räume zu besichtigen. Ich zeigte ihm alles, und er war ganz begeistert. Als wir ins Wohnzimmer zurückkehrten, hatten die Frauen sich die Tränen getrocknet und waren wieder miteinander in der Schule.
Florence nahm eine Einladung an, eine Woche später zum Mittagessen zu kommen. Nachdem die Dwans gegangen waren, sagte ich ihr, ich käme nur unter der Bedingung mit, daß sie und ihre Freundin ihre Tränen bemeisterten. An das Heulsolo hatte ich mich schon so gewöhnt, daß es mich nicht mehr störte, aber ein Heulduett, das war zuviel.
Als wir dann dorthin kamen und durch die Allee auf das Haus zu gefahren waren, von dem in der Stadt so viel Aufhebens gemacht wurde, da kam mich ein Lachen an wie seit meinen ledigen Zeiten nicht mehr. Es sah aus wie eine umgebaute Scheune und das war es auch. Florence fragte mich, was es da zu lachen gebe, und als ich es ihr mitteilte, zog sie einen Flunsch.
»Ich finde es schön«, erklärte sie.
Da staunste.
Ich bestand darauf, sie müsse allein die Stufen hinaufgehen; wenn wir beide miteinander auf dem Vorplatz stünden, könnte der Boden unter uns nachgeben und uns ins Unglück stürzen. Auch warnte ich sie, sie solle den Türklöppel nicht allzu forsch betätigen, sonst gehe vielleicht die Tür entzwei und mache die Pferde scheu.
»Wenn du dich unterstehst, in Gegenwart der Dwans solche Witze zu reißen«, sagte sie, »dann rede ich nicht mehr mit dir.«
»Ach ja«, erwiderte ich, »früher hast du ja mit mir geredet.«
Ich erwartete, ein Stallknecht werde uns die Tür aufmachen, aber Mildred Dwan erschien in Person.

»Sind wir zu spät?« fragte Florence.
»Ein bißchen«, sagte Mildred, »aber das Essen ist auch verspätet. Helga ist erst um halb eins aus der Kirche gekommen.«
»Das ist gut«, erklärte Florence. »Ich möchte, daß du mich sofort in diesem wunderschönen Haus herumführst.«
Mildred Dwan rief ihren Gatten, der zwar daran war, die Cocktails zu mixen, sich aber trotzdem uns anschließen mußte zur Besichtigung des wunderschönen Hauses.
»Man käme nie drauf«, meinte Mildred Dwan, »aber es war früher eine Scheune.«
Ich wollte schon sagen, ich sei draufgekommen, als ein Blick von Florence mich verstummen ließ.
»Wie Jim und ich zum erstenmal hierher kamen«, erzählte Mildred, »da wohnten wir noch in einem häßlichen Haus, das wir an der Oliver-Straße gemietet hatten, natürlich nur vorübergehend. Wir warteten bloß, bis wir das richtige gefunden hatten. Am Samstagnachmittag und am Sonntag fuhren wir jeweils auf dem Land umher und hielten Ausschau. Es war Spätherbst, als wir das hier zum erstenmal sahen. Die Bäume waren entlaubt, so daß es von der Straße aus sichtbar war. ›O Jim‹, rief ich, ›schau dir diese herrliche Scheune an! Dieses Schindeldach! Und sicher sind da im mittleren Teil noch von Hand behauene Dachbalken.‹ Jim wollte es nicht glauben, und wir schlossen eine Wette. Wir stiegen aus, gingen die Zufahrt hinauf, fanden das Tor offen und traten unverfroren ein. Wie ihr hier seht, habe ich die Wette gewonnen.«
Sie zeigte auf ein paar schmutzige und wurmstichige alte Balken an der Wohnzimmerdecke, die aussahen, als hätten sich fünf oder sechs Generationen von Ratten daran im Nagen geübt.
»Wunderschön!« sagte Florence.
»Sobald ich sie sah«, bemerkte ihre Freundin, »da wußte ich, daß dies unser Heim werden mußte.«
»Das kann ich mir denken!« sagte Florence.
»Wir zogen Erkundigungen ein und erfuhren, daß das Gebäude einer Familie namens Taylor gehörte«, fuhr Mildred Dwan fort. »Das Wohnhaus war abgebrannt, und die Taylors waren weggezogen. Man hatte sie im Verdacht, den Brand selber gelegt zu haben; sie waren nämlich in Geldnot, und das Haus war versichert. Jim schrieb an den alten Taylor in Seattle, er

solle einen Preis nennen für die Scheune und das Land, das etwa hundert Aren umfaßt. Es gingen verschiedene Briefe hin und her, und schließlich war Taylor mit Jims Angebot einverstanden. Wir haben es für einen Pappenstiel bekommen.«

»Großartig!« sagte Florence.

»Und dann beauftragten wir eine Abbruchfirma, die andern Teile des Gebäudes niederzureißen – die Ställe, Werkzeugschuppen und so weiter –, so daß uns nur dieser eine Raum blieb. Von einem Mann aus Seattle ließen wir dann diese alten Tannenholzwände und die Bodenbretter einsetzen und die Decke verputzen. Er war uns empfohlen worden und verstand etwas von der Sache.«

»Ja, das sieht man«, bestätigte Florence.

»Er hat uns auch den Heuboden erneuert, und die Anbauten ließen wir im Taglohn erstellen, wobei wir die Arbeit selber beaufsichtigten. Es machte uns so viel Spaß, daß ich es geradezu bedauerte, als alles fertig war.«

»Das kann ich mir denken!« sagte Florence.

Nun bin ich nicht sehr bewandert im Heimatstil, was der Name war, der so ziemlich auf alles angewendet wurde, was es da gab; aber ich will doch versuchen, aus dem Gedächtnis die *objets d'art* zu beschreiben, mit denen sie am meisten prahlten und die meiner Frau die lautesten Entzückungsschreie entlockten.

Die Wohnzimmerwände bestanden aus bräunlichen, kahlen Brettern, ohne irgendein Bild oder auch nur den Fetzen einer Tapete daran. Auf dem Boden lagen zwei oder drei gehäkelte Vorleger, aber es hätte deren noch fünf oder sechs gebraucht, oder dann einen großen Teppich, um all die Astknoten im Holz zu verdecken. Dann gab es da eine Bauernkommode aus Ahorn; einen ›Backtrog‹-Tisch, für den in der Küche kein Platz war; einen Tisch aus Tannenholz, bei dem die Beine unten mit Latten verbunden waren, so daß man die Füße nirgends hintun konnte; eine Truhe, die aussah, als ob sie beim Bestattungsamt von einem Liliputaner bestellt worden sei, der dann wieder gesund wurde; sowie einige Stühle, auf denen man es sich höchstens bequem machen konnte, wenn man sich dahinter stellte und die Ellbogen auf die Rückenlehne stützte.

Nicht ein einziges Stück, das zu einem anderen paßte, und überhaupt nichts aus Mahagoni. Und der Deckenabrieb zwischen

den Balken stammte offenbar von einem Gipser, der selber ein Gipskopf war.
»In nächster Zeit haben wir hoffentlich auch ein Klavier«, sagte Mildred. »Ich kann bald nicht mehr ohne leben. Leider haben wir bisher noch keines gefunden, das paßt.«
»Hören Sie«, sagte ich, »von meiner Mutter her habe ich noch ein Klavier eingelagert. Es ist aus Mahagoni und nicht so groß, daß es nicht hier hereinginge, besonders wenn Sie diesen Backtrog da hinausschaffen. Mir nützt es nichts. Sie können es deshalb für 250 $ haben. Neu hat es seinerzeit 1250 $ gekostet.«
»Ach nein, das ginge sicher nicht«, erklärte Mildred.
»Sagen wir, runde 200 $, weil Sie mit Florence befreundet sind.«
»Nein, es geht wirklich nicht.«
»Mit dem Zahlen könnten Sie sich ja Zeit lassen«, bemerkte ich.
»Siehst du denn nicht«, mischte sich Florence ein, »daß ein Klavier aus Mahagoni hier drin ganz einfach ein Greuel wäre? Mildred möchte es nicht einmal geschenkt. Es wäre eine Stilwidrigkeit.«
»Sie könnte es ja stimmen lassen«, meinte ich.
Die Antwort darauf lautete: »Ich zeige euch jetzt, wie es oben aussieht, und das Eßzimmer können wir dann später besichtigen.«
Wir wurden ins Gästezimmer geführt. Es stand ein Himmelbett darin, mit bauchigen Pfosten und einem Baldachin darübergespannt, falls es regnet und das Dach ist nicht dicht. Auch war da eine Steppdecke, die Mildred Dwans Urgroßmutter 1859 in Lowell, Massachusetts, verfertigt hatte. Das nennt man noch Gedächtnis!
»Hier war früher der Heuboden«, erklärte Mildred.
Die Waschtische, Kommoden und Stühle waren alle aus Ahorn. Und im Schlafzimmer der Dwans dieselbe Geschichte, alles Ahorn.
Die Magd rief herauf, das Essen sei bereit.
»Die Cocktails noch nicht«, bemerkte Dwan.
»Dann verzichten wir eben darauf«, sagte seine Frau, »sonst wird die Suppe kalt.«
Das versetzte mich in die richtige Stimmung, um den ›Säge-

bock‹-Tisch und die ›Stabellen‹-Stühle zu bewundern, die *chez Dwan* offenbar das *chef-d'œuvre* und die *pièce de résistance* darstellten.
»Er stammt aus Pennsylvania«, sagte Mildred, als Florence mit ihrem verzückten »Oh« und »Ah« angesichts des Tisches zu Ende war. »Meine Mutter hat ihn in einem kleinen Nest bei Stroudsburg aufgegabelt und mir geschickt. Er hat nur 550 $ gekostet, und die Stühle kamen uns auf 45 $ das Stück.«
»Wie bescheiden!« rief Florence.
Das war, bevor sie sich auf einen der Stühle gesetzt hatte. Nur etwas war noch unbescheidener als die Stühle, nämlich der Tisch selber, der aus schweren Brettern bestand, die zusammengenagelt und auf einer Eisenbahnschwelle befestigt waren; getragen wurde diese Platte von einem ganzen Urwald von Verstrebungen und Stegen. Die Tischfläche war so glatt wie das Meer bei Windstärke 10, und am Rand waren überall mit einem stumpfen Gegenstand tiefe Kerben herausgehauen, wahrscheinlich mit einem Bajonett. Auch wies der Tisch eine Menge Flecken und versengte Stellen auf, die Florence laut aufjubeln ließen; als ich aber zu dem Gesamteindruck beitragen wollte, indem ich eine brennende Zigarette neben den Suppenteller hinlegte, da erhoben sie und die beiden Dwans ein Zetermordio, und ich mußte sie wieder wegnehmen.
Man gab mir einen Platz am Tischende, der sich ausgezeichnet eignete für einen, dem beide Beine abgefahren worden waren. Da das bei mir nicht der Fall war, mußte ich so weit vom Tisch weg sitzen, daß die Nahrungszufuhr darunter litt.
Nach dem Essen wäre ich am liebsten nach Hause gefahren, um etwas zu essen, aber draußen war es seit einer halben Stunde immer dunkler geworden, und jetzt brach ein solches Gewitter los, daß ich Florence niemals hätte zum Aufbruch bewegen können.
»Spielen wir etwas Bridge«, meinte Dwan, und zu meiner Überraschung brachte er einen Kartentisch zum Vorschein, der alles andere als Heimatstil war.
Bei mir zu Hause hängt mitten an der Decke ein großer Kronleuchter, so daß es überall hell ist, wo immer man den Spieltisch hinstellt. Hier vergingen vierzig Minuten, bis wir die Ständer und Kabel und Stall-Laternen alle an den richtigen Ort gerückt hatten, und als das geschehen war, konnte man zur

Not Rot und Schwarz unterscheiden, aber niemals Pik und Treff. Abgesehen davon, und abgesehen von den granitharten Stühlen und davon, daß wir ehepaarweise spielten, um einen Cent, und daß Florence und ich 12 $ gewannen, aber nicht ausbezahlt bekamen, abgesehen von all dem war es einer der angenehmsten Nachmittage, die ich je beim Kartenspielen verbrachte.

Um fünf Uhr hörte es auf zu regnen, und als wir durch die Wasserlachen der Zufahrt spritzten, bemerkte ich zu Florence: »Ich habe gar nicht gewußt, daß du so gut heucheln kannst.«

»Wie meinst du das?« fragte sie.

»Ach, die Bewunderung, die du geheuchelt hast für all den Trödelkram.«

»Trödelkram!« rief Florence. »Ich habe noch nie ein so schön ausgestattetes Heim gesehen.«

Und wenn ich mich recht erinnere, war das das letzte, was sie in meiner Gegenwart sechs Nächte und fünf Tage lang verlauten ließ.

Am Samstag sagte ich dann beim Mittagessen: »Du weißt, ich sehe gerne ab und zu einen Stummfilm, aber doch nicht täglich vierundzwanzig Stunden lang. Was fehlt dir denn? Wenn du Halsweh hast, könntest du mir wenigstens von Zeit zu Zeit einen Zettel zustecken.«

»Ich will dir sagen, was mir fehlt!« brach sie los. »Ich hasse dieses Haus und alles darin! Es ist zu neu! Alles glänzt und funkelt! Ich kann neue Möbel nicht ausstehen, ich möchte ein Haus wie das von Mildred, mit Möbeln, die man anschauen kann, ohne schamrot zu werden. Hier kann ich ja niemand einladen, es ist zu abscheulich hier. Nie, solange ich lebe, werde ich hier glücklich sein.«

Nun, ich muß gestehen, das wurmte mich ein bißchen. Wo ich ihr doch eine freudige Überraschung hatte bereiten wollen. Wo doch die Gebrüder Wolf, die ihr Geschäft schon seit dreißig Jahren betreiben, sicher am besten wissen, wie man ein Haus ausstattet. Ich war gekränkt, schluckte es aber hinunter und sagte so ruhig, als ich vermochte:

»Wenn du dich etwas gedulden willst, dann verkaufe ich dieses Haus mit allem, was drin ist, zu dem Preis, den ich dafür bezahlt habe. Das dürfte mir keine große Mühe machen; es gibt genug Leute, die wissen, wann etwas vorteilhaft ist. Nur scha-

de, daß du mir deinen Scheunenkomplex nicht schon früher gestanden hast. Erst letzten Februar mußte der alte Ken Garrett seinen Betrieb verkaufen, und der neue Besitzer machte eine Garage draus. Es war eine Mietstallung, die ich für einen Pappenstiel hätte haben können, vielleicht sogar für den bloßen Stiel. Und wir hätten keinerlei Auslagen gehabt, um uns darin so hübsch und gemütlich und wohnlich einzurichten wie deine Freundin Mildred in ihrer Bruchbude.«
Florence eilte die Treppe hinauf, bevor ich noch mit meiner kleinen Ansprache zu Ende war.
Ich meinerseits ging in die Stadt, um zu sehen, ob mein neuer Anzug fertig sei. Er war fertig, und ich zog ihn gleich an und ließ den alten zum Reinigen und Aufbügeln dort.
Auf der Straße traf ich Harry Cross.
»Komm mit mir in mein Büro«, sagte er. »In meinem Schreibtisch ist etwas, das uns alle angeht.«
Ich folgte der Einladung. Aus drei verschiedenen Schubfächern seines Schreibtisches zog er drei große Flaschen eines uralten Whiskys heraus, wie man ihn schon in der Pionierzeit trank.
Kurz vor Ladenschluß trat ich in eine Eisenwarenhandlung und kaufte mir eine Heckenschere, eine Lötlampe und ein Beil. Damit begab ich mich nach Hause, blieb aber unter den Bäumen im Garten einen Augenblick stehen und schnitt große Löcher in meinen Anzug. Neben dem Weg zum Haus war eine beträchtliche Pfütze. Ich watete darin herum. Auch schwenkte ich meinen grauen Filzhut darin.
Florence saß im Wohnzimmer auf dem Boden und las. Sie schien etwas verblüfft über meinen Aufzug.
»Du meine Güte, was ist geschehen?«
»Nichts Besonderes«, sagte ich. »Ich wollte nicht allzu neu aussehen.«
»Was hast du denn da mitgebracht?«
»Ach, nur eine Heckenschere, eine Lötlampe und ein Beil. Ich möchte unsere Wohnung etwas antiker gestalten, und ich glaube, ich fange am besten mit dem Eßtisch an.«
Florence stieß ihren gellenden Schrei aus, stürzte die Treppe hinauf und riegelte sich im Schlafzimmer ein. Ich machte mich an die Arbeit, und der Eßtisch sah schon sehr nach Heimatstil aus, als unsere Perle den Brandgeruch wahrnahm und hereinstürzte. Sie stürzte wieder hinaus und kam mit einem Eimer

voll Wasser zurück. Mit meinem Netzhemd als Dämpfer war ich aber des Feuers durchaus Herr geblieben, so daß sie nichts zu tun hatte.

»Ich bearbeite ihn jetzt noch etwas mit dem Beil«, sagte ich ihr, »und bis ich damit fertig bin, dürfte auch das Essen fertig sein.«

»Das Essen wird niemals fertig, von mir jedenfalls nicht«, sagte die Perle, »ich gehe, sobald ich gepackt habe.«

Und Florence hatte genau denselben Gedanken.

Ich hörte die vordere Haustür ins Schloß fallen, und dann die hintere, und da ich etwas matt und schläfrig war, machte ich Feierabend und ging zu Bett.

So verhielt es sich also, Eddie, von meinem Standpunkt aus gesehen, du kannst es mir glauben, so wahr mir mein Saftlieferant helfe. Ach ja, nicht zu vergessen, der Lieferant, von dem Harry diesen Whisky hatte, besucht einmal wöchentlich unsere Stadt, jedenfalls zu der Zeit noch, wo ich dies schreibe. Er ist jeden Dienstag von neun bis sechs im Hotel Belden und heißt Mike Farrell.

Die Goldenen Flitterwochen

Meine Frau sagt, wenn ich einmal anfange zu reden, dann sei kein Ende abzusehen. Aber ich sage ihr, ich komme überhaupt nur dazu, wenn sie gerade nicht in der Nähe ist, ich muß deshalb die Gelegenheit benützen. Wahrscheinlich ist es so, daß weder sie noch ich an einer Quäkerversammlung willkommen wären, aber, wie ich meiner Frau immer sage, wozu hat der liebe Gott uns eine Zunge gegeben, wenn er gewollt hätte, daß wir sie nicht benützen? Gewiß, sagt sie, aber er hat sie uns nicht gegeben, damit wir immer wieder dasselbe sagen und uns wiederholen. Aber ich sage dann jeweils: »Weißt du«, sage ich, »wenn man schon fünfzig Jahre lang verheiratet ist, wie wir es sind, kannst du dann erwarten, daß alles, was ich sage, neu ist für dich? Vielleicht ist es für andere neu, schließlich war noch niemand so lange mit mir zusammen wie du.«
Da sagt sie dann:
»Das kann ich mir denken. Niemand würde es so lange bei dir aushalten.«
»Nun«, sage ich dann zu ihr, »du siehst aber noch recht rüstig aus.«
»Schon möglich«, sagt sie darauf, »aber bevor ich dich heiratete, war ich noch viel rüstiger.«
Meiner Frau ist nun einmal nicht beizukommen.
Jawohl, am siebzehnten Dezember vor genau fünfzig Jahren haben wir geheiratet, und meine Tochter und der Schwiegersohn kamen von Trenton herüber, um die Goldene Hochzeit feiern zu helfen. Mein Schwiegersohn ist John H. Kramer, der Grundstücksmakler. Einmal hat er 12 000 $ im Jahr verdient. Er ist ein richtiges Arbeitstier und gilt ziemlich viel in der Gegend von Trenton. Die Rotarier waren lange hinter ihm her und wollten unbedingt, daß er beitrete, aber er sagte immer, sein Klub sei das Zuhause. Edie veranlaßte ihn schließlich zum Beitritt. Das ist meine Tochter.
Sie kamen also herüber, um uns die Goldene Hochzeit feiern zu helfen, und es war ziemlich kühl, und der Ofen scheint auch nicht mehr so gut zu heizen wie früher, und meine Frau machte die Bemerkung, hoffentlich sei der Winter nicht so kalt wie der

letzte, was sich auf den vergangenen Winter bezog. So sagte denn Edie:

»Wenn ich euch wäre und nicht unbedingt zu Hause bleiben müßte, würde ich bestimmt den Winter nicht hier verbringen. Warum stellt ihr nicht einfach das Wasser ab und macht das Haus zu und fahrt nach Tampa, Florida?«

Wissen Sie, wir waren vor vier Jahren im Winter dort, für fünf Wochen, aber die Hotelrechnung allein war mehr als 150 $. So sagte denn meine Frau, da werde man bloß geneppt, da wolle sie nicht mehr hin. Darauf meinte mein Schwiegersohn, Tampa sei schließlich nicht der einzige Ort im Süden, und außerdem müßten wir ja nicht unbedingt in einem teuren Hotel absteigen, man könne auch Zimmer mieten und auswärts essen; er habe gehört, St. Petersburg, Florida, sei das richtige, und wenn wir wollten, dann werde er schreiben und Erkundigungen einziehen.

Nun, um es kurz zu machen, wir entschlossen uns dazu, und Edie sagte, es seien unsere Goldenen Flitterwochen, und als Geschenk bezahlte mein Schwiegersohn den Unterschied zwischen zwei Plätzen im Schlafwagen und einem Abteil, damit wir mehr für uns sein konnten. Bei einem Abteil hat man ein oberes und ein unteres Bett wie sonst, aber es ist ein abgeschlossener Raum für sich mit einem Waschbecken. Der Wagen, mit dem wir fuhren, bestand ausschließlich aus Abteilen, aus nichts anderem. Ausschließlich aus Abteilen.

Am Abend vorher fuhren wir nach Trenton und übernachteten bei unserer Tochter und ihrem Mann und fuhren dann am nächsten Nachmittag um 3.23 von Trenton weg.

Das war am zwölften Januar. Meine Frau saß mit dem Gesicht gegen die Lokomotive, da sie sonst Schwindelgefühle hat. Ich saß mit dem Gesicht gegen sie, was keine Gefühle in mir auslöst. Wir kamen nachmittags um 4.03 in Nord-Philadelphia an und um 4.14 in West-Philadelphia. Um 6.30 waren wir in Baltimore und um 7.25 in Washington, D. C. In Washington hatte der Zug zwei Stunden Aufenthalt, und ich stieg aus, schlenderte den Bahnsteig entlang und in die Bahnhofhalle. Als ich zurückkam, war unser Zug unterdessen auf ein anderes Gleis verschoben worden, aber ich erinnerte mich an den Namen, ›La Belle‹, da ich einmal meine Tante in Oconomowoc, Wisconsin, besucht hatte, wo es einen See gibt, der so heißt, so daß ich

mich ohne Mühe zurechtfand. Aber meine Frau hatte schon eine Todesangst ausgestanden, der Zug könnte ohne mich abfahren.
»Ach«, sagte ich, »dann wäre ich eben mit dem nächsten Zug gekommen.«
»Denkste«, sagte meine Frau und erinnerte mich daran, daß sie das Geld hatte.
»Wenn schon«, sagte ich, »wir sind ja in Washington, da hätte ich vom amerikanischen Schatzamt borgen können. Ich hätte einfach behauptet, ich sei unterentwickelt.«
Meine Frau verstand die Anspielung und lachte herzlich.
Um 9.40 Uhr abends fuhr der Zug in Washington ab. Meine Frau und ich legten uns früh schlafen, wobei ich das obere Bett nahm. Im Laufe der Nacht kamen wir durch die grünen Wiesen von Virginien, wie es im Liede heißt, allerdings war es zu dunkel, um etwas von der Farbe zu sehen. Am Morgen, als wir aufstanden, waren wir in Fayetteville, Nord-Carolina. Wir frühstückten im Speisewagen, und nach dem Frühstück kam ich mit dem Mann im benachbarten Abteil ins Gespräch. Er stammte aus Lebanon, New Hampshire, und war etwa achtzig Jahre alt. Seine Frau und zwei ledige Töchter reisten auch mit ihm, und ich machte die Bemerkung, zu viert dürfte es in dem Abteil wohl etwas eng sein, aber er sagte, sie machten diese Reise schon seit fünfzehn Jahren jeden Winter und hätten Erfahrung darin, sich in den Raum zu teilen. Sie reisten nach Tarpon Springs.
Um 12.50 kamen wir in Charleston, Süd-Carolina, an und erreichten Savannah, Georgia, um 4.20. Um 8.45 abends waren wir in Jacksonville, Florida, und hatten dort fünf Viertelstunden Aufenthalt, aber meine Frau wollte mich nicht aussteigen lassen; so ließen wir denn unsere Betten machen und zogen uns zurück, bevor wir in Jacksonville abfuhren. Ich schlief nicht gut, der Zug schien den Schluckauf zu haben, und meine Frau kann in der Bahn nie recht schlafen, sie sagt, sie habe immer Angst, ich könnte herausfallen. Sie möchte lieber selbst das obere Bett, sagt sie, dann müßte sie keine Angst haben meinetwegen; aber das wäre ja noch schöner, wenn es herauskäme, daß ich meine Frau im oberen Bett schlafen lasse. Es würde sich herumsprechen.
Am Morgen waren wir früh genug auf, um unsere Freunde aus

New Hampshire in Tarpon Springs aussteigen zu sehen, um 6.53.
Verschiedene der Mitreisenden stiegen in Clearwater aus und einige in Belleair, wo der Zug rückwärts gerade vor den Eingang des riesigen Hotels fährt. Belleair ist das Winterquartier der feinen Golfpinkel, und alle, die dort ausstiegen, hatten ihre Schläger mit, bis zu zehn oder zwölf in einem Köcher, auch die Frauen. In meiner Jugend spielte man es mit nur einem Schläger, und manche dieser feinen Pinkel hätten schon nach einem Spiel genug gehabt, so wie wir es spielten.
Um 8.20 fuhr der Zug in St. Petersburg ein, und als wir ausstiegen, hätte man meinen können, es sei ein Krawall im Gange, bei all den Negern, die die verschiedenen Hotels ausriefen. Ich sagte zu meiner Frau: »Nur gut«, sagte ich, »daß wir schon ein Zimmer haben und kein Hotel suchen müssen, wo doch offenbar jedes das beste ist.«
Sie lachte.
Wir fanden einen Wagen, und ich gab die Adresse an, die uns mein Schwiegersohn besorgt hatte, und bald waren wir dort und stellten uns der Hausbesitzerin vor, einer jungen Witwe, etwa achtundvierzig Jahre alt. Sie zeigte uns das Zimmer, das hell und luftig war, mit einem bequemen Bett, einer Kommode und einem Waschtisch. Es kostet 12 $ die Woche, aber die Lage war gut, nicht weit vom Williams Park.
St. Pete heißt der Ort hierzulande, oder auch Sunshine City. Es wird nämlich behauptet, es gebe hier weniger Tage, wo die Sonne nicht auf die alte Mutter Erde herablächelt, als an irgendeinem Ort, und eine der Zeitungen verschenkt ihre Ausgabe kostenlos an den Tagen, wo die Sonne nicht scheint. Angeblich ist sie in den letzten elf Jahren nur einige sechzigmal verschenkt worden. Ein anderer Name, dem man dem Ort gegeben hat, ist ›das Miami des kleinen Mannes‹, aber ich glaube, es kommen welche hierher, die mindestens soviel Kredit haben wie manche im andern Miami.
Während unseres Aufenthalts besuchten wir die ›Zeltstadt‹, wo die Blechbüchsen-Touristen ihr Hauptquartier haben. Aber vielleicht haben Sie noch nie davon gehört. Also das ist ein Verein, dessen Mitglieder mit dem Auto in die Ferien reisen und alles mitnehmen. Das heißt, sie bringen ihre Zelte mit, um darin zu schlafen und abzukochen, und wollen von Hotels und

Restaurants nichts wissen, aber sie müssen wahrhafte Autozelter sein, sonst können sie dem Verein nicht angehören.
Ich habe mir sagen lassen, der Verein habe mehr als 200 000 Mitglieder, die sich auch die Blechbüchsen-Brüder nennen, da ihre Nahrung zum größten Teil aus Büchsen kommt. Wir sprachen mit einem Ehepaar namens Pence, aus Brady, Texas. Der Mann ist über achtzig Jahre alt, und sie waren die ganze Strecke im Auto gefahren, insgesamt 2441 km. Fünf Wochen haben sie für die Reise gebraucht, und am Steuer war immer der Mann.
Die Blechbüchsen-Brüder rekrutieren sich aus allen Teilen der Vereinigten Staaten, und im Sommer besuchen sie Neu-England und das Gebiet der Großen Seen, aber im Winter fahren sie meistens nach Florida, wo sie sich über die ganze Gegend verteilen. Während wir da waren, hielten sie in Gainesville, Florida, ihre Jahresversammlung ab und wählten einen Mann aus Fredonia, New York, zum Präsidenten. Sein Titel lautet Königlicher Büchsenöffner der Welt. Auch haben sie ein Lied, das jeder auswendig können muß, bevor er Mitglied wird:

›Es lebe die Büchse, hurra, Jungs, hurra!
Die Blechbüchse hoch und nieder mit dem Feind!
Kommt, schart euch ums Zeltlagerfeuer und ruft:
Die Blechbüchsenzeltschaft, sie lebe hoch!‹

So ungefähr. Auch müssen die Mitglieder vorne an ihrem Wagen eine Blechbüchse befestigen.
Ich fragte meine Frau, ob sie auch gerne auf diese Art reisen würde, und sie sagte:
»Ja, aber nicht mit einem alten Faselhans wie du am Steuer.«
»Ach«, sagte ich, »ich bin acht Jahre jünger als dieser Pence, der die ganze Strecke von Texas hierher gefahren ist.«
»Ja«, sagte sie, »aber er ist alt genug, um ruhig zu fahren.«
Meiner Frau ist nun einmal nicht beizukommen.
Gleich nach der Ankunft in St. Petersburg gingen wir zum Verkehrsverein und ließen uns dort eintragen, da ein großer Wettstreit unter den verschiedenen Staaten besteht, aus welchem von ihnen wohl am meisten Bürger hier sind, und unser kleiner Staat hat da natürlich nicht viel zu melden, aber jede Kleinigkeit ist willkommen, wie man zu sagen pflegt. Elftausend Namen seien schon eingetragen, sagte man uns, Ohio liege

in Führung mit fünfzehnhundert oder mehr, und dann komme New York mit zwölfhundert. Die nächsten seien Michigan, Pennsylvanien, und so weiter, bis zu Kuba und Nevada mit je einem Besucher.

Am ersten Abend unseres Aufenthaltes fand eine Zusammenkunft der Kirche der freien Gemeinden von New York und New Jersey statt, und ein Mann aus Ogdensburg, New York, hielt die Ansprache. Er sprach über Luftschlösser. Den Namen weiß ich nicht mehr, aber er war Rotarier und ein sehr überzeugender Redner.

Zuerst mußten wir uns natürlich nach einem Lokal umsehen, wo wir essen konnten, und nachdem wir mehrere ausprobiert hatten, fanden wir ein Selbstbedienungsrestaurant an der Central Avenue, das uns paßte. Wir nahmen fast alle unsere Mahlzeiten dort ein, was uns auf etwa zwei Dollar im Tag für alle beide zu stehen kam, aber es war nett und sauber und das Essen gut gekocht. Man bezahlt ja gerne, was sich gehört, wenn alles sauber und gut gekocht ist.

Am dritten Februar, dem Geburtstag meiner Frau, da gaben wir uns nobel und gingen zum Abendessen ins Hotel Poinsettia, wo man uns fünfundsiebzig Cents für ein Schnitzel berechnete, das kaum für eine Person reichte.

Ich sagte zu meiner Frau: »Nur gut«, sagte ich, »daß du nicht jeden Tag Geburtstag hast, sonst wären wir schon längst im Armenhaus.«

»Nein«, gab sie zurück, »wenn ich jeden Tag Geburtstag hätte, dann wäre ich so alt, daß ich schon längst im Grabe läge.«

Meiner Frau ist nun einmal nicht beizukommen.

Im Hotel gab es einen Raum, wo verschiedene Leute beim Kartenspiel saßen, zum Beispiel bei diesem neumodischen Whist-Bridge. Auch entdeckten wir einen Saal, wo getanzt wurde. So fragte ich meine Frau, ob sie Lust hätte, das Tanzbein zu schwingen, und sie sagte, nein, sie sei zu alt, um herumzupinschern, wie das heute der Brauch sei. Wir sahen den jungen Leuten eine Zeitlang zu, bis meine Frau sich angewidert abwandte und sagte, sie müsse jetzt einen guten Film sehen, um den Eindruck zu verwischen. Meine Frau ist eine große Kinofreundin; hier bei uns gehen wir zweimal die Woche hin.

Aber ich wollte vom Park erzählen. Wir besuchten ihn am zweiten Tag. Er ist ähnlich wie der in Tampa, nur größer, und

da ist jeden Tag mehr Betrieb, als man sich vorstellen kann. In der Mitte ist ein großer Konzertpavillon mit Bestuhlung, wo Musik für jeden Geschmack zu hören ist, vom Volkslied bis hinauf zu klassischen Stücken wie ›Frühlingsrauschen‹.
Ringsum sind Plätze für die verschiedenen Spiele abgegrenzt – Schach und Damebrett und Domino für diejenigen, die Freude haben an dergleichen, und Krocket und Hufeisen für diejenigen, die noch besser auf den Beinen sind. Ich war früher selber nicht schlecht im Hufeisenwerfen, habe aber in den letzten zwanzig Jahren nicht mehr stark mitgemacht.
Jedenfalls bezogen wir eine Mitgliedskarte, die einen Dollar kostet für die ganze Saison, und ich habe mir sagen lassen, bis vor ein paar Jahren sei der Beitrag nur fünfzig Cents gewesen, man habe ihn aber erhöhen müssen, um den Pöbel fernzuhalten.
Meine Frau und ich verbrachten also einen vergnügten Tag, indem wir beim Hufeisenwerfen zuschauten, und sie wollte, daß ich auch mitspiele, aber ich sagte ihr, ich sei aus der Übung und würde mich bloß blamieren, obwohl ich einige dabei sah, denen ich mich jederzeit gewachsen glaubte. Es gab aber auch welche, die gut spielten, besonders einen aus Akron, Ohio, der das Eisen sehr geschickt um den Pflock legte. Man sagte mir, er werde im Februar beim Turnier wahrscheinlich die amerikanische Meisterschaft gewinnen. Wir sind dann allerdings ein paar Tage vor dem Turnier abgereist, so daß ich nie erfahren habe, ob er sie gewann. Den Namen weiß ich nicht mehr, aber er war ein rechtschaffener junger Mensch und hatte einen Bruder in Cleveland, der Rotarier ist.
Zwei oder drei Tage lang standen wir so umher und schauten bei den verschiedenen Spielen zu, und ich setzte mich schließlich mit einem Mann namens Weaver aus Danville, Illinois, ans Damebrett. Er spielte recht gut, kam aber nicht gegen mich auf. Ich will nicht damit prahlen, aber ich habe mich auf dem Damebrett noch immer behaupten können, das sagt Ihnen jeder hier in der Gegend. Zwei- oder dreimal spielte ich mit diesem Weaver fast den ganzen Vormittag hindurch, und er hat mich nur einmal geschlagen, und das andere Mal, wo es den Anschein hatte, er könnte gewinnen, da kam die Zwölfuhrsirene dazwischen, und wir mußten das Spiel abbrechen, um essen zu gehen.

Während ich beim Damespiel saß, hörte sich meine Frau jeweils das Konzert an, da sie eine große Musikfreundin ist, ganz gleich, was gespielt wird, und da saß sie also eines Tages, und zwischen zwei Potpourris fing die Frau neben ihr ein Gespräch an. Sie war ungefähr im gleichen Alter, siebzig oder einundsiebzig, und schließlich fragte sie nach dem Namen meiner Frau, und meine Frau sagte ihr den Namen und stellte ihr dann die gleiche Frage, und was glauben Sie, wer die Frau war?

Es war die Frau von Frank M. Hartsell, dem Mann, der mit meiner Frau verlobt war, bis ich dazwischenkam und ihn ausstach, vor zweiundfünfzig Jahren!

Jawohl!

Man stelle sich die Überraschung meiner Frau vor! Und Hartsells Frau war auch überrascht, als meine Frau ihr sagte, sie sei einst mit ihrem Gatten befreundet gewesen, obwohl meine Frau ihr nicht sagte, wie eng die Freundschaft gewesen war, oder daß sie und ich der Grund waren, warum Hartsell nach Westen zog. Aber das waren wir gewesen. Einen Monat, nachdem die Verlobung aufgelöst worden war, zog Hartsell aus der Stadt weg und ist nie wieder zurückgekommen. Er war nach Michigan gezogen und dort Tierarzt geworden, und da hatte er sich dann auch niedergelassen, in Hillsdale, Michigan, und hatte schließlich geheiratet.

Nun, meine Frau faßte sich ein Herz und fragte, ob Frank noch am Leben sei, und Frau Hartsell führte sie dorthin, wo man Hufeisen warf, und da stand Frank und wartete, bis er an die Reihe komme. Und er erkannte meine Frau, sobald er sie sah, obwohl es mehr als fünfzig Jahre her waren. Er behauptete, er habe sie an den Augen erkannt.

»Nanu«, sagte er, »das ist ja Lucy Frost!« und er warf die Hufeisen hin und hörte auf zu spielen.

Dann kamen sie herüber und stöberten mich auf, und ich muß gestehen, ich hätte ihn nicht erkannt. Wir sind zwar auf den Monat gleich alt, aber bei ihm macht sich das irgendwie mehr bemerkbar. Erstens ist er kahler, und dann ist sein Bart schon ganz weiß, während bei mir noch etwas Braun drin ist. Das war das erste, was ich zu ihm sagte.

»Frank«, sagte ich, »der Bart, den du da hast, versetzt mich geradezu in den Norden. Er sieht aus wie ein Schneesturm.«

»Ach«, sagte er, »deiner wäre genauso weiß, wenn du ihn chemisch reinigen ließest.«
Aber meine Frau ließ das nicht gelten.
»Was du nicht sagst«, erwiderte sie. »Dabei hat Charley schon seit zehn Jahren keinen Priem mehr im Mund gehabt!«
Das stimmte ja denn auch.
Ich brach natürlich das Damespiel ab, und da es schon bald Mittag war, beschlossen wir, miteinander essen zu gehen, und zwar mußten wir unbedingt ihr Restaurant an der Dritten Avenue ausprobieren. Es war etwas teurer als unseres und meines Erachtens bei weitem nicht so gut. Meine Frau und ich hatten ungefähr dasselbe Essen wie immer, und unsere Rechnung betrug 1,10 $. Frank bezahlte 1,20 $ für sich und seine Frau. Dieselbe Mahlzeit hätte in unserem Lokal nicht mehr als einen Dollar gekostet.
Nach dem Essen nahmen wir sie zu uns mit und saßen in der guten Stube, die uns die Vermieterin für solche Zwecke zur Verfügung stellte. Wir kamen auf die gute alte Zeit zu sprechen, und meine Frau sagte, sie fürchte, für Frau Hartsell sei das sicher langweilig, aber es stellte sich heraus, daß ohnehin niemand richtig zu Worte kam, solange Hartsells Frau dabei war. Es gibt ja viele Frauen, deren Mundwerk wie geschmiert geht, aber Hartsells Frau ist da die Höhe. Sie erzählte uns die Familiengeschichte von jedermann im Staate Michigan und prahlte eine halbe Stunde lang mit ihrem Sohn, der, wie es scheint, Apotheker in Grand Rapids ist und Rotarier.
Wenn ich und Hartsell auch einmal zu Worte kamen, zogen wir einander auf, und ich hänselte ihn mit seinem Beruf.
»Dir geht es offenbar gut, Frank«, sagte ich, »die Pferde in der Gegend von Hillsdale sind wohl öfters krank, wie?«
»Ich habe ganz gut verdient«, erwiderte er, »aber ich habe auch tüchtig gearbeitet.«
»Ja«, sagte ich, »du wirst wohl oft zu nachtschlafender Zeit gerufen, um bei einer Geburt zu helfen und so.«
Meine Frau fuhr mir übern Mund.
Nun, ich dachte, sie wollten überhaupt nie gehen, dabei konnten meine Frau und ich kaum noch die Augen offenhalten, da wir uns nach dem Essen meistens etwas hinlegen. Schließlich gingen sie aber doch, nachdem wir uns auf den nächsten Vormittag im Park verabredet hatten. Hartsells Frau bat uns, am

nächsten Abend zu ihnen zu kommen, um Karten zu spielen. Sie hatte aber vergessen, daß an dem Abend eine Versammlung des Michigan-Vereins stattfand, so daß wir erst am übernächsten Abend zum Spielen kamen.

Hartsell und seine Frau wohnten an der Dritten Avenue und hatten außer dem Schlafzimmer ein eigenes Wohnzimmer. Hartsells Frau konnte nicht aufhören, von ihrem eigenen Wohnzimmer zu reden, als sei es etwas Erstaunliches. Wir spielten Karten, meine Frau und Hartsell gegen seine Frau und mich. Hartsells Frau spielte erbärmlich, und wir zogen entschieden den kürzeren.

Nach dem Spiel stellte sie eine Schale Orangen auf, und wir mußten so tun, als ob wir uns nichts sehnlicher gewünscht hätten, obwohl es sich mit den Orangen im Süden verhält wie mit dem Bartwuchs, wenn man jung ist; zuerst macht er einem Spaß, aber mit der Zeit kriegt man es über.

Am nächsten Abend spielten wir bei uns, wieder mit denselben Partnern, und ich und Hartsells Frau wurden wieder besiegt. Meine Frau und Hartsell machten einander Komplimente und beglückwünschten sich zu ihrem Erfolg, aber sie wußten beide gut genug, wo das Geheimnis ihres Erfolges lag. Alles in allem haben wir wohl an zehn Abenden Karten gespielt, und nur einmal machten Hartsells Frau und ich das Spiel. Und ihr war es sicher nicht zu verdanken.

Als wir etwa zwei Wochen dort waren, nahmen wir einmal als ihre Gäste an einem geselligen Abend teil, den der Michigan-Verein in der Kirche der freien Gemeinden veranstaltete. Der Redner war ein gewisser Bitting aus Detroit, Michigan, der über das Thema sprach: ›Wie ich mir das Witzereißen abgewöhnte‹. Er gilt viel bei den Rotariern und hielt eine witzige Rede.

Eine Frau namens Oxford sang einige Lieder, von denen Hartsells Frau behauptete, es sei große Opernmusik. Was immer es war, meine Tochter Edie hätte sie jederzeit übertrumpfen können, und ohne soviel Geschrei zu machen.

Dann war da ein Bauchredner aus Grand Rapids und eine junge Tierstimmenimitatorin, die verschiedene Vögel nachahmte. Ich sagte zu meiner Frau, es klinge immer nach demselben Huhn, aber sie gab mir bloß einen Rippenstoß.

Nach der Vorstellung setzten wir uns noch in eine Eisdiele,

und ich bezahlte die Konsumation, und es ging schon bedenklich gegen zehn Uhr, als wir schließlich ins Bett kamen. Meine Frau und ich wären lieber ins Kino gegangen, aber meine Frau sagte, wir dürften die Hartsells nicht beleidigen. Ich fragte sie, ob wir nach Florida gefahren seien, um uns gut zu unterhalten, oder bloß, um eine alte Quasselstrippe aus Michigan nicht zu beleidigen.
Einmal tat mir Hartsell leid. Die Frauen waren beide zur Pediküre gegangen, und ich traf Hartsell an dem Vormittag im Park, und er war so leichtsinnig, mich zum Damespiel aufzufordern.
Er war es, der den Vorschlag machte, nicht ich, und er bereute es wohl, bevor die erste Partie zu Ende war. Aber er war zu hartnäckig, um aufzugeben, und saß da, während ich ihn ein Mal ums andere schlug. Das schlimmste war, daß nachgerade eine Menge Leute mir jeweils beim Spiel zuschauten, und da standen sie nun ringsum und schauten zu, und schließlich fiel ihnen auf, wie schlecht Frank abschnitt, und sie fingen an, schnöde Bemerkungen zu machen, wie zum Beispiel:
»Wer hat dem gesagt, er verstehe was vom Damespiel?«
Oder:
»Für das Eile mit Weile wäre er vielleicht gut genug, aber nicht fürs Damespiel!«
Fast hatte ich Lust, ihn ein paarmal gewinnen zu lassen. Aber die Leute hätten gemerkt, daß es absichtlich geschah.
Dann stießen die Frauen wieder zu uns, und ich wollte von unserem Spielchen nichts sagen, aber Hartsell fing selber davon an und gab zu, er sei mir nicht gewachsen.
»Ach«, meinte seine Frau, »das Damespiel ist ohnehin nichts Besonderes, nicht? Mehr ein Kinderspiel«, sagte sie. »Ich weiß nur, die Kinder meines Sohnes spielten es früher häufig.«
»Richtig«, sagte ich. »Es ist wirklich ein Kinderspiel, so wie Ihr Mann es spielt.«
Meine Frau legte sich ins Mittel.
»Vielleicht gibt es ein anderes Spiel«, sagte sie, »wo Frank besser ist als du.«
»Ja«, sagte Hartsells Frau, »beim Hufeisenwerfen ist er Ihnen bestimmt über.«
»Wir können es ja versuchen«, sagte ich, »nur, ich habe seit sechzehn Jahren kein Eisen mehr geworfen.«

»Und ich habe seit zwanzig Jahren keinen Damestein mehr in der Hand gehabt«, meinte Hartsell.
»Du hast überhaupt noch nie einen in der Hand gehabt«, sagte ich.
»Beim Kartenspiel«, bemerkte Frank, »sind Lucy und ich dir jedenfalls über.«
Ich hätte ihm ja sagen können, woher das kam, aber ich war anständig genug, den Mund zu halten.
Nun war es allmählich so, daß er jeden Abend Karten spielen wollte, und wenn ich oder meine Frau ins Kino wollten, mußten wir Kopfweh vorschützen und dann heilfroh sein, wenn sie uns nicht dabei ertappten, wie wir uns ins Kino schlichen. Ich habe nichts gegen das Kartenspiel, wenn mein Partner bei der Sache ist; aber wie kann jemand Karten spielen, wenn er wie Hartsells Frau alle paar Minuten innehalten und sich mit dem Sohn in Grand Rapids wichtig machen muß?
Nun, der New Jersey-Verein kündete ebenfalls einen geselligen Abend an, und ich sagte zu meiner Frau:
»Das ist wenigstens ein Abend«, sagte ich, »wo wir nicht Karten spielen müssen.«
»Ja«, erwiderte sie, »aber wir müssen Frank und seine Frau zu dem geselligen Abend einladen, weil sie uns zu dem Michigan-Abend auch eingeladen haben.«
»Dann bleib ich lieber zu Hause«, sagte ich, »als diese Quasselstrippe überall mitzuschleppen.«
Darauf sagte meine Frau:
»Du wirst allmählich kauzig. Meinetwegen, sie redet vielleicht etwas zuviel, aber im Grunde ist sie gutartig. Und Frank ist immer unterhaltsam.«
So sagte ich denn:
»Du möchtest wohl, du hättest ihn geheiratet, wo er doch so unterhaltsam ist.«
Meine Frau lachte und fragte, ob ich etwa eifersüchtig sei. Eifersüchtig auf einen Viehdoktor!
Jedenfalls mußten wir sie zu dem geselligen Abend mitschleppen, und ich möchte behaupten, daß wir ihnen eine bessere Unterhaltung boten, als sie uns geboten hatten.
Oberrichter Lane aus Paterson hielt eine schöne Rede über die Wirtschaftslage, und eine Frau namens Newell aus Westfield ahmte Vogelstimmen nach, nur daß man wirklich erkannte,

was gemeint war. Zwei junge Frauen aus Red Bank gaben Lieder zum besten und ernteten so viel Beifall, daß sie noch eine Dreingabe sangen, und meine und Hartsells Frau hatten feuchte Augen, Hartsell übrigens auch.

Nun, irgendwie kam es dem Vorsitzenden zu Ohren, daß ich anwesend war, und er forderte mich auf, eine Ansprache zu halten. Ich wollte nicht einmal aufstehen, aber meine Frau stieß mich an, und so stand ich denn auf und sagte:

»Meine Damen und Herren«, sagte ich. »Ich war nicht darauf gefaßt, eine Ansprache halten zu müssen bei dieser oder irgendwelcher Gelegenheit, da ich kein großer Redner bin. Ich will aber mein Bestes tun, was, wie ich immer sage, das Beste ist, was einer tun kann.«

Dann erzählte ich den Leuten den Witz von Pat und dem Motorrad, mit mundartlichem Akzent, und er schlug ein, und ich erzählte ihnen noch ein paar Witze, aber insgesamt redete ich nicht mehr als zwanzig oder fünfundzwanzig Minuten lang, und Sie hätten den Beifall hören sollen, als ich mich wieder hinsetzte! Selbst Hartsells Frau mußte zugeben, daß ich ein geborener Redner bin. Sie sagte, wenn ich je nach Grand Rapids komme, werde ihr Sohn dafür sorgen, daß ich zu den Rotariern spreche.

Als es aus war, wollte Hartsell noch mit uns Karten spielen, bei ihnen zu Hause, aber seine Frau machte ihn darauf aufmerksam, daß es schon halb zehn vorbei war und deshalb etwas spät, um noch ein Spiel zu beginnen. Er war ganz versessen auf die Karten, wahrscheinlich weil er nicht mit seiner Frau zusammen spielen mußte. Jedenfalls machten wir uns los und gingen schlafen.

Es war am nächsten Vormittag, als wir uns im Park trafen, daß Hartsells Frau die Bemerkung machte, sie habe nicht genug Bewegung; so schlug ich ihr denn vor, sie solle sich am Krocket beteiligen.

Sie sagte, sie habe seit zwanzig Jahren nicht mehr Krocket gespielt, aber wenn meine Frau mitmache, spiele sie auch. Meine Frau wollte zuerst nichts davon hören, gab aber schließlich nach, mehr Hartsells Frau zuliebe als aus irgendeinem andern Grund.

Sie spielten also eine Partie mit einer Frau Ryan aus Eagle, Nebraska, und einer jungen Frau Morse aus Rutland, Vermont, die meine Frau bei der Pediküre kennengelernt hatte. Meine Frau traf natürlich überhaupt nichts und wurde allgemein ausgelacht, auch ich mußte lachen, und schließlich gab sie es auf und sagte, das Bücken mache ihr Beschwerden. So spielte denn jemand anders mit, und bald war es Hartsells Frau, über die jedermann lachte, da sie zu einem langen Schlag ausholte, und ihr dabei das Gebiß auf den Spielplatz fiel. Noch nie im Leben habe ich eine Frau so verdattert gesehen. Gott, haben wir gelacht, nur sie selber lachte nicht mit, sie war fuchsteufelswild und wollte nicht mehr weiterspielen, so daß es damit aus war.

Hartsells Frau ging nach Hause, ohne mit jemand ein Wort zu sprechen, aber Hartsell blieb da und sagte schließlich zu mir: »Ich habe kürzlich mit dir das Damespiel gemacht und dabei schlecht abgeschnitten. Wie wär's, wenn wir zusammen Hufeisen werfen würden?«

Ich sagte ihm, ich hätte seit sechzehn Jahren kein Hufeisen mehr geworfen, aber meine Frau meinte, ich solle es doch versuchen, ich sei früher gut gewesen, vielleicht hätte ich noch nicht alles verlernt.

Nun, um es kurz zu machen, ich gab nach. Ich hätte es bleibenlassen sollen, da ich seit sechzehn Jahren kein Hufeisen mehr geworfen hatte, und ich tat es ja auch nur Hartsell zu Gefallen.

Bevor es losging, klopfte mir meine Frau auf die Schulter und sagte, mach's gut, und dann fingen wir an, und ich sah sofort, daß ich mir da etwas eingebrockt hatte, da ich seit sechzehn Jahren kein Hufeisen mehr geworfen hatte und die Entfernung nicht mehr richtig abschätzen konnte. Außerdem waren die Hufeisen nicht gut vernickelt, so daß sie mir an gewissen Stellen in den Daumen schnitten, und ich hatte noch nicht mehr als zwei oder drei Würfe getan, als mein Daumen schon aufgerissen war; ich konnte das Eisen kaum noch halten, geschweige denn werfen.

Hartsell stellte sich so ungeschickt an, wie einer nur kann; man hätte nie geglaubt, daß er auch nur entfernt an den Pflock herankomme, aber gleichzeitig war er ein Glückspilz, wie ich noch keinen gesehen habe. Manchmal warf er das Eisen so, daß es anderthalb bis zwei Meter vom Ziel aufschlug und dann weiterschlitterte bis schön um den Pflock rum. Gegen so viel Glück kommt einer natürlich nicht auf.

Wir hatten eine ganze Menge Zuschauer, darunter vier oder fünf Frauen, außer meiner Frau, und offenbar muß Hartsell beim Werfen seinen Tabak kauen, was die Damen etwas verängstigte, da er nicht erst lange schaut, wo er den Saft hinspuckt.

Man sollte meinen, in seinem Alter könnte einer gelernt haben, wie man sich benimmt.

Nun, um es kurz zu machen, ich hatte mich eben ein wenig eingespielt, als ich wegen des Daumens aufgeben mußte, den ich Hartsell zeigte, und er sah, daß ich nicht weiterspielen konnte, da der Daumen aufgerissen war und blutete. Auch wenn ich es selber ausgehalten hätte, würde meine Frau es nicht zugelassen haben, nachdem sie den Daumen gesehen hatte. Jedenfalls gab ich auf, und Hartsell sagte, das Spiel stehe neunzehn zu sechs, aber ich hatte nicht gezählt. Es ist mir auch gleichgültig. Meine Frau und ich gingen dann nach Hause, und ich sagte, hoffentlich sind wir jetzt fertig mit den Hartsells, ich habe genug von ihnen; aber offenbar hatte sie versprochen, wir würden am Abend zu ihnen kommen zu ihrem ewigen Kartenspiel. Nun war der Daumen ziemlich schmerzhaft, und ich fühlte mich überhaupt nicht sehr wohl, und es kann sein, daß ich mich vergaß, als Hartsell gegen Ende des Abends die Bemerkung fallenließ, er würde beim Kartenspielen nie verlieren, wenn er immer meine Frau als Partnerin haben könnte.

Da sagte ich:

»Vor fünfzig Jahren hast du die Chance gehabt, sie immer als Partnerin zu haben, aber da warst du nicht Manns genug, sie zu halten.«

Ich bereute es, sobald es heraus war, und Hartsell wußte nicht was sagen, und seine Frau konnte zur Abwechslung auch nichts sagen. Um über die peinliche Stille hinwegzukommen, bemerkte meine Frau, ich müsse wohl etwas Stärkeres als Tee getrunken haben, sonst würde ich nicht so albern daherreden. Hartsells Frau indessen blieb eisig und sagte uns kaum gute Nacht. Frank hatte sicher eine liebliche Aussprache mit ihr, nachdem wir gegangen waren.

Als wir uns verabschiedeten, sagte meine Frau zu ihm: »Mach dir nichts draus, Frank. Charley ist bloß wild, weil du ihn beim Hufeisen- und beim Kartenspiel haushoch geschlagen hast.«

Sie sagte es, um meinen Lapsus wiedergutzumachen, aber gleichzeitig machte sie sich damit über mich lustig. Ich suchte mich zu beherrschen, aber sobald wir draußen waren, mußte sie von neuem anfangen, mir deswegen Vorwürfe zu machen. Nun, ich hatte keine Lust, mir das gefallen zu lassen, und so sagte ich:

»Du möchtest sicher, du hättest ihn genommen, wo er doch so tüchtig ist mit dem Hufeisen und den Karten.«

»Wenigstens ist er nicht so ein Wurm«, sagte sie, »daß er das Spiel aufgäbe, bloß weil er am Daumen ein paar Kratzer hat.«

»Und du«, erwiderte ich, »du blamierst dich beim Krocket und behauptest dann, das Bücken mache dir Beschwerden, so daß du nicht weiterspielen kannst.«

»Ja«, sagte sie darauf, »aber als dir der Daumen weh tat, habe ich dich nicht ausgelacht, und warum hast du dich eigentlich über mich lustig gemacht, als mir der Rücken weh tat?«

»Wer hätte da nicht lachen müssen!« sagte ich.

»So«, sagte sie, »Frank Hartsell hat aber nicht gelacht.«

»Warum hast du ihn eigentlich nicht geheiratet?« fragte ich.

»Ich wollte beinahe, ich hätte es getan«, sagte meine Frau.

»Ich auch«, sagte ich.

»Das will ich mir merken«, erwiderte meine Frau, und die nächsten zwei Tage sagte sie überhaupt nichts mehr.

Wir sahen die Hartsells am nächsten Tag im Park, und ich war willens, mich zu entschuldigen, aber sie nickten uns bloß zu. Und ein paar Tage später erfuhren wir, daß sie nach Orlando abgereist waren, wo sie Verwandte hatten.

Ich wollte, sie wären von Anfang an dorthin gefahren.

Meine Frau und ich versöhnten uns auf einer Bank im Park.

»Hör mal, Charley«, sagte sie. »Das sind unsere Goldenen Flitterwochen, und die wollen wir uns nicht mit einem dummen Streit verderben.«

»War es dir Ernst damit«, fragte ich, »als du sagtest, du hättest doch lieber Hartsell heiraten sollen?«

»Ach wo«, sagte sie, »das heißt, wenn es dir auch nicht Ernst war, als du sagtest, es wäre dir auch lieber.«

So sagte ich denn:

»Ich war bloß müde und gereizt. Gottlob hast du mich genommen und nicht ihn; es gibt nämlich niemand auf der Welt, mit dem ich so lange hätte zusammenleben können.«

»Auch nicht mit Hartsells Frau?« fragte sie.
»Um Himmels willen!« rief ich. »Mit einer Frau, die so schlecht Karten spielt und ihr Gebiß auf dem Spielplatz verliert! Nicht auszudenken!«
»Nun«, meinte meine Frau, »das wäre nicht schlimmer, als mit einem Mann verheiratet zu sein, der Damen vor die Füße spuckt und auch sonst vom Damespiel nichts versteht.«
So legte ich ihr denn einen Arm um die Schulter, und sie streichelte mir die Hand. Wir benahmen uns wie Verliebte.
Wir hatten noch zwei Tage in St. Petersburg, und am vorletzten Tag stellte mich meine Frau einer Frau Kendall aus Kingston, Rhode Island, vor, die sie bei der Pediküre kennengelernt hatte.
Diese machte uns mit ihrem Gatten bekannt, der im Lebensmittelhandel ist. Sie haben zwei Söhne und fünf Enkelkinder und einen Urenkel. Einer ihrer Söhne wohnt in Providence und ist ein großes Tier bei den Elks und auch Rotarier.
Es waren recht gemütliche Leute, und wir spielten Karten mit ihnen an den beiden letzten Abenden. Beide verstanden etwas davon, und ich wollte, wir wären ihnen schon früher begegnet, statt diesen Hartsells. Aber die Kendalls werden nächsten Winter wieder dort sein, so daß wir sie noch oft sehen werden, das heißt, wenn wir uns entschließen, auch wieder hinzufahren.
Wir reisten am elften Februar ab, um elf Uhr vormittags. So kamen wir bei Tageslicht durch Florida und sahen die Landschaft, die wir auf der Hinreise verpaßt hatten, weil es dunkel war.
Um sieben Uhr abends kamen wir in Jacksonville an, von wo wir um 8.10 weiterfuhren. Wir erreichten Fayetteville, Nord-Carolina, um neun am nächsten Vormittag, und Washington, D. C., um 6.30 abends, wo wir eine halbe Stunde Aufenthalt hatten.
Nachts um 11.01 kamen wir in Trenton an, wo wir von Tochter und Schwiegersohn abgeholt wurden, da wir ihnen telegraphiert hatten.
Wir gingen mit ihnen nach Hause und übernachteten dort. John wäre am liebsten die ganze Nacht aufgeblieben, um von unseren Ferienerlebnissen zu hören, aber Edie sagte, wir seien sicher müde, und schickte uns ins Bett. Das ist meine Tochter.

Am nächsten Tag nahmen wir den Zug nach Hause und kamen wohlbehalten an, nachdem wir genau einen Monat und einen Tag weggewesen waren.
Hier kommt meine Frau. Ich glaube, ich höre lieber auf.

Lächeln konnte sie

An der belebten Kreuzung Fünfte Avenue und Sechsundvierzigste Straße stand letzten Sommer ein Verkehrspolizist, bei dem man das Gefühl hatte, er sei mit seinem Posten eigentlich nicht unzufrieden. Andern Verkehrspolizisten macht es offenbar Freude, einen mit Schmähungen zu überhäufen – eine sadistische Gemütsverfassung, die davon herrührt, daß sie schlechtem Wetter und noch schlechteren Fahrern ausgesetzt sind, und vielleicht auch brutalen Gattinnen. Ben Collins jedoch schien die Sache Spaß zu machen, ob er einen nun schalt oder nicht; sein breites, sommersprossiges Gesicht strahlte vor Gemütlichkeit und wollte sich auch unter den widrigsten Verhältnissen nie umwölken.

Man lebte auf, wenn man ihn nur anschaute. Es war ein Vergnügen, ihn reden zu hören. Was er sagte, war vielleicht nicht immer so witzig; es war die Art, wie er es sagte.

Ben war rund dreißig Jahre alt, einsneunzig groß und wog achtundneunzig Kilo. Das trifft auf ungefähr vier Fünftel aller Verkehrspolizisten zwischen der Zweiunddreißigsten Straße und dem Zentralpark zu. Aber Ben zeichnete sich vor den andern durch seine unverwüstliche gute Laune aus und durch etwas, das man wohl seine verblümte Ausdrucksweise nennen muß.

In Fällen, wo jeder andere sich begnügte mit dem üblichen »He! Hier haben Sie nichts zu suchen!« oder »Wo zum Teufel wollen Sie denn hin?« machte Ben das viel feiner.

»Wie geht's, Barney?« sagte er zum Beispiel zu einem, den er angehalten hatte.

»Ich heiße nicht Barney.«

»Ach, Verzeihung. So wie Sie drauflosrasten, dachte ich, Sie seien Barney Oldfield.«

(›Barney Oldfields Wettrennen mit dem Tode‹ war damals ein bekannter Film).

Oder er sagte: »Sie haben wohl das rote Licht nicht gesehen?«

»Nein.«

»Und die andern Wagen? Warum standen die alle still? Dachten Sie vielleicht, denen sei miteinander das Benzin ausgegangen?«

Oder: »Was sind Sie von Beruf?«
»Bauunternehmer.«
»Ein ehrenwerter Beruf, und wenn ich Sie wäre, würde ich mich dessen nicht schämen. Ich würde jedenfalls nicht so tun, als sei ich bei der Feuerwehr.«
Oder: »Wie gefällt Ihnen London?«
»Mir? Ich war noch gar nie dort.«
»Ich dachte nur, von dorther hätten Sie die Gewohnheit, auf der falschen Straßenseite zu fahren.«
Wenn man den Verkehr nicht ernsthaft gefährdete, kam man an Bens Straßenkreuzung meist mit einem solchen schiefen Verweis davon, der zudem auf eine so freundliche Art erteilt wurde, daß man beinahe froh war, einen Verstoß begangen zu haben.
Außer Dienst war er ›ein großer, gutmütiger Junge‹, immer bereit, mit Grace ins Kino zu gehen, oder zu den Arnolds, um Karten zu spielen, oder auch zu Hause zu bleiben und nichts zu tun.
Und dann eines Vormittags im September kam ein funkelnagelneuer Sportwagen, ein Cadillac, blau mit gelben Zutaten, von Norden heruntergerast, unter völliger Mißachtung sämtlicher Vorschriften des gesunden Menschenverstandes und des Staates sowie der Stadt New York. Zuruf und Trillerpfeife an der Achtundvierzigsten und der Siebenundvierzigsten Straße vermochten ihn in seiner rasenden Fahrt nicht aufzuhalten. Ben stellte sich ihm mit seiner massigen Gestalt zuerst direkt in den Weg, so daß der Fahrer nur die Wahl hatte, die Geschwindigkeit herabzusetzen oder ihn zu überfahren, und sprang dann mit erstaunlicher Behendigkeit zur Seite und aufs Trittbrett und brachte so den Wagen halbwegs zwischen seinem Posten und der Fünfundvierzigsten Straße wohl oder übel zum Stehen.
Schon wollte er seinem Ärger in unmißverständlichen Worten Ausdruck geben, als ihm das Gesicht der Übeltäterin auffiel. Es war das hübscheste Gesicht, das er je gesehen hatte, mit einem höchst unverschämten, unangebrachten, unwiderstehlichen Lächeln, einem Lächeln, das einem alle andern Arten des Lächelns ein für allemal verleidete.
»Na –«, begann Ben stockend und faßte sich dann einigermaßen. »Wo ist Ihr Helm?« fragte er.
Sie gab keine Antwort, lächelte aber weiter.

»Wenn Sie bei der Feuerwehr sind«, sagte Ben, »dann sollten Sie einen Helm tragen und ein Abzeichen. Oder Ihren Wagen rot anstreichen und eine Sirene anschaffen.«
Immer noch keine Antwort.
»Vielleicht sehe ich aus wie ein Bobby. Vielleicht dachten Sie, Sie seien in London, wo man auf der linken Straßenseite fährt.«
»Sie sind geistreich«, sagte sie, und ihre Stimme war so berückend wie ihr Lächeln. »Den ganzen Vormittag könnte ich hier bleiben und Ihnen zuhören. Das heißt, ich könnte, aber es geht nicht. Ich habe eine Verabredung an der Achten Straße unten und bin jetzt schon verspätet. Und Sie haben sicher auch viel zu tun. Wir dürfen einander nicht länger aufhalten. Aber ich möchte gerne einmal alles hören, was Sie zu sagen haben.«
»Ach nein!«
»Wo wohnen Sie?«
»Zu Hause.«
»Nicht sehr höflich, wie? Ich dachte, Sie wohnen vielleicht in der Bronx –«
»Da wohne ich auch.«
»– und das liegt am Weg nach Rye, wo ich wohne, ich könnte Sie also mitnehmen.«
»Danke. Ich möchte lieber an Altersschwäche sterben.«
»Ach, ich fahre eigentlich nicht schlecht. Schnell vielleicht, aber doch vorsichtig. In Buffalo, wo wir vorher wohnten, wußten alle Polizisten, daß ich vorsichtig bin, und ließen mich meistens so schnell fahren, wie ich wollte.«
»Wir sind hier nicht in Buffalo. Auch ist das hier keine Rennbahn. Wenn Sie schnell fahren wollen, vermeiden Sie die Fünfte Avenue.«
Das schöne Kind sah ihm in die Augen. »Möchten Sie das?«
»Nein«, sagte Ben.
Sie lächelte ihn abermals an. »Wann haben Sie Feierabend?«
»Um vier.«
»Na also, vielleicht fahre ich einmal um diese Zeit nach Hause.«
»Ich habe Ihnen doch gesagt, ich denke noch nicht ans Sterben.«
»Ich würde ganz besonders vorsichtig fahren.«
Plötzlich merkte Ben, daß sich all das vor einer Menge ge-

spannter Zuschauer abspielte und daß er zur Abwechslung einmal nicht der Star war.
»Zufahren!« sagte er in seinem schroffsten Ton. »Ich lasse Sie sausen, weil Sie hier fremd sind, aber das nächste Mal geht es nicht mehr so glimpflich ab.«
»Ich bin Ihnen sehr, sehr dankbar«, sagte das schöne Kind, »aber fremd, nein, das möchte ich nicht sein. Hoffentlich lassen Sie mich nicht mehr aus diesem Grunde sausen.«
Eine Bemerkung, begleitet von ihrem strahlenden Lächeln, die Ben Collins, bisher nur Badewannensänger, für den Rest der Arbeitszeit laut vor sich hinträllern ließ – muntere Melodien von einer Platte, die seine Frau abends zuvor immer wieder aufgelegt hatte.
Seine Ablösung, Tim Martin, stellte sich prompt um vier Uhr ein, aber Ben schien es nicht eilig zu haben, nach Hause zu kommen. Er tat, als höre er sich zwei neue Witze an, die Tim unterwegs aufgeschnappt hatte, einen von einem Schotten und gewissen Hotel-Handtüchern, und einen von zwei Hebräern in einem Nachtlokal. Er brachte es zwar fertig, an der richtigen Stelle zu lachen, aber seine Aufmerksamkeit galt dem nach Norden gehenden Verkehr, der ihn eigentlich nichts mehr anging.
Zwanzig Minuten nach vier verabschiedete er sich von Martin und schlenderte auf dem östlichen Gehsteig südwärts, bis zur Sechsunddreißigsten Straße, leider vergeblich. Meistens ließ er sich von einem in der gleichen Gegend wohnenden Automobilisten nach Hause fahren, doch jetzt war er zu spät dran und mußte seine Torheit büßen, indem ihm nichts anderes übrigblieb, als zur U-Bahn zu eilen.
›Dummkopf, der ich war‹, dachte er. ›Sie ist wohl absichtlich durch eine andere Straße gefahren, um mir aus dem Weg zu gehen. Oder vielleicht ist sie erst eingeschwenkt, nachdem ich an der betreffenden Ecke schon vorbei war. Ich hätte noch länger an der Vierundvierzigsten warten sollen. Möglicherweise hat ein anderer seine Pflicht getan und sie eingesperrt. Wenn sie ihn angelächelt hat, dann allerdings nicht.‹
Aber sie lächelte doch sicher nicht jeden so an. Ihn hatte sie angelächelt, weil sie ihn sympathisch fand, weil sie ihn wirklich geistreich fand. Oder am Ende doch? War das ihre Masche? Sicher hatte sie damit auch seine Kollegen in Buffalo bearbeitet.

›Geistreich!‹ Ein feines Wort, auf einen menschlichen Wolkenkratzer angewandt. Sie hatte nur Spaß gemacht. Nein, doch nicht ganz. Er hatte ihr gefallen, wie schon vielen andern, und das, was er von der Feuerwehr und von London sagte, hatte sie vielleicht lustig gefunden.
Jedenfalls hatte er das wunderbarste Lächeln der Welt gesehen, und es wirkte noch in ihm nach, als er nach Hause kam, so sehr, daß er seine Frau mit einer Inbrunst küßte, die sie erstaunte.
Wenn Ben tagsüber Dienst hatte, unterhielt er Grace manchmal beim Abendessen mit lachhaften Erlebnissen, die er gehabt hatte. Manchmal waren die Geschichten glattweg erfunden, was ihr nicht entging, aber wenn schon! Es waren Dinge, die sich hätten ereignen sollen, auch wenn das nicht der Fall gewesen war.
Bei dieser Gelegenheit nun brannte er darauf, ihr von der Schönen aus Rye zu erzählen, aber er hatte die Erfahrung gemacht, daß Grace für Geschichten von schönen Frauen nicht viel übrig hatte. So erzählte er ihr statt dessen, wie er schußlige Fahrer männlichen Geschlechts abgefertigt hatte, ohne sich genau an Tatsachen zu halten.
»Da kam einer in einem Buick, Modell 1922, und das Licht wechselte, und als es wieder grün wurde, dachte er, er sei im zweiten Gang, hatte aber den Rückwärtsgang drin, so daß er mit einem Straßenkreuzer aus Greenwich zusammenprallte. Diesem konnte er allerdings nichts anhaben, bloß er selbst war etwas verbeult. Aber die beiden hätten den Verkehr zehn Minuten lang aufgehalten, wenn ich nicht gekommen wäre.
Ich winkte den Buick an den Straßenrand rüber und sagte: ›Was soll das? Haben Sie Heimweh?‹ Er sagte natürlich, wieso Heimweh, und ich sagte: ›Sie hatten es so eilig, dorthin zurückzukommen, wo Sie herkamen, daß Sie nicht einmal Zeit hatten, zu wenden.‹
Dann suchte er mir zu erklären, wie es dazu gekommen sei, als ob ich das nicht gewußt hätte. Er sagte, er fahre zum erstenmal einen Buick und sei an den üblichen Gangwechsel gewöhnt.
Ich sagte: ›Schön und gut, aber hier ist keine Fahrschule. Wenn Sie üben wollen, dann am besten vier Straßen weiter unten, an der Zweiundvierzigsten. Dort finden Sie noch mehr Verkehr und doppelt so viele Fußgänger und Polizisten, und außerdem

gibt es da auch noch die Straßenbahn, um rückwärts in sie hineinzufahren.‹
Ich sagte: ›In einer Einöde wie hier werden Sie nie was lernen.‹ Du hättest hören sollen, wie die Leute lachten.«
»Ich kann es mir denken«, meinte Grace.
»Dann war da ein Jordan und ein alter Krauter mit einem grauen Bart. Er wollte gerade vor Kaskels Laden parken. Es gehe nicht länger als eine halbe Stunde, meinte er. Ich sagte: ›Ach, das ist aber schade! Könnten Sie nicht das Wochenende hier verbringen?‹ Und dann sagte ich noch: ›Wenn Sie uns benachrichtigt hätten, wer weiß, vielleicht hätten wir ein Fest für Sie veranstaltet.‹ Darauf sagte er: ›Ich habe Lust, Beschwerde gegen Sie einzureichen wegen Frechheit.‹
So sagte ich denn: ›Wenn Sie das tun, Sie Lustknabe, dann laß ich Sie verhaften, weil Sie ohne Einwilligung Ihrer Eltern fahren.‹ Du hättest die Zuschauer hören sollen.«
»Die haben sicher gelacht«, meinte Grace.
Ben versank in ein langes, ungewohntes Schweigen.
»Woran denkst du denn?«
Unwillkürlich rückte er heraus damit. »Da war ein junges Ding in einem Cadillac.«
»Ach, sieh mal an. Was war mit ihr?«
»Nichts. Sie benahm sich, als ob die Avenue ihr gehöre, und ich sagte ihr meine Meinung.«
»Was hast du ihr gesagt?«
»Ich weiß nicht mehr.«
»War sie hübsch?«
»Ist mir nicht aufgefallen. Ich hatte eine Wut.«
»Du!«
»Sie hat mich fast überfahren.«
»Und du hast sie wahrscheinlich bloß angelächelt.«
»Nein, das Lächeln besorgte sie. Sie lächelte –« Er brach ab und stand vom Tisch auf. »Komm, Liebling, wir gehen ins Kino. Im Franklin ist Joe Frisco. Und ein Chaplinfilm.«

Ben sah den blauen Cadillac und seine Besitzerin diese Woche nicht wieder, gab sich aber bei seinen Verwarnungen alle Mühe, ihren Glauben, er sei ›geistreich‹, zu rechtfertigen. Als sie dann am folgenden Dienstagnachmittag plötzlich auftauchte, war er zu aufgeregt, um etwas zu sagen. Er schaute bloß

hin und hätte die Gelegenheit, ihre bezaubernde Stimme zu hören, sicher verpaßt, wenn sie nicht von sich aus gehandelt hätte. Sie war in nördlicher Richtung unterwegs und hielt ein paar Meter nach seiner Kreuzung an und winkte ihm.
»Es ist vier Uhr durch«, sagte sie. »Kann ich Sie nach Hause bringen?«
So ein Pech. Diese Woche hatte er Spätdienst.
»Ich habe meinen Dienst erst angetreten. Vor Mitternacht bin ich nicht frei.«
»Das ist gemein! Sie haben mir nicht gesagt, daß ein Wechsel bevorsteht.«
»Es wechselt jede Woche. Letzte Woche, acht bis vier. Diese Woche, vier bis zwölf.«
»Und nächste Woche acht bis vier?«
»Jawohl.«
»Dann muß ich eben warten.«
Er brachte kein Wort heraus.
»Nächsten Montag?«
Er gab sich einen Ruck. »Wenn Sie noch am Leben sind.«
Sie lächelte dieses Lächeln. »Ich werde am Leben sein«, versicherte sie. »Schließlich habe ich ein Motiv.«
Sie setzte ihre Fahrt fort, und Ben kehrte auf seinen Posten zurück, ganz wirblig im Kopf.
»Motiv, Motiv, Motiv«, sagte er sich vor, um sich das Wort einzuprägen; aber als er um halb zwei nach Hause kam, konnte er es in dem kleinen Wörterbuch seiner Frau nicht finden.

Die längste Woche seit Menschengedenken ging zu Ende. Am Montag, etwas vor zwölf, sauste der Cadillac in südlicher Richtung an ihm vorbei, und er schnappte noch das Wort ›später‹ auf. Nach Feierabend, als Tim Martin eben dabei war, ihm den neuesten von zwei oder mehr Hebräern zu erzählen, wurde Ben plötzlich inne, daß sie gerade neben ihm angehalten hatte und den Verkehr behinderte, während sie auf ihn wartete.
Dann war er in ihrem Wagen, wo er sich dünn machen mußte, und lachte hellauf über Tims verdutzte Miene.
»Weshalb lachen Sie?«
»Ach, nichts. Aus Freude.«
»Freuen Sie sich, daß Sie frei sind?«

»Ja, heute.«
»Sonst nicht?«
»Meistens ist es mir gleich.«
»Das glaube ich nicht. Ich glaube, Sie tun Ihre Arbeit gern. Dabei ist sie doch sicher sehr anstrengend. Sie müssen mir davon erzählen, sobald wir aus diesem Schlamassel raus sind.«
Ein rotes Licht hielt sie an der Einundfünfzigsten Straße auf, und sie wandte sich nach ihm um.
»Nur gut, daß das Verdeck nicht zu ist«, sagte sie belustigt. »Sonst wäre es noch unbequemer für Sie.«
»Wenn ich mir einen Wagen anschaffe«, bemerkte er, »dann muß es ein Mack sein, und auch dann muß ich mir einen anstellen, der ihn fährt.«
»Warum nicht eine?«
»Frauen fahren unvernünftig.«
»Ich nicht. Haben wir den kleinsten Zusammenstoß gehabt?«
»Wir sind ihm mehrmals mit knapper Not entgangen. Sie fahren zu schnell und verlassen sich zu sehr auf Ihr Glück. Aber das wußte ich, bevor ich einstieg, ich kann deshalb nicht strampeln.«
»Dazu ist sowieso nicht Platz genug. Wollen Sie aussteigen?«
»Nein.«
»Könnten Sie wohl gar nicht. Wo wohnen Sie?«
»An der Hundertvierundsechzigsten.«
»Wie kommen Sie gewöhnlich hin?«
»So wie jetzt.«
»Und ich dachte, ich hätte Ihnen die lästige U-Bahn erspart. Ich hätte ja wissen können, daß es Ihnen nicht an Einladungen fehlt, wie?«
»Fast nie.«
»Man fragt Sie wohl alles mögliche?«
»Gewiß.«
»Schade. Ich wollte Sie auch allerhand fragen, und jetzt kann ich das nicht mehr.«
»Warum nicht?«
»Sie haben es sicher satt, Antwort zu geben.«
»Ich gebe nicht immer dieselbe Antwort.«
»Heißt das, daß Sie den Leuten Märchen erzählen, zum Spaß?«
»Manchmal.«

»Ach, großartig! Erzählen Sie mir auch welche. Ich stelle Ihnen Fragen, vermutlich dieselben Fragen, die jeder stellt, und Sie antworten nach Belieben. Wollen Sie?«
»Ich will's versuchen.«
»Also, Augenblick mal. Was soll ich Sie als erstes fragen? Ach ja, müssen Sie im Winter nicht furchtbar frieren?«
Er gab zur Antwort, was er einmal einer älteren Dame gesagt hatte, die offenbar fremd war in der Stadt und ihn an einem der belebtesten Tage mehr als zwanzig Minuten lang ins Verhör genommen hatte.
»Nein«, sagte er. »Wenn mir kühl ist, halte ich einen Wagen an und lehne mich gegen den Kühler.«
Die gegenwärtige Fragestellerin war freigebig mit ihrem Lachen.
»Wunderbar«, bemerkte sie. »Und wenn Sie an den Ohren frieren, dann halten Sie wohl einen andern Wagen und borgen sich die Haube aus.«
»Den muß ich mir merken.«
»Und als nächstes: Werden Sie je angefahren?«
»Ständig, aber nur gestreift. Überfahren werde ich eigentlich selten.«
»Bringt es Sie nicht fast um, den ganzen Tag auf den Beinen zu sein?«
»Nicht halb so schlimm, als wenn ich auf den Händen stehen müßte. Im Ernst, ich habe mich so daran gewöhnt, daß ich nachts in dieser Stellung schlafe.«
»Und die Auspuffgase, wird Ihnen nicht übel davon?«
»Früher ja, aber jetzt kann ich gar nicht mehr leben ohne. Ich wohne neben einer öffentlichen Garage, damit ich jederzeit hinüberlaufen und Auspuff tanken kann.«
»Wie groß sind Sie eigentlich?«
»Fast zwei Meter.«
»Na, so was!«
»Sie glauben es nicht, wie? Ich bin einsneunzig, aber wenn Frauen mich fragen, sage ich, was mir gerade in den Sinn kommt. Und die Antwort ist immer, ›du meine Güte!‹«
»Wer macht Ihnen mehr zu schaffen, die Frauen am Steuer oder die Männer?«
»Die Männer.«
»Wirklich?«
»Gewiß. Es gibt deren fünfzigmal soviel.«

»Werden Sie häufig ausgefragt?«
»Nein, Sie sind die erste.«
»Waren Sie mir böse, damals, weil ich Sie geistreich nannte?«
»Ihnen könnte ich nicht böse sein.«
Mehrere Block weit herrschte Schweigen. Sie fuhr wirklich schnell, und Ben wäre vielleicht ängstlicher gewesen, wenn er nach vorn geschaut hätte, aber sein Blick ruhte meistens auf ihrem Profil, das fast so reizend war wie ihr Lächeln.
»Wo sind wir denn schon?« rief sie, als sie sich der Fordham Road näherten. »Und dabei wohnen Sie an der Hundertvierundsechzigsten! Warum haben Sie nichts gesagt?«
»Ich hab es gar nicht gemerkt.«
»Nicht aussteigen. Ich fahre Sie zurück.«
»Nein, nein. Ich finde schon jemand, der mich mitnimmt. Es wohnt da einer in der Gegend, mit dem ich sprechen möchte.«
»Es war nett von Ihnen, es mit mir zu riskieren, ohne ängstlich zu tun. Fahren Sie wieder mal mit?«
»Wann immer Sie wollen.«
»Ich fahre einmal wöchentlich in die Stadt, um meine Schwester in Greenwich Village zu besuchen. Meistens am Montag.«
»Nächsten Montag habe ich Spätdienst.«
»Dann also am übernächsten Montag?«
»Das dauert aber lange.«
»Die Zeit vergeht. Das hat sie so an sich.«
Sie verging, aber so mühsam! Und als der Tag herankam, sah es so regnerisch aus, daß Ben befürchtete, sie könnte am Ende nicht kommen. Später, als der Regen einsetzte und die Gefahr auf den glitschigen Straßen sich verdreifachte, befürchtete er, sie könnte kommen. Vorsicht gehörte, wie er wußte, nicht zu ihren Eigenschaften, und wenn sie eine Verabredung mit ihrer Schwester hatte, konnte sie höchstens eine Überschwemmung davon abhalten.
Kurz vor der Mittagspause kam der Cadillac vorbei, in Richtung Süden. Das Verdeck war zu, und der Scheibenwischer pendelte hin und her.
Durch den Regen sah er sie lächeln und ihm kurz zuwinken. Der Verkehr war dicht und unberechenbar, und beide hatten sie gerade genug damit zu tun.
Es nieselte immer noch, als sie um vier Uhr wieder auftauchte und für ihn anhielt.

»Ist das nicht ein gräßlicher Tag?« sagte sie.
»Jetzt nicht mehr.«
Sie lächelte, und im Nu hatte er all den Ärger und die Ungemütlichkeit der vergangenen Stunden vergessen.
»Wenn wir das Verdeck zulassen, kriegen Sie einen krummen Rücken, und wenn wir es aufmachen, werden wir klitschnaß.«
»Lassen Sie es zu. Es geht schon.«
»Macht es Ihnen etwas aus, wenn wir nicht viel reden? Es ist mir nicht ums Reden.«
Er enthielt sich der Antwort, und so wurde nicht gesprochen, bis sie beim Mount Morris Park nach Osten abschwenkten.
»Ihren Namen könnte ich ausfindig machen«, sagte sie, »indem ich mir Ihre Nummer merke und von jemand nachschlagen lasse. Sie können mir die Mühe ersparen, indem Sie ihn mir sagen.«
»Ich heiße Ben Collins. Und Ihren Namen könnte ich erfahren, indem ich Sie auffordere, mir Ihren Fahrausweis zu zeigen.«
»Um Himmels willen, nur das nicht! Ich habe gar keinen. Aber mein Name ist Edith Dole.«
»Edith Dole. Edith Dole«, sagte Ben.
»Gefällt er Ihnen?«
»Es ist ein hübscher Name.«
»Eine komische Zusammenstellung. Edith bedeutet Glück, und Dole bedeutet Kummer.«
»Na ja«, meinte Ben, »Kummer werden Sie noch genug haben, wenn Sie ohne Ausweis fahren. Und überhaupt, wenn Sie so schnell fahren auf solchen Straßen. Bei der Schleudergefahr.«
Sie befanden sich im obern Teil der Madison Avenue, und die Verkehrsverhältnisse waren tückisch. Aber das war nicht der einzige Grund, warum er wollte, daß sie langsamer fahre.
Wiederum Schweigen, bis sie in seine Gegend kamen.
»Sind Sie eigentlich verheiratet?« fragte sie unvermittelt.
»Nein«, log er. »Und Sie?«
»Ich werde es bald sein.«
»Mit wem?«
»Mit einem aus Buffalo.«
»Das tönt nicht gerade begeistert.«
»Ich weiß nicht. Er will mich haben, und mein Vater will, daß er mich nimmt.«
»Werden Sie nach Buffalo ziehen?«

»Nein. Er zieht hierher, als Partner meines Vaters.«
»Und als der Ihre.«
»Ja. Herrje, da ist schon die Hundertvierundsechzigste. Ich darf Sie nicht darüber hinausfahren, bei diesem Wetter. Glauben Sie, Sie kommen klar?«
Mit einiger Mühe brachte er es fertig.
»Die nächsten vierzehn Tage sehe ich Sie wohl nicht?«
»Leider«, sagte sie.
Er würgte die Worte hinunter, die ihm auf der Zunge schwebten. »Fräulein Dole«, sagte er, »hören Sie auf meinen Rat und schinden Sie keine Rekorde auf der Heimfahrt. Bummeln Sie gemütlich nach Hause, und Sie sind immer noch eine Stunde vor dem Abendessen dort. Nicht? Um Ihres Bräutigams willen.«
»Ja.«
»Und auch um meinetwillen.«
Ach, was für ein unvergeßliches Lächeln!
›Nur schön langsam nach Hause›, sagte er sich selber, damit er sich beruhigen konnte, bevor er Grace gegenübertrat. Warum hatte er behauptet, er sei nicht verheiratet? Was lag ihr schon daran.
Zu Hause wurde er mit strengen Anweisungen begrüßt. »Nimm sofort ein heißes Bad! Und behalte nachher den Bademantel an! Heute gehen wir nicht aus.«
Sie war mit Mary Arnold in Mount Vernon bei einer Bridgepartie gewesen. Auf dem Heimweg waren sie tropfnaß geworden. Während des ganzen Abendessens erzählte sie davon, Gott sei Dank.
Nach dem Essen versuchte er zu lesen, kam aber nicht weit. Eine Zeitlang hörte er sich die Platte an, von der seine Frau nicht genug bekommen konnte. Schließlich ging er zu Bett, um womöglich zu schlafen und zu träumen, womöglich die nächsten vierzehn Tage zu verschlafen.
Er war früh wieder auf, früh genug, um vor dem Frühstück einen Blick in die Zeitung werfen zu können. ›FRAU AM STEUER TÖDLICH VERUNGLÜCKT.‹ Es flimmerte ihm vor den Augen, als er las: ›Edith Dole, zweiundzwanzig, aus Rye, fand augenblicklich den Tod, als der Wagen, den sie steuerte, ins Schleudern kam und gestern nachmittag kurz nach vier Uhr dreißig an der Kreuzung Fordham Road und Webster Avenue mit einer Straßenbahn zusammenprallte.‹

»Grace«, sagte er in einem fremdartigen Ton, »ich hab das vergessen. Ich muß heute um sieben Uhr antreten. Eine Art Inspektion.«
Draußen auf der Straße, als er allein war, sprach er laut vor sich hin, zum erstenmal seit Kindestagen.
»Es kann mir unmöglich so schlimm zumute sein, wie mir vorkommt. Ich habe sie ja nur vier- oder fünfmal gesehen. So schlimm kann das für mich nicht sein.«

Und dann, an einem Nachmittag zwei oder drei Wochen später, geschah es, daß einer namens Hughes, aus White Plains, der einen Studebaker fuhr, bei der Sechsundvierzigsten Straße nicht richtig einspurte und schroff angewiesen wurde, am Straßenrand zu halten.
»Sie haben's wohl eilig?« fragte der grimmig aussehende Verkehrspolizist. »Wo zum Teufel wollen Sie denn hin? Was fällt Ihnen eigentlich ein, Sie So-und-so!«
»Ich hab nicht richtig aufgepaßt. Entschuldigen Sie«, sagte Hughes. »Wenn Sie es mir durchlassen, nehme ich Sie auf der Rückfahrt mit und bringe Sie nach Hause. Wissen Sie noch, ich brachte Sie doch letzten Monat einmal nach Hause. Wissen Sie noch? Das heißt, es war einer, der so aussah wie Sie. Ich meine, er sah Ihnen ähnlich. Ich sehe jetzt, das waren nicht Sie. Es war ein ganz anderer.«

Jahrestag

Bess Taylor mischte ein abgenütztes Spiel Karten und fing mit ihrem allabendlichen einsamen Zeitvertreib an. Sie legte jeweils an die vierzig Patiencen, bevor sie zu Bett ging, und dreißig davon gingen auf. Was verschlug's, wenn sie ein bißchen mogelte? Zu zweit ist das Kartenspiel natürlich lustiger, aber ihr Gatte hatte nichts dafür übrig. Er war nicht imstande gewesen, Bridge spielen zu lernen, trotz dem geduldigen und mehr oder weniger fachgemäßen Unterricht der Hammonds, die drei Straßen weiter weg wohnten.

Das billige Rundfunkgerät hatte seit dem Tage nach seiner Anschaffung nichts als Störgeräusche von sich gegeben. Bei dem billigen Klavier waren das D und G über dem mittleren C verstummt. Die örtliche Leihbibliothek schaffte nur wenige spannende Romane an, und diese wenigen waren meist ausgeliehen. Das Kino schadete den Augen ihres Gatten, und er wollte sie nachts nicht allein ausgehen lassen, obwohl er sie unbedenklich allein zu Hause ließ, wenn er jeweils am Mittwoch von acht bis elf in den Kegelklub ging.

So mischte denn Taylors Frau ihre Karten und versuchte zuzuhören, wenn Louis ihr aus dem ›Milton Daily Star‹ oder aus dem ›Milton Weekly Democrat‹ vorlas oder ihr Dinge erzählte, die sie schon ein halb dutzendmal gehört hatte und noch ein halb dutzendmal hören würde.

Am Morgen war ihr beim Erwachen in den Sinn gekommen, daß heute der zwölfte November war, der neunte Jahrestag ihrer Verheiratung. Die ersten sechs Jahre ihres Zusammenlebens hatte Louis jeweils an das Datum gedacht; seit drei Jahren war es für ihn einfach der zwölfte November.

Vor neun Jahren hatten der ›Star‹ und der ›Democrat‹ sie eine der reizendsten und schönsten jungen Frauen in Milton genannt, nicht zu Unrecht. Louis war als ein vorbildlicher junger Mann bezeichnet worden – nüchtern, arbeitsam und solid –, jedes junge Mädchen, hieß es, wäre stolz und froh, ihn als Gatten heimzuführen. Auch das nicht zu Unrecht.

Mit ihren dreiunddreißig Jahren sah Taylors Frau gut aus, wenn auch auf eine kalte, unbeteiligte Art. Sie nahm sich nicht mehr die Mühe, ihre natürlichen Vorzüge zu unterstreichen; ihr fehlten die Wärme und Lebhaftigkeit, mit denen ihr früher die Herzen der Jungmannschaft im Ort zugeflogen waren, namentlich die von Walter Frayne, Jim Satterly und Louis Taylor selber.

Louis war immer noch ein musterhafter Mensch, nüchtern, arbeitsam und solid. Wenn man sich vergegenwärtigte, was für ein ungesichertes Leben die beiden Frauen führten, die seine Hauptnebenbuhler geheiratet hatten, dann mußte man Bess Taylor unwillkürlich zu ihrer weisen Wahl beglückwünschen.

Walter war an die Universität gegangen und nach einem Semester nach Hause gekommen, ohne eine einzige der Vorprüfungen bestanden zu haben. Er hatte den ganzen Ort unsicher gemacht und schließlich, abgewiesen von der einen, die er gerne gehabt hätte, eine Waise geheiratet, deren Eltern ihr $ 150 000 hinterlassen hatten, allerdings nicht für lang. Seit er diese hübsche Summe durchgebracht hatte, war Walter meistens ohne Arbeit, und man fragte sich in Milton, wovon er und seine Frau eigentlich lebten. Und wozu.

Jim Satterly dagegen war kein lustiger Hund. Er hatte mit der Sekundarschule abgeschlossen und war beim hiesigen Gaswerk als Buchhalter angestellt worden, mit einem Wochenlohn von acht Dollar. Jetzt war er fünfunddreißig Jahre alt und immer noch beim Gaswerk, verdiente nun allerdings nach den üblichen Aufbesserungen zweiundzwanzig Dollar die Woche. Seine Frau gab Klavierstunden; sie hatte vier Schüler, die einmal jede Woche kamen und je fünfzig Cents für die halbe Stunde bezahlten. Sie hatte Jim drei Kinder geboren. Die Satterlys hatten Freude an ihren Kinderchen und an einem gelegentlichen Kinobesuch, aber noch nie hatte eine Illustrierte einen Berichterstatter geschickt, um aus Jim die Geschichte eines märchenhaften Aufstiegs herauszuholen.

Louis Taylor diente dem einzigen reichen Mann des Ortes, dem alten Thomas Parvis, als Sekretär. Parvis war an einer Eisenbahngesellschaft maßgebend beteiligt, und Louis hatte einen langen Arbeitstag und ein Einkommen von viertausend im Jahr, was für Milton viel Geld bedeutete. Es verschaffte den kinderlosen Taylors ein bequemes Auskommen, ja einen gewissen Luxus. Auch Ehepaare mit niedrigerem Einkommen besaßen ein Auto, reisten nach nahegelegenen Kurorten und nach Harper City, wo ein Repertoiretheater sehenswerte Stücke aufführte. Aber Louis sparte für seine alten Tage, und die ließen auf sich warten.

Taylors Frau beendete die vierte Patience, die wiederum aufging, auch wenn dazu aus einer schwarzen Königin eine rote werden mußte.

»Hier steht«, verkündete ihr Gatte, »daß es auf der Welt 27 650 267 Autos gibt, nach einer soeben zustande gekommenen Zählung.«

Es war ihr eigener Fehler, daß Louis sich angewöhnt hatte, ihr interessante Stellen aus der Zeitung vorzulesen. Seinerzeit im Mai 1924 hatte er sie gefragt, ob sie das Neuste im Fall Loeb-Leopold hören wolle. Sie hatte es bereits gelesen, sagte aber ja, da sie sich mehr davon versprach, selbst beim wiederholten Anhören, als von Louis' eigenen Erlebnissen, ebenfalls wiederholt vorgetragen. Jeden Abend außer am Mittwoch, wo Louis ausging, und am Sonntag, wo keine Zeitung erschien, hatte sie sich seither ausgewählte Stellen aus dem ›Star‹ anhören müssen. Meistens handelte es sich um sogenannte Füllsel, das heißt unwiderlegbare statistische Angaben aus allen Teilen der Welt, Angaben, die ihren Gatten wie ein Blitz aus heiterem Himmel zu treffen schienen.

»Stell dir das vor!« sagte er. »Fast achtundzwanzig Millionen Autos!«

»Du meine Güte!« sagte seine Frau.

»Und da wir schon von Autos sprechen: ›Gewitter haben in einigen Teilen von Chile die Straßen nahezu unbefahrbar gemacht.‹ Das hat man davon, wenn man ein Auto besitzt. Wenn man sich nicht an die gepflasterten Straßen hält, bleibt man womöglich stecken und kann zu Fuß nach Hause gehen. Abgesehen davon, muß man auch selber Mechaniker sein, sonst kann man den Wagen, wenn ihm etwas fehlt, in eine Garage bringen und eine Woche dort lassen, bis die dort geruhen, ihn sich anzusehen, und in neun von zehn Fällen finden sie selber nicht heraus, wo's fehlt. Aber eine Rechnung schreiben sie trotzdem, und was für eine! Habe ich dir schon von Walter Trumbulls Reise nach Harper City erzählt?«

»Ja«, sagte seine Frau.

»Ich glaube nicht. Es geschah erst letzten Freitag abend: nein,

Donnerstag abend, am Abend, nachdem der Kegelklub Sparta uns mit einem Punkt geschlagen hatte und ich einmal beinahe alle neune geschoben hätte, nur leider traf ich den König etwas zu voll, und die Eckkegel blieben stehen. Das war der Abend, als Berger so betrunken war, daß er überhaupt nicht kegeln konnte, und wir Tommy einsetzen mußten, der ein Versager war. Am Abend nachher also wollten Walter und Marjorie nach Harper City hinüber, um den ›Siebenten Himmel‹ zu sehen, und etwa acht Kilometer nach Two Oaks setzte der Motor aus, und Walter konnte ihn nicht mehr in Gang bringen. Seine Taschenlampe funktionierte auch nicht, und Marjorie wollte ihn nicht mit Streichhölzern unter die Kühlerhaube leuchten lassen. Es hätte sowieso nichts genützt, wie sich nachher herausstellte. Schließlich ließ er die arme Marjorie im Wagen und ging zu Fuß nach Two Oaks zurück, aber die Garage war schon zu, und der ganze Ort lag im Schlafe; so ging er denn wieder zum Wagen zurück, und natürlich war es längst zu spät fürs Theater. Er suchte drei oder vier Autos anzuhalten, die aus der Gegenrichtung kamen, aber erst nach zehn Uhr hielt einer an und nahm sie mit nach Hause. Am nächsten Vormittag schickte er Charlie Thomas, um den Schaden zu beheben oder den Wagen abzuschleppen, und Charlie stellte fest, daß nichts fehlte, bloß der Tank war leer. Als Walter mir davon erzählte, sagte ich, es geschehe ihm ganz recht, warum fahre er nicht mit der Bahn.«
»Wir fahren ja selber nicht damit.«
»Ich bekomme den ganzen Tag genug davon zu hören, ohne am Abend damit zu fahren.«

Louis machte sich wieder hinter die Zeitung, und seine Frau mischte ihre Karten.
»Die Vereinigten Staaten sind doch ein feines Land«, sagte er bald danach. »Hör dir das an: ›In Holland sind 26 000 gelernte und 24 000 ungelernte Arbeiter von der Arbeitslosigkeit betroffen.‹ Und hier: ›Ein großer Teil der Bevölkerung Belgiens trägt noch Holzschuhe.‹ Kaum zu glauben, daß es das heutzutage noch gibt.«
»In den Vereinigten Staaten«, meinte seine Frau, »gibt es wohl Gegenden, wo die Leute überhaupt keine Schuhe tragen.«
»Ja, schon, aber nicht ein großer Teil der Bevölkerung; vielleicht einige der Bergler in Tennessee. Und natürlich die Farbi-

gen in den Kleinstädten von Georgia und Süd-Carolina. Vom Zug aus sieht man da viele, die noch nie Schuhe getragen haben. Ich weiß noch, an einem Ort namens Jesup, Georgia, wo wir umsteigen mußten, da war – nein, das war nicht in Jesup, das war woanders, damals, als ich mit dem Chef nach Daytona fuhr. Ich glaube, ich hab's dir schon erzählt.«
»Gewiß«, sagte seine Frau.
»Kaum zu glauben, wie gewisse Leute dort leben. Und zwar nicht nur die Farbigen, auch Weiße. Das weiße Lumpenvolk nennt man sie dort. Oder vielmehr Lumpen›proletariat‹. Zu viert oder zu fünft wohnen sie da in einem einzigen Zimmer. Parvis sagte, es sei ein Verbrechen, er wollte, er könnte etwas für sie tun.«
»Und warum hat er nichts getan?«
»Ach, er dürfte kaum reich genug sein, um die ganzen Südstaaten zu versorgen, und es hätte auch keinen Sinn, bloß einen einzelnen Ort herauszupflücken, um dort die Verhältnisse zu verbessern.«
»Warum nicht?«
»Es wäre ein Tropfen auf einen heißen Stein, und außerdem, wenn andere Orte davon hörten, dann kämen sie und würden ihm das Leben sauer machen. Ich erinnerte ihn daran, daß er die Reise zur Erholung unternommen habe und sich nicht anderer Leute Sorgen aufladen dürfe. Und dann, wenn er dort unten in Wohltätigkeit machen würde, müßte ich wahrscheinlich die Sache organisieren. Vielleicht müßten wir sogar ein Jahr oder zwei dorthin ziehen. Das wäre dir doch auch nicht angenehm, nicht?«
»Für mich käme es aufs selbe hinaus.«
»Was! In einem dieser gottverlassenen Nester wohnen, ohne Freunde und ohne irgend jemand, mit dem man sich befreunden möchte! Den ganzen Tag nichts zu tun als zu essen und zu schlafen und –«
»Patience zu legen.«
»Du denkst vielleicht, du würdest es aushalten, aber das ist nur, weil du solche Ortschaften noch nie gesehen hast. Sie sind ja sehr pittoresk, aber als Wohnsitz – du würdest sterben vor Langeweile. In Florida allerdings, da gibt es Orte, die paradiesisch sind. Daytona zum Beispiel. Aber das hab ich dir ja schon beschrieben.«

»Gewiß.«
»Der Strand ist da so fest und glatt, daß Autorennen darauf abgehalten werden. Schön ist es da. Und es ist ganz nahe bei Ormond, wo Rockefeller den Winter verbringt. Parvis und ich haben ihn dort gesehen, wie er Golf spielte. Ich mache mir zwar nichts aus Golf, aber bei günstiger Gelegenheit könnte ich mich vielleicht doch dafür erwärmen. Wenn ich einmal so alt bin wie er, versuch ich's vielleicht damit, vorausgesetzt, ich habe so viel Zeit und auch nur ein Millionstel seines Vermögens.«
»Es besteht kein Grund, warum du nicht genausoviel Geld haben solltest.«
»Ich weiß schon, was du meinst. Du stichelst gegen meine Sparsamkeit, oder wie du es wohl nennst, meinen Geiz. Im Alter wirst du anders darüber denken.«
»Hoffentlich erlebe ich es nicht.«
»Unsinn. Aber was wollte ich eben sagen? Ach ja, in Daytona möchte ich im Winter wohnen, wenn ich die Mittel dazu hätte. Ich habe dir sicher erzählt, wie ich dort auf Harry Riker stieß.«
»Gewiß.«
»Das war wirklich komisch, ihm wieder zu begegnen. Wir hatten uns seit zweiundzwanzig Jahren nicht mehr gesehen, und er erkannte mich sofort. Ich hatte ihn überhaupt nicht erkannt. Sie rief allerhand Erinnerungen wach, diese Begegnung mit Harry. Er erinnerte mich an jenes Mal, kurz bevor ich von Shelbyville wegzog, als seine Eltern verreist waren. Seine Tante sollte ihn beaufsichtigen, während die Eltern abwesend waren, aber sie war schon alt und schlief nach dem Abendessen jeweils ein.
Nun, da waren zwei Schwestern, Lindsay mit Namen. Sie wohnten auf dem Land draußen, kamen aber in die Stadt zur Schule. Harry und ich, wir bildeten uns ein, wir seien in sie verliebt. Eines Abends, als Harrys Tante eingeschlafen war, nahmen wir den Einspänner seines Vaters und fuhren zehn Kilometer weit aufs Land hinaus, um die beiden Mädchen aufzusuchen. Als wir hinkamen, regnete es. Wir spannten deshalb das Pferd aus und brachten es in den Stall und –«
»Es machte sich los, nicht? Und lief bis nach Hause?«
»Ja, aber das kommt erst später. Wir brachten es in Lindsays

Stall und glaubten, wir hätten es richtig festgemacht, und Harry und ich begaben uns ins Haus und saßen mit den Mädchen zusammen. Ihre Mutter war auch dabei und besorgte meistenteils das Reden –«

»Bist du sicher?«

»Aber gewiß doch. Sie gehörte zu den Frauen, die die ganze Zeit reden. Sie hörte überhaupt nie auf. Um halb zehn sagte sie, die Mädchen müßten jetzt ins Bett, was ein Wink war, wir sollten aufbrechen. Nun, um es kurz zu machen, das Pferd stand nicht mehr im Stall, und Harry und ich konnten die zehn Kilometer im strömenden Regen zu Fuß gehen. Wir fanden das Pferd in seinem eigenen Stall, und Harry mußte am nächsten Tag hinausreiten und den Wagen holen. Das war das letzte Mal, daß wir die beiden Mädchen besuchten.«

»Das hatten sie aber nicht verdient.«

»Ach, wir waren alle noch junges Gemüse, und es bestand nichts Ernsthaftes zwischen uns. Harry ist jetzt in Indianapolis bei einer Versicherung und verdient gut, wie er mir sagte.«

Louis war mit der Zeitung beinahe, aber nicht ganz, zu Ende. »Hier steht etwas Merkwürdiges«, bemerkte er. »Obwohl es in Edinburgh, Schottland, diesen Sommer nur 237 Eisdielen gab, waren es doch fünfzig mehr als voriges Jahr.«

»Man sollte meinen, das seien genug Eisdielen.«

»Nicht für eine so große Stadt. Augenblick mal. Wie groß ist Edinburgh? Ich muß das nachschlagen.«

Er war auf dem Weg zum Büchergestell, als es klingelte. Er ging zur Tür und ließ Florence Hammond herein.

»Hallo, Louis. Hallo, Bess. Ich komme nicht zu Besuch. Wir stehen draußen mit einem platten Reifen, und Perce möchte eine Taschenlampe.«

»So ist das mit den Autos!« bemerkte Louis. »Mehr Scherereien als etwas anderes.«

»Ich habe Perce zugeredet, er solle es doch in die Garage bringen und dort reparieren lassen, aber er befürchtet, schon die kurze Strecke könnte den Felgen schaden, oder wie die Dinger heißen.«

»Ich hole die Stablampe und gehe hinaus, vielleicht kann ich ihm helfen«, erklärte Louis.

»Und du, Florence, nimm Platz und leiste mir Gesellschaft«, sagte Bess Taylor. »Ich bin schon seit drei Tagen nicht mehr aus dem Hause gewesen und habe keine Ahnung, was in Milton alles vorgeht.«

»Ihr habt doch den ›Star‹ abonniert, nicht?«

»Leider ja, aber da stand in letzter Zeit nicht viel Aufregendes drin.«

»Da kann aber die Zeitung nichts dafür«, meinte Florence Hammond. »Es ist nichts Aufregendes passiert, jedenfalls nicht in Milton.«

»Ist sonst irgendwo etwas geschehen?«

»Ja, in Clyde.«

»Clyde. Da lebt doch deine Schwester, nicht?«

»Wenn man das leben nennen kann. Lieber tot im Massengrab! Wirklich, Bess, du und ich, wir sollten Gott danken, daß wir Männer geheiratet haben, die wenigstens normal und bei Verstand sind. Louis und Perce sind vielleicht nicht so toll wie Ed, aber wir wissen wenigstens immer, wo sie sind und was wir von ihnen zu gewärtigen haben.«

»Ja, das stimmt.«

»Ich habe Grace heute geschrieben und ihr gesagt, sie sei schön dumm, sich nicht von ihm zu trennen, besonders nach dieser neusten Bescherung. Aber sie hängt nun einmal an ihm. Ich glaube, er hat sie hypnotisiert. Sie macht kein Hehl aus seinen Fehlern und trägt sie ihm nicht nach und erwartet womöglich, daß wir ebenso nachsichtig sind. Sonst würde sie doch ihren Kummer für sich behalten und mir nicht alles ausführlich schreiben. Ich weiß, jeder hat seine Schwächen, aber es gibt doch Dinge, die unverzeihlich sind. Und dazu gehört ein Faustschlag ins Gesicht.«

»Du willst doch nicht behaupten –«

»Doch. Und Grace ließ es sich gefallen und nahm seine Entschuldigung an, als er ihr damit kam. Wenn ich nur dran denke, kriege ich einen Zorn.«

»Was gab den Anlaß dazu?«

»Da war kein Anlaß. Es war bloß Samstagabend. Jedermann in Clyde geht am Samstagabend in den Jachtklub. Ein Fluß oder See ist zwar nicht da, und es gibt auch keine Jachten. Grace war zuerst gar nicht begeistert und ließ Ed allein hingehen, aber dann trank er nur um so mehr und kam am Sonntagmorgen noch später nach Hause. Außerdem war sie immer etwas eifersüchtig, vermutlich nicht ohne Grund. So entschloß sie sich denn, mitzugehen und sich nach Möglichkeit zu amüsieren. Grace tanzt furchtbar gern, und es gibt da gute Tänzer in Clyde, das heißt, zu Beginn des Abends, bevor sie ins Taumeln kommen.

Natürlich kann niemand behaupten, Ed habe sie unter Vorspiegelung falscher Tatsachen geheiratet. Sie ist mit offenen Augen in ihr Glück gerannt. Es war an einer dieser Abendgesellschaften, als sie ihn zum erstenmal sah und sich in ihn verliebte, weil er wütend wurde auf einen und ihn niederschlug, als dieser ihm die Partnerin ausspannte. Der Mann war etwa halb so groß wie Ed, und Ed schlug zu, als der andere nicht herschaute, aber das störte Grace nicht. Auch den Jachtklub störte es offenbar nicht. Ein anderer wäre unweigerlich ausgestoßen worden, aber Ed entschuldigte sich ringsum und wurde nicht einmal gerüffelt.

An jenem ersten Abend fragte er Grace, ob er sie nach Hause fahren dürfe. Sie war bei Helen Morse zu Besuch, und Helen riet ihr, sich nicht darauf einzulassen. Aber Grace war so in ihn verknallt, daß sie ja sagte. Und dann vergaß er sie ganz und brachte jemand anders nach Hause und ließ Grace im Klub zurück, wo sie kaum jemand kannte. Sie mußte die Morses anrufen, damit sie sie holen kamen.

Nächste Woche trafen sie sich dann wieder, und Grace wollte ihm eine Lektion erteilen, indem sie ihn überhaupt nicht beachtete, aber das schlug fehl, weil er sich gar nicht erinnerte, daß er sie schon einmal gesehen hatte. Er war diesmal verhältnismäßig nüchtern und furchtbar nett und aufmerksam. Er kann nämlich nett sein, wenn er will, das gebe ich zu. Sie spielten dann zwei- oder dreimal Tennis, und dann hielt Ed um ihre Hand an, und Grace sagte ja; und er wollte nicht auf eine große Trauung warten, sondern sich in Colby, etwa vierzig Kilometer von Clyde entfernt, heimlich mit ihr trauen lassen, und ihr war es recht. Sie verabredeten, sie solle an einem bestimmten Tag um zwölf Uhr vor dem Postamt in Clyde warten, er werde sie mit dem Wagen abholen, um mit ihr nach Colby zu fahren und dort zu heiraten.

Der Tag kam, und sie wartete eine Stunde lang auf ihn und ging dann wieder zu den Morses. Am Abend rief er sie an und sagte, er habe sich im Tag geirrt und habe es soeben gemerkt, ob sie ihm verzeihen und am nächsten Tag um dieselbe Stunde dort sein wolle. Ich schäme mich fast zu sagen, daß sie sich überreden ließ, obwohl sie argwöhnte, was sich später als Tatsache herausstellte – Ed hatte gerade einen Kater ausgeschlafen zu der Zeit, als er mit ihr durchgehen sollte.

Sie wurden getraut, und während der Flitterwochen benahm sich Ed vorbildlich. Sie verbrachten zwei Wochen in New York und gingen jeden Abend ins Theater, und tagsüber besichtigten sie die Stadt. Ein- oder zweimal lud er Freunde ein zum Essen und stellte ihnen zum Trinken auf, soviel sie wollten, rührte selber aber keinen Alkohol an.

Nach ihrer Rückkehr kaufte er in Clyde ein hübsches möbliertes Haus, und die Möbel waren genau, was Grace gerne gehabt hätte. Es war fast zu schön, um wahr zu sein, und das Glück hielt dann auch nicht lange vor.

Sie wohnten erst eine Woche lang in Clyde, als Ed erklärte, er müsse verreisen. Wohin oder warum oder für wie lange, darüber ließ er nichts verlauten. Er ging einfach, blieb fünf Tage weg und kam dann wieder, wobei er aussah, als habe er fünf oder sechs Operationen über sich ergehen lassen. Grace suchte herauszubekommen, wo er gewesen war, aber er lachte nur und erklärte, es sei ein Geheimnis.

Und so geht es nun immer seit damals. Ed fehlt es nicht an Geld, und er gibt Grace soviel, als sie nur ausgeben kann, und kauft ihr dazu noch schöne und furchtbar teure Geschenke. Wochenlang ist er lammfromm – abgesehen vom Betrieb am Samstagabend –, und dann verschwindet er plötzlich wieder für ein paar Tage, und sie hat keine Ahnung, wo er ist und wann er voraussichtlich zurückkommt. So erlebt sie eine Überraschung nach der andern. Aber wenn er sie dann plötzlich ins Gesicht schlägt, das ist mehr als eine Überraschung. Das ist schon eher ein Schock. Mir jedenfalls käme es so vor.«

»Wann ist es denn geschehen?« fragte Bess Taylor.

»Samstag vor einer Woche. Im Jachtklub war der übliche Betrieb, und Ed trank mehr als üblich. Ungefähr um Mitternacht verschwand er, und gleichzeitig verschwand eine gewisse Eva Grayson.

Grace ging schließlich nach Hause, blieb aber auf und wartete auf Ed. Ungefähr um vier kam er auch, völlig betrunken. Er ging auf Grace zu, die ruhig dasaß, und ohne irgend etwas zu sagen, schlug er sie ins Gesicht, nicht so stark, daß sie vom

Stuhl gefallen wäre, aber doch stark genug, daß sie es spürte. Dann, immer noch ohne ein Wort, ging er zu Bett, ohne sich erst auszuziehen.

Am Morgen, oder wann immer er erwachte, fiel ihm auf, daß Grace ein blaues Auge hatte. Als er sie fragte, was passiert sei, teilte sie es ihm mit, und er machte keinen Versuch, es zu bestreiten. Er sagte bloß: ›Liebste, ich kann dir gar nicht sagen, wie leid es mir tut. Du mußt es mir glauben, wenn ich dir versichere, ich hatte keine Ahnung, daß du es warst. Ich dachte, es sei Eva Grayson. Und sie verdiente die Behandlung.‹

Stell dir vor, einem Mann so etwas zu verzeihen! Könntest du mit einem solchen Mann weiter zusammenleben und ihn noch lieben dazu? Lieber würde ich mich umbringen, als mir so etwas gefallen zu lassen. Aber Grace sieht es ihm nach und berichtet mir ausführlich darüber, als sei sie womöglich stolz darauf. Ich sage dir, Bess, du und ich können von Glück sagen –«

Die Tür ging auf, und Louis kam mit der Taschenlampe herein. »Alles in Ordnung, Florence«, sagte er. »Ich habe Perce hereingebeten, aber er findet, die Zeit reiche nicht, er müsse weiter.«

»Allerdings«, antwortete Florence Hammond. »Wir fahren zu den Cobbs hinaus, Bridge zu spielen, und sind arg verspätet. Ich hätte telephonieren sollen, aber sie werden wohl auf uns warten. Gute Nacht, Bess. Hoffentlich habe ich dich mit meiner Geschichte nicht gelangweilt.«

»Nein, durchaus nicht«, versicherte Bess Taylor.

Louis setzte sich hinter die Zeitung, um sie zu Ende zu lesen. Seine Frau mischte ihre Karten und begann ein neues Spiel, stand aber mittendrin auf und trat zu ihrem Gatten hin.

»Weißt du, was heute für ein Tag ist?« fragte sie.

»Natürlich. Heute ist Dienstag.«

»Dienstag, der zwölfte November. Der Jahrestag unserer Hochzeit.«

»Ja, du hast recht! Ich wollte, ich hätte daran gedacht. Ich hätte dir ein paar Blumen gebracht. Geht es morgen auch noch?«

»Ich will keine Blumen. Aber es gibt etwas, das ich gerne von dir haben möchte. Und du brauchst nicht erst bis morgen zu warten.«

»Was denn?«

»Einen Schlag ins Gesicht«, sagte Bess Taylor.

»Dir ist wohl etwas komisch, wie? Hat Florence etwa von ihrem selbstgebrannten Wacholderschnaps in der Handtasche gehabt?«
»Nein. Und mir ist gar nicht komisch zumute. Ich bin bloß schläfrig. Ich glaube, ich gehe zu Bett.«
Louis war schon wieder am Vorlesen.
»Hier steht: ›Auf Haiti sind Versuche im Gange, Sisal anzupflanzen.‹ Weißt du vielleicht zufällig, was Sisal ist?«
Aber seine Frau war bereits auf der Treppe.

Wiederbegegnung

Diese Geschichte handelt von einem Bruder und seiner Schwester sowie von dem Mann der Schwester und der Frau des Bruders. Die Schwester hieß Rita Johnston-Mason; sie war mit Stuart Johnston verheiratet, von seinen Freunden kurz Stu genannt. Der Bruder war Bob Mason, ursprünglich und in letzter Zeit wieder aus Buchanan, Michigan, und dazwischen ein biederer Bewohner von Los Angeles. Seine Gattin war eine Frau, die er in San Bernardino gefunden und aus irgendeinem Grunde geheiratet hatte.

Rita war nach einer begüterten Tante in Philadelphia so getauft worden. Die Tante fühlte sich geschmeichelt und hatte Ritas Mutter bewogen, das Kind im Alter von drei oder vier Jahren zu ihr auf Besuch zu bringen. Danach hatte Rita, bis sie Stu kennenlernte, zwei Drittel ihres Lebens bei der Tante verbracht oder an Schulen, die ihre Tante bestimmte. Ihr Bruder Bob, mit vierzehn etwas kränklich, war nach Kalifornien gekommen, um dort bei Verwandten zu wohnen. Er war im Laufe von zwanzig Jahren nur dreimal zu Hause gewesen, und immer, wenn Rita gerade abwesend war. Sie kannten sich deshalb kaum noch.

Johnston und Rita hatten sich an einer Feier nach einem Fußballtreffen Cornell-Pennsylvania kennengelernt. Johnstons Eltern waren angesehene und wohlhabende Leute, und Ritas Tante hatte die Bekanntschaft gefördert, aus der sich eine Hochzeit ergab und ein behagliches Heim in Sands Point, Long Island.

Bob Mason hatte zuerst bei einem Verwandten, einem Liegenschaftenhändler in Los Angeles, auf dem Büro gearbeitet, hatte sich dann selbständig gemacht und schließlich genug gespart, um mit seiner Frau nach dem Elternhaus in Michigan überzusiedeln, das ihm sein Vater hinterlassen hatte.

Er und Jennie fühlten sich in ihren kleinbürgerlichen Verhältnissen völlig wohl. Ab und zu besuchten sie einmal das weniger als hundertfünfzig Kilometer entfernte Chicago oder fuhren mit dem Auto das Seeufer hinauf oder nach Indiana hinunter. Im vergangenen Jahr waren sie dreimal in Chicago ge-

wesen und hatten dort drei Vorstellungen von ›Abie's Irish Rose‹ gesehen. Es war das beste Stück, das je gegeben worden war; noch besser als ›Lightnin'‹.
»Ich glaube, von wegen Rita muß wirklich etwas geschehen«, sagte Jennie eines Tages im Juni zu Bob. »Denk doch, ein Bruder, der seine Schwester zwanzig Jahre lang kein einziges Mal sieht!«
»Ich würde sie gerne wieder einmal sehen«, erwiderte Bob. »Schreib ihr doch einen Brief. Meine machen ihr keinen Eindruck nicht. Ich habe sie schon oft gebeten, zu uns in die Ferien zu kommen, aber sie hat nicht einmal geantwortet.«
»Dann schreib ich ihr eben«, erklärte Jennie, »obwohl sie mir von Weihnachten her noch einen Brief schuldig ist.«
»Stu«, sagte Rita zu ihrem Gatten, »wegen Bob und Jennie muß einfach etwas geschehen. Weiß der Himmel, wie oft er uns schon eingeladen hat, und jetzt kommt hier ein Brief von Jennie, wieder mit einer Einladung.«
»Nun, warum fährst du nicht hin? Es würde dir doch Freude machen, das Elternhaus wiederzusehen und deine Jugendbekanntschaften. Ich käme mit, aber ich habe die Zeit nicht dazu.«
»Zeit! Nach Manchester hinaufzufahren, um Golf zu spielen, dazu hast du immer Zeit. Und was das Wiedersehen mit dem Elternhaus betrifft, weißt du, das ist doch albern.«
»Schön, streiten wir nicht deswegen. Jedenfalls werde ich meine Ferien nicht in irgendeinem Nest vertrödeln, wo es höchstens einen Golfplatz mit sechs Loch gibt, auf dem man mit dem Niblick einlochen muß. Warum können sie nicht zu uns kommen?«
»Ich glaube nicht, daß sie können, aber wenn du willst, lade ich sie ein.«
»Mach, was dir beliebt. Schließlich ist es dein Bruder.«
Die Masons bestiegen den ›Wolverine‹ genannten Zug in dem benachbarten Niles und stiegen zwanzig Stunden später im Hauptbahnhof von New York wieder aus. Verglichen mit der Strecke von Kalifornien nach Michigan war es ein Katzensprung.
Rita holte sie ab und erkannte Bob an dem Monogramm auf seinem Gepäck. Er hätte sie nicht wiedererkannt. Sie war gleich alt wie Jennie, fünfunddreißig, und er hatte erwartet, daß sie

danach aussehe. Statt dessen sah sie zehn Jahre jünger aus und hübscher, als ein Sproß der Familie Mason aus Buchanan aussehen durfte. Und dann, wie sie angezogen war! Wie die Filmschönheiten, von denen es in Los Angeles zu seiner Zeit wimmelte.

»Na, Schwester, bist du's wirklich?«

»Habe ich mich verändert?« lachte sie.

»Nicht so stark, wie ich gedacht hätte. Deshalb kennt man dich kaum wieder.«

»Du siehst jedenfalls ganz anders aus«, bemerkte Rita. »Wart mal – es ist zwanzig Jahre her, nicht? Du warst vierzehn, und den Schnurrbart hast du damals natürlich noch nicht gehabt. Aber auch wenn du glattrasiert wärst, gleichst du gar nicht dem Bob, den ich im Gedächtnis habe. Und das ist also Jennie«, setzte sie hinzu. »Aha!«

»Ja«, gab Bobs Frau zu.

Sie lächelte, und zum ersten Mal fielen Rita die Zähne auf. Was man davon sah, bestand zumeist aus Gold, und der betreffende Zahnarzt hatte es offenbar eilig gehabt. In Begleitung eines Gepäckträgers wandelten Rita, Bob und Bobs Frau aus der Bahnhofshalle hinaus und über die Dreiundvierzigste Straße, wo Gates mit Ritas Limousine wartete. Gates musterte die Ankömmlinge, als er dem Träger ihr spärliches Gepäck abnahm. ›Versandwarenhaus Sears, Roebuck‹, dachte er bei sich; er stammte nämlich aus Janesville, Wisconsin.

»Ach, das Schwergepäck haben wir ganz vergessen!« rief Rita, als der Wagen anfuhr.

»Wir haben kein Schwergepäck nicht«, erklärte Bob.

»Wir können nur vierzehn Tage bleiben«, setzte seine Frau hinzu.

»Das ist aber ein furchtbar kurzer Besuch«, bemerkte Rita.

»Ich weiß, aber Bob findet, er kann um diese Jahreszeit nicht länger fort, von wegen dem Garten. Wir haben ihn in der Obhut des alten Jimmy Preston gelassen, aber niemand besorgt einen fremden Garten so gut wie seinen eigenen.«

»Sieht alles so aus wie früher?«

»Sicher nicht! Es war alles furchtbar verlottert, als er nach Osten zog.«

»Nach Osten?«

»Ich meine, nach Michigan. Aber Bob hat – wieviel hast du

ausgegeben, Bob, um alles wieder instand zu setzen, ungefähr?«
»Rund zweitausend Dollar«, sagte Bob.
»Ich dachte, eher zweitausendeinhundert oder zweihundert«, bemerkte seine Frau.
»Eben, rund zweitausend.«
»Es war aber mehr als zweitausend«, betonte seine Frau.
»Paß auf!« rief Bob, daß die beiden Frauen zusammenzuckten. Sie befanden sich auf der Queensborough-Brücke, und Gates schlängelte sich durch die vielen Lastwagen und Leichenzüge, die um elf Uhr vormittags sich auf diesem Gebilde drängen.
»Was ist denn? Du hast mir ja einen Schreck eingejagt«, sagte Rita.
»Ich dachte, es gibt einen Zusammenstoß«, erklärte Bob.
»Bob ist immer so aufgeregt, wenn jemand anders fährt«, sagte Jennie zur Entschuldigung. »Ich finde, wer selber Auto fährt, ist meistens ängstlicher, wenn jemand anders am Steuer sitzt.«
»Ja, das dürfte wahr sein«, pflichtete Rita bei, die von dieser Theorie auch schon gehört hatte.
»Ich glaube wirklich«, fuhr Jennie fort, »so gut wie Bob fährt niemand, und ich sage das nicht, weil er mein Mann ist.«
Die Bemerkung veranlaßte Gates, sich umzuwenden und die Sprechende scharf ins Auge zu fassen, so daß sie mit knapper Not einem weiteren Zusammenstoß entgingen.
Die Straße, die von New York zu den Orten am Nordufer von Long Island führt, ist landschaftlich ungefähr so bemerkenswert wie eine Kehrichtverbrennungsanstalt. Trotzdem sagte Jennie ständig: »Wie schön!« und fragte Rita, wem dieses oder jenes Gebäude gehörte, dem man ansah, daß es schon seit Jahren herrenlos war. Bob war zu aufgeregt, um sich an dem Gespräch zu beteiligen, und Rita war ganz erleichtert, als die Fahrt zu Ende war.
»Ich zeige euch euer Zimmer«, sagte sie, »und dann könnt ihr bis zum Mittagessen etwas ausruhen. Stu ist in der Stadt und kommt erst am Abend wieder. Er fährt aber nur ein- oder zweimal die Woche hin und hat mir versprochen, überhaupt nicht wegzufahren, solange ihr hier seid, damit er sich euer annehmen kann.«
Das vornehme Gästezimmer mit der Aussicht auf die Bucht machte Jennie großen Eindruck, aber Bob hatte im Zug schlecht

geschlafen und döste ein, während sie sich noch in Bewunderung erging.
»Heute nachmittag habt ihr wohl keine Lust, viel zu unternehmen«, sagte Rita nach dem Mittagessen. »Es ist besser, wir trödeln ein wenig herum. Morgen und für den Rest der Woche wird es wohl ziemlich anstrengend. Stu hat allerhand Pläne.«
So trödelten sie denn herum. Jennie und Rita machten je ein Nickerchen, und Bob erging sich im Garten und überlegte, was alles zu ändern wäre, wenn der Garten ihm gehörte.
Um sieben Uhr traf Stu ein, der seinen Verwandten vorgestellt und dann auf sein Zimmer gewiesen wurde, um sich fürs Abendessen gesellschaftsfähig zu machen. Rita folgte ihm nach oben.
»Nun?« sagte er.
»Ich weiß noch nicht«, meinte Rita. »Es ist mir nicht ganz geheuer. Bob ist sehr still, und ihr ist das Ganze sicherlich peinlich. Hoffentlich haben sie noch was anderes anzuziehen. Allerdings – es könnte auch eine Verschlimmerung bedeuten, obwohl das kaum möglich scheint.«
»Glaubt sie eigentlich«, fragte Stu, »weil sie aus dem Land der Goldsucher kommt, muß sie mit einem Mund voller Goldklumpen herumlaufen?«
»Wenn sie nicht lächelt, ist sie schon recht. Du darfst bloß nichts sagen, was sie zum Lächeln bringt.«
»Das wird schwerhalten«, meinte Stu. »Du kennst mich doch, wenn ich einmal in Fahrt komme.«
»Und da fällt mir gerade ein«, sagte Rita, »er hat keine Golfschläger mitgebracht.«
»Ach, das schadet nichts. Die kann er von mir haben.«
Gastgeber und Gastgeberin gesellten sich zu ihren Gästen auf der Veranda. Ein schwedisches Dienstmädchen servierte Cocktails.
»Sind das – ist das Alkohol?« fragte Jennie.
»Bloß Bacardi, und ganz mild«, antwortete Rita.
»Aber Bob und ich trinken überhaupt nicht«, erklärte Jennie.
»Das heißt noch nicht trinken«, sagte Stu. »Es ist mehr wie Limonade.«
»Ja, schon, aber es ist doch gegen das Alkoholverbot«, sagte Jennie.
So tranken denn Stu und Rita allein und setzten sich dann mit den andern zu Tisch.

»Wann stehst du gewöhnlich auf, Bob?« fragte der Gastgeber.
»Sechs Uhr, im Sommer«, erwiderte sein Schwager.
»Ach, das ist nun ja nicht nötig! Aber es wäre nett, wenn wir morgen, sagen wir, um neun mit dem Frühstück fertig sein könnten. Ich fahre euch nach Piping Rock hinaus. Für den ganzen Tag.«
»Sehr schön«, sagte Bob.
»Wie kommst du herum?« fragte sein Schwager.
»Ich habe einen Studebaker, Modell 1924«, sagte Bob.
»Nein, nein, ich meine beim Golf.«
»Ich? Ich habe überhaupt noch nie Golf gespielt.«
Das verdutzte Gesicht ihres Gatten hätte Rita zum Lachen gebracht, wenn sie nicht Mitleid mit ihm gehabt hätte.
»Bob macht sich gar nichts aus Golf«, erklärte Jennie. »Er sagt, es ist nichts für Männer. Ich möchte immer, daß er es mal versucht, vielleicht ist er dann anderer Meinung. Warum versuchst du es nicht, Bob, während du hier bist? Vielleicht erklärt Stuart dir die Finessen.«
Der Gastgeber schien den Vorschlag überhört zu haben.
»Es gibt einen Golfplatz bei Buchanan, zwischen Buchanan und Niles«, sagte Bob, »aber der Beitritt kostet fünfzig Dollar, und dazu kommt noch ein Jahresbeitrag von fünfunddreißig Dollar. Das ist einfach unerhört.«
»Ein Skandal!« wollte Stu sagen, aber Rita verwehrte es ihm mit einem Kopfschütteln. So sagte er denn: »Wahrscheinlich würde es sich doch lohnen.«
»Viele von unseren Freunden spielen Golf«, sagte Jennie. »Einige der nettesten Leute in Niles und Buchanan gehören dem Klub an, es kann also nicht so blöd sein, wie Bob glaubt. Aber wenn er mal was im Kopf hat, kann man es ihm nicht mehr austreiben.«
»Was haben wir heute abend vor?« fragte Stu, als der Nachtisch gereicht wurde.
»Ach«, sagte Rita, »ich dachte, unsere Gäste gehen am liebsten früh zu Bett, nach der langen Reise. Ausgehen wollen wir jedenfalls nicht. Vielleicht etwas Bridge. Hättest du Lust zu einer Partie, Jennie?«
»Es tut mir furchtbar leid, aber weder Bob noch ich spielen Bridge. Es ist sicher ein wunderbares Spiel, manche von unseren besten Freunden spielen es oft, aber aus irgendeinem Grunde haben Bob und ich nie damit angefangen.«

Das war ein schwerer Schlag für Rita, die den Tag als verloren erachtete, der ohne seine zwanzig oder dreißig Rubber vorbeiging.
»Da verpaßt ihr etwas«, sagte sie mit bemerkenswerter Selbstbeherrschung. »Nehmen wir den Kaffee auf der Veranda? Es ist angenehmer draußen.«
»Was rauchst du, Bob? Zigarren oder Zigaretten?« fragte der Gastgeber.
»Weder noch«, erklärte Bob. »Tabak sagt mir nichts.«
»Du Glückspilz«, sagte Stu. »Eine Zigarette, Jennie?«
»Um Himmels willen! Das wäre mein Tod. Wenn ich den Rauch nur rieche, wird mir schon mies.«
Die Erklärung ließ Stu und Rita offenbar ungerührt, sie steckten sich jedenfalls Zigaretten an.
»Ist Bridge schwierig zu lernen?« fragte Jennie dann.
»Nicht sehr«, versicherte Rita.
»Ich dachte nur, vielleicht könntet ihr es uns beiden beibringen. Dann könnten wir etwas Bridge spielen, während wir hier sind.«
»Ach, weißt du«, erwiderte Rita, »es ist – es ist sehr schwierig zu lernen, das heißt, es richtig zu lernen.«
»Du hast gesagt, es sei nicht schwierig«, wandte Bob ein.
»Das ist es auch nicht, wenn man nicht – wenn man einfach – aber es richtig zu lernen, das ist ausgeschlossen.«
»Habt ihr ein Radio?« fragte Bob.
»Leider nicht«, sagte Stu, dem es gar nicht leid tat.
»Ich verstehe nicht, wie ihr ohne auskommt«, bemerkte Bob.
»Wir wären verloren ohne unser Radio«, sagte Jennie. »Kürzlich haben wir Omaha bekommen.«
»Wirklich!« sagte Rita.
Es entstand eine Pause, bis Bob seine Schwester fragte, wie oft sie nach New York fahre.
»Nur wenn es nicht anders geht, wenn ich etwas unbedingt haben muß.«
»Geht ihr denn nie in ein Theater?«
»O doch, wenn etwas Besonderes zu sehen ist.«
»›Abie's Irish Rose‹«, sagte Jennie, »habt ihr doch sicher gesehen?«
»Du mein Gott, nein!« rief Rita. »Jedermann sagt, es sei furchtbar.«
»Es ist gar nicht furchtbar«, erklärte Bob entrüstet. »Das heißt,

wenn es hier auch nur annähernd so gut gespielt wird wie in Chicago.«

»Ich würde es gerne in der New Yorker Besetzung sehen«, meinte Jennie, »zum Vergleich.«

Die Bemerkung fiel nicht auf fruchtbaren Boden, und eine weitere Gesprächspause entstand.

»Nun, Bob«, sagte Stu schließlich, »etwas mußt du doch tun zur körperlichen Ertüchtigung. Wie wär's mit etwas Tennis am Vormittag?«

»Das ist auch ein Sport, den ich nicht betreibe«, erwiderte Bob. »Und was die körperliche Ertüchtigung anbetrifft, für die ist gesorgt, wenn ich mir im Garten zu schaffen mache oder mit dem Auto.«

»Dann kann ich höchstens noch vorschlagen, daß wir angeln gehn oder schwimmen oder mit dem Motorboot ausfahren.«

Bob äußerte sich nicht dazu, aber seine Frau sprach für ihn.

»Weißt du, Stuart, Bob gibt es nicht gern zu, aber auf dem Wasser wird ihm todschlecht, auch wenn es noch so ruhig ist. Und schwimmen kann er nicht.«

Das Thema war Bob offenbar peinlich; er wandte sich an seine Schwester.

»Erinnerst du dich noch an die Allens in Buchanan, Tom Allen und seine Familie?«

»Schwach.«

»Hast du gehört, daß Luise Allen weggelaufen ist und geheiratet hat?«

»Nein.«

»Ja, sie ist mit Mr. Marshall davongelaufen und hat ihn geheiratet. Zuerst war der alte Tom höchlich erbost, aber als Doc und Luise zurückkehrten, ja, da ging doch Doc eines Tages die Straße lang, und aus der Gegenrichtung kam der alte Tom, und Doc sprach ihn an und nannte ihn mit Namen, und der alte Tom schaute ihn nur an und fragte, was er von ihm wolle, und Doc sagte, er wolle wissen, ob er ihm verzeihen könne. Da sagte doch Tom: ›Verzeihen! Die Frage ist, ob du *mir* verzeihen kannst.‹ Und Doc fragte, was er ihm zu verzeihen habe, und der alte Tom sagte: ›daß ich sie nicht umgebracht habe, als sie noch klein war.‹ Damit stand Doc lächerlich da, und man hat ihn seither ständig damit aufgezogen. Doc hast du wohl nicht mehr gekannt?«

»Nein«, gab Rita zu.
»Das ist noch eine Nummer«, sagte Bob.
Jennie hatte ein Buch zur Hand genommen. ›Mayfair‹, las sie. »Ist das gut?«
»Ja«, sagte Rita. »Es sind Erzählungen von Michael Arlen; weißt du, der den ›Grünen Hut‹ geschrieben hat.«
»Ein Kriminalroman?« fragte Bob.
»Nein, Michael Arlen. Er war letztes Frühjahr hier, da haben wir ihn kennengelernt. Sehr netter Mensch. Eigentlich ein Armenier.«
»Es gibt einen Armenier, der zwei- oder dreimal jährlich nach Buchanan kommt«, bemerkte Jennie. »Aber der verkauft Stoffe.«
Im obern Stock, zwei oder drei Stunden später, hielt Stu eine kleine Rede:
»Du mein Gott! Er spielt nicht Golf, er spielt nicht Tennis, er spielt nicht Bridge, und schwimmen, angeln, trinken und rauchen tut er auch nicht. Dabei habe ich mir diese vierzehn Tage als eine Art Ferien gedacht! Heiliger Strohsack!«
Im Gästezimmer sagte Bob:
»Was ich vermisse, ist unser Radio.«
»Ja«, sagte Jennie. »Jetzt hätten wir die Übertragung aus dem Hotel Drake.«
»Ich würde gerne ›Abie's Irish Rose‹ in der New Yorker Besetzung sehen«, bemerkte Jennie am nächsten Morgen beim Frühstück. »Ich möchte es mit der Aufführung in Chicago vergleichen.«
»Habt ihr es in Chicago gesehen?« fragte Stu.
»Schon dreimal«, erwiderte Jennie.
»Dann habt ihr sicher genug davon.«
»Ich bekäme nie genug davon«, erklärte Jennie, »und wenn ich es Abend für Abend sähe.«
Nach dem Frühstück versuchte Bob, die ›Herald Tribune‹, die ›World‹ und die ›Times‹ zu lesen, kam aber nicht damit zurecht. Am liebsten wäre ihm eine Nummer der ›Chicago Tribune‹ gewesen, auch wenn sie zwei oder drei Tage alt gewesen wäre.
»Geht ihr oft ins Kino?« erkundigte sich Jennie.
»Fast nie«, sagte Rita.
»Wir gehen oft«, bemerkte Jennie. »Wir haben lange in Los Angeles gewohnt, weißt du, und das ist nicht weit von Holly-

wood. Wir haben deshalb manche Stars persönlich gesehen. Freunde von uns waren mit Harold Lloyd bekannt und stellten uns vor. Man würde ihn ohne die Brille gar nicht kennen! Er ist wirklich süß. Und so leutselig!«
»Wofür kandidiert er?« fragte Stu.
»Kandidiert?« sagte Jennie. »Kandidiert er für etwas, Bob?«
»Nicht daß ich wüßte«, erwiderte Bob.
Der Vormittag wollte kein Ende nehmen, aber schließlich wurde es doch Zeit zum Mittagessen, und Stu tat, was er noch nie getan hatte, er genehmigte sich beim Essen sieben Whisky-Sodas.
»Das wird dich schläfrig machen«, warnte Rita.
»Wenn schon«, erwiderte er.
Tatsächlich verschlief Stu dann den ganzen Nachmittag im Schaukelstuhl auf der Veranda, während Jennie sich mit dem ersten Band eines dicken Romans abmühte und Rita mit Bob spazierenging.
»Erinnerst du dich noch an Tom Allen?« fragte Bob seine Schwester.
»Ich glaube nicht.«
»Ach, sicher erinnerst du dich an die Allens! Sie wohnten im Haus neben den Deans. Jedenfalls, Tom hatte eine Tochter, Luise, etwa so alt wie wir, und sie ging mit Mr. Marshall durch und heiratete ihn. Jedermann glaubte, der alte Tom würde Doc ohne Warnung erschießen, aber als sie sich trafen und Doc fragte, ob er ihm verzeihen könne, sagte Tom, er sei derjenige, der um Verzeihung bitten müsse. Und als Doc fragte, wofür denn, sagte der alte Tom, dafür, daß er Luise nicht umgebracht habe, als sie noch klein war.«
Gegen das Ende des Spaziergangs fragte Bob:
»Geht ihr denn nie nach New York?«
»Fast nie, besonders nicht im Sommer. Es ist doch so heiß! Aber du und Jennie, ihr möchtet wohl gerne etwas von New York sehen. Wir können ja hinfahren, bevor ihr abreist.«
Stu wachte etwas nach fünf Uhr auf und erneuerte vor dem Abendessen seine Whiskyladung.
»Ihr solltet euch wirklich ein Radio anschaffen!« bemerkte Bob, als es neun Uhr schlug.
Um halb zehn begaben sich alle zu Bett.
»Das ist unser dritter Tag hier, heute«, sagte Bob beim Ankleiden. »Wir reisen erst Donnerstag in einer Woche wieder ab.«

»Ja«, sagte Jennie zerstreut.
»Ich würde heute meinen andern Anzug tragen«, bemerkte Bob, »aber er ist ganz zerknittert.«
»Ich frage Rita, ob sie ein Bügeleisen hat für mich, und bügle ihn dir aus. Oder vielleicht könnten wir ihn einem Schneider geben.«
»Schneider! Hier ist weit und breit kein Schneider, hier gibt es überhaupt nichts, soviel ich bemerkt habe.«
Stu war zum Frühstück nicht auf, schloß sich aber der Gesellschaft auf der Veranda kurz vor dem Mittagessen an. Er hatte eine neue Flasche angebrochen.
»Bob«, sagte er, »du solltest dich der Enthaltsamkeit enthalten. Ich habe da vom feinsten Whisky auf Long Island.«
»Danke«, sagte sein Schwager. »Vielleicht widerstehe ich der Versuchung nicht mehr lange.«
Es war spät am Nachmittag, als Bob zu Rita sagte:
»Erinnerst du dich noch an den alten Tom Allen?«
»Ich glaube ja«, erwiderte seine Schwester. »Ist nicht seine Tochter mit einem Arzt durchgegangen?«
»Gewiß«, sagte Bob, »und –«
Weiter kam er nicht, weil Stu seiner Frau vom oberen Stock her rief. »Hör zu«, sagte er, als sie seinem Ruf gefolgt war. »Heute abend kommt ein Telegramm für mich, und darin steht, mein Großvater in Bennington, Vermont, oder sonstwo, sei krank, ich müsse sofort hinfahren. Und zwar wird er mindestens zehn Tage lang krank bleiben, so krank, daß ich nicht von seiner Seite weichen darf.«
»O nein«, sagte Rita fest, »das kannst du mir nicht antun.«
»Also, dann schlage ich vor, daß einer unserer besten Freunde erkrankt, und wir müssen beide hin. Glaubst du, sie würden abreisen? Wir könnten doch etwas Gepäck mitnehmen, nach New York fahren und dort übernachten wenn nötig, um zurückzukehren, nachdem sie weg sind.«
»Wenn sie je dahinterkämen, ich würde mir ewig Vorwürfe machen.«
»Sie kommen nicht dahinter. Laß mich nur machen, nach dem Abendessen laß ich die Sache steigen. Ich wäre ja nicht so verzweifelt, wenn ich es nicht gerade dazu gebracht hätte, daß ich unter fünfundachtzig Punkte komme, und wenn ich da nicht hinterher bin, komme ich wieder in die neunziger.«

Doch nach dem Abendessen, als Rita und Stu noch nach einem günstigen Anknüpfungspunkt suchten, sagte Jennie:
»Meine Lieben, hoffentlich haltet ihr uns nicht für übergeschnappt, aber Bob ist es schon, beinah. Er hintersinnt sich fast von wegen dem Garten. In der Zeitung stand heute morgen, der ganze Süden von Michigan sei von einer Dürre bedroht. Wir haben das kommen sehen, es hat schon lange vor unserer Abreise nicht mehr geregnet. Und jetzt sieht es ganz so aus, als werde alles zugrunde gehen, wenn er nicht selber nach dem Rechten sehen kann. Wir haben zwar den alten Jimmy Preston damit beauftragt, aber auf fremde Leute ist nie kein Verlaß. Bob hat das Gefühl, er müsse unbedingt selber nach dem Rechten sehen, daß der Garten genug Wasser kriegt, sonst kann alles mögliche passieren. Also, wenn ihr nichts dagegen habt, wir haben vor, morgen nachmittag mit dem ›Wolverine‹ zurückzufahren.«
»Nanu!« sagte Rita.
»Nanu!« sagte Stu.
»Selbstverständlich könnt ihr das am besten beurteilen«, sagte Rita, »es wäre schade, wenn der ganze Garten zugrunde ginge. Es scheint allerdings etwas – aber wir wollen euch natürlich nicht drängen –«
»Wir müssen einfach abreisen«, sagte Bob zu seiner Schwester. »Und noch etwas: du brauchst nicht mit uns nach New York zu kommen. Es genügt, wenn du uns den Wagen zur Verfügung stellst, am Vormittag, dann können wir uns noch etwas in der Stadt umtun, bevor wir zur Bahn müssen.«

Die Masons befanden sich in ihrem Zimmer im Hotel Biltmore.
»Es kostet zwar acht Dollar im Tag ohne Mahlzeiten«, sagte Bob, »aber wir können auswärts essen, irgendwo, wo es nicht teuer ist, und außerdem, es ist ja nur für eine Woche. Heute abend«, fuhr er fort, »›Abie's Irish Rose‹. Morgen vormittag aufs Woolworth Building hinauf. Morgen nachmittag Coney Island. Donnerstag abend nochmals ›Abie‹. Das Weitere ergibt sich noch.«
Jennie lachte, etwas unsicher.
»Ich habe eine Heidenangst«, sagte sie, »sobald wir nicht mehr im Hotel sind. Wenn wir sie nun auf der Straße treffen?«
»Da besteht keine Gefahr nicht«, erklärte Bob. »Meine Schwe-

ster kommt im Sommer nie nach New York, und Stuart hat Ferien. Was ich befürchte, ist, daß sie in der Zeitung etwas finden über die Wetterverhältnisse im Mittelwesten, wo wir doch dort den nassesten Sommer haben seit 1902.«

Reisebekanntschaft

Beim Mittagessen im Speisewagen des nach Westen gehenden Schnellzugs, der am Abend vorher von Chicago abgefahren war, lernten sie sich kennen. Die Mädchen, stellte sich heraus, waren Hazel Dignan und ihre Freundin Mildred Orr. Der Mann hieß Dan Chapman.

Er war es, der das Eis brach, indem er fragte, ob es ihnen nichts ausmache, mit dem Rücken gegen die Lokomotive zu fahren. Es war Hazel, die antwortete. Sie hatte Erfahrung im Reisen und wußte, wie man mit Unbekannten spricht. Mildred war noch fast nirgends gewesen und hatte wenig zu sagen, selbst wenn sie die Leute kannte.

»Durchaus nicht«, lautete Hazels Antwort auf die höfliche Frage. »Ich bin so gewöhnt ans Eisenbahnfahren, ich glaube, ich könnte auf dem Wagendach fahren, ohne daß es mir etwas ausmacht.«

»Wenn man sich das vorstellt«, warf Mildred ein, »oben auf dem Dach!«

»Hab ich schon oft gemacht«, erklärte ihre neue Bekanntschaft. »Allerdings nur auf Güterzügen, nicht auf Personenzügen. Und zwar, als ich noch ein kleiner Junge war.«

»Wie konnten Sie bloß«, sagte Mildred.

»Ich war wohl ein ziemlich frecher Steppke«, sagte er. »Ein Wunder, daß ich noch am Leben bin bei all dem, was ich riskiert habe. Als jung riskiert man ja allerhand, das heißt, als Junge.«

»Als Mädchen auch«, sagte Hazel rasch. »Mädchen riskieren genausoviel wie die Jungen.«

»Ach nein, Hazel!« widersprach ihre Freundin und erntete dafür einen wohlwollenden Blick des Mannes.

»Wo wollen Sie denn hin?« fragte er.

»Frisco zuerst, und dann Los Angeles«, antwortete Hazel.

»Hören Sie, ich will Ihnen einen guten Rat geben. Sagen Sie nie ›Frisco‹ in Gegenwart der Eingeborenen dort; sie hören es nicht gern.«

»Was die gern hören und was nicht, ist mir so breit wie lang«, erklärte Hazel etwas schnoddrig, wie Mildred fand.

»Ihre erste Reise dorthin?« erkundigte sich Chapman.
»Nein«, erwiderte Hazel zu Mildreds Überraschung. Es war ihr nämlich gesagt worden, der Zweck der Reise ist, Hazel die Bekanntschaft mit einer der wenigen Gegenden Amerikas zu verschaffen, die sie noch nicht kenne.
»Wie lange waren Sie nicht mehr dort?« fragte Chapman.
»Warten Sie mal« sagte Hazel. »Seit –« Mildreds verwunderter Blick störte sie. »Ich weiß es nicht genau. Hab's vergessen.«
»Bei mir ist es ungefähr zum fünfzigsten Mal«, bemerkte Chapman. »Wenn Sie nicht –«
»Florida gefällt mir besser«, unterbrach ihn Hazel. »Da fahre ich im Winter meistens hin.«
›Meistens!‹ dachte Mildred, die aus zuverlässiger Quelle wußte, daß ihre Freundin letzten Winter zum ersten Mal dort gewesen war.
»Ich fuhr früher jedes Jahr nach Palm Beach«, sagte Chapman, »aber das war, bevor es so überlaufen war. Jetzt trifft man dort nur noch die breite Masse.«
»In Tampa nicht«, erklärte Hazel. »Letzten Winter habe ich dort sehr nette Leute kennengelernt, besonders ein Paar, die Babcocks. Aus Racine. Sie waren furchtbar nett zu mir. Fast jeden Abend haben wir Ma-Jong gespielt.
Sie haben mich eingeladen, sie diesen Sommer in Racine zu besuchen, aber es ist etwas dazwischengekommen. Ach ja, das Kindermädchen meiner Schwester hat geheiratet. Eine Schwedin. Einfach tadellos, und meine Schwester hatte volles Vertrauen zu ihr.
Ich sage immer, wenn ein Schwedenmädchen tüchtig ist, dann *ist* es tüchtig. Jetzt hat meine Schwester ein junges Ding, etwa neunzehn, das für Filmschauspieler schwärmt und so zerstreut ist, daß meine Schwester eine Todesangst hat, sie könnte dem Kleinen Kaffee geben und die Milch selber trinken. Ein verrücktes Huhn. Jennie heißt sie. So bin ich eben nicht nach Racine gekommen.«
»Waren Sie schon mal im Yellowstone Park?«
»Ach, ist es da schön!« erwiderte Hazel. »›Old Faithful‹ ist doch einfach phantastisch! Weißt du«, erklärte sie ihrer Freundin, »das ist einer der Geiser, er heißt ›Old Faithful‹, weil er alle siebzig Minuten oder so emporschießt, regelmäßig wie eine Uhr. Fabelhaft! Und die verschiedenen Wasserfälle und Schluch-

ten! Fabelhaft! Und dann die fabelhafte Aussicht vom Inspiration Point!«
»Waren Sie je bei den Tausend Inseln?«
»Fabelhaft! Ich wollte letzten Sommer wieder hin, mit einer Freundin von mir, Bless Eldridge. Sie war mit einem gewissen Harley Bateman verlobt. Ein fabelhafter Mensch, wenn er gerade nicht trank, aber wenn er ein paar gehabt hatte, war er einfach schrecklich. Bess und ich waren also in Chicago und gingen ins Theater – Eddie Cantor. Es war das erste Mal, wo ich ihn nicht als Neger geschminkt sah. Wir kamen also aus dem Theater damals, und wen trafen wir draußen – Harley Bateman, sternhagelvoll, mit einer gewissen Joan Killian aus Elkhart. Die Verlobung ging natürlich auseinander, und Bess hat dann letzten Herbst einen gewissen Wannop geheiratet, der in Minneapolis oben etwas mit Mühlen oder so zu tun hat. So bin ich dann doch nicht zu den Tausend Inseln gekommen. Das heißt, ein zweites Mal.
Aber ich finde, wer diese Reise nicht gemacht hat, der hat überhaupt nichts gesehen. Und Bess hätte es sicher gefallen. Sie kaute früher an den Fingernägeln, bis sie keine mehr hatte. Aber sie hat dann diesen Mann aus Minneapolis geheiratet.«
Nach dem Essen begaben sich die drei in den Aussichtswagen und gaben sich alle Mühe, das, was in Nebraska als Landschaft gilt, bemerkenswert zu finden.
Aus einem unklaren Grund fühlte sich Chapman an den Norden von Michigan erinnert.
»Waren Sie je droben im Norden von Michigan?«
»Gewiß«, sagte Hazel. »Ich war einmal eine Woche in Petoskey zu Besuch. Bei Freunden von mir, Gilbert mit Namen. Sie hatten ein eigenes Motorboot. Ina Gilbert, die Dame des Hauses, hatte früher das schönste Haar von der Welt, und dann bekam sie Typhus oder etwas, und die Haare fielen ihr alle aus. So spielten wir eben jeden Nachmittag und Abend Ma-Jong.«
»Ich meine, ganz oben im Norden«, sagte Chapman, »die Mackinac Insel und dort herum, wo es Kupfer gibt.«
»Ach, fabelhaft!« rief Hazel. »Calumet und Houghton und Hancock! Fabelhaft! Und die Überfahrt ist fabelhaft! Obwohl ich wahrscheinlich als einzige dieser Meinung war. Alle andern waren seekrank. Der Kapitän behauptete, es sei die stürmischste Fahrt, die er je gemacht habe, und er fuhr schon seit vierzig

Jahren auf den Großen Seen. Ein andermal fuhr ich von Chicago nach St. Joseph hinüber. Aber da war es nicht so stürmisch. Wir besuchten das ›Haus Davids‹ in Benton Harbor. Da tragen sie lange Bärte. Wir lachten uns halbtot, Marjorie Trumbull und ich. Aber die Fahrt nach Petoskey machte ich allein.«
»Man trifft eine Menge Finnen dort oben im Norden«, bemerkte Chapman.
»Ja, und meine Schwester hatte einmal ein finnisches Dienstmädchen. Sie verstand fast kein Wort Englisch. Eine Finnin. Meine Schwester mußte ihr schließlich den Laufpaß geben. Jetzt hat sie eine Irin für die Hausgeschäfte und Jennie für die Kinder. Der arme kleine Dickie, mein Neffe, er ist fast sieben und hat natürlich alle Schneidezähne verloren. Er sieht furchtbar aus, Zähne machen doch viel aus! Meine Freundinnen sagen immer, sie beneiden mich um meine Zähne.«

»Da wir schon von Zähnen sprechen«, sagte Chapman, »sehen Sie das hier?« Er sperrte den Mund auf und zeigte auf eine große dunkle Lücke, wo einst ein Backenzahn gesteckt hatte. »Den habe ich mir vorgestern in Milwaukee ziehen lassen. Der Zahnarzt meinte, ich solle lieber Lachgas nehmen, aber ich sagte nein. ›Sie sind offenbar kein Angsthase‹, meinte er, und ich sagte, ich hätte nicht umsonst sechzehn Monate lang im Schützengraben gelegen. Nachher sagte er, es sei einer der schwersten Fälle gewesen, die er je gehabt habe. Die Wurzeln waren so groß wie Ihr kleiner Finger. Und der Zahn selber war voll von –«
»Ich mußte mir nur einmal einen Zahn ziehen lassen«, sagte Hazel. »Ich litt an Rheuma, und jemand meinte, es könnte von einem Zahn herrühren, aber das wollte ich zuerst nicht glauben, weil meine Zähne doch tadellos sind. Aber ich konnte schon seit Monaten nicht mehr schlafen, weil mir alle Glieder weh taten. So ging ich denn zuletzt für alle Fälle doch zu einem Zahnarzt, zu dem alten Dr. Platt, und er zog mir diesen Zahn da« – sie zeigte ihm, wo er gewesen war – »und mein Rheuma war wie verflogen. Die Schlaflosigkeit war etwas Furchtbares, meistens schlafe ich sonst wie ein Murmeltier. Auch jetzt wieder, seit dieser Zahn heraus ist.«
»In der Bahn schlafe ich nie besonders gut«, bemerkte Chapman.

»Ach, ich schon. Wahrscheinlich, weil ich es gewohnt bin. Gestern habe ich wunderbar geschlafen. Mildred hier bestand darauf, das obere Bett zu nehmen. Sie meinte, in der Nähe des Fensters würde sie überhaupt nie einschlafen. Ich persönlich schlafe sonst geradesogern im obern. Es macht mir gar nichts aus. Ich ziehe es sogar vor. Aber es ist Mildreds erste lange Reise, und da durfte sie wählen. Wir hätten gerne ein Abteil für uns gehabt, aber die waren alle schon weg. Meine Schwester und ich hatten ein eigenes Abteil, als wir nach New Orleans fuhren. Damals schlief ich im obern.«
Mildred hätte sich gerne am Gespräch beteiligt. Wenn sie doch auch so viel gereist wäre; Chapman hielt sie sicher für furchtbar einfältig!
Sie hatte nichts zu erzählen, was für andere anhörenswert war, und es war etwas schwierig, wach zu bleiben, wenn man selber nicht redete, selbst in Gesellschaft so weitgereister Leute wie Chapman und Hazel. Chapman sah aus wie ein feiner Mann, und es war schrecklich, ihm gegenüber eine so einfältige Rolle zu spielen.
Aber schließlich *war* sie einfältig, sagte sie sich, und Hazels Kenntnisse ließen sie doppelt einfältig erscheinen. Kein Wunder, daß ihr neuer Bekannter sie seit dem Mittagessen kaum angeschaut hatte.

»Waren Sie je in San Antone?« fragte Chapman seine Gefährtinnen.
»Fabelhaft, nicht?« rief Hazel. »Alamo! Fabelhaft! Und diese schmuddligen Mexikaner! Und Salt Lake City ist auch fabelhaft. Dieser Tempel! Und im See selber zu schwimmen ist ein Erlebnis. Weißt du, Mildred, das Wasser ist so salzig, daß man nicht untergeht. Man liegt einfach darauf wie auf einem Brett. Man geht nicht unter. Und noch ein fabelhafter Ort ist Lake Placid. Ich wollte letzten Sommer mit Bess Eldridge wieder einmal dorthin, aber sie war damals mit Harley Bateman verlobt, ein furchtbar netter Mensch, wenn er nicht betrunken war, aber einfach schrecklich, wenn er ein paar gehabt hatte. Ein Schulkamerad meines Bruders. Harley wollte bei der Fußballmannschaft mitmachen, aber der Trainer mochte ihn nicht. Sein Vater war Drogist und besaß das erste Auto in der Gegend. So sind wir denn im Sommer nicht nach Lake Placid ge-

gangen, aber nächsten Sommer fahre ich bestimmt hin. Auch im Winter ist es übrigens wunderbar dort.«

»Ich habe ein komisches Gefühl in meiner Zahnlücke«, bemerkte Chapman.

»Mit meinen Zähnen«, sagte Hazel, »habe ich nie etwas zu tun gehabt, außer ein einziges Mal. Ich litt damals an Rheuma, und jemand meinte, es könnte von einem hohlen Zahn herrühren, aber ich wollte es nicht glauben, weil meine Zähne sonst tadellos sind –«

»Dieser war ganz entzwei«, sagte Chapman.

»Aber meine Freundinnen sagen immer, sie beneiden mich um meine Zähne; meine Zähne und meinen Teint. Ich bemühe mich, meinen Mund sauberzuhalten und mein Gesicht, das ist es wohl. Aber in der Bahn ist es schwierig, sauber zu bleiben.«

»Wo wollen Sie denn hin? Zur Westküste?«

»Ja, nach Frisco, und dann Los Angeles.«

»Nennen Sie es aber nicht Frisco, wenn Kalifornier dabei sind; sie hören es nicht gern. Ist es Ihre erste Reise dorthin?«

»Nein, ich war schon vor Jahren einmal dort.«

Sie wandte sich an Mildred.

»Das hast du nicht gewußt, wie?« sagte sie. Aber Mildred war eingeschlafen. »Die arme Mildred! Sie ist völlig erschöpft. Ist eben das Reisen nicht gewohnt. Sieht hübsch aus, finden Sie nicht?«

»Sehr hübsch!«

»Vielleicht nicht ausgesprochen hübsch«, sagte ihre Freundin, »aber süß, wie ein Wickelkind. Man sollte meinen, die Männer seien verrückt nach ihr, aber das ist nicht der Fall. Viele finden sie überhaupt nicht hübsch. Man kann wohl gar nicht richtig hübsch sein, wenn man nicht mehr Ausdruck hat im Gesicht als sie. Die arme Mildred ist immer ein bißchen zu kurz gekommen.«

»Um diese Jahreszeit möchte ich lieber in Atlantic City sein als in San Francisco.«

»Ach, Atlantic City, ist das nicht fabelhaft! Es gibt nur *ein* Atlantic City. Besonders im Winter. Im Winter trifft man da nur nette Leute. Im Sommer ist das anders. Ich will nicht vornehm tun, aber ich muß sagen, die Leute, die man da an diesen Ferienorten trifft, sind nicht immer mein Fall. Furchtbar. Vor zwei Jahren war ich mit Bess Eldridge in Atlantic City. Leider überließ ich es ihr, Zimmer zu bestellen, und sie telegraphierte ans Hotel Traymore, behauptete sie, aber sie hatten nichts mehr für uns. Wir versuchten es mit dem Ritz und dem Ambassador und noch mit andern, aber nirgends bekamen wir etwas, das heißt, nirgends, wo man gerne absteigen möchte. Bess war damals mit Harley Bateman verlobt. Jetzt ist sie mit einem gewissen Wannop aus Minneapolis verheiratet. Aber zu der Zeit, von der ich spreche, gingen wir nach Philadelphia und übernachteten bei meiner Tante, und zum Frühstück gab es Leberschnitten und Speck. Harley war ein feiner Kerl, wenn er nicht gerade trank. Aber am liebsten ist mir doch Atlantic City, jahraus, jahrein.«

»In Grand Island muß ich ein Telegramm aufgeben.«

»Ach, wenn ich von dort eins aufgäbe, wann käme es in Elkhart an?«

»Heute nacht oder morgen früh.«

»Ich möchte meiner Schwester telegraphieren.«

»Na also, schicken Sie das Telegramm von Grand Island aus.«

»Ich glaube, ich warte doch und schicke es von Frisco aus.«

»Aber bis wir dort sind, das dauert mehr als zwei Tage.«

»Aber vorher ändert doch die Zeit, nicht?«

»Ja, in Nord-Platte.«

»Dann telegraphiere ich ihr vielleicht doch von Grand Island.«

»Ihrer Schwester, sagten Sie?«

»Gewiß. Meiner Schwester Lucy. Sie hat Jack Kingston geheiratet, von der Autoreifenfabrik.«

»Ich habe wirklich ein leeres Gefühl, wo der Zahn war«, sagte Chapman.

Als der Zug in Nord-Platte abfuhr, im Laufe des Nachmittags, gesellte sich Chapman wieder zu den beiden Mädchen im Aussichtswagen.

»Also, meine Damen«, sagte er, »jetzt können Sie Ihre Uhren eine Stunde zurückstellen. Bis jetzt hatten wir Zentralzeit, jetzt gehen wir zur Bergzeit über.«

»Bergzeit«, wiederholte Mildred. »Daher stammt wohl die Redensart, ›es ist höchste Zeit‹.«

Hazel und Chapman schauten verständnislos drein, und Mildred wurde rot. Sie hatte das Gefühl, es sei wohl falsch gewesen, daß sie überhaupt etwas gesagt hatte. Sie schlug ihr Buch auf,

›Carlyle über Cromwell und andere‹, das Pfr. N. L. Veach ihr zu Weihnachten geschenkt hatte.

»Waren Sie je in Washington?« erkundigte sich Chapman bei Hazel.

»Ach, ist es nicht schön! ›Die großzügig angelegte Stadt‹. Fabelhaft. Ich war vor zwei Jahren mit Bess Eldridge dort. Wir wollten den Präsidenten sehen, aber es kam etwas dazwischen. Ach ja, Bess erhielt ein Telegramm von Harley Bateman, er werde am Nachmittag eintreffen. Und dann kam er gar nicht. Er war furchtbar nett, wenn er gerade nicht trank, aber schrecklich, wenn er geladen hatte. Bess löste die Verlobung mit ihm dann auf und heiratete einen gewissen Wannop, Mühlenbesitzer in Minneapolis.

Sie war ein feines Mädchen, kaute aber an den Fingernägeln. So bekamen wir den Präsidenten nicht zu sehen, nahmen aber an einigen Sitzungen des Senats und des Repräsentantenhauses teil. Ist Ihnen klar, wie die überhaupt jemals etwas fertigbringen? Und wir sahen den Rock Creek Park und Mount Vernon und den Arlington Friedhof und Keiths Tingeltangel.

Moran und Mack traten dort auf, wissen Sie, die als Neger aufgemachten Komiker. Moran, oder war es Mack, der Kleine jedenfalls, sagte der doch zum andern – ich weiß nicht mehr genau, wie es ging, aber sie waren zum Schreien; Bess und ich, wir lachten uns schief. Und am letzten Abend unseres Aufenthaltes sahen wir noch Thomas Meighan in ›Trautes Heim‹. Fabelhaft! Harley Bateman kennt Thomas Meighan persönlich. Er hat ein schönes Haus draußen auf Long Island. Einmal war Harley dort eingeladen, aber es kam etwas dazwischen. Ach ja, Harley hatte einen Stiftzahn, und an dem Tag aß er Karamellen, und der Zahn fiel heraus –«

»Sehen Sie hier«, sagte Chapman und sperrte den Mund auf. »Diesen habe ich mir in Milwaukee ziehen lassen –«

»Harley war einfach süß, wenn er nüchtern war, aber schrecklich, wenn –«

Es fiel Mildred ein, ihre Anwesenheit könnte überflüssig sein. Hier waren offenbar verwandte Seelen, zwei, die überall gewesen waren und alles gesehen hatten. Aber in ihrer Gegenwart konnten sie natürlich nur über Ortsveränderung und Zahnheilkunde sprechen.

»Ich glaube, ich gehe in unseren Wagen und lege mich etwas hin«, erklärte sie.
»Ach, bitte nicht –«, sagte Chapman erstaunlicherweise, ließ es dann aber dabei bewenden.
Schon war sie weg, und die verwandten Seelen waren unter sich.
»Lake Louise«, sagte Chapman, »den haben Sie sicher auch schon gesehen?«
»Fabelhaft!« rief Hazel aus. »Haben Sie je etwas Hübscheres gesehen? Da redet man von den Seen in Irland und Schottland und der Schweiz, aber ich glaube nicht, daß sie den Vergleich mit Lake Louise aushalten. Ich war mit Bess Eldridge dort, kurz bevor sie sich mit Harley Bateman verlobte. Er war –«
»Ihre Freundin ist verteufelt hübsch.«
»Wie man's nimmt. Es ist wohl Geschmackssache.«
»Ist sie immer so still?«
»Die arme Mildred hat nicht viel zu sagen. Sie hat nicht viel gehabt vom Leben und hat deshalb auch nichts zu erzählen. Aber was wollte ich vorhin sagen? Ach ja, wegen Harley Bateman –«
»Das ist eigentlich keine schlechte Idee, sich etwas hinzulegen. Ich glaube, ich versuche es auch damit.«

Am nächsten Tag beim Mittagessen waren Chapman und Hazel allein.
»Mildred ist leider ein wenig bahnkrank«, erklärte Hazel. »Sie sagt, sie fühle sich wohl, aber sie hat keinen Hunger. Die Fahrt war wohl etwas zu viel für sie. Schließlich ist es das erste Mal, daß sie irgendwohin reist.«
In Wirklichkeit verhielt es sich so, daß Mildred sich nicht gerne anstarren ließ, und am Abend vorher beim Essen hatte Chapman sie die ganze Zeit angestarrt, als sei sie eine Kuriosität, als hege er Zweifel, ob es etwas so Einfältiges wirklich gebe. So war es ihr wenigstens vorgekommen. Dabei gefiel er ihr doch, und es wurmte sie, daß sie nicht war wie Hazel, nie verlegen um interessanten Gesprächsstoff.
»In einer halben Stunde sind wir in Ogden«, bemerkte Chapman, »dort haben wir fünfundzwanzig Minuten Aufenthalt. Das sollte genügen, um Ihre Freundin von ihrer Bahnkrankheit zu heilen, oder was immer ihr fehlt. Sie sollte aussteigen und sich an der frischen Luft etwas Bewegung verschaffen.«
»Sie scheinen großen Anteil an ihr zu nehmen«, sagte Hazel.

»Sie ist reizend«, erwiderte er. »Und außerdem tut mir jedermann leid, der –«
»Männer finden sie sonst nicht reizend. Auf ihre Art ist sie ganz hübsch, aber doch etwas kindlich.«
»Das finde ich gar nicht –«
»Hier wechselt die Zeit wieder, nicht?«
»Gewiß. Wieder eine Stunde zurück. Wir gehen von der Bergzeit zur Pazifischen Zeit über. Manche behaupten, es sei nicht gut für die Uhr, wenn man sie zurückdreht, aber meiner hat es noch nie geschadet. Diese Uhr –«
»Meine hier habe ich in New York gekauft«, sagte Hazel. »Das war vor etwa zwei Jahren, das letzte Mal, als Bess Eldridge und ich dorthin fuhren. Warten Sie mal, war das vor oder nach ihrer Entlobung? Es war vorher. Aber Harley sagte, er kenne den Geschäftsleiter des Belmont und werde ihm telegraphieren, damit wir ein gutes Zimmer bekämen. Natürlich vergaß er zu telegraphieren, so daß wir schließlich im Hotel Pennsylvania landeten, Zimmer Nr. 1012. Nein, Nr. 1014. Es war ein Ehepaar aus Pittsburgh, Bradbury mit Namen, das Nr. 1012 hatte. Der Mann hinkte. Bess wollte Jeanne Eagels in ›Regen‹ sehen, und wir versuchten, am Kiosk Karten zu kriegen, aber da hieß es 15. Reihe. Statt dessen gingen wir dann ins Palace. Ina Claire spielte da. Und am nächsten Morgen kamen wir also zum Frühstück herunter, und wen trafen wir da? Niemand anders als Dave Homan. Wir hatten ihn im Frühling in French Lick kennengelernt. Fabelhaft ist es dort, in French Lick!
Nun, Dave wollte uns unbedingt New York zeigen, als ob wir es nicht schon vorwärts und rückwärts gekannt hätten. Aber es war höchst unterhaltsam. Wir kamen aus dem Lachen nicht heraus. Ich weiß noch, Dave führte uns ins Aquarium, und da waren natürlich massenhaft Leute, und Dave gab einem der Aufseher fünfundzwanzig Cents, um ›Herrn Fisch‹ auszurufen. Zum Schreien! Dave hat mir einmal einen Heiratsantrag gemacht, nur so zum Spaß, und ich sagte ihm, das komme nicht in Frage, man habe mir gesagt, lachen mache dick, und wenn ich mit ihm zusammenlebte, müßte ich meine Kleider bald beim Zeltmacher beziehen. Dave sagte, wir würden gut zusammenpassen, da wir beide viel Sinn für Humor haben. Nicht um alles in der Welt möchte ich meinen Sinn für Humor aufgeben.

Ich weiß nicht, wie man ohne Sinn für Humor überhaupt leben kann. Mildred, zum Beispiel; sie sieht nie, was komisch ist an einer Sache, bis man es ihr graphisch darstellt, und selbst dann schaut sie einen an, als sei man übergeschnappt.

Aber ich wollte Ihnen von Dave Homan erzählen. Wir plauderten und kamen vom Hundertsten ins Tausendste, und ich sagte zufällig etwas von Harley Bateman, und Dave fragte: ›Harley Bateman? Kennen Sie Harley Bateman?‹ und Bess und ich lächelten einander zu, und ich sagte, ja, den kennen wir wohl. Nun, offenbar waren Dave und Harley miteinander in Atlantic City gewesen, an irgendeiner Vereinstagung, und sie tranken etwas, und David hatte nachher die größte Mühe, zu verhindern, daß Harley polizeilich in Gewahrsam genommen wurde. Wenn er trinkt, ist er ganz anders, wie Tag und Nacht. Dave hat ihm damals herausgeholfen, und später trafen sie einander wieder in Chicago. Oder war es in Duluth? Und der nächste Tag war ein Mittwoch, und Dave ließ es sich nicht nehmen, Bess und mich zu einer Nachmittagsvorstellung von ›Regen‹ einzuladen, aber Bess mußte zum Zahnarzt –«

»Sehen Sie das hier?« unterbrach sie Chapman, wobei er den Mund weit aufsperrte.

»So ging denn Dave mit mir allein hin, und er sagte, er habe schon lange auf eine solche Gelegenheit gehofft. Drei seien eins zuviel, sagte er. Ich glaube, wenn ich ihm auch nur halbwegs entgegengekommen wäre – aber der Mann, den ich heirate, muß etwas mehr als ein Witzbold sein. Er muß etwas gesehen haben von der Welt und Menschenkenntnis haben und Herzensbildung. Und natürlich auch Sinn für Humor. Das ist es, was Dave Homan fehlt – er kann überhaupt nie ernst sein. Harley Bateman ist doppelt soviel wert wie er, wenn er nicht trinken würde. Er ist wie ausgewechselt, wenn er trinkt. Schrecklich ist das. Bess Eldridge war mit ihm verlobt, aber sie löste die Verlobung auf, nachdem wir ihn zufällig in Chicago in Begleitung von Joan Killian gesehen hatten. Jetzt ist Bess verheiratet mit einem gewissen Wannop, einem Mühlenbesitzer aus Minneapolis. Nach der Vorstellung trafen wir uns dann wieder mit Bess. Sie war beim Zahnarzt gewesen –«

»Vor drei Tagen, in Milwaukee –«, begann Chapman.

»Und am nächsten Nachmittag nahmen wir das Schiff nach Boston. Ich war natürlich auch schon in Boston gewesen, aber noch nie mit dem Schiff. Harley Bateman hatte uns gesagt, es sei eine feine Fahrt, so beschlossen wir, es einmal zu wagen. Wir liefen also um fünf Uhr aus, und Bess und ich standen an Deck, als jemand von hinten auf uns zukam und mir mit den Händen die Augen verdeckte und sagte: ›Rat mal, wer ist's?‹ Also ich hätte es niemals erraten. Es war Clint Poole aus South Bend. Stellen Sie sich das vor! Harley Batemans Schwager!«

»Da ist Ogden«, sagte Chapman, als der Zug gebremst wurde.

»Ach, und ich muß der Schwester noch ein Telegramm schicken. Meiner Schwester, Lucy Kingston.«

»Ich glaube, ich gehe etwas an die frische Luft«, erklärte Chapman, aber zuerst ging er in den Wagen, wo Mildred über ihrem Buch saß.

»Fräulein Mildred«, sagte er, »wie wär's, wenn Sie morgen früh mit mir frühstücken? Ich möchte Ihnen die Lawinenverbauungen zeigen.«

»Das wäre fein!« sagte Mildred. »Ich will es Hazel mitteilen.«

»Nein«, sagte Chapman. »Sagen Sie Hazel bitte nichts davon. Ich möchte sie Ihnen allein zeigen.«

Auch wenn Mildred das Bahnfahren gewohnt gewesen wäre, hätte sie eine solche Bemerkung nicht schlafen lassen.

Mildred fand Chapman am nächsten Morgen im Speisewagen, wo er auf sie wartete, eine Stunde westlich von Truckee.

»Sind das dort die Lawinenverbauungen, von denen Sie sprachen?«

»Gewiß«, erwiderte er, »doch über die reden wir später. Zuerst möchte ich Sie einiges fragen.«

»Mich?« staunte Mildred. »Mich etwas fragen? Das müssen aber einfache Fragen sein, sonst bleibe ich Ihnen die Antwort bestimmt schuldig.«

»Meine Fragen sind einfach genug«, sagte Chapman. »Erstens, kennen Sie Harley Bateman?«

»Ich habe von ihm gehört, aber ich kenne ihn nicht.«

»Kennen Sie Bess Eldridge?«

»Wir grüßen uns, das ist alles.«

»Was für Reisen haben Sie außer dieser schon unternommen?«

»Gar keine. Dies ist wirklich das erste Mal, daß ich irgendwohin reise.«

»Ist Ihre Freundin jemals verlobt gewesen?«

»Ja, zweimal. Beide Verlobungen gingen auseinander.«

»Das kann ich mir denken. Wo hätte auch die Hochzeitsreise hingehen sollen!«
»Was meinen Sie damit?«
»Ach, nichts. Sagen Sie, hab ich Ihnen schon erzählt, wie ich mir in Milwaukee einen Zahn ziehen ließ?«
»Ich glaube nicht«, sagte Mildred.
»Ich hatte da schrecklich Zahnweh. Vor vier Tagen. Ich dachte, da muß was geschehen, und ging zu einem Zahnarzt und sagte, er solle mir den Zahn ziehen. Er riet mir zu Lachgas, aber ich wollte nicht. So zog er ihn mir denn, und ich ging fast drauf, aber ohne mit der Wimper zu zucken. Er meinte, es sei einer der schwersten Fälle gewesen, die er je gehabt habe; Wurzeln, so groß wie Ihr kleiner Finger. Und der Zahn selber voll Eiter.«
»Entsetzlich! Sie sind offenbar sehr tapfer.«
»Sehen Sie hier, die Lücke«, sagte Chapman und sperrte den Mund auf.
»Aber, Herr Chapman, das muß ja furchtbar weh getan haben!«
»Sagen Sie Dan zu mir.«
»Ach, lieber nicht.«
»Also, sagen Sie mal, werden Sie in San Francisco die ganze Zeit mit Fräulein Hazel zusammen sein?«
»Nein, das nicht«, sagte Mildred. »Hazel will eine Zeitlang zu ihrer Tante in Berkeley auf Besuch. Und ich wohne im Hotel Fairmont.«
»Wann fährt sie nach Berkeley?«
»Nächsten Dienstag, glaube ich.«
»Darf ich Sie nächsten Mittwoch anrufen?«
»Aber dann ist Hazel nicht da.«
»Ja, ich weiß«, sagte Chapman, »aber wenn es Ihnen recht ist, rufe ich Sie doch an. Was nun diese Lawinenverbauungen betrifft –«

Mancher liebt sie kalt

New York, 3. August

Liebes Fräulein Gillespie!

Wie steht es nun mit unserer Wette, wo Sie doch gewettet haben, ich würde Sie vergessen, sobald ich in der Großstadt angelangt bin, und würde Ihnen niemals schreiben? Nun, mein Kind, Sie haben offenbar verloren, also zahlen Sie! Doch Spaß beiseite, die Wette gilt nicht, da ich nicht zu denen gehöre, die auf eine ausgemachte Sache wetten, und es war eine ausgemachte Sache, daß ich ein schönes Kind wie Sie nicht vergessen würde. Was mich beschäftigt, ist die Frage, ob es sich nicht eher umgekehrt verhält, ob Sie sich nicht wundern, wer dieser freche Bursche ist, der Ihnen diesen Brief schreibt. Sicher wundern Sie sich; ich will deshalb versuchen, Ihr Gedächtnis aufzufrischen. Also, ich bin der hübsche junge Mann, der am Montag in einem bestimmten Bahnhof umherschlenderte und sich ›zufällig‹ neben ein verteufelt hübsches Kind setzte, das auf seine Schwester aus Toledo wartete; aber der Zug hatte Verspätung, und das freut mich, weil ich sonst jenes hübsche Kind nie kennengelernt hätte. So hatte ich zur Abwechslung einmal Glück, aber es war auch höchste Zeit, daß ich Glück hatte, da wir beide entschieden Pechvögel sind, wo wir doch die ganze Zeit in Chicago wohnten und uns erst eine halbe Stunde, bevor ich endgültig abreiste, rasch noch begegneten.

Immerhin, ›besser spät als nie‹, und vielleicht können wir die verlorene Zeit einholen, obwohl es danach aussieht, als müßten wir das aus der Ferne tun, es sei denn, Sie machen Ihre Drohung wahr und kommen nach New York. Ich wollte, Sie täten mir den Gefallen, da sonst allem Anschein nach keine Aussicht besteht, daß wir uns jemals wiedersehen, da es nicht den Anschein hat, als käme ich je wieder nach Chicago, da meine Zukunft hier in der großen Stadt liegt. Es geht nichts über New York, besonders für einen, der in der Schlagerindustrie unterkommen will, hier ist nämlich das Mekka für diesen Beruf, und ganz gleich, wie tüchtig einer ist, man wird nicht anerkannt, wenn man nicht in New York lebt.

Nun, mein Kind, Sie wollten, daß ich Ihnen von meiner Reise

erzähle. Ich weiß noch, Sie sagten, Sie gäben alles drum, mitfahren zu können; aber was die Fahrt betrifft, können Sie Gott danken, daß Sie nicht mitfahren mußten, Sie wären wie in Schweiß gebadet gewesen. Ich jedenfalls war es, besonders auf der Strecke durch Indiana am Montagnachmittag, aber nachts war es noch schlimmer, weil ich vor Hitze nicht schlafen konnte, und schließlich gab ich es auf und lag einfach da, schweißüberströmt, obwohl ich auf der Bettdecke lag und nichts als meine Unterwäsche anhatte.

Gestern war es nicht so schlimm, da es am Vormittag, auf der Fahrt durch den Staat New York, meistens regnete, und am Nachmittag fuhren wir immer den Hudson entlang. Das ist noch ein Fluß, mein Kind! Nur schon der bloße Anblick läßt einen die Hitze vergessen und überhaupt alles außer einem gewissen schönen Kind, das ich am Montag zum ersten Mal sah und auch dann nur eine halbe Stunde lang, aber es war die Art von Mädel, das man nur einmal zu sehen braucht, und man vergißt es nie. Aber schweigen wir lieber davon, sonst glauben Sie noch, ich sei ein ›Frechdachs‹.

Sonst ist von der Reise nicht viel zu erzählen, nur *ein* lustiges Erlebnis hatte ich gestern, das ich Ihnen erzählen will. Stieg doch da am Montag in Toledo eine ›Dame‹ zu, die im Schlafwagen den Platz gegenüber, auf der andern Seite des Gangs hatte, aber ich sah die Nacht hindurch überhaupt nichts von ihr, da ich bis spät im ›Raucher‹ saß und sie sich früh in die Klappe warf, aber gestern kam sie in den Speisewagen und setzte sich an meinen Tisch und suchte eine Bekanntschaft vom Zaune zu reißen, so auffällig, daß sogar der farbige Kellner mir zuzwinkerte; und ich beachtete sie natürlich gar nicht und wartete, bis sie wieder draußen war, damit sie nicht etwa hinterherkomme; aber sie blieb auf dem Hinausweg stehen, um sich einen Zahnstocher zu besorgen, und als ich den Speisewagen verließ, stand sie draußen damit, und ich wollte mich natürlich vorbeidrängen, aber sie sprach mich an und fragte mich, wie spät es sei, und ich sagte es ihr, und sie bemerkte, dann gehe ihre Uhr wohl nach, und ich sagte, das habe die Uhr wohl von ihr.

Ich weiß nicht, ob sie die Anspielung verstand oder nicht, jedenfalls machte sie keine weiteren Annäherungsversuche und stieg in Albany aus. Es war eine kesse Motte, aber ich habe

nichts übrig für solche, die im Zug mit Unbekannten anbändeln wollen.
Doch wenn ich jetzt nicht aufhöre, denken Sie, ich schreibe ein ganzes Buch, aber ich erwarte einen ebenso langen Brief von Ihnen, dann wird sich ja zeigen, ob Sie Ihr Versprechen halten wie ich meines. Lassen Sie mich nicht im Stich, mein Kind, da ich ganz allein in einer großen Stadt bin und sonst Heimweh bekomme nach dem guten Chicago, aus dem ich mir allerdings erst etwas mache, seit ich weiß, daß Sie dort wohnen. Halten Sie das nicht für Geflunker, mein Kind, da es mir Ernst ist damit.
Sie können mir in dieses Hotel schreiben, da es ganz den Anschein hat, als bliebe ich hier, da es an der 47. Straße liegt, nicht weit vom Broadway und überhaupt sehr günstig; ich zahle nur 21 $ die Woche für das Zimmer und hätte auch eines für 16 $ haben können, aber ohne Bad, doch der Preisunterschied lohnt sich, da ich verloren bin ohne mein Bad frühmorgens und manchmal auch nachts.
Morgen stürze ich mich wohl in den ›Kampf am Broadway‹, und ich schreibe Ihnen dann, wie es mir ergeht, das heißt, wenn Sie diesen Brief beantworten. Inzwischen, mein Kind, au revoir, und ›sei hübsch brav‹.

Ihr neuer Freund (?)
Chas. F. Lewis

Chicago, Ill., 6. August

Lieber Herr Lewis!
Also das war wirklich ein ›Überraschungseffekt‹, dieser Brief von Ihnen, und Sie sind wirklich ein ›Wundertäter‹, Ihr Wort zu halten, da leider die meisten Männer Ihres Geschlechts leichtsinnige Herzensbrecher sind, aber vielleicht sind Sie nicht so. Jedenfalls war es eine richtige Überraschung, und ich bezahle gerne, wenn Sie mir sagen wollen, was wir eigentlich gewettet haben. Hoffentlich nicht um Geld, da ich ein ›berufstätiges Mädchen‹ bin, aber wenn es nicht mehr als ein Dollar oder zwei war, will ich versuchen, es zusammenzukratzen, selbst wenn ich ›betteln, borgen oder stehlen‹ muß.
Sie halten mich wohl für ein ›verrücktes Huhn‹, eine Wette einzugehen und dann zu vergessen, um was gewettet wurde, aber Sie dürfen nicht vergessen, daß ich Sie eben erst kennen-

gelernt hatte und ganz ›geblendet‹ war. Spaß beiseite, ich war eher ›verbiestert‹, und ich will Ihnen sagen warum. Also, lieber Herr Lewis, Sie sehen wohl oft Mädchen wie das im Speisewagen, von dem Sie mir schrieben, daß es mit Ihnen anbändeln wollte, aber ich möchte Sie versichern, daß ich nicht zu dieser Sorte gehöre, und hoffe dringend, Sie glauben mir, wenn ich Ihnen sage, daß Sie der erste Mann sind, von dem ich mich habe ansprechen lassen, und meine Freunde und Bekannten wären sprachlos, wenn sie wüßten, daß ich je mit einem Mann gesprochen habe ohne vorherige ›Vorstellung‹.

Glauben Sie mir, lieber Herr Lewis, ich tue das sonst nicht und weiß nicht mehr, warum ich es getan habe, höchstens weil Sie nicht aussahen, als gehörten Sie zu denen, die sich an jedes hübsche Mädchen heranmachen. Ich handle des öftern ›spontan‹ und lasse mein Gefühl mit mir durchgehen, um es dann zu bereuen, wie in diesem Fall, aber hoffentlich geben Sie mir keinen Anlaß, es zu bereuen, das glaube ich auch nicht von Ihnen, da Sie nicht so sind, besonders nach dem, was Sie mir von der ›Motte‹ im Speisewagen erzählt haben. Jedenfalls aber war ich, wie gesagt, in einem ›Dämmerzustand‹ und weiß nicht mehr, um was die Wette ging, bin aber bereit zu zahlen, wenn es mich nicht ›umbringt‹. Etwa zehn Minuten, nachdem Ihr Zug weg war, kam der meiner Schwester an, und als sie mich sah, was glauben Sie, daß sie als erstes sagte? »Mibs«, sagte sie (manche meiner Freunde nennen mich so), »was ist denn mit dir passiert? Du hast noch nie so viel Farbe gehabt.« Ich sagte etwas von der Hitze und fing dann von etwas anderem an, da ich ihr entschieden nichts davon erzählen wollte, daß ich soeben mit einem Unbekannten gesprochen hatte, sonst wäre sie gleich tot umgefallen. Entweder das, oder sie hätte es mir nicht geglaubt, da jemand, der mich kennt, sich so etwas gar nicht vorstellen kann; im Gegenteil, ich stehe im Ruf, jeden, der mir frech kommt, unbarmherzig ›abzuwimmeln‹. Verstehen Sie das bitte nicht persönlich, lieber Herr Lewis; ich verfüge über einige Menschenkenntnis und sah sofort, daß Sie nicht zu dieser Sorte gehören, ohne daß Sie es mir zu sagen brauchten.

Seit der Ankunft meiner Schwester waren wir ständig auf den Beinen, da ich mich gestern und heute freigemacht habe, damit ich ihr die Stadt zeigen kann. Sie behauptet zwar, es wäre ihr vollkommen recht, bei mir zu Hause zu sitzen und mir zuzuhören, wenn ich ›drauflosplappere‹. Ich bin sehr gesprächig, aber meine Schwester sagt, mir zuzuhören sei so gut wie eine Vorstellung, da ich alles auf eine besondere Art erzähle, da ich unwillkürlich immer die humoristische Seite der Dinge sehe; und sie behauptet, sie könne mir endlos zuhören, aber sie ist natürlich meine Schwester und hält große Stücke auf mich, obwohl sie lacht, als mache ihr mein Übermut wirklich Spaß.

Vielleicht habe ich Ihnen erzählt, daß ich eine winzig kleine Wohnung habe, mit einer Freundin zusammen, wo man sich kaum umdrehen kann, aber trotzdem, es ist ein ›Zuhause‹, und ich bin ein rechtes Nesthäkchen und gehe abends fast nie aus, höchstens gelegentlich ins Theater oder zum Tanz. So klein unser ›Nest‹ ist, sind wir doch stolz darauf, und die Schwester war des Lobes voll, wie gemütlich und ›heimelig‹ es bei uns aussehe; sie sagte, sie begreife gar nicht, wie wir es uns leisten können, alles so hübsch zu haben, und Edith (meine Freundin) meinte: »Das ist alles Mibs zu verdanken. Ich habe noch nie jemand gekannt, der mit so wenig so gut auszukommen versteht.« Sie ist natürlich meine beste Freundin und sagt immer nette Dinge über mich, aber ich gebe mir wirklich Mühe, und hoffentlich nicht umsonst. Habe schon immer behauptet, Geschmack und Sparsamkeit seien viel wichtiger als ein Haufen Geld, obwohl dieses auch nicht zu verachten ist.

Sie müssen mir unbedingt schreiben, wie es Ihnen beim ›Kampf am Broadway‹ ergeht (ich mußte lachen, als ich das las) und ob Ihre Schlager den Verlegern gefallen, obwohl ich nicht daran zweifle. Möchte sie gar zu gern hören und Sie Klavier spielen hören, da ich gute Jazzmusik noch mehr liebe als klassische, obwohl es vielleicht schrecklich ist, so etwas zu sagen. Aber ich sage meistens genau was ich denke, obwohl es mir nachher oft nicht recht ist. Aber ich glaube, es ist doch besser, wenn man sich so gibt, wie man ist, statt immer Theater zu spielen. Ich fürchte allerdings, ich werde nie Gelegenheit haben, Sie spielen zu hören, es sei denn, Sie kommen wieder nach Chicago und machen uns einen Besuch, da meine ›Drohung‹, nach New York zu kommen, nichts als eine ›Drohung‹ war, und ich keine Möglichkeit sehe, jemals hinzukommen, es sei denn, ein reicher New Yorker verliebe sich in mich und nehme mich mit fürs Leben. Da kann ich lange hoffen, wie?

Nun, ich habe wohl genug ›drauflosgeplappert‹, und Sie denken wohl, ich schreibe ein ganzes Buch, wenn ich nicht aufhöre, und außerdem hat mich die Schwester gebeten, ich solle ihr zuliebe einen Kuchen backen. Sie wissen das vielleicht nicht, lieber Herr Lewis, aber ich bin berühmt für meinen Kuchen, aber ein ›Genie‹ will wohl von solch hausbackenen Dingen nichts hören.

Also, schreiben Sie doch bald wieder und erzählen Sie mir, wie es in New York ist, und vergessen Sie Ihr Mädelchen nicht, das ›unartig‹ war und sich im Bahnhof mit einem Unbekannten in ein Gespräch einließ und sich deswegen immer noch schämt.

Ihre Freundin (?)
MABELLE GILLESPIE

New York, 10. August

LIEBES KLEINES FRÄULEIN!

Sie halten mich sicher für einen Frechdachs, einen Brief so anzufangen, aber Frl. Gillespie ist zu kalt, man bringt es bei dieser Hitze nicht über sich, besonders in dieser Stadt hier, was der heißeste Ort ist, den ich je erlebt habe, und die New Yorker sind vielleicht deshalb so schlimm, weil sie glauben, sie sind bereits in der H***e und können an keinen schlimmeren Ort hinkommen, ganz gleich, wie sie sich benehmen. Ich beneide Sie wirklich, mein Kind, daß Sie dort sind, wo eine kühle Luft vom See her weht, und Chicago ist vielleicht dreckig, aber an Dreck ist wohl noch niemand gestorben, dagegen sind hier gestern vier Menschen am Hitzschlag gestorben, und zwei Frauen habe ich gesehen, die mitten auf dem Broadway hinschlugen und vom Krankenwagen geholt werden mußten, und es kann nicht gewesen sein, weil sie zu warm angezogen waren, denn die Frauen hier können unmöglich noch weniger tragen.

Was den Kampf am Broadway betrifft, habe ich nicht viel Glück gehabt, da die Leiter der großen Musikverlage in den Ferien sind, und nur mit diesen will ich verhandeln, da es bei dem Material, das ich habe, jammerschade wäre, meine Zeit mit irgendeinem Angestellten zu verplempern, der nichts zu entscheiden hat. Aber zwei meiner Nummern habe ich doch denen bei Levy und bei Goebel vorgespielt, und an beiden Orten waren sie begeistert. Es scheint, ich muß bloß abwarten, bis die großen Tiere zurückkommen, und ihnen dann meine Nummern vorspielen, und ich bin ein gemachter Mann. Was ich möchte, ist, bei einer der großen Firmen beschäftigt zu werden, da man so hinter die Kulissen sieht, und sie setzen sich mehr für die Nummern ein, wenn man bei der Firma beschäftigt ist. Bis dahin habe ich keine Nahrungssorgen, sondern besichtige die große Stadt, da ich genug gespart habe, um mich eine Weile über Wasser halten zu können, und wer Klavier spielen kann wie ich, braucht ohnehin nie zu verhungern. Ich verstehe es, den Klimperkasten zu bearbeiten, mein Kind, und 75 $ oder 100 $ die Woche kann ich damit jederzeit verdienen.

Jetzt bin ich also seit einer Woche hier und den ganzen Tag auf den Beinen, und einsam, wie ich dachte, bin ich auch nicht, da ich von den Leuten, die ich kennengelernt habe, sehr gut aufgenommen wurde, und ich habe eine ganze Menge kennengelernt. Einer, der im gleichen Hotel wohnt, ist beim Tingeltangel und Mitglied im Friars-Klub. Er hat mich einmal zum Abendessen dorthin mitgenommen, und irgendwie sprach es sich herum, daß ich Klavier spiele, so mußte ich mich natürlich hinsetzen und einige meiner Nummern vorspielen, und alles war begeistert. Unter anderem habe ich dort mit dem Schlagertexter Paul Sears Bekanntschaft gemacht; er hat schon für verschiedene Schlager die Texte geschrieben, und als er meine Melodien hörte, nahm er mich beiseite und sagte, er möchte gerne mit mir zusammenarbeiten. Da ›staunste‹, mein Kind, wo er doch einer der bedeutendsten Schlagertexter in New York ist!

In New York gibt es überaus hübsche Mädchen, und es wäre wohl nicht schwer, mit ihnen bekannt zu werden, tatsächlich hatten es schon mehrere auf mich abgesehen, seit ich hier bin; aber ich sage mir immer, mit einem Mädchen kann etwas nicht stimmen, wenn es sich an jemand heranmacht, den es gar nicht kennt; ich lasse mich deshalb nicht mit ihnen ein. Zwei kesse Motten habe ich aber doch kennengelernt, die am Riverside Drive wohnen, wo sie einer hier im Hotel besuchen wollte, und er bestand darauf, daß ich mitkomme, und sie kamen irgendwie drauf, daß ich mich aufs Klavier verstehe; so mußte ich ihnen denn vorspielen, von meinen eigenen Sachen, und sie waren begeistert.

Eines der Mädchen wollte, daß ich sie wieder besuche, und ich sagte halbwegs zu, glaube aber, daß ich besser die Hände davon lasse, da sie den Vamp spielte, und ich gehöre nicht zu denen, die sich mit einem Mädchen bloß um der Gesellschaft willen abgeben und zum Tanzen usw.; aber wenn ich die Richtige finde, das ist etwas anderes, die braucht mich nicht erst lange einzuladen, weil ich dann hinter ihr her bin, bis sie ja sagt. Und diese New Yorker Nachtfalter kommen da gar nicht in Frage. Die sind bloß fürs Auge, aber einlassen darf man sich mit ihnen nicht, sonst steht man plötzlich da und hat eine Gattin am Hals, die einen Geschirrlappen nicht von einem Pfannkuchen unterscheiden kann.

Also, mein Kind, ich muß schließen, da es zu heiß ist, um noch mehr zu schreiben; ich glaube, ich lasse lieber die Badewanne voll kaltes Wasser laufen und lege mich hinein, bevor ich zu Bett gehe. Schreiben Sie bald wieder an

Ihren Freund
CHAS. F. LEWIS

Chicago, Ill., 13. August

LIEBER MANN & MENSCH!

Hoffentlich halten Sie mich nicht für eine ›alberne Tüte‹, daß ich den Brief so anfange, aber ›Herr Lewis‹ klingt so förmlich, und ›Charles‹ ist zu sehr das Gegenteil, und ich würde mich ohnehin nie getrauen, einen Mann mit dem Vornamen anzureden, nachdem ich ihn erst seit vierzehn Tagen kenne. Ich will zwar kein Hehl daraus machen, daß Charles mein Lieblingsname ist, für den ich immer eine Vorliebe hatte, da mein Vater so hieß. Der Ärmste, er ist vor drei Jahren an Krebs gestorben, aber die Lebensversicherung, die er hinterließ, reichte, um der Mutter und uns Mädels ein sorgloses Leben zu ermöglichen, ohne daß wir verdienen müßten, obwohl ich seit zwei Jahren meinen eigenen Lebensunterhalt bestreite, um der Mutter das Leben zu erleichtern und weil ich es einfach nicht aushalte, nichts zu tun, da ich mir dann wie eine ›Drohne‹ vorkomme. So entflog ich denn dem elterlichen ›Nest‹, obwohl es die Mutter nicht gerne sah, da ich immer ihr besonderer Liebling war, und sie sagte immer, ich sei ihr doch ein großer Trost, da sie sich, solange ich im Hause sei, um nichts kümmern müsse.

Aber da schwatze ich von meinen häuslichen Angelegenheiten, als sei das etwas für Sie, was es doch sicher nicht ist, obwohl ich persönlich immer alles wissen will von meinen Freunden; aber ich weiß, Männer denken da anders, ich will Sie deshalb

nicht mehr damit langweilen. Sie Armer, Sie tun mir ja wirklich leid, wenn es in New York immer so heiß ist. In Chicago ist es wohl auch sehr heiß gewesen, jedenfalls beklagt sich jedermann, wie schrecklich die Hitze sei. Wahrscheinlich möchten Sie jetzt wissen, warum ich ›wohl‹ sage, ich dürfte es schließlich wissen, werden Sie sagen, ob es hier heiß ist. Nun, ich sage ›wohl‹, weil ich die Hitze nicht so spüre wie andere, wenigstens richte ich es so ein, daß ich sie nicht spüre. Ich weiß, das tönt seltsam, aber glauben Sie nicht auch, es ist etwas dran an Autosuggestion, um einen unempfindlich zu machen? Ich glaube, wenn man unangenehme Dinge nicht an sich herankommen läßt, dann können sie einem viel weniger anhaben. Bei mir wenigstens wirkt es, und das ist der Grund, warum ich nie verärgert bin, wenn etwas schiefgeht, und immer ›gute Miene‹ mache zum ›bösen Spiel‹, was immer geschieht, und so lasse ich denn zum Beispiel die Hitze einfach nicht an mich herankommen, und meine Bekannten sagen, man merke mir die Hitze gar nicht an, und Edith, meine Freundin, behauptet sogar, ich sei wie ein kühles Lüftchen, es komme mit mir immer wie eine Abkühlung ins Zimmer. Die arme Edith leidet furchtbar unter dem heißen Wetter und sagt, sie nehme es mir beinahe übel, daß ich so frisch und kühl aussehe, wo jedermann schwitze und einen roten Kopf habe.
Ich mußte lachen, als ich las, was Sie über New York schrieben – es sei so heiß, daß man glaube, man sei an jenem andern Ort. Ich weiß einen Witz zu würdigen, lieber Mann & Mensch, und dieser ging nicht ›über meinen Horizont‹. Ich muß immer noch lachen über einige der Dinge, die Sie damals im Bahnhof sagten, obwohl andere sie vielleicht nicht so lustig gefunden hätten. Ich merke es immer, wenn es etwas zu lachen gibt, und manchmal muß ich über etwas lachen, und die andern finden gar nichts dabei, aber es kommt eben von meiner Einstellung zu den Dingen, so daß ich nicht erklären kann, warum ich lachen mußte, und die andern denken, ich bin nicht ganz bei Trost. Aber meinen Sinn für Humor lasse ich mir nicht rauben, den zuallerletzt, da er mir über vieles hinweghilft.
Meine Schwester ist wieder nach Hause gefahren, obwohl ich sie gerne noch länger hier behalten hätte, aber sie mußte abreisen, obwohl sie, wie sie sagte, viel lieber bei mir geblieben wäre, um mich ›drauflosplappern‹ zu hören. Sie sagt immer,

es sei wie eine Vorstellung, weil ich mich immer so eigenartig ausdrücke, und manchmal muß sie noch wochenlang über gewisse Dinge lachen, die ich sagte. Seit ihrer Abreise führen Edith und ich wieder ein ruhiges Leben. Edith, die Ärmste, will zwar ständig Betrieb machen, jeden Abend will sie mit mir ins Kino und schimpft, wenn ich sage, ich bleibe lieber zu Hause, um etwas zu lesen, und nennt mich eine Leseratte. Es stimmt aber, daß ich lieber mit einem guten Buch zu Hause bleibe, als irgendeinen verrückten Film zu sehen. Die letzten zwei Abende habe ich vor dem Einschlafen in den Gedichten von Robert W. Service gelesen. Lieben Sie Service nicht auch, oder haben Sie nichts übrig für die ›höhere Bildung‹?

Ich persönlich kann mir nichts Schöneres vorstellen als bloß dazusitzen und ein gutes Buch zu lesen oder dazusitzen und zuzuhören, wie jemand Klavier spielt, ich meine, wenn er wirklich Klavier spielen kann, und ich glaube wirklich, ich höre volkstümliche Musik lieber als die klassische, obwohl man das fast nicht laut sagen darf, aber ich habe Musik überhaupt gern, und besonders das Klavier, wenn es von jemand gespielt wird, der wirklich spielen kann.

Es freut mich, daß Sie den ›Damen‹, die Ihre Bekanntschaft machen wollten, nicht ›verfallen‹ sind. Sie haben ganz recht, wenn Sie finden, mit Mädchen, die Annäherungsversuche machen, stimme etwas nicht, da kein Mädchen, das etwas auf sich hält, sich einen Freund anlächelt, obwohl Sie wahrscheinlich denken, ich sei die Richtige, so etwas zu sagen, in Anbetracht dessen, wie unsere Freundschaft anfing, aber es ist mir Ernst damit, und ich versichere Sie, das war das erste Mal in meinem Leben, daß ich so etwas tat, und ich hätte es auch nie getan, wenn ich nicht gewußt hätte, daß Sie der Richtige sind, ich schmeichle mir nämlich, über einige Menschenkenntnis zu verfügen und es den Leuten am Gesicht ablesen zu können, was an ihnen dran ist, und ich versichere Sie, ich hatte mir meine Meinung über Sie schon gebildet, bevor ich mich mit Ihnen in ein Gespräch einließ. Sonst wäre ich die letzte, mich mit einem Unbekannten in ein Gespräch einzulassen, ohne vorgestellt worden zu sein.

Wenn Sie mir wieder schreiben, müssen Sie mir ausführlich Bericht geben über Ihre Bekanntschaft am Riverside Drive, wie sie aussieht, und ob Sie nochmals dort waren, usw. Sie werden

mich wohl für ein neugieriges Ding halten, daß ich das alles so genau wissen will, und Sie werden fragen, warum? Darum! Aber Sie müssen alle meine Fragen beantworten, sonst gibt's Schelte. Vielleicht denken Sie, ich will das alles wissen, weil ich ›eifersüchtig‹ bin. Ich sage es aber nicht, ob es stimmt oder nicht, sondern lasse Sie ›im unklaren‹. Jetzt möchten Sie es doch wissen, wie?
Muß schließen, sonst glauben Sie noch, ich werde ewig ›drauflosplappern‹, oder vielleicht haben Sie meinen Brief bereits angewidert zerrissen. In diesem Fall kann ich nur sagen – die Ärmste, sie war ein nettes Mädel und meinte es gut, aber der Mann verstand sie nicht zu würdigen.
So! Jetzt höre ich auf, sonst glauben Sie noch, ich sei nicht ganz bei Trost, was Sie vielleicht ohnehin glauben.

Ihre (?)
Mabelle

New York, 20. August

Liebes kleines Fräulein!
Sie dachten wohl, das dauert eine Ewigkeit, bis Sie eine Antwort bekommen, wie? Hatte aber letzte Woche viel zu tun, mehr als ein einarmiger Tapezierer, da ich an einer neuen Nummer arbeitete, mit Paul Sears zusammen, der einer der besten Schlagertexter in New York ist und schon so viele erfolgreiche Schlager herausgebracht hat wie Irving Berlin oder irgendeiner. Und glauben Sie mir, mein Kind, jetzt hat er wieder einen solchen geschaffen, das heißt, wir haben ihn miteinander geschaffen. Der Schlager ist fertig, und wir warten nur noch die Gelegenheit ab, ihn vorteilhaft unterzubringen, aber nur, wenn wir anständige Bedingungen erhalten, sonst bringen wir ihn vielleicht selber heraus.
Der Schlager wird bestimmt ein Erfolg, da Sears einen großartigen Text geschrieben hat, und ich habe ihn großartig vertont, jedenfalls ist jedermann, der ihn schon gehört hat, hell begeistert davon, und es hat ganz den Anschein, als werde er stärker einschlagen als irgendein Schlager seit ›Mammy‹, und ich wäre gar nicht überrascht, wenn es der Erfolg des Jahres würde. Wenn er richtig ausgewertet wird, bringt er uns einen Haufen Geld ein, und Sears meint, wir werden jeder bis zu 25 000 $ einstreichen, was nicht schlecht ist für einen einzigen Schla-

ger, aber dieser ist eben nicht wie die meisten, sondern hat einen großartigen Text, und die Musik, die ich geschrieben habe – die Leute werden hin sein. Ich wollte nur, Sie könnten ihn hören, mein Kind, und zwar so, wie ich ihn spiele. Gestern im Klub mußte ich ihn immer und immer wieder spielen, etwa fünfzigmal hintereinander.

Ich will Ihnen den Kehrreim abschreiben, damit Sie einen Begriff davon bekommen, obwohl sich natürlich nicht viel sagen läßt, wenn man ihn nicht mit der Musik zusammen hört. Der Titel lautet ›Immer so wie du‹, und das hier ist der Kehrreim:

Mancher liebt sie, wenn sie kalt,
Mancher, wenn sie nicht zu alt.
Mancher will sie unerfahren,
Mancher erst in reifern Jahren.
Mancher will sie zierlich-züchtig,
Mancher lieber drall und tüchtig.
Dem gefällt ein blonder Schopf,
Jenem nur ein Wuschelkopf.
Doch die, die mir gefallen, sind
Immer so wie du, mein Kind.

Ist das ein Text oder nicht? Ich wollte nur, ich könnte Ihnen die Musik vorspielen, Sie kämen bestimmt ganz aus dem Häuschen. Werde Ihnen ein Exemplar schicken, sobald der Schlager gedruckt ist, dann können Sie ihn sich von jemand vorspielen lassen, und er wird Ihnen bestimmt gefallen, obwohl es natürlich etwas ganz anderes ist, wenn ich ihn spiele.

Nun, mein Kind, Sie sehen es hoffentlich ein, daß ich sehr beschäftigt war, und ich werde auch weiterhin viel zu tun haben, da wir nicht auf unseren Lorbeeren ausruhen wollen, sondern eine neue Nummer in Angriff nehmen, sobald wir diese untergebracht haben, da ich mit zwei solchen Schlagern ein gemachter Mann bin, auch wenn sie nicht ganz so erfolgreich sind, wie wir erwarten, selbst 25 Tausender sind eine hübsche Stange Geld, da braucht einer nicht mehr als einen Schlager im Jahr herauszubringen, wenn er das dafür bekommt, und er ist ein gemachter Mann und braucht nicht mehr in einem Nachtlokal den Klimperkasten zu bearbeiten.

Natürlich muß der Verleger, dem wir den Schlager überlassen, zuerst mal einen Tausender als Vorschuß herausrücken, das wird mich über Wasser halten, bis ich einen weiteren Schlager herausbringen kann. Ich gehe also rosigen Zeiten entgegen und bin froh, daß ich nach New York gekommen bin, nur hätte ich es schon früher tun sollen.

New York ist fabelhaft, mein Kind, und wenn man eine Zeitlang hier gelebt hat, wundert man sich, wie man es in einem Drecknest wie Chicago jemals aushalten konnte. Es muß einer dumm sein, zeit seines Lebens dort zu bleiben, besonders in meinem Beruf, da New York das Mekka ist für einen, der musikalisch begabt ist. All die Jahre, die ich in Chicago verbrachte, rechne ich jetzt als Zeitverschwendung, ich habe überhaupt erst angefangen zu leben, seit ich hierher kam, und muß lachen, wenn ich an die armen Teufel denke, die es draußen in der Provinz mit Schlagern zu etwas bringen wollen und dabei ihr Leben lang Hunger leiden, während ich hier in der ersten Woche einen Mann wie Paul Sears kennenlerne, und schon haben wir einen Schlager geschaffen, der uns ein Vermögen einbringt.

Nun, mein Kind, Sie wollten, daß ich Ihnen von dem Kind am Riverside Drive erzähle, das mich kapern wollte und mich zu sich eingeladen hat. Also, Sie können beruhigt sein, es besteht diesbezüglich kein Grund zur Eifersucht, da ich nicht hingegangen bin, ich halte es nämlich für Zeitverschwendung, mich mit einer solchen Pflanze abzugeben, die doch nur jeden Abend ausgehen will, und wenn man sie heiratet, dann will sie womöglich ein Haus an der 5. Avenue mit einer großen Dienerschaft, ich habe sie deshalb links liegen lassen, da das nicht meiner Vorstellung von einem trauten Heim entspricht.

Was ich will, wenn ich heirate, ist ein richtiges Zuhause, wo man sich wohl fühlt und arbeiten kann, und ab und zu bewirtet man ein paar Freunde oder geht in eine gute Operette, und die Frau nörgelt nicht die ganze Zeit an einem herum, sondern ist voller Verständnis und Hilfsbereitschaft. Mit der Pflanze vom Riverside Drive wäre ich binnen kurzem im Armenhaus, auch wenn ich mit jedem Schlager 25 000 verdiene. Außerdem ist sie so stark geschminkt, daß man beim besten Willen nicht erkennen kann, wie sie wirklich aussieht. Ich war also nicht mehr dort und habe auch nicht im Sinn, je wieder hinzugehen, wozu also soll ich Ihnen von ihr erzählen? Und das einzige

Mädchen, das ich sonst noch kennengelernt habe, ist eine Schwester von Paul Sears, mit der ich bekannt wurde, als wir bei ihm zu Hause an unserem Schlager arbeiteten, aber die zählt eigentlich nicht, da sie für Männer nichts übrig hat und sie wie Luft behandelt, und Paul sagt, sie ist kalt wie eine Hundeschnauze.
Sonst weiß ich nichts mehr, und außerdem habe ich eine Verabredung zum Abendessen bei Paul zu Hause, damit ich ihm einiges von meinen Sachen vorspielen kann, vielleicht schreibt er dann einen Text dazu. Also, mein Kind, sei immer hübsch brav, und viel Vergnügen in Chicago, ich halte Sie auf dem laufenden, wie es mit dem Schlager geht.

CHAS. F. LEWIS

Chicago, Ill., 23. August

LIEBER MANN & MENSCH!
Ich bin ganz außer mir wegen des Schlagers und finde den Text wunderhübsch und bin gespannt auf die Musik, die sicher großartig ist. Es muß etwas Wunderbares sein, Lieder schreiben zu können, die dann von jedermann gespielt und gesungen werden. Und zu denken, daß man damit in so kurzer Zeit 25 000 $ verdienen kann! Gott, werden Sie reich sein, und ich gratuliere Ihnen auch schön, obwohl ich befürchte, wenn Sie einmal reich und berühmt sind, werden Sie für meine Wenigkeit keine Zeit mehr haben, oder werden Sie eine Ausnahme sein und an Ihre ›alten‹ Freunde denken, wenn Sie es zu etwas gebracht haben? Ich hoffe es sehr.
Freue mich auf das Exemplar des Schlagers, und vergessen Sie nicht, Ihren Namen draufzusetzen. Bilde mir bereits etwas darauf ein, einen Mann zu kennen, der Schlager schreibt und soviel verdient.
Im Ernst, ich wünsche Ihnen viel Erfolg mit Ihrem nächsten Schlager. Ich mußte lachen, als ich Ihre Bemerkung las, Sie hätten mehr zu tun als ein einarmiger Tapezierer. Ich weiß nicht, wie Sie auf alle diese Vergleiche und ausgefallenen Dinge kommen. Das nächste Mal, wenn mich eine Freundin fragt, ob ich mit ihr ausgehen will, sage ich, ich kann nicht, ich habe mehr zu tun als ein einarmiger Tapezierer, und dann meint sie, das ist von mir, und hält mich für geistreich.
Im Ernst, ich bin froh, daß Sie nicht mehr zum Riverside

Drive hingegangen sind, und es freut mich auch, daß Sie es nicht mögen, wenn Mädchen sich so stark schminken, ich finde es auch widerlich und würde lieber wie ein Gespenst herumlaufen, als künstlich Farbe auflegen. Zum Glück habe ich das nicht nötig, aber selbst wenn meine Gesichtsfarbe nicht wäre, was sie ist, würde ich mich nie dazu herablassen, ihr künstlich nachzuhelfen. Aber ich muß Ihnen etwas Lustiges erzählen, das kürzlich passierte. Als Edith und ich auswärts beim Mittagessen saßen, kam eine Bekannte von Edith herein, und Edith stellte sie vor, und mir fiel auf, wie sie mich scharf musterte, und schließlich sagte sie, ob sie mich etwas Persönliches fragen dürfe, und ich sagte ja, und sie fragte mich, ob meine Gesichtsfarbe wirklich ›mir gehöre‹. Ich versicherte, das sei der Fall, und sie sagte: »Es kam mir auch so vor, denn so künstlich läßt sich das nicht auflegen. Ich beneide Sie wirklich.« Edith und ich mußten lachen.

Nun, wenn man mich um meine Gesichtsfarbe beneidet, so beneide ich Sie darum, daß Sie in New York leben. Chicago ist wirklich schmutzig, obwohl mir das nichts anhaben kann, da ich so oft bade und frisches Zeug anziehe, daß der Schmutz gar nicht dazu kommt, sich ›einzunisten‹. Edith sagt oft, sie begreife gar nicht, wie ich es fertigbringe, immer so sauber auszusehen, immer wie frisch aus der Pappschachtel. Auch sagt sie, ich sei ein Fisch (zum Spaß), weil ich mich so oft im Wasser aufhalte. Aber im Ernst, ich bade wirklich gern und bin nie vergnügter, als wenn ich mich gerade saubergemacht und in frisches Zeug gestürzt habe.

Edith ist heute abend ins Kino gegangen und war böse mit mir, weil ich nicht mitkommen wollte. Ich sagte, ich wolle einen Brief schreiben, und sie fragte, an wen, und ich sagte es ihr, und da sagte sie: »Du schreibst ihm so oft, man könnte beinahe meinen, du seist in ihn verliebt.« Ich lachte bloß und ging darüber hinweg, aber sie sagt manchmal die peinlichsten Dinge, ich würde mich ärgern, wenn es jemand anders sagte als sie.

Im Ernst, ich sitze viel lieber hier und schreibe Briefe oder lese etwas oder sitze auch bloß da und träume, als auszugehen und irgendein ausgefallenes Kinostück zu sehen, nur ins Theater gehe ich gelegentlich, um ein gutes Stück zu sehen, besonders Operetten, wenn die Musik rassig ist. Aber meistens genügt

es mir, zu Hause zu bleiben, wo es gemütlich ist, und am Abend sitzen Edith und ich oft hier, fast ohne ein Wort zu sagen, obwohl sie gerne reden würde, und sie behauptet oft, es komme ihr vor, als wohne sie mit einer Taubstummen zusammen, weil man von mir so wenig hört. Ich bin wohl ein geborenes Nesthäkchen, da ich so selten ausgehe, um ›Betrieb‹ zu machen.
Von Zeit zu Zeit habe ich zwar gerne Gesellschaft, aber nur ein paar Leute, bei denen es einem wohl ist, mit denen man reden kann oder Karten spielen oder Musik machen. Meine Freundinnen kommen gerne zu uns, sie sagen, bei uns kommen immer so gute Sachen auf den Tisch. Der armen Edith verdanken sie das allerdings nicht, sie haßt alles, was mit dem Kochen zu tun hat, was gerade eine Vorliebe ist von mir, und ich sage immer, wenn ich einmal einen eigenen Haushalt führe, dann will ich die Hauptsache unbedingt selber machen, da einem selber viel mehr daran liegt als einer fremden Person, obwohl ich gerne eine Aushilfe hätte, sofern ich mir das leisten kann, ich finde nämlich, eine Frau, die alle Arbeit selber macht, ist bald so abgearbeitet, daß sie nichts mehr übrig hat für die höheren Dinge wie Bücher und Musik. Allerdings, was gibt es eigentlich Höheres, als einen Hausstand zu gründen, besonders für eine Frau?
Ich sitze in dem behaglichsten aller Polstersessel, den ich mir gestern in einem kleinen Geschäft gekauft habe. Das ist mein einziger Luxus, Möbel zu kaufen und Sachen fürs Haus, aber ich sage immer, auf die Dauer zahlt es sich aus, da diese Dinge mir ja nicht wegkommen und ich sie später einmal brauchen kann, und wenn ich sie jetzt günstig kriegen kann, wäre ich ja dumm, die Gelegenheit nicht zu benutzen. Ich werde zwar weiß Gott nie ›arm‹ sein, was Möbel und Teppiche und dergleichen betrifft, da das Haus meiner Mutter in Toledo voll von schönen Sachen ist, die sie meiner Schwester und mir geben will, sobald wir einen eigenen Hausstand haben. Da ich ihr besonderer Liebling bin, darf ich zuerst auswählen. Sie hat sehr schöne alte Sachen, die man heutzutage überhaupt nicht mehr kaufen kann, darunter schöne alte Teppiche und ein Klavier, bei welchem meine Schwester einen Pianola-Zusatz einbauen lassen wollte, aber ich sagte, das wäre eine Verhunzung des Klaviers, so ist es denn unterblieben. Ich bin komisch in dieser

Hinsicht, besonders mit alten Möbeln, für die ich manchmal ein Gefühl habe wie für alte Leute, die ich liebe.
Die arme Mutter, ich fürchte, sie wird sich ihrer schönen alten Sachen nicht mehr lange erfreuen, da sie seit Jahren magenkrank ist, und der Arzt sagt, es habe sich in letzter Zeit eher verschlimmert, und ein schwaches Herz hat sie auch. Diesen Herbst fahre ich auf einige Tage nach Hause, da es vielleicht zum letzten Mal ist. Sie ist sehr frohgemut und sagt immer, sie habe innerlich vom Leben schon Abschied genommen und habe nur noch den einen Wunsch, ihre Töchter in einem eigenen Heim untergebracht zu sehen, bevor sie von dieser Welt geht. Aber da rede ich wieder von meinen häuslichen Angelegenheiten, und Sie finden das sicher langweilig, obwohl ich persönlich es nie langweilig finde, wenn mir jemand von seinen Angelegenheiten erzählt. Ich will aber nicht länger ›drauflosplappern‹, sondern Ihnen gute Nacht sagen, und vergessen Sie nicht mir zu schreiben, wie es mit dem Schlager geht, und vielen Dank, daß Sie mir den Text geschickt haben. Werden Sie einmal einen Schlager auf mich schreiben? Ich wäre zu Tode gerührt! Aber ich fürchte, ich gehöre nicht zu denen, die Männer begeistern, Lieder über sie zu schreiben, ich bin nur eine stille häusliche ›Maus‹ und nicht flatterhaft genug, um die Heldin eines Liedes zu sein.
Also, mein lieber Mann & Mensch, gute Nacht und warten Sie nicht zu lange, bis Sie wieder schreiben an

Ihre(?)
MABELLE

New York, 8. Sept.

LIEBES KLEINES FRÄULEIN!
Nun, mein Kind, habe Ihren letzten Brief nicht bei mir, kann also nicht auf das antworten, was darin stand, da ich vergessen habe, ob etwas zu beantworten war, und außerdem habe ich nur wenig Zeit, da ich mit den Sears verabredet bin. Wir gehen ins Theater und essen nachher irgendwo. Sears ist derjenige, der den Text zu meinem Lied geschrieben hat, und mit ihm und seiner Schwester bin ich verabredet. Die Schwester ist kalt wie eine Hundeschnauze und hat für Männer nichts übrig, aber sie ist versessen aufs Theater und will, daß Paul drei- oder viermal wöchentlich mit ihr hingeht.

Paul möchte, daß ich mein Zimmer hier aufgebe und zu ihm ziehe, da sie genug Platz haben und ich allmählich etwas knapp bei Kasse bin, aber ich weiß noch nicht, ob ich es tun soll, ich fürchte, ich könnte erfrieren unter demselben Dach mit einem Mädchen wie seiner Schwester, da sie eiskalt ist, aber sie ist eigentlich selten zu Hause, da sie viel wegreist und ins Kino oder ins Theater geht oder sonstwohin.

Bis jetzt haben wir mit dem Schlager kein Glück gehabt. Die Verleger, denen wir ihn unterbreitet haben, sind zwar alle begeistert, aber sie wollen unsere Bedingungen nicht annehmen, und falls sie sich nicht bereit findet, uns angemessen an den Einnahmen zu beteiligen, bringen wir den Schlager lieber selbst heraus, zu ihrem Schaden. Bei Goebel sagte man uns, der Schlager sei in Ordnung, eigne sich aber eher für eine Revue, zum Beispiel für Ziegfelds Follies, aber die sei nicht mehr lange in New York, das beste wäre, bis nächstes Frühjahr zuzuwarten.

Inzwischen arbeite ich an einigen neuen Nummern und habe auch eine Stellung beim Orchester im Hotel Wilton angenommen, wo ich ab nächster Woche tätig bin. Man zahlt dort gut, 60 $, davon kann man leben.

Sonst gibt es nichts Neues, mein kleines Fräulein. Ich glaube, Sie schrieben etwas davon, Ihr Vater sei krank. Hoffentlich geht es ihm besser, und Ihnen geht es hoffentlich auch gut. Wenn Sie nichts Besseres zu tun haben, schreiben Sie Ihrem Freund

CHAS. F. LEWIS

Chicago, Ill., 11. Sept.

LIEBER HERR LEWIS!

Ihr kurzer Brief kam gestern an, und ich muß sagen, er hat mir Kopfzerbrechen bereitet. Ich hatte den Eindruck, Sie seien mir böse, obwohl ich mir nicht denken kann warum. Wenn ich in meinem letzten Brief etwas gesagt habe, was Sie kränkte, dann wollte ich, Sie würden mir mitteilen, was es war, damit ich mich entschuldigen kann, aber ich kann mich nicht entsinnen, etwas geschrieben zu haben, woran Sie hätten Anstoß nehmen können. Falls aber doch etwas Derartiges darin stand, dann kann ich Ihnen versichern, lieber Herr Lewis, daß es nicht so gemeint war. Ich wollte Sie bestimmt nicht kränken.

Vielleicht war es nicht, was ich Ihnen schrieb, sondern Sie machen sich Sorgen, weil die Verleger Sie hinsichtlich des Schlagers ungerecht behandeln, und das ist der Grund, warum Ihr Brief so fremd tönte. In diesem Fall hoffe ich, die Sache ist unterdessen ins richtige Geleise gekommen, so daß die Zukunft wieder freundlicher aussieht. Jedenfalls dürfen Sie sich aber geschäftlicher Dinge wegen keine Sorgen machen, da letzten Endes doch alles wieder gut wird, und ich finde immer, es hat keinen Sinn, sich wegen vorübergehender Sorgen krank zu ärgern, das beste ist vielmehr, ›gute Miene‹ zu machen und nach dem ›Hoffnungsschimmer‹ Ausschau zu halten. Ich halte es immer so und bringe es fertig zu lächeln, was auch immer geschieht, und meine Freundin Edith nennt mich Sonnenscheinchen, weil ich alles von der heiteren Seite nehme.

Denken Sie auch daran, lieber Herr Lewis, 60 $ ist ein Gehalt, das gar mancher gerne hätte, der von weniger lebt und eine Familie zu unterhalten hat. Ich sage immer, wer es richtig anpackt, kann mit jedem beliebigen Verdienst auskommen.

Also, wenn es geschäftliche Sorgen sind, dann machen Sie sich nichts draus, nehmen Sie es von der heiteren Seite. Falls aber in meinem letzten Brief etwas stand, was Sie verärgert hat, dann sagen Sie es mir bitte, damit ich es wiedergutmachen kann, da ich es bestimmt nicht so meinte und Sie um alles in der Welt nicht kränken möchte.

Lassen Sie bitte bald von sich hören, da ich keine Ruhe habe, bis ich weiß, daß nicht ich die plötzliche Entfremdung verschuldet habe.

Mit freundlichem Gruß
MABELLE GILLESPIE

New York, 24. Sept.

LIEBES FRÄULEIN GILLESPIE!

Nur rasch ein paar Zeilen, um Ihnen die große Neuigkeit mitzuteilen, für mich jedenfalls ist es eine große Neuigkeit. Ich habe mich mit der Schwester von Paul Sears verlobt, wir gedenken anfangs nächsten Monat zu heiraten und nach Atlantic City zu ziehen, wo das Orchester, bei dem ich spiele, in einem der großen Nachtlokale engagiert ist.

Ich weiß, das ist eine Überraschung für Sie, wie es auch für mich eine war, da es lange ging, bis ich den Mut aufbrachte, ihr die bewußte Frage zu stellen, da sie immer so kalt war und tat, als sei ich ihr nur im Wege. Aber sie sagte, sie müsse ja wohl einmal jemanden heiraten, und ich sei ihr weniger unsympathisch als die meisten, die ihr Bruder nach Hause bringe, und sie heirate mich unter der Voraussetzung, daß sie keine Sklavin des Haushalts sein und die Arbeit selber machen müsse, und ich müsse sie auch jeden Abend irgendwohin ausführen, und wenn ich selber keine Zeit dazu hätte, werde sie sich allein ›austoben‹. Atlantic City eignet sich für diesen Zweck sehr gut, da viele Stücke usw. dort ihre Uraufführung erleben, so daß sie sie sehen kann, bevor sie nach New York kommen. Und dem Mädchen, das ich heirate, würde ich niemals zumuten, als Sklavin des Haushalts zu versauern. Wir werden im Hotel wohnen, bis wir etwas Besseres finden, haben es aber nicht eilig, da wir ohnehin alles neue Möbel kaufen müssen.

Betsy ist ein toller Käfer, wenn sie sich zurechtgemacht hat, und glauben Sie mir, sie versteht es, sich zurechtzumachen. Ich weiß nicht, was sie verwendet, aber es ist wetterfest, wie sich zeigte, als wir einmal von einem Gewitter überrascht und völlig durchnäßt wurden, aber ihr Gesicht blieb haften. Man könnte meinen, es sei echt, aber sie bestreitet das.

Nun, mein Kind, vielleicht schreibe ich Ihnen bei Gelegenheit wieder mal, da Betsy sagt, es sei ihr schnuppe, wenn ich mit allen Mädels der Welt in Briefwechsel stehe, solange ich ihr nicht zumute, die Antworten zu lesen. Das ist alles, was mir im Augenblick einfällt, so sage ich Ihnen noch Lebewohl und viel Glück und möge bald der Richtige kommen – ein Glückspilz, wo er doch eine Frau bekommt, die so gut kochen kann und all die Möbel hat usw.

Doch bevor ich schließe, möchte ich Ihnen noch einen Rat geben: lassen Sie sich nie mit einem wildfremden Mann ein, er könnte Sie falsch verstehen und glauben, Sie hätten es auf ihn abgesehen. Es war ein Zufall, daß dieses Mißverständnis bei mir nie aufkam. Sie haben da Glück gehabt, aber das Glück hält vielleicht nicht vor.

Ihr Freund CHAS. F. LEWIS

Chicago, Ill., 27. Sept.

Mein lieber Herr Lewis!

Schönen Dank für Ihren Rat, und auch Ihrer Verlobten lasse ich danken, daß sie Ihnen so großmütig erlaubt hat, den Briefwechsel mit ihren ›Nebenbuhlerinnen‹ fortzusetzen, aber ich persönlich habe kein Bedürfnis, von dieser großmütigen Erlaubnis zu profitieren, da ich Besseres zu tun habe als Briefe zu lesen von einem Mann wie Ihnen, besonders da ich einen Freund habe, der nicht so großmütig ist wie Frl. Sears und mir verbieten würde, den Briefwechsel mit einem andern fortzusetzen. Es geschieht auf seinen Wunsch, wenn ich Ihnen hiermit mitteile, daß Sie von mir keine weiteren Briefe zu gewärtigen haben.

Darf ich Sie zu Ihrer Verlobung mit Frl. Sears beglückwünschen, und auch ihr darf man sicher Glück wünschen, obwohl ich bei persönlicher Bekanntschaft versucht wäre, sie zu bitten, mir ihr Geheimnis zu verraten, nämlich wie sie gedenkt, sich bei einem Wochenlohn von 60 $ ›auszutoben‹.

Hochachtungsvoll

Mabelle Gillespie

Herr und Frau Besserwisser

Die Leute hier im Ort sind wirklich auf Draht. Jetzt sind wir erst drei Tage hier, und schon haben Vertreter von vier verschiedenen Vereinigungen bei uns vorgesprochen – vom Verkehrsverein, von den Kiwanis, und was weiß ich. Sie erkundigten sich, ob es uns hier gefällt, ob wir uns wohl fühlen, ob sie etwas für uns tun können, und sagten uns, was wir unbedingt besichtigen sollten.

Und alle wollten sie wissen, warum wir gerade hierhergekommen seien, statt anderswohin zu fahren. Sie machen eine Zusammenstellung der Gründe, aus denen man hierherkommt, damit sie eine Vorstellung davon erhalten, was die Touristen am meisten anzieht. Dann streichen sie das bei der nächstjährigen Fremdenwerbung hervor.

Nun, ich sagte ihnen, der Ort gefalle uns sehr, wir fühlten uns durchaus wohl, ich wüßte nicht, was jemand für uns tun könnte, und wir würden uns die Sehenswürdigkeiten bestimmt nicht entgehen lassen. Aber als man mich fragte, weshalb wir gerade hierhergekommen seien, sagte ich, das sei mehr oder weniger Zufall. Der wirkliche Grund ist nämlich eine etwas weitläufige Geschichte.

Meine Frau zieht mich wegen meiner Freunde auf, seit wir verheiratet sind. Nach denen zu urteilen, die ich ihr vorgestellt habe, behauptet sie, gibt es niemand, der eine so merkwürdige Kollektion von Freunden hat wie ich. Ich gebe zu, mit den meisten von ihnen ist es nicht gerade weit her; sie sind irgendwie anders als zu der Zeit, da ich zuerst mit ihnen verkehrte. Sie scheinen verloren ohne eine Messingstange unter den Füßen. Aber es sind eben alte Freunde, und ich kann sie nicht an die Luft setzen.

Wir laden sie von Zeit zu Zeit zum Abendessen ein mit ihren Frauen, und was meine Frau an ihnen auszusetzen hat, ist lediglich, daß keiner von ihnen Bridge spielt oder Ma-Jong oder Kreuzworträtsel löst oder singen oder tanzen oder auch nur reden kann, daß sie vielmehr alle nur dasitzen und darauf warten, daß ihnen jemand nochmals einschenkt.

Wie gesagt, meine Frau zieht mich mit ihnen auf, und ich weiß auch nicht viel zu ihrer Verteidigung vorzubringen. Aber so einseitig ist die Sache auch wieder nicht. Die meisten Bekannten meiner Frau sind zwar nicht ganz so stur wie die meinen, aber dennoch gibt es darunter einige, mit denen ich mich sonst nie hätte bekannt machen lassen, oder höchstens im Dämmerzustand.

Die Crandalls zum Beispiel. Crandalls Ehehälfte und meine stammen aus demselben Ort, aber sie haben sich dort kaum gekannt; erst als sie sich in einem Warenhaus in Chicago wieder trafen, fing das Unglück an, bis dann Ada das Ehepaar Crandall einmal einlud.

Der Mann, stellte sich heraus, war derjenige, der den Krieg gewonnen hatte, während seine Frau offenbar einmal in Atlantic City gewesen war, als dort ein Film gedreht wurde, und da hatte man auch eine Aufnahme von den Kurgästen auf der Promenade gemacht, und Crandalls Frau kam drauf, und als der Film herauskam, sagten alle, die ihn sahen, sie wirke auf der Leinwand so gut, daß sie eigentlich zum Film gehen sollte, dann könnte Gloria Swanson einpacken.

Nun habe ich das mit einigen wenigen Worten erzählt, wenn aber die Crandalls ihre Geschichte selber erzählen, dann sind sie um Mitternacht immer noch beim Anfang, und es besteht keine Aussicht, daß sie nach Hause gehen, ehe sie damit fertig sind, auch wenn man ihnen zu verstehen gibt, daß sie es einem zum hundertzwölften Mal erzählen.

So ist es mit den Crandalls, und ein anderes mit meiner Frau befreundetes Paar sind die Thayers. Thayer ist der richtige Alleskönner. Er kann Tierstimmen nachahmen, er kann jodeln, er kann auf der Okarina spielen, auch kann er Gedichte von Kipling oder Robert H. Service hersagen, Kartenkunststücke vorführen, ohne Streichhölzer Feuer machen und alle die verschiedenen Knoten knüpfen.

Außerdem kann er auch ein vollständiges Radio zusammenbasteln und Aufnahmen machen wie der beste Berufsphotograph, oder noch bessere. Eine Autogrammsammlung besitzt er auch. Und war noch nie auch nur einen Tag lang krank.

Thayers Frau kriegt vom Bridgespielen Kopfweh, so wird eben Ma-Jong gespielt, wenn sie dabei ist, oder Schwarzer Peter. Sie war früher mal auf einer Schauspielschule und gibt immer noch Rezitationsabende, wenn man sie darum bittet, oder wenn man sie nicht darum bittet, und ihr Haar macht ihr so viel zu schaffen, daß sie es am liebsten kurzschneiden lassen würde, wenn nicht alle ihre Bekannten sagten, es wäre ein Verbrechen, solches Haar zu verunstalten. Und wenn sie mit ihrem Gatten spricht, dann spricht sie wie mit einem Wickelkind, vielleicht weil ihr einmal jemand gesagt hat, sie wäre noch ledig, wenn er nicht kindisch wäre.

Und dann hat Ada noch eine Freundin, Peggy Flood mit Namen, die spitalsüchtig ist und entweder gerade unter dem Messer war oder demnächst wieder unter das Messer kommt. Man hat ihr schon alles herausgenommen, was den Ärzten mit Namen bekannt war, und jetzt untersucht man sie nach bisher noch nicht bekannten Eingeweiden.

Meinetwegen mag man sie zu Buchstabensuppe zerstückeln, aber dann gleich so gründlich, daß man sie nicht mehr zusammensetzen kann. Sie hat es allerdings noch immer überstanden, und die Zwischenzeit verbringt sie bei uns und beschreibt uns, was man mit ihr gemacht hat oder zu machen gedenkt.

Aber die Höhe sind Tom Stevens und seine Frau. Die schlagen alles. Und es sind Bekannte meiner Frau, wohlverstanden.

Ada hat Belle Stevens auf der Stadtbahn kennengelernt. Sie war eingeladen, irgendwo im Norden der Stadt, und wußte nicht wo aussteigen, und als Belle Stevens sie mit dem Schaffner sah, mischte sie sich ein und fragte, was Ada denn wissen wolle, und als Ada es ihr sagte, bemerkte sie, sie müsse an derselben Haltestelle aussteigen, und so stiegen sie dann miteinander aus.

Belle Stevens ließ es sich nicht nehmen, Ada bis vor die betreffende Haustür zu begleiten, da Ada sich sonst unweigerlich verlaufen würde.

Ada fand es furchtbar nett von ihr, sich einer Unbekannten so freundlich anzunehmen, und Belle Stevens sagte, sie tue das gern, sie sei selber schon oft froh gewesen, wenn Unbekannte ihr den Weg zeigten.

Sie fragte Ada, wo sie wohne, und als Ada sagte, im Süden der Stadt, meinte Belle Stevens, im Norden würde es ihr sicher besser gefallen, sie werde ihr gerne behilflich sein, eine Wohnung zu finden, worauf Ada bemerkte, wir hätten vor kurzem einen einjährigen Mietvertrag unterschrieben und hätten nicht im Sinn, ihn zu brechen; aber Belle Stevens sagte, ihr Mann sei

Jurist und behaupte, es gebe keinen Mietvertrag, den man nicht brechen könne, sie werde ihren Mann gerne einmal mitbringen, und er werde uns schon sagen, wie wir den Vertrag brechen könnten.

Ada konnte nicht gut anders, als sie einladen, obwohl wir mit unserer Wohnung vollkommen zufrieden sind und ebensowenig ein Bedürfnis nach Vertragsbruch empfinden wie nach Ehebruch. Vielleicht noch weniger. Jedenfalls kreuzten die beiden schon am nächsten Abend auf, Belle und Tom, und nachdem sie wieder gegangen waren, taufte ich sie Herr und Frau Besserwisser.

Nach der gegenseitigen Vorstellung machte Stevens irgendeine Bemerkung, wie gemütlich wir es hier hätten, und fragte mich dann, ob er mich fragen dürfe, wie hoch die Miete sei. Ich sagte ihm, hundertfünfundzwanzig im Monat. Natürlich fand er das viel zu hoch; kein Wunder, daß wir den Mietvertrag brechen wollten. Ich sagte, wir seien zufrieden und hätten nicht im Sinn, den Vertrag zu brechen; aber er meinte, das sei sicher nicht mein Ernst, und wenn ich ihm den Vertrag zeigen wolle, werde er sehen, wo da ein Hintertürchen sei.

Nun, der Mietvertrag lag griffbereit in der Tischschublade, aber ich behauptete, er sei in einem Schließfach auf der Bank. Dabei habe ich gar kein Schließfach auf der Bank, ich wüßte auch nicht wozu.

Stevens meinte, der Mietvertrag sei wahrscheinlich ein ganz gewöhnlicher Mietvertrag, und in diesem Fall bestehe keine Schwierigkeit, sich ihm zu entziehen, und inzwischen wolle er sehen, ob er uns nicht in dem Gebäude, wo sie selber wohnten, eine Wohnung finden könne.

Er war überzeugt, daß es klappe, selbst wenn der Hausbesitzer deswegen einen andern Mieter an die Luft setzen müsse, da er, der Hausbesitzer, ihm zu Gefallen schlechtweg alles tue.

Darauf sagte ich: »Ja, aber wenn wir nun lieber bleiben, wo wir sind?«

Doch Stevens sagte nur, er traue mir ein besseres Urteil zu, ich solle ihn nur machen lassen, er werde dafür sorgen, daß wir binnen Monatsfrist umziehen könnten. Ich lachte, gewissermaßen, und dachte, damit sei die Sache erledigt.

Er wollte die ganze Wohnung sehen, und ich zeigte sie ihm. Als wir ins Badezimmer kamen, fiel ihm mein Rasierapparat auf. »So«, sagte er, »Sie verwenden also eines von diesen Dingern«, was ich bejahte, und er fragte mich, wie ich damit zufrieden sei, und ich versicherte ihm, ich sei damit durchaus zufrieden, worauf er meinte, das sei nur, weil ich noch nie ein richtiges Rasiermesser verwendet habe.

Er sagte, wenn man gut aussehen wolle, dann komme nur ein richtiges Rasiermesser in Frage. Ich erkundigte mich, ob er ein solches verwende, und als er bejahte, sagte ich: »Wenn Sie gut aussehen, dann verzichte ich darauf.«

Aber das half nichts. Er sagte, wenn ich ihn am nächsten Tag in der Stadt treffen wolle, werde er mir zeigen, wo er seine Rasiermesser beziehe, und mir behilflich sein, eines auszusuchen. Ich schützte vor, ich sei nicht abkömmlich, er solle mir die Adresse dalassen, damit ich hingehen könne, wenn ich einmal Zeit habe.

Doch nein, das ging offenbar nicht, er müsse unbedingt mitkommen und mich mit dem Ladeninhaber bekannt machen, dieser sei nämlich ein großer Freund von ihm und werde ihm zu Gefallen alles tun, und wenn der Ladeninhaber für die Rasiermesser Gewähr leiste, könne ich sicher sein, daß ich die besten Messer erhalte, die für Geld zu haben sind. Ich wiederholte, ich sei unabkömmlich, und fing von etwas anderem an.

Unterdessen hatte seine Frau sich erkundigt, wo Ada das Kleid gekauft habe, das sie anhatte, und wieviel es gekostet habe, und als Ada es ihr sagte, meinte sie, das sei eine Schande. Sie werde Ada am nächsten Vormittag in der Stadt treffen und ihr den Laden zeigen, wo sie ihre Kleider kaufe, und ihr behilflich sein, ein paar Kleider auszusuchen, die wirklich Kleider seien. Ada erklärte, sie könne gegenwärtig nichts ausgeben für Kleider, und außerdem sei der betreffende Laden viel zu teuer. Aber offenbar stand die Ladeninhaberin zu Stevens' Frau wie zu einer Schwester und gewährte ihr und ihren Freunden eine große Ermäßigung, und nicht nur das, es eilte auch nicht mit dem Zahlen.

Nun, Ada bedankte sich bei ihr, blieb aber dabei, daß sie gegenwärtig nichts Neues nötig habe, vielleicht werde sie später einmal von dem freundlichen Angebot Gebrauch machen. Ja, sagte Stevens' Frau, aber gerade jetzt seien da einige Modelle auf Lager, die Ada wunderbar stehen würden, und später seien

sie vielleicht nicht mehr da. Es blieb Ada nichts übrig, als mit Belle Stevens eine Verabredung zu treffen, nachdem ihr versichert worden war, sie brauche ja nichts zu kaufen, aber es wäre doch schade, sich die Sachen nicht anzusehen und mit der Ladeninhaberin Bekanntschaft zu schließen.
Ada traf sich also mit ihr und kaufte sich drei Kleider, die sie nicht brauchte, und darunter war nur eines, das sie zu tragen sich getrauen würde. Sie kamen auf hundert Dollar zu stehen. Nicht auszudenken, was der Preis gewesen wäre, wenn Stevens' Frau und die Ladeninhaberin nicht wie Schwestern zueinander stünden.
Ich war sicher, mit Stevens nichts abgemacht zu haben, aber trotzdem rief er mich am nächsten Tag an und fragte, warum ich ihn versetzt habe. Und ein paar Tage später erhielt ich mit der Post drei neue Rasiermesser mitsamt der Rechnung und einer Mitteilung des Geschäfts, es seien drei besonders schöne Rasiermesser, die von Thomas J. Stevens für mich ausgesucht worden seien.
Ich weiß heute noch nicht, warum ich die Rasiermesser behielt und bezahlte. Gebraucht habe ich sie nie und gedenke sie auch nicht zu brauchen. Höchstens daß ich einige Male versucht war, ihre Schärfe an Stevens' Gurgel auszuprobieren.
Im Laufe derselben Woche rief Stevens' Frau an und bat uns, sie am Sonntag zu besuchen, und als wir hinkamen, war da auch der Hausbesitzer mit von der Partie. Stevens hatte ihm gesagt, ich wolle umziehen und möchte gerne sehen, was er habe.
Ich fand, das gehe ein bißchen zu weit, und erklärte, Stevens müsse mich mißverstanden haben; meiner gegenwärtigen Wohnung fehle nichts, ich dächte deshalb auch nicht ans Umziehen, jedenfalls nicht vor Ablauf eines Jahres. Man kann sich denken, wie der Hausbesitzer das aufnahm, der bloß da war, weil Stevens ihm gesagt hatte, ich suche eine Wohnung.
Item. Erst vor zwei Monaten ist dieses ulkige Pärchen in unser Leben getreten, aber ich bin sicher, wir haben es mindestens zwanzigmal gesehen. Ständig laden sie uns zu sich ein oder sich zu uns, und Ada gehört zu den Leuten, die nun einmal nicht nein sagen können.
Jedenfalls kam es uns allmählich vor, als lebten wir mit dem Ehepaar Stevens zusammen und bildeten eine große Familie,

mit Stevens als Familienvorstand. Immer wußten sie besser, was gut für uns war – ich habe noch nie so etwas erlebt. Ein wahres Wunder, daß sie uns wenigstens die Zähne allein putzen ließen!

Eines Abends ließ Ada die Bemerkung fallen, wenn doch nur ihre Köchin heiraten und den Dienst aufgeben würde, damit sie ihr nicht zu kündigen brauche.

Belle Stevens fragte, ob sie versuchen solle, ihr eine neue Köchin zu verschaffen, aber Ada sagte nein, das arme Ding hätte wahrscheinlich Mühe, eine andere Stelle zu finden, und tue ihr leid.

Trotzdem meldete sich am nächsten Nachmittag ein Japaner bei uns in der Wohnung und sagte, er sei bereit, die Stelle anzutreten. Frau Stevens habe ihn geschickt. Ada mußte ihm sagen, die Stelle sei bereits besetzt.

Ein andermal beklagte sich Ada, sie habe müde Füße. Belle bemerkte, das habe sie früher auch gehabt, bis eine Freundin ihr einen Orthopäden empfohlen habe, der ihr sehr geholfen habe, so daß sie sich jetzt gegen einen Pauschalbetrag monatlich einmal von ihm behandeln lasse, und seither könne sie herumlaufen, soviel sie wolle, ohne daß die Füße ihr im geringsten zu schaffen machten.

Sie wollte den Mann gleich in seiner Wohnung anrufen, um Ada anzumelden, und Ada konnte sie davon nur abhalten, indem sie versprach, ihn aufzusuchen, sobald ihr die Füße wieder weh täten. Wenn die beiden Frauen sich danach trafen, lautete Belles erste Frage immer: »Wie geht's mit den Füßen?« und die Antwort lautete stets: »Danke, gut.«

Nun bin ich ein großer Fußballfreund, und Ada geht auch gerne hin, wenn es ein wichtiges Treffen ist mit großem Jubel und Trubel. So beschlossen wir, uns das Treffen Illinois-Chicago anzusehen. Ich warnte meine Frau, Tom und Belle etwas davon zu sagen, da ich das Gefühl hatte, wir hätten nachgerade einen freien Tag verdient.

Zufällig stand an dem betreffenden Tag auch ein Fußballmatch in Evanston bevor, und die Eheleute Stevens luden uns ein, mit ihnen hinzugehen. Wir machten den andern Match als Verhinderungsgrund geltend, aber als Tom mich fragte, ob ich die Eintrittskarten bereits besorgt hätte, sagte ich, statt einfach ja zu sagen, wahrheitsgemäß nein.

Da sagte er denn:
»Das freut mich, daß ihr noch keine Karten habt. Belle und ich sind nämlich zum Schluß gekommen, wir möchten doch auch das Treffen Illinois-Chicago sehen. Natürlich gehen wir miteinander hin. Und wegen der Karten brauchen Sie sich nicht zu bemühen, ich kriege nämlich bessere Plätze als Sie, da ich mit Stagg befreundet bin.«
Ich überließ es deshalb ihm, die Karten zu besorgen, und die Plätze waren ungefähr die schlechtesten, die wir je hatten. Ich sagte zu Stevens:
»Wenn das die Plätze sind, die Stagg für seine alten Freunde herausrückt, wie ergeht es dann denen, die ihn nicht persönlich kennen? Die führt er wohl zwanzig oder dreißig Kilometer aufs Land hinaus, verbindet ihnen die Augen und fesselt sie an einen Baum.«
Nun war es natürlich bloße Angeberei, das mit der Freundschaft zwischen ihm und Stagg. Möglicherweise war er ihm einmal vorgestellt worden, aber er ist nicht die Art von Mensch, mit dem einer wie Stagg auf gleich und gleich verkehrt. Immerhin, die meisten, mit deren Bekanntschaft er prahlte, kannte er tatsächlich und stand bei ihnen sogar in Gunst.
So wurde ich zum Beispiel einmal aufgeschrieben, weil ich zu schnell gefahren war, und erhielt eine Vorladung vors Verkehrsgericht, und als ich Stevens davon erzählte, sagte er: »Werfen Sie's weg! Ich rufe den Richter an, damit die Vorladung gestrichen wird. Er ist ein feiner Kerl und ein persönlicher Freund von mir.«
Nun, ich wollte es nicht darauf ankommen lassen. Am Tag, bevor ich vor Gericht zu erscheinen hatte, rief ich Stevens an und fragte ihn, ob er mit dem Richter gesprochen habe, was er bejahte. Ich fragte ihn, ob das auch sicher sei, und er sagte, wenn ich ihm nicht glaube, könnte ich ja den Richter selber anrufen, und gab mir dessen Nummer.
Und tatsächlich, Stevens hatte die Sache in Ordnung gebracht, und als ich dem Richter für seine Bemühungen dankte, sagte er, es sei ihm ein Vergnügen, etwas zu tun für einen Freund von Tom Stevens.
Eigentlich sollte man dankbar sein und Leute ins Herz schließen, die einem immer behilflich sein wollen, und doch schätzt man es nicht, wenn man ständig behandelt wird, als könne

man sein Hemd nicht ohne fremde Hilfe zuknöpfen. Tom und Belle meinten es gut, aber wenn ständig alles bekrittelt wird, was man hat und tut oder getan hat, dann kriegt man mit der Zeit die Nase voll.

Abgesehen davon, daß unsere Wohnung nichts taugte und unsere Kleidung ein Greuel war, mußten wir auch erfahren, daß unser Zahnarzt eine Brücke nicht von einer Schnurrbarttasse unterscheiden könne, daß meine Zigaretten fade schmeckten, daß der Frisör, der Adas Haar schnitt, offenbar etwas gegen sie hatte und daß wir überhaupt keine Ahnung hatten, schön das Leben sein kann, weil wir keinen Drahthaarfox hielten.

Auch stellte sich heraus, daß der Whisky, den wir tranken, und gerne tranken, eine Mischung von Badesalz und verschiedenen Mundwassern war und daß unser Auto natürlich nicht an dasjenige herankam, das uns Tom zur Hälfte des Preises, den wir gezahlt hatten, hätte verschaffen können, da er den Schwager von jemand kannte, der mit dem Neffen des Generaldirektors auf einer Schulbank gesessen hatte, und daß Ada, wenn sie bei einer bestimmten Lehrerin Unterricht in rhythmischer Gymnastik nähme, nie wieder etwas mit den Mandeln zu tun hätte.

Nichts, was wir hatten oder anschaffen oder unternehmen wollten, taugte im geringsten etwas, wenn wir uns dabei nicht nach den Empfehlungen des Ehepaars Stevens richteten.

Nun hatte ich diesen Herbst ziemlich gut verdient, und ich und meine Frau hatten schon immer vorgehabt, einen Winter im Süden zu verbringen, und so sagten wir uns denn eines Abends, dieses Jahr könnten wir es uns leisten, dieses Jahr oder nie.

Als nächstes kam die Frage, wohin wir fahren wollten, und wir verfielen schließlich auf Miami. Vor allem beschlossen wir aber, Tom und Belle nichts davon zu sagen, bis zum Tag der Abreise. Wir wollten so tun, als hätten wir uns von einem Tag auf den andern dazu entschlossen.

Aber ein Geheimnis ist bei Ada so gut verwahrt wie ein mit Nähseide angebundener Wolfshund. Zwei oder drei Tage, nachdem wir unseren Beschluß gefaßt hatten, überraschten uns Tom und Belle mit der Nachricht, sie gedächten gleich nach Neujahr nach Kalifornien zu verreisen. Und ob wir nicht mitfahren wollten.

Ich sagte überhaupt nichts, und Ada sagte, es wäre ja schön, aber es sei leider ausgeschlossen. Darauf bemerkte Stevens, wenn es eine Geldfrage sei, wollten wir uns deswegen keine Gedanken machen, er werde uns das Geld leihen, und ich könnte es ihm zurückerstatten, wann es mir passe. Das allerdings war nun Ada zuviel, und sie sagte, wir seien nicht so arm, wie manche offenbar glaubten, und der Grund, warum wir nicht nach Kalifornien fahren könnten, sei ganz einfach der, daß wir nach Miami gingen.
Darauf waren sie zuerst beinahe sprachlos, und das einzige, was Tom einfiel, war die Bemerkung, er sei auch schon in Miami gewesen, aber es sei zu überfüllt, er würde uns eher davon abraten. Aber das nächste Mal, als wir zusammenkamen, hatten sie die ganze Reise für uns vorbereitet.
Zuerst fragte mich Tom nach der Linie, die wir benützen wollten, und als ich sie ihm nannte, fragte er, ob wir bereits Plätze reserviert hätten, was ich bejahte.
»Sehen Sie zu«, sagte er, »daß Sie die Plätze wieder loswerden, ich verschaffe Ihnen welche auf einer andern Linie, wo ich auf der Agentur einen Freund habe, der alles für mich tut. Er wird dafür sorgen, daß es Ihnen an nichts fehlt und daß Sie wohlbehalten ankommen.«
»Ich möchte nicht, daß Sie meinetwegen Umtriebe haben«, entgegnete ich, »und außerdem ist mir nicht bewußt, daß ich Feinde habe bei der Bahn, die mir nach dem Leben trachten, und selbst wenn dies der Fall wäre, glaube ich nicht, daß sie das Leben all der Mitreisenden gefährden würden, bloß um sicher zu sein, daß ich nicht wohlbehalten ankomme.«
Doch Stevens ließ mir keine Ruhe, bis ich ihm die Fahrkarten aushändigte, damit er sie zurückgeben könne, um mir auf der andern Linie welche zu besorgen.
Die Plätze im Schlafwagen, die wir gehabt hatten, waren Nr. 9 und Nr. 10, beides untere Betten. Die Plätze, die Tom uns besorgte, waren Nr. 7 und Nr. 8, auch untere Betten, aber bessere, wie Tom meinte.
Dann wollte er noch wissen, ob wir bereits Zimmer bestellt hätten. Ich zeigte ihm ein Antworttelegramm vom Hotel Royal.
»Ja«, sagte er, »aber Sie wollen doch nicht im Royal absteigen. Bestellen Sie die Zimmer wieder ab, und ich besorge Ihnen

welche im Hotel Flamingo, nahe am Strand. Charley Krom, der Direktor dort, ist mit mir zusammen aufgewachsen. Wenn er weiß, daß Sie ein Freund von mir sind, wird er Sie bestens betreuen.«

Ich fragte ihn, ob denn die Gäste im Flamingo alles Freunde von ihm seien, und er erwiderte, natürlich nicht, und was ich denn damit sagen wolle?

»Ach«, sagte ich, »wenn das keine Freunde von Ihnen sind, dann macht Ihr Freund Krom ihnen das Leben wohl ziemlich sauer. Was macht er denn, läßt er sie nachts von der Telephonistin von Zeit zu Zeit wecken, oder versteckt er ihre Post und stellt ihnen das warme Wasser ab und verstreut Brotkrümel in ihrem Bett?«

Aber das machte auf Stevens gar keinen Eindruck; er ließ nicht locker, bis er mich in sein Hotel umquartiert hatte.

Während Tom unser Tagesprogramm neu gestaltete und mir sagte, was wir in Florida essen sollten, was wir beim Angeln als Köder verwenden und wann wir baden gehen und mit welchem Fuß wir zuerst ins Wasser sollten, suchte Belle meine Frau zu überreden, alles, was sie sich an Strandkostümen gekauft hatte, wieder zurückzugeben und statt dessen anderes Zeug zu kaufen, das Belle für sie irgendwo ausgesucht hatte, wo sie bestens bekannt war.

Ada war am Verzweifeln, aber ich sagte ihr, sie solle sich nichts draus machen, in ein paar Tagen seien wir für das Ehepaar Stevens unerreichbar.

Es mag verwunderlich erscheinen, warum wir uns nicht mit ihnen überwarfen, uns ihre Hilfe verbaten und den Verkehr mit ihnen abbrachen.

Wer sie kennt, wundert sich allerdings nicht. Man konnte ihnen schlechterdings nicht begreiflich machen, daß ihre Hilfe und Beratung unerwünscht war. Sie waren nie beleidigt, wir konnten sagen, was wir wollten.

Am Abend, bevor wir von Chicago abreisen wollten, klingelte dann das Telephon. Es war Tom.

»Ich habe eine Überraschung für Sie«, sagte er. »Belle und ich sind von Kalifornien abgekommen. Wir fahren statt dessen nach Miami, und da ich einen Freund auf der Agentur habe, ist es mir gelungen, Plätze im selben Zug zu bekommen, mit dem Sie fahren. Was sagen Sie dazu?«

»Fabelhaft«, sagte ich und ging wieder in die Stube und brachte es Ada bei. Einen Augenblick lang dachte ich, sie sei einer Ohnmacht nahe. Und die ganze Nacht hindurch stöhnte und ächzte sie und warf sich im Bett hin und her.
Und so machte es sich denn, daß wir nach Biloxi kamen.

Das Liebesnest

»Und jetzt sag ich Ihnen, was ich mit Ihnen vorhabe, Mr. Bartlett«, rief der berühmte Mann. »Ich nehme Sie einfach mit zu uns und mache Sie mit meiner Frau und der Familie bekannt, und Sie bleiben zum Abendessen und übernachten bei uns! Wir haben reichlich Zimmer und Pyjamas für unsere Gäste, falls es Ihnen nicht unangenehm ist, seidene zu tragen. Ich meine, das gibt Ihnen Gelegenheit, uns so zu sehen, wie wir in Wirklichkeit sind. Ich meine, auf die Art erfahren Sie mehr über uns, als wenn Sie eine Woche lang hier sitzen und mir Fragen stellen.«

»Aber ich möchte Ihnen nicht zur Last fallen«, widersetzte sich Bartlett.

»Zur Last fallen!« Der berühmte Mann lachte. »Davon kann keine Rede sein. Ich hab ein Haus, das ist wie ein Hotel. Ich meine, ein großes Haus, und haufenweise Personal. Doch freue ich mich ohnehin immer sehr, für einen Schriftsteller nach Kräften alles zu tun, besonders für einen, der bei Ralph Doane arbeitet. Ich mag Ralph sehr gerne. Ich meine, ich mag ihn auch persönlich – abgesehen davon, daß er ein großartiger Zeitungsmann ist. Ich meine, ich kenne ihn seit Jahren, und wenn ich etwas für ihn tun kann, dann freue ich mich drüber. Ich meine, es ist mir eine Freude, Sie bei uns aufzunehmen. Wenn Sie also Ihre Familie benachrichtigen wollen ...«

»Ich habe keine Familie«, erwiderte Bartlett.

»Oh, da tun Sie mir aber leid! Und ich wette, wenn Sie meine Frau und meine Familie sehen, möchten Sie auch eine haben. Aber ich freue mich also, daß Sie kommen können, und wir wollen gleich aufbrechen, damit wir zu Hause sind, ehe die Kleinen zu Bett gebracht werden. Ich meine, Sie müssen unbedingt meine Kleinen sehen. Wir haben drei!«

»Ich habe Bilder von ihnen gesehen«, sagte Bartlett. »Sie sind sicher sehr stolz auf Ihre Kinder! Lauter Mädchen, nicht wahr?«

»Yes, Sir! Drei Mädchen! Ich will keinen Jungen. Ich meine, ich habe mir immer Mädchen gewünscht. Ich meine, Mädchen haben viel mehr Murr in den Knochen. Ich meine, sie sind viel gefitzter. Aber wir wollen jetzt gehen. Der Rolls steht unten, und wenn wir jetzt aufbrechen, sind wir vor Dunkelwerden dort. Ich meine, ich hätt's gern, daß Sie sich alles ansehen, solange es noch hell ist.«

Der berühmte Mann – Lou Gregg, Präsident der Modern-Picture-Company – führte seinen Besucher aus dem prachtvollen Privatbüro durch einen Privateingang und die Privattreppe hinunter auf die Straße, wo der blitzende Wagen und der blitzende Chauffeur warteten.

»Meine Frau war heute in der Stadt«, erzählte Gregg, als sie gen Norden fuhren, »und ich hatte gehofft, wir hätten gemeinsam heimfahren können, aber sie rief gegen zwei Uhr an und fragte, ob es mir was ausmache, wenn sie im Pierce nach Hause führe. Sie hatte ihre Besorgungen erledigt, und sie kann es gar nicht leiden, von Hause und von den Kleinen länger als nötig fortzubleiben. Celia ist ein tolles Hausmütterchen geworden. Sie würden es gar nicht für möglich halten, daß sie das gleiche Mädel ist, das ich vor sieben Jahren geheiratet habe! Ich meine, sie ist anders. Ich meine, sie ist nicht mehr die alte. Ich meine, es war günstig für ihre Entwicklung, daß sie heiratete und Mutter wurde. Haben Sie sie gesehen? Ich meine, im Film?«

»Ich glaube! Ja, einmal«, entgegnete Bartlett. »Hat sie nicht im ›Cad‹ die junge Schwester gespielt?«

»Ja, mit Harold Hodgson und Marie Blythe!«

»Ich dachte mir's doch, daß ich sie schon gesehen habe! Sie ist mir als sehr hübsch und temperamentvoll in Erinnerung geblieben!«

»Das war sie bestimmt! Und sie ist's noch! Ich meine, sie ist sogar noch hübscher; aber natürlich ist sie kein Kind mehr, wenn sie auch so aussieht. Ich meine, in dem Film war sie erst siebzehn, und das war vor zehn Jahren! Aber ich habe noch nie ein Mädel kennengelernt, das soviel Murr in den Knochen hat wie Celia damals. Ganz erstaunlich, wie sie in der Ehe anders werden! Ich meine, kein Mensch hätte annehmen können, daß Celia Sayles ein Haushuhn werden würde. Ich meine, sie amüsiert sich immer noch gern, aber ihr Heim und die Kleinen gehen ihr über alles.«

»Ich verstehe«, sagte Bartlett.

Eine Fahrt von einer Stunde brachte sie nach Ardsley am Hudson und zum Hause des berühmten Mannes.

»Was für ein prächtiges Anwesen!« rief Bartlett mit heldenhafter Begeisterung, als der Wagen durch einen triumphbogenartigen Torweg fuhr und sich einem weißen Hause näherte, das man für ein Fußballstadion hätte halten können.

»Das wollt ich meinen!« rief Gregg. »Ich meine, ich hab genug dafür ausgegeben! Ich meine, so was kostet eine Stange Geld!« Mit weit ausholender Gebärde deutete er auf den riesigen Kasten von einem Haus und die verstädterte Gartengestaltung.

»Aber mich reut keine noch so hohe Summe, die ich für mein Heim ausgebe. Ich meine, es ist eine gute Kapitalanlage, wenn es darum geht, die eigene Familie stolz und zufrieden wegen ihres Heims zu machen. Ich meine, jeder Groschen, den ich hier ausgegeben habe, ist eine Art Versicherung: er garantiert mir eine glückliche Frau und Familie. Und was kann sich ein Mann wohl mehr wünschen?«

Bartlett wußte es nicht, und das Thema wurde aufgegeben, weil es sich jetzt darum handelte, den funkelnden Rolls zu verlassen und die noch funkelndere Eingangshalle zu betreten.

»Forbes nimmt Ihre Sachen«, sagte Gregg. »Und, Forbes, sagen Sie bitte Dennis Bescheid, daß Mr. Bartlett über Nacht bleibt!« Er drehte sich zur breiten Treppe um und hob die Stimme. »Schätzchen!« rief er.

Von oben kam die Antwort, eine Altstimme. »Hallo, Schätzchen!«

»Komm nach unten, Schätzchen, ich habe einen Gast mitgebracht!«

»Gut, Schätzchen – nur noch eine Sekunde!«

Gregg führte Bartlett in ein Wohnzimmer, wo man nach fünf Runden einen 1000-Meter-Lauf hinter sich hatte und das an eine Auktionshalle in Atlantic City erinnerte.

»Nehmen Sie inzwischen Platz«, sagte der Hausherr und deutete auf einen üppig gepolsterten Sessel, »und ich werde zusehen, daß wir etwas zu trinken bekommen. Ich habe einen echten alten Bourbon und möchte, daß Sie ihn mal kosten. Sie wissen, daß ich aus Chicago stamme, und ich habe Bourbon immer dem Schottischen Whisky vorgezogen. – Forbes«, wandte er sich an den Diener, »wir möchten etwas trinken. Im Schrank finden Sie eine volle Flasche Bourbon!«

»Sie ist nur halbvoll, Sir«, entgegnete Forbes.

»Halbvoll? Wie komisch! Ich meine, ich hab sie erst gestern

abend aufgemacht und nur ein Glas davon getrunken. Da sollte sie doch voll sein, meine ich.«
»Sie ist nur halbvoll«, erwiderte Forbes und ging fort, um sie zu holen.
»Da muß ich mal nachforschen«, sagte Gregg zu seinem Gast. »Ich meine, in letzter Zeit ist mir oft etwas von einem guten Tropfen abhanden gekommen. Wenn man soviel Personal braucht, ist es schwierig, lauter ehrliche Leute zu bekommen. – Aber da ist ja Celia!«
Bartlett erhob sich, um die auffallende Brünette zu begrüßen, die im Augenblick ihres Auftretens so gekonnt-charmant wirkte, daß es fast peinlich war. Ohne ihm einen Blick zu gönnen, trippelte sie durchs Zimmer und auf ihren Mann zu, dem sie einen einstudierten, nicht allzu ernstgemeinten Kuß verabreichte.
»Oh, Schätzchen«, sagte sie, als die Kußarie beendet war.
»Das ist Mr. Bartlett, Schätzchen«, sagte ihr Mann. »Mr. Bartlett – Mrs. Gregg!«
Bartlett nahm die zwei Finger, die ihm die Herrin des Hauses darbot.
»Wie reizend!« sagte Celia mit einer Stimme, die an Miss Claires Imitation der Stimme von Miss Barrymore erinnerte.
»Mr. Bartlett ist bei der ›Menschheit‹, der Zeitschrift von Ralph Doane!« fuhr Lou Gregg fort. »Er will über mich schreiben, das heißt, über uns.«
»Nein, über dich«, sagte Celia. »Das Publikum interessiert sich nicht für die Frauen berühmter Männer, davon bin ich überzeugt!«
»Und ich bin überzeugt, daß Sie sich irren, Mrs. Gregg«, erwiderte Bartlett höflich. »In Ihrem Falle ganz besonders. Es lohnt sich, über Sie allein zu schreiben – ganz abgesehen von der Tatsache, daß Sie die Frau eines berühmten Mannes sind!«
»Ich fürchte, Sie sind ein Schmeichler, Mr. Bartlett«, entgegnete sie. »Ich bin schon so lange von der Bühne abgetreten, daß ich zweifle, ob sich noch jemand meiner erinnert. Ich bin nicht länger eine Künstlerin, sondern nur noch glückliche Frau und Mutter.«
»Und ich behaupte, Schätzchen, daß es wohl eine Künstlerin erfordert, um das zu sein.«
»Oh, nicht doch, Schätzchen«, entgegnete Celia. »Nicht, wenn man mit einem Mann wie dir verheiratet ist!«

Die gegenseitige Lobhudelei wurde durch das Erscheinen Forbes' unterbrochen, der ein Tablett trug.
»Nehmen Sie Ihren Bourbon pur oder als High-Ball?« erkundigte sich Gregg bei seinem Gast. »Ich persönlich nehme guten Bourbon gerne unverdünnt. Ich meine, das Aroma wird verdorben, wenn man ihn mit Wasser verdünnt. Ich meine, bei solchem Bourbon wie diesem hier kommt's mir immer wie ein Verbrechen vor, ihn mit Wasser zu mischen.«
»Ich nehme ihn gern unverdünnt«, entgegnete Bartlett, der einen High-Ball vorgezogen hätte.
Während die Getränke bereitet wurden, betrachtete Bartlett die Hausherrin genauer und dachte, wieviel reizender sie doch aussehen würde, wenn sie mehr Zurückhaltung bei ihren Experimenten, die Natur zu verbessern, gewahrt hätte. Ihre Wangen, ihr Mund, ihre Augen und Wimpern mußten, so vermutete er, das durchschnittliche Schönheitsideal weit übertroffen haben, ehe sie begonnen hatte, sie zu ›verbessern‹. Sie war hübsch – *trotz* ihrer Bemühungen, hübscher zu sein.
»Hör mal, Schätzchen«, sagte der Ehemann, »einer von unsern Leuten muß sich was von dieser Flasche Bourbon angeeignet haben. Gestern abend war sie nämlich voll, und ich hatte nur ein einziges Gläschen getrunken. Und jetzt ist sie weniger als halbvoll. Was meinst du, wer davon getrunken haben könnte?«
»Wie kann ich das wissen, Schätzchen? Vielleicht der Gemüsemann oder der Eismann oder sonst jemand.«
»Unmöglich, wenn nur du und ich und Forbes einen Schlüssel haben. Ich hatte nämlich zugeschlossen!«
»Vielleicht hast du's vergessen, zuzuschließen?«
»Das vergesse ich nie. – Na, also jedenfalls, Bartlett, zum Wohl!«
»Schließen Sie sich uns nicht an, Mrs. Gregg?« fragte Bartlett.
»Ich nehme nur vor dem Essen einen kleinen Cocktail«, erwiderte Celia. »Lou ist dagegen, daß ich Whisky trinke, und ich mag ihn auch nicht sehr.«
»Ich habe nichts dagegen, Schätzchen, daß du Whisky trinkst. Ich habe nur etwas dagegen, daß zu zuviel trinkst. Ich meine, eine Frau, die zuviel trinkt, wirkt unfein. Ich meine, es macht sie unfein.«
»Ach, darum geht es nicht, Schätzchen. Wie ich schon sagte, ist's mir einerlei, ob ich ihn trinke oder nicht.«

»Ein wundervoller Bourbon, tatsächlich«, sagte Bartlett, fuhr sich mit der Zunge über die Lippen und stellte das Glas aufs Tablett zurück.

»Das sollt ich meinen«, erwiderte Gregg. »Ich meine, so einen Tropfen bekommt man nirgends mehr. Ich meine, es ist ein erstklassiger Tropfen. Bitte, bedienen Sie sich, falls Sie noch ein Glas mögen. – Mr. Bartlett bleibt über Nacht hier, Schätzchen. Ich sagte ihm, so könne er viel mehr Stoff über uns zusammentragen, als wenn er mich bloß im Büro interviewt. Ich meine, ich bin verschlossen, wenn ich über meine Arbeit und meinen Erfolg sprechen soll. Ich meine, es ist besser, wenn er mich hier draußen sieht, so, wie ich wirklich bin, in meinem Heim und im Kreise meiner Familie. Mein Familienleben spricht nämlich für sich, ohne daß ich auch nur ein Wort zu sagen brauche!«

»Aber, Schätzchen«, warf seine Frau ein, »was wird dann aus Mr. Latham?«

»Herrje! Den hab ich ja ganz und gar vergessen! Da muß ich anrufen und zusehen, ob ich mich freimachen kann. Ist ja furchtbar! Ich hätte nämlich versprochen«, erklärte er Bartlett, »heute abend nach Tarrytown zu fahren, zu den K. L. Lathams, den Zuckerleuten. Wir wollen über den neuen Klub sprechen. Wir wollen einen neuen Golfklub gründen, neben dem sich alle bisherigen wie Kinderkram ausnehmen. Ich meine, einen richtigen Golfklub. Und den soll ich gewissermaßen leiten. Und ich sollte heute abend hinfahren, um alles zu besprechen. Ich geh telephonieren und sehe zu, ob ich's verschieben kann.«

»Oh, verschieben Sie es doch nicht meinetwegen!« bat Bartlett. »Ich kann leicht ein andermal wiederkommen, oder ich kann Sie in der Stadt aufsuchen.«

»Ich finde wirklich, du solltest es nicht aufschieben, Schätzchen«, sagte Celia. »Hatte er nicht gesagt, der alte Mr. King käme extra von White Plains herüber? Da werden sie ja wütend auf dich, wenn du nicht kommst!«

»Ich fürchte auch, Schätzchen, sie würden's mir übelnehmen. Oh, ich sag dir was: unterhalte du Mr. Bartlett, und ich fahre sofort nach dem Essen hin und komme so schnell wie möglich zurück. Und Bartlett und ich können zusammen plaudern, wenn ich wieder hier bin. Ich meine, wir könnten zusammen plaudern, wenn ich wiederkomme. Wie wäre das?«

»Mir ist es sehr recht«, entgegnete Bartlett.
»Ich will mir Mühe geben, Mr. Bartlett zu unterhalten«, erwiderte Celia, »aber ich fürchte, ich bin nicht sehr unterhaltsam. Doch wenn ich Ihnen zu langweilig werde, ist ja haufenweise Lesestoff da.«
»Ausgeschlossen, daß ich mich langweile«, lächelte Bartlett.
»Gut, dann ist also alles in Ordnung«, rief Gregg erleichtert. »Hoffentlich verzeihen Sie mir, daß ich nicht bei Ihnen bleibe. Aber ich weiß wirklich nicht, wie ich dort absagen soll. Ich meine, wenn der alte King extra von White Plains herüberkommt. Er ist nämlich ein alter Mann. – Aber hör mal, Schätzchen, wo sind die Kleinen? Mr. Bartlett möchte sie gerne sehen.«
»Ja, allerdings!«
»Natürlich, das sagen Sie so«, entgegnete Celia. »Aber wir sind auch stolz auf sie. Vermutlich sind alle Eltern darin gleich. Alle glauben, ihre Kinder sind die einzigen in der ganzen Welt. Stimmt's nicht, Mr. Bartlett? Oder haben Sie keine Kinder?«
»Ich bin leider nicht verheiratet.«
»Oh, Sie Armer! Wir bedauern ihn, nicht wahr, Schätzchen? Aber warum denn nicht, Mr. Bartlett? Erzählen Sie mir ja nicht, Sie seien ein Weiberfeind!«
»Jedenfalls nicht im Moment«, erwiderte Bartlett galant.
»Hast du's verstanden, Schätzchen? Er macht dir ein reizendes Kompliment.«
»Hab's gehört, Schätzchen. Und nun weiß ich auch, daß er bestimmt ein Schmeichler ist. Aber ich muß mich beeilen und die Kinder holen, ehe Hortense sie zu Bett bringt.«
»Nun, was finden Sie?« fragte Gregg, als seine Frau das Zimmer verlassen hatte. »Finden Sie, daß sie sich verändert hat?«
»Ein wenig, aber zu ihrem Vorteil. Sie hat gehalten, was sie versprochen hat, und mehr als das!«
»Ich finde auch«, sagte Gregg. »Sie war nämlich ein schönes Mädchen, und jetzt ist sie eine noch schönere Frau. Ich meine, daß sie Frau und Mutter wurde, hat sie zu einer Art – na, Sie wissen schon, hat sie zu einer Art Persönlichkeit gemacht. Ja, zu einer Persönlichkeit. Wie wär's mit noch einem Gläschen?«
Sie leerten ihre Gläser, als Celia mit zwei kleinen Mädchen zurückkehrte.
»Die Kleinste ist schon im Bett, und ich hab's nicht gewagt, Hortense zu bitten, sie wieder aufzunehmen. Aber morgen

früh werden Sie sie sehen. Das hier ist Norma, und das hier ist Grace. Kinderchen, das ist Mr. Bartlett.«
Die Mädchen hörten sich diese Neuigkeit gelassen an.
»Guten Abend, Kinder«, sagte Bartlett.
»Wie gefallen sie Ihnen, Bartlett?« fragte der Papa. »Ich meine, wie sie Ihnen gefallen, hm?«
»Großartig«, erwiderte der Gast mit glaubwürdiger Wärme.
»Sind sie nicht hübsch?«
»Selbstverständlich sind sie das!«
»Aber Kinder, weshalb bedankt ihr euch nicht bei Mr. Bartlett für das Kompliment?«
»Danke«, murmelte Norma.
»Wie alt bist du, Norma?« fragte Bartlett.
»Sechs«, antwortete Norma.
»Aha«, entgegnete Bartlett.« Und wie alt ist Grace?«
»Vier«, erwiderte Norma.
»Aha«, entgegnete Bartlett. »Und wie alt ist das kleinste Schwesterchen?«
»Anderthalb«, erwiderte Norma.
»Aha«, sagte Bartlett.
Damit war man am Ende, und die Mutter rief: »Kommt, Kinderchen! Gebt Papa einen Gutenachtkuß, und dann bringe ich euch wieder zu Hortense.«
»Nein, ich«, sagte Gregg. »Ich muß ohnehin nach oben gehen. Und du könntest Bartlett unser Heim zeigen. Ich meine, ehe es zu dunkel wird.«
»Gute Nacht, Kinder«, sagte Bartlett, und die Kinder flüsterten: »Gute Nacht!«
»Ich komme noch zu euch, ehe ihr einschlaft«, versprach Celia. Und nachdem Gregg die kleinen Mädchen nach oben geführt hatte, fragte sie: »Finden Sie sie wirklich hübsch?«
»Aber natürlich, besonders Norma! Sie ist Ihr Ebenbild!« entgegnete Bartlett.
»Sie gleicht mir ein wenig, wie ich früher aussah«, gab Celia zu. »Aber hoffentlich gleicht sie mir nicht, wie ich jetzt aussehe. Ich bin alt geworden!«
»Sie sehen wunderbar jung aus!« rief Bartlett. »Kein Mensch würde glauben, daß Sie Mutter von drei Kindern sind.«
»Oh, Mr. Bartlett!« rief Celia. »Aber ich darf nicht vergessen, Sie herumzuführen. Lou ist so stolz auf unser Heim!«

»Und mit Recht«, entgegnete Bartlett.
»Es ist wirklich wunderschön. Ich habe es unser Liebesnest getauft. Für ein Nest reichlich groß, nicht wahr? Mutter sagt, es ist zu groß, um gemütlich zu sein; sie sagt, es käme ihr gar nicht wie ein Zuhause vor. Aber ich sage immer, es kommt darauf an, was man aus seinem Zuhause macht. Man kann in einem Zelt glücklich sein, wenn man sich liebt. Und ohne Liebe kann man in einem königlichen Palast unglücklich sein. Finden Sie nicht auch, Mr. Bartlett?«
»Ja, bestimmt!«
»Ist der Bourbon hier wirklich so großartig? Ich möchte zu gern mal davon nippen und sehen, wie er schmeckt. Wenn er so gut ist, kann er mir eigentlich nicht schaden. Finden Sie nicht auch, Mr. Bartlett?«
»Sicher schadet er Ihnen nicht.«
»Ach, dann koste ich ihn mal – und wenn er mir schadet, ist es Ihre Schuld!«
Celia füllte sich ein großes Glas zu zwei Dritteln mit Whisky und trank es in einem Zuge leer.
»Wirklich gut, was?« sagte sie. »Natürlich kann ich's nicht beurteilen, da ich mir nichts aus Whisky mache, und weil Lou nicht möchte, daß ich Whisky trinke. Aber er hat mir so von seinem Bourbon vorgeschwärmt, daß ich mal sehen wollte, wie er schmeckt. Sie verraten mich nicht, Mr. Bartlett, nicht wahr?«
»Bestimmt nicht!«
»Ich wüßte zu gern, wie er als High-Ball mit Wasser verdünnt schmeckt. Wollen wir das mal versuchen – bloß einen? – Aber ich vergesse ganz, daß ich Sie herumführen sollte. Wir haben keine Zeit, den High-Ball zu trinken und auch noch alles anzusehen, ehe Lou wieder nach unten kommt. Sind Sie wirklich so scharf drauf, sich alles anzusehen?«
»Nicht besonders.«
»Fein! Was meinen Sie dann zu einem High-Ball? Aber es bleibt unser Geheimnis, abgemacht?«
Sie tranken schweigend, und dann drückte Celia auf einen Knopf neben der Tür.
»Sie können die Flasche und das Tablett forträumen!« befahl sie Forbes. »Und jetzt«, sagte sie zu Bartlett, »gehen wir auf die Terrasse hinaus und sehen uns noch an, soviel wir können. Den Rest müssen Sie sich denken!«

Gregg hatte inzwischen Hemd und Kragen gewechselt und gesellte sich zu ihnen.
»Nun«, fragte er Bartlett, »haben Sie alles gesehen?«
»Ich glaube schon«, log sein Gast bereitwillig. »Es ist ein herrliches Anwesen.«
»Uns gefällt es. Ich meine, es paßt zu uns. Ich meine, es ist so mein Traum von einem richtigen Heim. Und Celia nennt es unser Liebesnest.«
»Das sagte sie mir«, entgegnete Bartlett.
»Sie wird immer die Gemütvolle bleiben«, sagte ihr Mann.
Er legte ihr die Hand auf die Schulter, aber sie entzog sich ihm.
»Ich muß schnell hinauf und mich umkleiden«, sagte sie.
»Umkleiden?« staunte Bartlett, den schon ihr geblümtes, grünes Chiffonkleid völlig geblendet hatte.
»Oh, ich werfe mich nicht in Gala«, erwiderte sie. »Aber das Ding hier kann ich unmöglich zum Essen tragen.«
»Vielleicht möchten Sie sich auch die Hände waschen, Bartlett?« fragte Gregg. »Ich meine, Forbes kann Ihnen Ihr Zimmer zeigen, falls Sie nach oben gehen wollen.«
»Das wäre nett«, entgegnete Bartlett.

Celia, die ein schwarzes Spitzenkleid trug, war während des langen und umständlichen Abendessens ziemlich einsilbig. Drei- oder viermal, wenn Gregg sich an sie wandte, schien sie an etwas anderes zu denken und mußte fragen: »Wie meintest du, Schätzchen?« Ihr Gesicht war rot, und Bartlett vermutete, daß sie außer den zwei Bourbons und dem Cocktail, der dem Essen vorausgegangen war, noch ein oder zwei Gläser stibitzt hatte.
»Also, dann verabschiede ich mich«, sagte Gregg, als sie wieder im Wohnzimmer waren. »Ich meine, je eher ich aufbreche, desto eher bin ich wieder zurück. Schätzchen, versuche deinen Gast munter zu halten, und laß ihn nicht verdursten! *Au revoir*, Bartlett! Tut mir leid, aber ich kann's nicht ändern. Ich hab eine neue Flasche Bourbon hingestellt, also bedienen Sie sich! Ich meine, nehmen Sie sie in Angriff! Zu schade, daß Sie so allein trinken müssen!«
Nachdem Gregg gegangen war, sagte Celia: »Ja, es ist wirklich zu schade, Mr. Bartlett.«

»Was ist schade?« fragte Bartlett.
»Daß Sie so allein trinken müssen. Ich komme mir wie eine schlechte Gastgeberin vor, wenn ich es zulasse. Tatsächlich, ich kann's nicht zulassen! Ich werde Ihnen mit einem winzigen Schluck Gesellschaft leisten.«
»Schon so bald nach dem Essen?«
»Es ist nie zu bald! Ich nehme ein Glas, und wenn Sie nicht mitmachen, sind Sie ein Versager.«
Sie mischte zwei High-Balls von Überlebensgröße und reichte ihrem Gast das eine Glas.
»Jetzt wollen wir das Radio anstellen und sehen, ob wir nicht etwas Schwung in die Sache bringen! Da! Nein, ach so! Wer macht sich schon was aus dem blöden Baseball! So, das ist besser! Wollen tanzen!«
»Tut mir leid, Mrs. Gregg, aber ich tanze nicht!«
»Gott, Sie langweiliger Peter! Dann muß ich eben einsam und allein tanzen! ›Einsam bin ich und allein, ach, wie bin ich einsam!‹«
Ihre Stimme klang jetzt nicht geziert, und Bartlett bewunderte die spielerische Anmut, mit der sie rund um das Zimmer glitt.
»Ach, allein macht's keinen Spaß!« klagte sie dann. »Wollen das verdammte Ding abdrehen und schwatzen!«
»Ich sehe Ihnen furchtbar gern beim Tanzen zu«, sagte Bartlett.
»So? Ich bin aber keine Pawlowna«, erwiderte Celia und stellte das Radio ab. »Außerdem ist es höchste Zeit für einen Drink!«
»Ich habe noch über die Hälfte in meinem Glas!«
»Ja, Sie hatten auch Wein zum Essen, deshalb muß ich mich jetzt beeilen, um Sie einzuholen.«
Sie schenkte sich noch einen High-Ball ein und machte sich an die Aufgabe, ihn ›einzuholen‹.
»Ihr Fehler, Mr. ... ach, ist das nicht zum Schreien? Jetzt fällt mir Ihr Name nicht ein!«
»Bartlett!«
»Ihr Fehler, Barker – wissen Sie, was Ihr Fehler ist? Sie sind zu nüchtern. Verstehen Sie? Zu verdammt nüchtern sind Sie! Das ist der ganze Fehler, verstehn Sie? Wenn Sie nicht so nüchtern wären, dann hätten wir's viel lustiger! Verstehn Sie? Was ich aber nicht verstehe: wieso Sie so nüchtern sein können und ich so beschwipst!«

»Sie sind nicht daran gewöhnt!«
»Nicht daran gewöhnt! Das ist ein Witz! Wenn ich nicht fast dauernd so wäre, wie ich jetzt bin, dann müßt ich ja umkommen!«
»Was sagt Ihr Mann dazu?«
»Gar nichts – weil er's nicht weiß. Verstehn Sie's jetzt, Barker? An manchen Abenden geht er allein aus, an einigen Abenden geh ich allein aus. Und dann gibt's Abende, an denen wir beide zu Hause sind und ich so tue, als ob ich müde wäre; dann gehe ich früh nach oben. Verstehn Sie? Aber nicht zu Bett! Verstehn Sie? Dann hab ich ein kleines Fest – ganz für mich allein. Verstehn Sie? Wenn ich's nicht tun würde, müßt ich umkommen.«
»Was meinen Sie damit: Sie müßten umkommen?«
»Sie sind dumm, Barker! Sie mögen nüchtern sein, aber Sie sind dumm. Sind Sie auf all den Sirup von wegen ›trautes Heim und glückliche Frau‹ hereingefallen? Glauben Sie's mir, Barker: ich gäbe alles in der Welt drum, könnt ich nur aus dieser Wirtschaft raus! Ich gäbe alles drum, wenn ich ihn nur nicht wiederzusehen brauchte!«
»Lieben Sie ihn nicht mehr? Liebt er Sie nicht? Oder was ist's denn?«
»Lieben! Ich hab ihn nie geliebt. Ich wußte nicht, was Liebe ist. Und er – liebt bloß sich selbst!«
»Weshalb haben Sie denn geheiratet?«
»Ich war ein Kind – das ist die Antwort! Ein Kind – und voll ehrgeiziger Pläne. Verstehn Sie? Er war damals Direktor, und er war wie versessen auf mich, und ich dachte, er macht einen Star aus mir. Verstehn Sie, Barker? Ich hab ihn geheiratet, um ein Sprungbrett zu haben. Und nun sehn Sie mich mal an!«
»Ich finde, es geht Ihnen doch recht gut?«
»Recht gut, ja? Ich würde mit dem schlimmsten Abschaum tauschen, nur um frei zu sein. Verstehn Sie, Barker? Und ich hätte auch ohne Hilfe ein Star werden können, wenn ich's nur gewußt hätte. Figur und Talent hatte ich, hab's noch! Ich könnte jetzt eine Swanson sein und einen Marquis bekommen, vielleicht sogar einen Prinzen. Und nun sehn Sie mal, was ich bekommen habe: einen selbstgefälligen, selbstsüchtigen –! Ich hab geglaubt, er würde was aus mir machen, verstehn Sie, Barker? Haha, er hat schon was aus mir gemacht: hat mich fortwäh-

rend zur Mutter gemacht, und es ist ein Wunder, daß ich überhaupt noch eine gute Figur habe. Zuerst wollt ich dagegen kämpfen. Hab ihm gesagt, daß eine Heirat für mich nicht bedeutet, daß ich meine Kunst und mein Lebensziel aufgebe. Aber das hat mir nichts genützt. Er wollte eine schöne Frau und schöne Kinder für ein schönes Heim. Bloß zum Prahlen wollte er uns. Verstehn Sie? Ich bin ein Teil seiner Habe. Verstehn Sie, Barker? Ich bin genausoviel wie sein großer Diamant oder seine Autos oder seine Pferde. Und er würde es nicht dulden, daß seine Frau sich so weit erniedrigte, im Film aufzutreten. Als ob es nicht der Film gewesen wäre, der *ihn* gemacht hat! – Sie kehren morgen wieder zu Ihrer Zeitung zurück und schreiben über unser Liebesnest. Und passen Sie bloß auf, daß Sie's nicht verwechseln und es Babyfarm nennen, verstehen Sie, Barker? Die Babys! Sie fanden die kleine Norma hübsch. Ja, das ist sie. Und was hat sie mal davon? Einen reichen – von einem Mann, der sie wie eine – behandelt. Das hat sie davon, nur das, falls ich nicht eingreife. Hoffentlich lebe ich so lange, sie noch als erwachsenen Menschen zu sehen – und wenn ich's tue, dann rate ich ihr, von zu Hause fortzulaufen und ihr eigenes Leben zu führen und jemand zu *sein*! Nicht bloß ein Einrichtungsgegenstand wie ich. Verstehn Sie, Barker?«
»Haben Sie nie an eine Scheidung gedacht?«
»Und ob ich daran gedacht habe! Aber wissen Sie, da hab ich nicht die leisesten Aussichten. Ich kann ihm nichts vorwerfen, und einerlei, was er mir vorzuwerfen hätte, er würde es nie bekanntwerden lassen. Er würde mich hier im Haus festhalten und mich quälen, wie er es jetzt schon tut, nur schlimmer noch. Und dabei habe ich nichts Schlechtes getan, verstehn Sie? Die Männer, die mir gefallen würden, haben alle Angst vor ihm und seinem Geld und seinen Beziehungen. Und die andern sind alle genauso übel wie er. Wie der dicke alte Morris, der Hotelmann, den jeder für einen Mustergatten hält. Daß der nicht öfter über die Stränge schlägt, kommt einfach daher, weil er zu geizig ist. Aber den könnte ich haben, wenn ich wollte. Jedesmal, wenn er mir nahekommen kann, drückt er mir die Hand. Wahrscheinlich denkt er, es ist ein Geldstück, der knauserige alte –! Aber los, Barker, woll'n noch einen Drink nehmen! Mit meiner Stimmung geht's schon wieder bergab!«
»Es sollte lieber bergauf gehen mit Ihnen, nämlich die Treppe

hinauf und nach oben«, erwiderte Bartlett. »Wenn ich an Ihrer Stelle wäre, würde ich, ehe Gregg heimkehrt, schon im Bett sein und schlafen.«
»Da haben Sie recht, Barker! Und nach diesem Drink tu ich genau das, was Sie sagen! Hab's schon im Sinn gehabt, bevor Sie davon sprachen, verstehn Sie? Viele, viele Abende hab ich's gewollt. Und heute abend könnten Sie mir helfen, indem Sie ihm erzählen, ich hätte furchtbare Kopfschmerzen gehabt.«
Als Bartlett allein war, sann er ein Weilchen nach, dann las er, und schließlich schlummerte er ein. Er schlief noch, als Gregg zurückkehrte.
»Hallo, Bartlett«, rief der berühmte Mann. »Hat Celia Sie im Stich gelassen?«
»Oh, das schadet nichts, Mr. Gregg. Sie hatte Kopfschmerzen; da bat ich sie, sich hinzulegen.«
»In letzter Zeit hat sie sehr häufig Kopfschmerzen; wahrscheinlich liest sie zuviel. Tja, es tut mir leid, daß ich diese Verabredung hatte. Es ging um den neuen Golfklub, und ich mußte dabeisein. Ich meine, ich soll Präsident werden. Wie ich sehe, haben Sie sich mit dem Bourbon getröstet. Ich meine, die Flasche sieht nicht mehr so voll aus wie vorher.«
»Hoffentlich verzeihen Sie mir, daß ich mir so reichlich einschenkte? Solch einen Tropfen bekomme ich nicht alle Tage«, erwiderte Bartlett.
»Wie denken Sie darüber, wenn wir jetzt zu Bett gehen? Wir können morgen auf dem Weg zur Stadt noch sprechen. Obschon ich glaube, daß Sie mir nicht mehr viele Fragen zu stellen haben. Sie wissen jetzt wohl alles über uns. Ich meine, Sie wissen jetzt alles.«
»Ja, in der Tat, Mr. Gregg. Ich habe reichlich Stoff gesammelt und muß ihn nur noch geschickt auswerten.«
Celia ließ sich nicht sehen, als Gregg und sein Gast sich am nächsten Morgen zum Gehen anschickten.
»Sie schläft immer sehr lange«, sagte Gregg. »Ich meine, sie wacht nie sehr früh auf. Aber heute ist sie später dran als sonst. – Schätzchen!« rief er nach oben.
»Ja, Schätzchen?« kam die Antwort.
»Mr. Bartlett bricht jetzt auf. Ich meine, wir gehen jetzt.«
»Oh, guten Morgen, Mr. Bartlett! Bitte, verzeihen Sie, daß ich nicht nach unten komme, um Ihnen Lebewohl zu sagen.«

»Aber natürlich, Mrs. Gregg! Und besten Dank für die Gastfreundschaft!«
»Leb wohl, Schätzchen!«
»Leb wohl, Schätzchen!«

Nachwort

Ring Lardner (1885–1933) stammte aus Niles, Michigan, das er in einer seiner Geschichten eine Metropole nennt, weil es offenbar das Gegenteil davon war. Als Sportberichterstatter verschiedener Zeitungen kam er dann allerdings bald in die großen Städte, nach Chicago und New York. Schließlich hatte er ein Haus auf Long Island (mit einer Frau und vier Söhnen) und eine Wohnung in New York, war also ein erfolgreicher Schriftsteller, was aber nicht gegen ihn spricht. Er hat Literaturgeschichte gemacht, obwohl er das gar nicht wollte. Er wollte lediglich Geschichten erzählen. Sein Werk gehört ebensosehr der amerikanischen Kulturgeschichte an wie der Literaturgeschichte, es ist Kulturkritik, gestalthafte Kritik an den hektischen zwanziger Jahren, vor allem an ihrer Sprachkultur. Seine wahren Freunde hatte er deshalb unter den amerikanischen Kulturkritikern – H. L. Mencken, Gilbert Seldes, Max Eastman.

Als Schriftsteller ist Ring Lardner zuerst 1916 mit einem Roman, ›You know me, Al‹, hervorgetreten, der in der Form von Briefen eines jungen Baseballspielers dritter Güte die Welt der amerikanischen Sporthelden schildert, aus eingehender Kenntnis und ohne jede Beschönigung. Das Verfahren – Kennzeichnung eines Menschen durch die Art, wie er redet oder schreibt – war an sich nicht neu und unerhört, aber seine Anwendung auf eine Welt, die jeder kannte, wirkte verblüffend. Lardner hat es immer wieder mit Erfolg verwendet. Ob er einen geschwätzigen Alten von seinen Ferien in Florida erzählen oder einen Dorfbarbier beim Haarschneiden drauflosreden läßt oder – ein besonderes Meisterstück – den Briefwechsel zweier Reisebekanntschaften vorlegt, immer sind die Betreffenden durch die Art ihrer Sprache unverkennbar gekennzeichnet, ohne daß der Verfasser sie zu beschreiben braucht. Auch bewegen sich einige der berühmtesten Geschichten in der Welt des Sports (›Champion‹, ›Alibi Ike‹, ›Horsehoes‹), doch hat sich Ring Lardner stets dagegen verwahrt, als Spezialist auf diesem Gebiet abgestempelt zu bleiben. Tatsächlich ist ja auch sein stoffliches Einzugsgebiet viel weiter, wie jede Auswahl seiner

Meistererzählungen bezeugt. Er weiß nicht nur, wie die Boxer und Baseballspieler reden, er kann auch die kleine Verkäuferin und den aufgeregten Backfisch und die Reisetanten jeden Alters auftreten und sich durch ihren eigenen Mund verdammen lassen, ebenso wie den gutmütigen Verkehrspolizisten, den Chauffeur des Multimillionärs, den ehrgeizigen jungen Musiker.

Vor allem versteht er es, die innere Leere seiner Zeitgenossen sichtbar zu machen, indem er nichts als die äußeren Formen ihrer Geselligkeit beschreibt. Verschiedene seiner Geschichten handeln von nichts anderem als dem traurigen Unsinn des geselligen Verkehrs (›Gastfreundschaft‹, ›Herr und Frau Besserwisser‹, ›Wiederbegegnung‹) und entwerfen dabei ein vernichtendes Bild der bürgerlichen Welt. »Sein Roman ›The Big Town‹ und seine besten Geschichten sind weit heftigere Anklagen gegen das Amerika der zwanziger Jahre als irgend etwas von Sinclair Lewis, Faulkner oder Erskine Caldwell« (John O. McCormick).

Und weil sein Hohn und Spott besser gezielt ist, kommt er mit weniger Papier aus. Ebenso wie ein treffender Vergleich mehr sagt als der längste Steckbrief, eine treffende Karikatur mehr als ein ganzes ›Leben in Bildern‹, so trifft und erledigt Ring Lardner mit der Schilderung von Teilstücken gleichzeitig das Ganze. Wenn das Amerika der zwanziger Jahre in seiner Alltagssprache, seinen Liebesbeziehungen, seiner Geschäftsmoral, seiner Berufstätigkeit und Freizeitgestaltung, kurz in all seinen Lebensäußerungen literarisch irgendwo zu finden ist, dann bei Ring Lardner, und zwar kurz und bündig, auf gedrängtem Raum; er vollbrachte, wie Gilbert Seldes bemerkt hat, in einem Abschnitt, wofür Sinclair Lewis ein ganzes Kapitel benötigte. Auch sind alle Schichten der Bevölkerung gleicherweise betroffen. Daß die unteren Einkommensklassen als solche von edlerer Gesinnung seien und deshalb nie, nie ins Lächerliche gezogen werden dürfen, das ist eine Auffassung, die erst in den dreißiger Jahren aufkam, als viele Schriftsteller glaubten, unter die Weltverbesserer gehen zu müssen. Es ist der Mensch schlechthin, den Ring Lardner schildert, der Alltagsmensch der zwanziger Jahre, so unschön wie er war und wie er wohl auch geblieben ist. Er schildert ihn ohne Entrüstung, ohne sich zu ereifern, gewissermaßen unbeteiligt, auch wenn er ihn in seinen niedrigen Regungen vorführt. Wenn die flatterhafte Krankenschwester in aller Unschuld erzählt, wie sie ihrer Freundin den Freund auszuspannen gedenkt; wenn der Herr Direktor seinen verstorbenen Sekretär um sein letztes Gehalt prellt; wenn der künftige Meister im Weltergewicht seine Laufbahn damit beginnt, daß er seinen verkrüppelten Bruder niederschlägt, usw. Es steckt Menschenverachtung dahinter; lustig sind die Geschichten eigentlich nur an der Oberfläche. Nicht umsonst trug die erste Sammlung seiner Erzählungen in Buchform den Titel ›Gullible's Travels‹ (1917), womit auf die Dummheit der Menschen angespielt wird und gleichzeitig auf den großen Vorgänger, der aus seiner Menschenverachtung kein Hehl machte. Indessen fehlt es den Geschichten auch nicht an Gefühl. Die Eltern, die am Heiligen Abend auf die Heimkehr der ›flammenden Jugend‹ warten; die Frau, die sich von ihrem Ehemann am Jahrestag ihrer Verheiratung eine Ohrfeige erbittet, um nur der tödlichen Langeweile zu entrinnen; die Geschwister, die sich auseinandergelebt haben, so daß sich bei ihrer Wiederbegegnung eine Verständigung zwischen ihnen als unmöglich erweist; ja sogar die dumme kleine Pute, die in ihren Briefen an einen jungen Kerl so rührend ungeschickt für sich wirbt – alle diese Gestalten sind nur halbwegs lächerlich. Lieblosigkeit wird man Ring Lardner jedenfalls nicht vorwerfen können, und es ist auch nicht ausschließlich der Geist der Verneinung, der ihn antreibt.

Daß er kein Bedürfnis verspürte, diese mangelhafte Welt zu verbessern, das lag am geistigen Klima der zwanziger Jahre, dieser dem Lebensgenuß frönenden Nachkriegszeit, die so bald wieder zur Vorkriegszeit werden sollte, in den Vereinigten Staaten eine Zeit des Wirtschaftswunders und der weltanschaulichen Ratlosigkeit, ja Gleichgültigkeit. In einer seiner Vorreden sagt Ring Lardner von sich selber, er sei ein großer Radiobastler gewesen und habe sich sein eigenes Gerät gebaut, nur habe er damit leider zeit seines Lebens keine Station empfangen; er habe nämlich stets versucht, den Empfänger auf Glens Falls, N. Y., einzustellen, und erst ganz zuletzt habe er entdeckt, daß es da überhaupt keinen Sender gebe. Wozu nach den letzten Dingen fragen, wenn doch keine Antwort kommen kann?

Dafür hat Ring Lardner es wie kein zweiter verstanden, die

Sprache seiner Zeitgenossen festzuhalten, nicht so, wie sie in den Sprachlehrbüchern steht, sondern genauso, wie sie gesprochen wurde. Er hatte ein unglaublich feines Ohr für die lebendige Umgangssprache, so daß seine Gestalten schon aus ihr allein leben. Eine gewissenhafte Wiedergabe verschiedener Dialekte, das hatte es schon vor Lardner gegeben, zum Beispiel bei Mark Twain, doch hier handelt es sich keineswegs um Ortsmundarten; Ring Lardner hat die gesprochene Sprache des Durchschnittsamerikaners aufgezeichnet, wie das literarisch noch niemand gewagt hatte, so daß darüber heute bereits linguistische Dissertationen geschrieben werden. Als Fachmann auf diesem Gebiet hat Lardner auch einiges zu H. L. Menckens Standardwerk über ›The American Language‹ beigetragen. Mit der unbekümmerten Wiedergabe der Sprache, wie sie tatsächlich gesprochen wurde, hat Lardner Schule gemacht; Hemingway ist ohne ihn nicht denkbar. Natürlich wäre die Welt seiner Gestalten nicht so unterhaltsam und hätte auch nicht ein so unverwechselbares Gepräge, wenn Lardner bloß aufgezeichnet hätte, wie seine Mitmenschen sich sprachlich verhielten; als Schriftsteller hat er auch schöpferisch dazu beigetragen. Er gehört, wie der Herausgeber eines großen Wörterbuchs festgestellt hat, zu den zehn Zeitgenossen, die das amerikanische Slang am nachhaltigsten bereichert haben. Beides, die genaue Erfassung der gesprochenen Sprache und die sprachschöpferische Phantasie, macht den Reiz seiner Prosa aus und hat ihm seitens der Kritik hohe Anerkennung eingetragen. Beides gehört aber auch zu den Dingen, von denen in einer Übersetzung am wenigsten übrigbleibt. Trotzdem ist er bei uns zu Unrecht vernachlässigt worden. Edmund Wilson hat schon 1944 die Überzeugung ausgesprochen, Ring Lardner sei zu den bleibenden Namen der amerikanischen Literatur zu rechnen. F.G.

Louis Armstrong im Diogenes Verlag

Louis Armstrong

Eine Biographie von James L. Collier. Aus dem Amerikanischen von Theo Kierdorf. detebe 21908

»Obwohl Armstrong unbestritten als einer der bedeutendsten Musiker unseres Jahrhunderts bezeichnet werden kann und immer reichlich über ihn geschrieben wurde: eine seriöse Biographie gab es bisher noch nicht. James Lincoln Collier, der selbst als Jazzmusiker tätig war, zeichnet den Lebensweg Armstrongs mit liebevoller Akribie nach. Collier gelang es, ein spannendes, hochinteressantes Buch zu schreiben, das sich gut liest. Summa summarum eine informative Biographie, die gleichzeitig ein pralles Stück Zeitgeschichte enthält.« *Neue Zeitschrift für Musik, Mainz*

Mein Leben in New Orleans

Autobiographie. Aus dem Amerikanischen von Hans Georg Brenner. detebe 20359

Der König des Jazz erzählt die Story seines Lebens: von seiner keineswegs majestätischen Kindheit in den Neger-Slums von New Orleans; von der Kindheit des Jazz in den Hafen- und Huren-Kneipen; von der Prohibitions-Ära und den großen Gangster-Gangs; von den sagenhaften Veteranen des Jazz.
Ein einzigartiges, drastisch unliterarisches Dokument der Subkultur- und damit Kulturgeschichte Amerikas.

»Louis setzte die goldene Trompete an seine Lippen und blies. Er blies einen einzigen mächtigen Ton. Die Tränen traten ihm in die Augen, der Schweiß rann ihm hinunter. Er hatte das Gefühl, daß er der ganzen Welt Friede und Freude bringe.«
Henry Miller/›Der Koloß von Maroussi‹

Charlotte Armstrong im Diogenes Verlag

Schlafe, mein Kindchen
Roman. Aus dem Amerikanischen von Nikolaus Stingl
detebe 21601

Die sanfte Stimme des Bösen
Roman. Deutsch von Brigitte Mentz
detebe 21761

Die Welt steht kopf
Kriminalgeschichten. detebe 21863

Ein Schluck Gift
Roman. Deutsch von Hansjürgen Wille
und Barbara Klau
detebe 21963

F. Scott Fitzgerald im Diogenes Verlag

Der große Gatsby
Roman. Aus dem Amerikanischen von Walter Schürenberg. detebe 20183

Der letzte Taikun
Roman. Deutsch von Walter Schürenberg detebe 20395

Pat Hobby's Hollywood-Stories
Erzählungen. Übersetzt und mit Anmerkungen von Harry Rowohlt. detebe 20510

Der Rest von Glück
Erzählungen. Deutsch von Walter Schürenberg. detebe 20744

Ein Diamant – so groß wie das Ritz
Erzählungen. Deutsch von Walter Schürenberg, Elga Abramowitz und Günter Eichel detebe 20745

Der gefangene Schatten
Erzählungen. Deutsch von Walter Schürenberg, Anna von Cramer-Klett, Elga Abramowitz und Walter E. Richartz. detebe 20746

Die letzte Schöne des Südens
Erzählungen. Deutsch von Walter Schürenberg, Elga Abramowitz und Walter E. Richartz. detebe 20747

Wiedersehen mit Babylon
Erzählungen. Deutsch von Walter Schürenberg, Elga Abramowitz und Walter E. Richartz. detebe 20748

Zärtlich ist die Nacht
Roman. Neu übersetzt von Walter E. Richartz und Hanna Neves. detebe 21119

Das Liebesschiff
Erzählungen. Deutsch von Christa Hotz und Alexander Schmitz. detebe 21187

Der ungedeckte Scheck
Erzählungen 1931–1935. Deutsch von Christa Hotz und Alexander Schmitz. detebe 21305

Meistererzählungen
Ausgewählt und mit einem Nachwort von Elisabeth Schnack. Deutsch von Walter Schürenberg, Anna von Cramer-Klett und Elga Abramowitz. detebe 21583

William Faulkner im Diogenes Verlag

Brandstifter
Erzählungen. Aus dem Amerikanischen von Elisabeth Schnack

Eine Rose für Emily
Erzählungen. Deutsch von Elisabeth Schnack

Rotes Laub
Erzählungen. Deutsch von Elisabeth Schnack

Sieg im Gebirge
Erzählungen. Deutsch von Elisabeth Schnack

Schwarze Musik
Erzählungen. Deutsch von Elisabeth Schnack

Die Unbesiegten
Roman. Deutsch von Erich Franzen

Sartoris
Roman. Deutsch von Hermann Stresau

Als ich im Sterben lag
Roman. Deutsch von Albert Hess und Peter Schünemann

Schall und Wahn
Roman. Deutsch von Elisabeth Kaiser und Helmut M. Braem

Absalom, Absalom!
Roman. Deutsch von Hermann Stresau

Go down, Moses
Chronik einer Familie. Deutsch von Hermann Stresau und Elisabeth Schnack

Der große Wald
Vier Jagdgeschichten. Deutsch von Elisabeth Schnack

Griff in den Staub
Roman. Deutsch von Harry Kahn

Der Springer greift an
Kriminalgeschichten. Deutsch von Elisabeth Schnack

Soldatenlohn
Roman. Deutsch von Susanna Rademacher

Moskitos
Roman. Deutsch von Richard K. Flesch

Wendemarke
Roman. Deutsch von Georg Goyert

Die Freistatt
Roman. Deutsch von Hans Wollschläger, Vorwort von André Malraux

Licht im August
Roman. Deutsch von Franz Fein

Wilde Palmen und Der Strom
Doppelroman. Deutsch von Helmut M. Braem und Elisabeth Kaiser

Die Spitzbuben
Roman. Deutsch von Elisabeth Schnack

Eine Legende
Roman. Deutsch von Kurt Heinrich Hansen

Requiem für eine Nonne
Roman in Szenen. Deutsch von Robert Schnorr

Das Dorf
Roman. Deutsch von Helmut M. Braem und Elisabeth Kaiser

Die Stadt
Roman. Deutsch von Elisabeth Schnack

Das Haus
Roman. Deutsch von Elisabeth Schnack

New Orleans
Skizzen und Erzählungen. Deutsch von Arno Schmidt

Briefe
Nach der von Joseph Blotner edierten amerikanischen Erstausgabe von 1977, herausgegeben und übersetzt von Elisabeth Schnack und Fritz Senn

Außerdem liegen vor:

Über William Faulkner
Aufsätze und Rezensionen von Malcolm Cowley bis Siegfried Lenz. Mit Essays und Zeichnungen und einem Interview mit William Faulkner. Chronik und Bibliographie. Herausgegeben von Gerd Haffmans

Stephen B. Oates
William Faulkner
Sein Leben. Sein Werk. Deutsch von Matthias Müller. Mit vielen Fotos, Werkverzeichnis, Chronologie und Register

Joseph L. Fant & Robert Ashley
Faulkner in West Point
Die Entwicklung der amerikanischen Ideale im Spiegel der amerikanischen Literatur
Deutsch von Elisabeth Schnack

Raymond Chandler im Diogenes Verlag

Die besten Detektivstories
Aus dem Amerikanischen von Hans Wollschläger. Diogenes Evergreens

Der große Schlaf
Roman. Aus dem Amerikanischen von Gunar Ortlepp. detebe 20132

Die kleine Schwester
Roman. Deutsch von Walter E. Richartz
detebe 20206

Das hohe Fenster
Roman. Deutsch von Urs Widmer
detebe 20208

Der lange Abschied
Roman. Deutsch von Hans Wollschläger
detebe 20207

Die simple Kunst des Mordes
Briefe, Essays, Notizen. Herausgegeben von Dorothy Gardiner und Kathrine Sorley Walker. Deutsch von Hans Wollschläger
detebe 20209

Die Tote im See
Roman. Deutsch von Hellmuth Karasek
detebe 20311

Lebwohl, mein Liebling
Roman. Deutsch von Wulf Teichmann
detebe 20312

Playback
Roman. Deutsch von Wulf Teichmann
detebe 20313

Mord im Regen
Frühe Stories. Vorwort von Philip Durham. Deutsch von Hans Wollschläger
detebe 20314

Erpresser schießen nicht
Gesammelte Detektivstories I. detebe 20751

Der König in Gelb
Gesammelte Detektivstories II. detebe 20752

Gefahr ist mein Geschäft
Gesammelte Detektivstories III. detebe 20753
Alle drei Bände deutsch von Hans Wollschläger

Englischer Sommer
Geschichten, Parodien, Sprüche, Essays. Mit einem Vorwort von Patricia Highsmith, Zeichnungen von Edward Gorey und einer Erinnerung an den Drehbuchautor Chandler von John Houseman. Deutsch von Hans Wollschläger, Wulf Teichmann u.a.
detebe 20754

Meistererzählungen
Deutsch von Hans Wollschläger
detebe 21619

Außerdem liegt vor:

Frank MacShane
Raymond Chandler
Eine Biographie
Mit vielen Fotos. Deutsch von Christa Hotz, Alfred Probst und Wulf Teichmann
detebe 20960

Dashiell Hammett im Diogenes Verlag

Der Malteser Falke
Roman. Aus dem Amerikanischen von Peter Naujack. detebe 20131

Rote Ernte
Roman. Deutsch von Gunar Ortlepp
detebe 20292

Der Fluch des Hauses Dain
Roman. Deutsch von Wulf Teichmann
detebe 20293

Der gläserne Schlüssel
Roman. Deutsch von Hans Wollschläger
detebe 20294

Der dünne Mann
Roman. Deutsch von Tom Knoth
detebe 20295

Fliegenpapier
Detektivstories I. Deutsch von Harry Rowohlt, Helmut Kossodo, Helmut Degner, Peter Naujack und Elizabeth Gilbert. Vorwort von Lillian Hellman. detebe 20911

Fracht für China
Detektivstories II. Deutsch von Elizabeth Gilbert, Antje Friedrichs und Walter E. Richartz. detebe 20912

Das große Umlegen
Detektivstories III. Deutsch von Walter E. Richartz, Hellmuth Karasek und Wulf Teichmann. detebe 20913

Das Haus in der Turk Street
Detektivstories IV. Deutsch von Wulf Teichmann. detebe 20914

Das Dingsbums Küken
Detektivstories V. Deutsch von Wulf Teichmann. Nachwort von Prof. Steven Marcus. detebe 20915

Meistererzählungen
Ausgewählt von William Matheson. Deutsch von Wulf Teichmann, Walter E. Richartz und Elizabeth Gilbert. detebe 21722

Außerdem liegt vor:

Diane Johnson
Dashiell Hammett
Eine Biographie. Aus dem Amerikanischen von Nikolaus Stingl. Mit zahlreichen Abbildungen. detebe 21618

Cornell Woolrich im Diogenes Verlag

Der schwarze Vorhang
Roman. Aus dem Amerikanischen von Signe Rüttgers
detebe 21625

Der schwarze Engel
Roman. Deutsch von Harald Beck
und Claus Melchior. detebe 21626

Der schwarze Pfad
Roman. Deutsch von Daisy Remus
detebe 21627

Das Fenster zum Hof
und vier weitere Kriminalstories
Deutsch von Jürgen Bauer
und Edith Nerke. detebe 21718

Walzer in die Dunkelheit
Roman. Deutsch von Jobst-Christian Rojahn
detebe 21719

Die Nacht hat tausend Augen
Roman. Deutsch von Irene Holicki
detebe 21720

Ich heiratete einen Toten
Roman. Deutsch von Matthias Müller
detebe 21742

Im Dunkel der Nacht
Kriminalstories. Deutsch von Signe Rüttgers
detebe 21759

Die wilde Braut
Roman. Deutsch von Jürgen Bürger
detebe 21873

Rendezvous in Schwarz
Roman. Deutsch von Matthias Müller
Mit einem Nachwort von Wolfram Knorr
detebe 21874